KB016186

허균의
惺叟詩話
성수시화

신두환 편저

한국 한시 미학비평 강의

보고사

序

　　국솥의 국을 맛보는 데는 한 숟가락이면 충분하다. 이처럼 한국의 한시를 맛보게 할 수는 없을까? 그 많은 한국의 한시를 한 학기에 일목요연하게 체계적으로 감상하고 그 맛과 멋을 깊이 알게 할 수는 없을까? 대학의 한문학과에서 시화(詩話)를 공부하기에 가장 적합한 교재는 무엇일까? 학생들이 재미있어하면서도, 한 번 공부하고도 다양한 지식을 얻을 수 있는 자료는 없을까? 한시 공부도 되고, 한문 강독도 되면서, 한국 한시사적인 성격도 갖추고, 한국의 한시 작가들이 골고루 분포된 것으로, 작가론과 작품론을 겸할 수 있고, 한 학기에 끝낼 수 있는 분량이며, 시의 비평서인 문학비평의 안목을 갖춘 교재를 찾으려고 감수성의 촉수를 곤두세우고 이것저것 들을 뒤지며 애써 보았다.

　　"文必秦漢"이요, "詩必盛唐"이라고 했다. 이왕이면 당시풍의 시가 좋다. 왜냐하면, 당시풍은 낭만성이 강하고 고체시와 근체시의 형식과 내용상의 특징, 음악성이 강한 신악부체, 시어의 단련, 자유로운 정감의 유로, 자연미의 발견 등 순수예술로서 강한 정감의 표현이 매력적이기 때문이다.

　　그 결과 내가 보기에는 가장 좋은 교재는 허균의 『성수시화』였다. 이에 그 원문을 구해서 편집하고 한 학기 14주 분량으로 수업을 설계해 보았다. 우선 분량은 얼추 맞아들어 갔다. 그러나 학부생들에게는 좀 어려운 듯도 하였다. 이 기회에 대학원 교재로 구성해 보았다. 강독교재로는 안성맞춤이었다. 우리나라 대학원생 중에서 『성수시화』를 완독한 학생들은 얼마나 될까? 아마도 알찬 교재가 될 것으로 생각하면서 일단 한문

원문만 가지고 한 학기를 강의해 보았다. 좋았다. 학부생들에게도 충분히 가르칠 수 있겠다는 생각이 들었다. 더군다나 학부의 뜻있는 학생들이지 않은가?

『성수시화』에 대한 해석은 여러 가지가 있다. 그러나 보충설명 없이 원문의 해석만 가지고 『성수시화』를 이해하기란 쉽지 않다. 왜냐하면 『성수시화』는 시의 전문보다는 잘되고 아름다운 시구를 중심으로 비평하고 있고, 매 작품마다 시를 미학적으로 비평한 품격용어들이 들어 있기 때문이다. 조선 전기까지 시들은 송시풍을 숭상했고, 성리학의 영향으로 도학적인 색채가 숭상되고 있었다. 『성수시화』는 도학적이고 철학적인 색채를 걷어내고 순수시학을 지향하고 있다. 『성수시화』는 우리나라 한시에 대한 당시풍의 미학비평서이다. 당시를 편의상 初, 盛, 中, 晩唐의 네 가지로 나누는 방법이 보편적으로 행해지고 있다. 이것은 宋 嚴羽의 『滄浪詩話』에서 시작된 것으로, 이를 기초로 하여 明 高棅은 명확하게 네시기로 나누었다. 그것을 바탕으로 비평한 시 비평을 상세한 설명 없이 완벽하게 이해하기란 어렵다.

『성수시화』는 한시비평교재로는 더없이 좋은 교재이다. 이 좋은 한시비평에 대한 맛과 멋을 학부생들이 충분히 감상하고 이해할 수 있도록 친절한 주석서를 만들었다. 그리고 학부생들에게 강의해 보았다. 역시 좋았다.

'作詩不如選詩'라는 말이 있다. 시를 짓는 것은 좋은 시를 골라서 뽑는 것만 못하다는 말이다. 그만큼 좋은 시를 선정하기가 쉽지 않다는 것을 강조한 말이다. 『성수시화』는 선시를 위해 애쓴 흔적이 역력하다.

허균이 신라 최치원으로부터 자기 시대까지 약 800여 년간의 우리 한시에 대해 뛰어난 시들의 정수를 모아서 미학비평을 가하였다. 한 시대의 대표 시인을 선정하려면 그 시대 시인들의 시를 다 읽어보지 않고 쓰기란 쉽지 않다. 선정된 시인의 대표 시를 선정하려면 그 시를 다 읽어보지 않고 선정하기란 쉽지 않다. 그 시에서 뛰어난 부분을 찾아서 풍격을 가하려면 그 시대를 알아야 하고 그 작가를 알아야 하고 그 시를 충분히 감상하여야만 가능하다. 이렇게 선정된 시인의 시를 비평하면서 그 미감을 압축하여 풍격을 가하기란 타고난 감수성과 시학에 대해 박식하지 않으면 불가능한 일이다. 이렇게 만들어진 『성수시화』는 한국 한시의 정수를 모아서 비평한 한국의 한시사이고, 한국의 한시의 작가론이며, 작품론이다. 이것은 훌륭한 한국의 한시비평론이다. 한시 전반의 미학을 골고루 산책할 수 있는 좋은 교과서이다.

한 학기에 강의하는 시화강독 수업으로 이 보다 좋은 시화강독 자료는 드물다. 『성수시화』를 어떻게 하면 잘 가르칠 것인가? 여러 가지 고민을 하면서 수년간 학생들을 가르쳐 왔다. 『성수시화』 원본을 텍스트로 해서 강독하고 순수시학을 바탕으로 예술적으로 해석을 가하면서, 미학적으로 비평하며, 한국한시비평을 이해할 수 있도록 보충하였다. 이제는 한 학기에 다 가르칠 수 있고, 학생들이 스스로 공부하여 한시비평에 대한 상상력과 창의력을 기를 수 있도록 충분한 주석과 관련된 시화들을 보완하였다.

그러나 아직까지 학생들이 이해하기에 부족한 점이 없지 않다. 이에 흥미로운 자료들을 보완하고 필요한 주석을 가하고 자세하게 설명하여 한 권의 책으로 구성하였다. 한국의 한시를 공부하고자 하는 사람은 반드시 이 책이 도움이 되리라고 자부한다. 한시뿐만이 아니라 순수시학과 시의 문예미학을 공부하려는 사람들에게도 일말의 도움이 있다고 판단하며 일독을 권장한다.

2015년 3월 말
서울 정릉 북악산 기슭 汲古齋에서 서한다.

목차

성수시화의 저자 허균은 누구인가?

조선시단의 파천황. 순수한 예술을 사랑한 천재 시인. 자유로운 영혼. 조선시단의 이단아. 하늘이 낸 괴물. 허균[許筠, 1569(선조 2)~1618(광해군 10)]의 본관은 양천(陽川), 자는 단보(端甫), 호는 교산(蛟山)·학산(鶴山)·성소(惺所)·백월거사(白月居士)이다. 아버지는 서경덕(徐敬德)의 문인으로서 학자·문장가로 이름이 높았던 동지중추부사(同知中樞府事) 허엽(許曄)이고, 어머니는 강릉 김씨(江陵金氏)로서 예조판서 김광철(金光轍)의 딸이다. 그의 외가 뒷산이 교산이었다. 임진왜란 직전 일본통신사의 서장관으로 일본에 다녀온 허성(許筬)이 이복형이고, 문장으로 이름 높았던 허봉(許篈)의 아우요 허난설헌(許蘭雪軒)의 동생이다.

> 세 아들인 성(筬)·봉(篈)·균(筠)과 사위인 우성전(禹性傳)·김성립(金誠立)은 모두 문사로 조정에 올라 논의하여 서로의 수준을 높였기 때문에 세상에서 일컫기를 허씨(許氏)가 당파의 가문 중에 가장 번성했다.
>
> ―『선조수정실록』

허균의 집안은 치열한 당파싸움의 중심에 있었고 조선의 가장 뛰어난 문학 가문이었다.

허균은 5세 때부터 글을 배우기 시작해 9세 때에 시를 지을 줄 알았다. 1580년(선조 13) 12세 때에 아버지를 잃고 더욱 문학 공부에 전념했다. 학문은 유성룡(柳成龍)에게 배웠고, 시는 삼당시인(三唐詩人)의 한 사람인 이

달(李達)에게 배웠다. 이달은 둘째 형의 친구로서 당시 원주의 손곡리(蓀谷里)에 살고 있었다. 허균에게 시의 묘체를 깨닫게 해주었으며, 인생관과 문학관에도 많은 영향을 주었다. 이후 허균은 「손곡산인전(蓀谷山人傳)」을 지어 그를 기렸다.

허균은 26세 때인 1594년(선조 27)에 정시문과(庭試文科)에 을과로 급제하고 설서(說書)를 지냈다. 1597년(선조 30)에는 문과 중시(重試)에 장원을 했다. 이듬해에 황해도도사(都事)가 되었으나 서울의 기생을 끌어들여 가까이했다는 탄핵을 받고 부임한지 6달 만에 파직됐다. 당파의 중심에 있었던 집안이라 반대 당파들의 끊임없는 공격을 받았다.

> 황해도사 허균은 서울에서 창기(唱妓)들을 데려다 놓고 따로 관아까지 만들었습니다. ―『선조실록』
>
> 일찍이 강릉 땅에 나갔을 적에는 기생에게 혹하여 그의 어미가 원주에서 죽었는데도 찾아가지 않았다. ―『선조실록』

허균은 "남녀의 정욕은 하늘이 준 것이고 남녀유별은 성인의 가르침이다. 성인은 하늘보다 한 등급 아래이니 성인을 따르느라 하늘을 어길 수는 없다."고 하였다.

> 허균은 총명하고 문장에 능했지만 행동을 절제하지 않았다. 상중(喪中)에도 고기를 먹고 애를 낳았기 때문에 사람들이 모두 침을 뱉으며 더러워했다. ―『순암집(順菴集)』

허균은 조선의 성리학적 법도에 대해 불만을 가졌다. 낭만주의자들의 특징은 관습과 법에 얽매이지 않는다. 허균은 당대 최고의 낭만주의자였다. 그는 파직의 소식을 듣고도 다음과 같이 읊었다.

禮敎寧拘放	예교가 어찌 방랑을 구속하리요
浮沈只任情	부침은 다만 정에 맡길 뿐
君須用君法	그대들은 그대 법을 써라
吾自達吾生	나는 내 뜻대로 내 생을 살려니 —「聞罷官作」 중에서

허균은 예속에 얽매이지 않고 자기의 뜻대로 살았다.

그 뒤에 춘추관기주관(春秋館記注官)·형조정랑을 지냈다. 1602년(선조 35) 사예(司藝)·사복시정(司僕寺正)을 역임했다. 이 해에 원접사 이정구(李廷龜)의 종사관이 되어 활약했다. 1604년(선조 37) 수안군수(遂安郡守)로 부임했으나 불교를 믿는다는 탄핵을 받아 또다시 벼슬길에서 물러났다.

허균은 1606년에 명나라 사신 주지번(朱之蕃)을 영접하는 종사관이 되어 글재주와 넓은 학식으로 이름을 떨쳤다. 누이 난설헌의 시를 주지번에게 보여 이를 중국에서 출판하는 계기를 만들었다. 이 공로로 삼척부사가 됐다. 그러나 세 달이 못 되어 불상을 모시고 염불과 참선을 했다는 탄핵을 받아 쫓겨났다.

> 글 쓰는 재주가 매우 뛰어나 수천 마디의 말을 붓만 들면 써 내려갔다. 그러나 허위적인 책을 만들기 좋아하여 산수나 도참설과 도교나 불교의 신기한 행적으로부터 모든 것을 거짓으로 지어냈다. —광해군 일기

그 뒤에 공주목사로 기용되어 서류(庶流)들과 가까이 지냈다. 또다시 파직 당한 뒤에는 부안으로 내려가 산천을 유람하며 기생 계생(桂生)을 만났다. 천민 출신의 시인 유희경(劉希慶)과도 교분이 두터웠다. 허균은 신분의 차별을 넘어서 시에 자질이 있는 사람이면 누구든 거리끼지 않고 교유하였다. 허균은 1609년(광해군 1)에 명나라 책봉사가 왔을 때에 이상의(李尙毅)의 종사관이 됐다. 이 해에 첨지중추부사(僉知中樞府事)가 되고

이어 형조참의가 됐다. 1610년(광해군 2)에 전시(殿試)의 시험을 주관하면서 조카와 사위를 합격시켰다는 탄핵을 받아 전라도 함열(咸悅)로 유배됐다. 그 뒤에 몇 년간은 태인(泰仁)에 은거했다.

허균은 1613년(광해군 5) 계축옥사에 평소 친교가 있던 서류출신의 서양갑(徐羊甲)·심우영(沈友英)이 처형당하자 신변의 안전을 도모하기 위하여 이이첨(李爾瞻)과 교유하여 대북(大北)에 참여했다. 1614년에 천추사(千秋使)가 돼 중국에 다녀왔다.

그 이듬해에는 동지겸진주부사(冬至兼陳奏副使)로 중국에 다녀왔다. 두 차례의 사행에서 많은 명나라 학자들과 사귀었으며 귀국할 때에 『태평광기(太平廣記)』를 비롯해 많은 책을 가지고 왔다. 그 가운데에는 천주교 기도문과 지도가 섞여 있었다고 한다. 이것은 서양의 새로운 지식을 접하고, 중국 중심주의에서 벗어나 새로운 세계를 상상하는 계기가 되었다.

허균은 1617년(광해군 9) 좌참찬이 됐다. 폐모론을 주장하다가 폐모를 반대하던 영의정 기자헌(奇自獻)과 사이가 벌어졌고 기자헌은 길주로 유배를 가게 됐다. 그 아들 기준격(奇俊格)이 아버지를 구하기 위하여 허균의 죄상을 폭로하는 상소를 올리니 허균도 상소를 올려 변명했다. 허균은 당파의 중심에서 상대 당파들의 공격을 온몸으로 받아야 했다.

1618년(광해군 10) 8월 남대문에 격문을 붙인 사건이 일어났다. 허균의 심복 현응민(玄應旻)이 붙였다는 것이 탄로 났다. 허균과 기준격을 대질 심문시킨 끝에 역적모의를 하였다 하여 허균은 그의 동료들과 함께 저자거리에서 능지처참을 당하였다.

허균은 여섯 번 파직당하고 세 번 귀양을 갔으며 결국에는 능지처참을 당하였다. 그는 무엇을 위하여 이렇게 치열한 삶을 살았던가? 그가 사랑한 것은 시였다. 그는 예술지상주의를 부르짖던 낭만파 시인이었다. 그는 예술을 위하여 조선의 지배층과 대립각을 세우고 살았다.

　　허균은 성품이 사납고 행실이 개, 돼지와 같았다. 윤리를 어지럽히고 음란을 자행하여 인간의 도리가 전혀 없었다. 죄인을 잡아서 동쪽의 저자거리에서 베어죽이고, 다시 기쁨을 누리고자 대사령을 베푸노라.

－『선조실록』 32년 5월 25일

　　나는 불의에 액을 당하여 관운도 더욱 삭막하니 장차 인끈[印綬]을 내던지고 동녘 지방으로 돌아가서 만 권 서책 중의 좀벌레나 되어 남은 생애를 마치고자 한다. － 호서(湖墅) 장서각기(藏書閣記)

　'만권서책 속의 좀벌레'가 되기를 원했던 그의 생애는 조선의 당파싸움과 성리학적 지배층이 허균을 지나치게 미워하여 천재 시인을 망쳐놓았다.

　　허균은 국문학사에서는 우리나라 최초의 소설인 「홍길동전」을 지은 작가로 인정되고 있다. 한때 이론이 제기되기도 했으나 그보다 18년 아래인 이식(李植)이 지은 『택당집(澤堂集)』의 기록을 뒤엎을 만한 근거가 없는 이상 그를 「홍길동전」의 작가로 보아야 할 것이다.

　　그의 생애와 그의 논설 「호민론(豪民論)」에 나타난 사상을 연결시켜 보면 그 구체적인 형상화가 홍길동으로 나타났다고 보아도 좋을 것이다.

　　허균의 문집에 실린 「관론(官論)」·「정론(政論)」·「병론(兵論)」·「유재론(遺才論)」 등에서 민본사상과 국방정책과 신분계급의 타파 및 인재등용과 붕당배척의 이론을 전개했다. 내정개혁을 주장한 그의 이론은 원시유교 사상에 바탕을 둔 것으로 백성들의 복리증진을 정치의 최종목표로 삼아야 한다는 것이다.

　　허균은 유교집안에서 태어나 유학을 공부한 유가로서 학문의 기본을 유학에 두고 있다. 그러나 당시의 이단으로 지목되던 불교·도교에 대해 깊이 빠져들었다. 특히, 불교에 대해서는 한때 출가하여 중이 되려는 생각도 가지고 있었다.

불교의 오묘한 진리를 접하지 않았더라면 한평생을 헛되이 보낼 뻔했다고 술회를 하기도 하였다. 불교를 믿는다는 사헌부의 탄핵을 받아 파직당하고서도 자기의 신념에는 아무런 흔들림이 없음을 시와 친구에게 보낸 편지글에서 밝히고 있다.

허균은 도교사상에 대해서는 주로 그 양생술과 신선사상에 깊은 관심을 보였다. 은둔사상에도 지극한 동경을 나타냈다. 은둔생활의 방법에 대하여 쓴 「한정록(閑情錄)」이 있어 그의 그러한 관심을 보여 주고 있다.

허균 자신이 서학(西學)에 대하여 언급한 것은 없으나 몇몇 기록에 의하면 중국에 가서 천주교의 기도문을 가지고 온 것을 계기로 하늘을 섬기는 학문을 했다고 한다. 이 점은 그가 새로운 문물과 서학의 이론에 남다른 관심을 보였음을 말해 주는 것이다.

허균은 예교(禮敎)에만 얽매어 있던 당시 선비사회에서 보면 이단시할 만큼 다른 문화에 대한 이해를 가졌던 인물이며, 편협한 자기만의 시각에서 벗어나 핍박받는 하층민의 입장에서 정치와 학문에 대한 입장을 피력해 나간 시대의 선각자였다.

● 저서

허균은 그의 문집 『성소부부고(惺所覆瓿藁)』를 자신이 편찬해 죽기 전에 외손에게 전했다. 그 부록에 「한정록」이 있다.

그가 25살 때에 쓴 시평론집 『학산초담(鶴山樵談)』은 『성소부부고』에 함께 실려 있는 「성수시화(惺叟詩話)」와 함께 그의 시비평 안목을 보여 주는 좋은 자료가 되고 있다.

반대파에 의해서도 인정받은 그의 감식안은 시선집 『국조시산(國朝詩刪)』을 통해 오늘날까지도 평가받고 있다.

허균의 저서 『국조시산』에 덧붙여 자신의 가문에서 여섯 사람의 시를 뽑아 모은 『허문세고(許門世藁)』가 전한다.

이 밖에 『고시선(古詩選)』·『당시선(唐詩選)』·『송오가시초(宋五家詩抄)』·『명사가시선(明四家詩選)』·『사체성당(四體盛唐)』 등의 시선집이 있었으나 현재 전하지 않는다.

또, 임진왜란의 사실을 적은 「동정록(東征錄)」은 『선조실록』 편찬에 가장 중요한 자료가 되었다고 하지만 역시 현재에 전하지 않는다. 저술했다는 기록만 있고 현재 전하지 않는 저작으로 「계축남유초(癸丑南遊草)」·「을병조천록(乙丙朝天錄)」·「서변비로고(西邊備虜考)」·「한년참기(旱年讖記)」 등이 있다.

참고문헌

『허균의 문학과 혁신사상』, 김동욱 편, 새문사, 1981.

『성소부부고(惺所覆瓿) 허균의 생각』, 이이화, 뿌리깊은 나무, 1980.

「허균(許筠)」, 조동일, 『한국문학사상사시론』, 지식산업사, 1978.

「교산허균(蛟山許筠)」, 김동욱, 『한국의 사상가 12인』, 현암사, 1975.

「허균론(許筠論) 재고(再攷)」, 차용주, 『아세아연구』 48, 1972.

「허균(許筠)」, 정주동, 『한국의 인간상』 5, 신구문화사, 1972.

「허균론(許筠論)」, 이능우, 『숙대논문집』 5, 1965.

「허균연구(許筠研究)」, 김진세, 『국문학연구』 2, 서울대학교, 1965.

〈한국민족문화대백과사전〉 참고.

'시화詩話'란 무엇인가?

'시화(詩話)'란 시나 시인, 혹은 시파(詩派) 등에 관련된 시평이나 작가들의 시작(詩作)과 관련된 일화나 고사(故事), 한담(閑談), 특이한 행적 등을 기록한 글이다.

시화(詩話)라는 이름 외에도 시평(詩評)·시담(詩談)·시설(詩說)·시품(詩品)·시론(詩論) 등의 순수시학을 지향한 시비평집들이 있다. 그리고 소설·패설(稗說)·유설(類說)·만담(漫談)·연담(軟談) 등과 같이 잡록 형태로 시화가 삽입된 것들도 모두 시화로 통칭한다. 시화란 명칭은 송나라의 구양수(歐陽修, 1007~1072)가 지은 『육일시화(六一詩話)』에서 비롯되었다.

중국에는 시화 이전에도 시에 관한 전문적인 비평이론서가 있었으나, 구양수는 시에 대한 체계적인 이론을 구축하기보다 '한담'에 가까운 단편적인 논의, 비평, 해설을 곁들인 시인과 저작에 관한 일화 등 잡기체의 비평적 수필을 실었다.

구양수의 저술의식과 자유로운 서술양식이 크게 인기를 얻어 이와 비슷한 형태의 시화가 널리 유행되었다. 그 뒤 시화는 하나의 장르로 굳어져 시 비평의 새로운 형태로 동아시아 여러 나라에 전파되고 근대 초기까지 계속되었다. 그 뒤로 시화는 자유롭고 유연한 표현방식을 계승하고 발전시켜 나갔다. 우리나라의 시화는 고려 전기에 이인로의 『파한집』으로부터 출발하여 최자의 『보한집』, 이규보의 『백운소설』로 발전하여 조선에 들어서면서 성행하였다. 조선 후기에 홍만종(洪萬宗, 1643~1725)이

조선의 시화를 모아서 『시화총림』을 편찬하였다.

홍만종은 자서에서 시평의 중요함을 말하였다. 그리고 우리나라는 시로써 일가를 이룬 사람이 많다. 그러나 시를 평한 글은 매우 적다. 이 점을 애석히 여겨서 시평 가운데에 볼만한 것을 가려 싣는다고 하였다.

그가 읽어본 제가(諸家)의 책은 조야(朝野)의 사적과 떠도는 말까지 기록되어 편질(篇帙)이 방대하였다. 그래서 그중에서 시화에 관련된 부분만을 취하여 뽑아서 『시화총림』에 실었다고 하였다. 그리고 그는 시인 묵객과 산승·규수의 명구(名句)가 남김없이 실렸다고 자부하였다.

『시화총림』의 권1의 첫머리에는 목차와 범례가 실려 있다. 범례에서 『시화총림』은 『파한집』·『보한집』·『동인시화』 등의 시화로만 이루어진 것은 초록하지 않고, 『역옹패설』·『어우야담』 등의 시화가 편입 되어 있는 책에서 시화에 해당하는 것만 초록하였다고 밝혔다.

『시화총림』에는 모두 24종의 시화서가 수록되어 있다. 권1에는 이규보(李奎報)의 『백운소설(白雲小說)』, 이제현(李齊賢)의 『역옹패설(櫟翁稗說)』, 성현(成俔)의 『용재총화(慵齋叢話)』, 남효온(南孝溫)의 『추강냉화(秋江冷話)』, 김정국(金正國)의 『사재척언(思齋摭言)』, 조신(曺伸)의 『소문쇄록(謏聞瑣錄)』, 김안로(金安老)의 『용천담적기(龍泉談寂記)』가 『시화총림』 권2에는 심수경(沈守慶)의 『견한잡록(遣閑雜錄)』, 권응인(權應仁)의 『송계만록(松溪謾錄)』, 어숙권(魚叔權)의 『패관잡기(稗官雜記)』, 이제신(李濟臣)의 『청강시화(淸江詩話)』, 윤근수(尹根壽)의 『월정만록(月汀謾錄)』, 차천로(車天輅)의 『오산설림(五山說林)』, 신흠(申欽)의 『청창연담(晴窓軟談)』·『산중독언(山中獨言)』이 수록되어 있다.

권3에는 이수광(李晬光)의 『지봉유설(芝峰類說)』, 유몽인(柳夢寅)의 『어우야담(於于野談)』, 허균(許筠)의 『성수시화(惺叟詩話)』, 양경우(梁慶遇)의 『제호시화(霽湖詩話)』, 장유(張維)의 『계곡만필(谿谷謾筆)』이 수록되어 있고,

권4에는 김득신(金得臣)의 『종남총지(終南叢志)』, 남용익(南龍翼)의 『호곡만필(壺谷漫筆)』, 임방의 『수촌만록(水村謾錄)』, 임경의 『현호쇄담(玄湖瑣談)』 등이 연대순으로 수록되어 있다.

『시화총림』의 권말에는 홍만종이 여러 시화를 읽고 평이 잘못된 부분이나 시구가 잘못 적힌 것을 바로잡아 〈시화총림증정(詩話叢林證正)〉이라 하여 부록으로 실었다. 여기에서는 그의 날카로운 감식안으로 시의 작자를 고증하여 바로잡기도 하고, 시의 출처를 밝혀 표절여부를 가려내었다.

『시화총림』은 중국의 『역대시화(歷代詩話)』에 비견되는 우리나라 시화의 집성이라 할 수 있다. 우리나라 비평문학의 조감도라 할 수 있을 만큼 그의 시학에 대한 심오한 조예를 담고 있다.

시화는 내용에 따라 첫째, 시의 본질이나 속성·양상 등을 논의하는 시론, 둘째, 시의 창작방법을 제시하거나 수사기법 등을 처방해주는 작시론, 셋째, 시 작품이나 시인의 작품을 해설하거나 평가하는 시평, 넷째, 역대 시인들의 특이한 행적이나 시 창작의 배경이 되는 일화를 서술하는 시일화 등으로 나눈다. 시화는 상호연관적이며 시화를 지은 옛사람들의 비평의식 또한 분석적·체계적으로 진술되어 있지 않다. 그렇기 때문에 실제 시화의 문맥은 여러 범주가 맞물리고 혼합되어 있는 경우가 많다. 전체 진술 내용을 볼 때 시론이나 작시론보다는 시평이나 시일화의 범주에 드는 시화가 훨씬 많다. 가장 많은 것은 시평에 시일화를 곁들이는 것으로 독자의 흥미를 끌기 위해서, 또는 시작품을 창작 배경이나 작가의 생애·인품과 연결시켜 이해하려고 한 고전적 비평의식에 따른 것이다. 시평은 체계적 이론에 따른 것이라기보다는 평론가의 직관·인상에 따르는 '감상비평'의 단계에 머물러 있다. 그래서 시어나 시구의 단편적 분석·평가에 머물거나 특정 작품이나 작가의 시풍·품격을 관용적인 '평어(評語)'를 통해 간단하게 평하는 정도에 그치기도 했다.

우리나라의 시화는 고려 후기에 송나라 시화의 영향을 받아 성립·발전했다. 그러나 중국의 한시보다는 우리나라의 시와 시인에 대한 주체적 관심에서 비롯되었다. 따라서 각 시기마다 시화는 당시 문학의 여러 문제를 해결하려는 노력 속에서 새롭게 발전되어왔다.

우리나라 최초의 시화집은 이인로(李仁老, 1152~1220)의 『파한집』이다. 이인로는 문학의 영원성과 절대적인 가치를 주장하고, 시를 쓸 때 '용사'(用事, 고사나 명구를 인용하는 수사법)를 위주로 하는 기교적 문학관을 내세웠다. 이인로는 『파한집』에서 "사람의 재주는 그릇에 한계가 있는 것과 같은데, 이에 반하여 시재(詩材)는 무궁하다. 유한한 재주로 무한한 재료를 따를 수 없기에 아무리 대가라 하여도 반드시 선인의 명구를 가져다가 다듬어 아름답게 한다."라고 하였다.

이것은 고사의 사용을 필연적 사실로 인정한 것이다. '용사(用事)'를 위해서는 수사(修辭)가 필요하다는 것을 주장한 것이다. 따라서 이인로의 용사론은 수사론이면서 동시에 형식을 중시하는 시론이다.

이에 반해 당시 적극적으로 현실에 임했던 이규보(李奎報, 1168~1241)는 『백운소설』에서 "시는 사상과 감정이 주가 되고, 수사는 다음에 속한다. 사상과 감정은 기(氣)가 주가 된다. 그리고 기의 우열에 따라서 시의 우열이 있게 된다. 졸렬한 기를 타고난 사람은 겨우 수사만을 가지고 시를 짓고 사상과 감정을 앞세우지 못한다. 수사가 아름답기는 하나 함축된 내용이 없으면 보잘 것 없게 된다."라고 하였다.

그는 시인의 개성과 독창성을 강조했으며, 시의 원리에 대해 보다 심화된 신의론(新意論)을 주장해 이인로의 귀족적 기교주의 문학관을 비판했다. 『백운소설』은 종래에는 이규보가 지은 것으로 알려져 왔으나 명대(明代)의 시화집 내용이 실려 있는 등, 여러 자료로 보아 홍만종이 이규보의 『동국이상국집』에서 시화와 관련된 부분을 뽑아서 묶은 것으로 추정되고 있다.

최자(崔滋, 1188~1260)는 이규보의 뒤를 이어『보한집(補閑集)』을 펴내면서 이인로의『파한집(破閑集)』을 보완한다고 했다. 『보한집』은 문학이론·문학사·품격론을 두루 갖춘 책으로, 고려의 시화문학을 비평문학의 위치로 정립시켰다.

이 같은 과정을 통해 비평문학으로 자리 잡게 된 시화문학은 조선시대에 더욱 발전했다. 조선 초기의 문인 관료를 대표하는 서거정(徐居正, 1420~1488)의『동인시화(東人詩話)』는 우리나라 문학사에서 시화라는 말을 사용한 최초의 순수한 시화집이다. 중국과 비교해 우리나라 한시의 우수성을 강조하고 있지만 시작법에 있어서는 중국의 전범(典範)을 익힐 것을 주장하는 용사론에 치우쳐 귀족적 한계를 보여준다. 잡록이 중심이 되었던 당시 시화문학으로는 성현의『용재총화』, 남효온의『추강냉화』 등이 유명하다. 유몽인이『어우야담』을 지었는데, 민간의 비속한 일들을 많이 기록하면서 그 사이에 시화(詩話)나 국조(國祖)의 고사(故事)도 언급하였다.

사림파가 득세하고 사대부의 한시문학이 절정에 이른 16세기말에서 17세기초 사이에는 시화문학도 성숙하여 허균의『성수시화』·『학산초담』 같은 책들이 나왔다. 이 책들은 역대 및 당대 시인들을 비평한 것으로 뒷날 비평의 본보기가 되었다. 그밖에 17세기 후반 남용익(南龍翼, 1628~1692)의『호곡시화(壺谷詩話)』는 역대 시인의 시를 정리한 것이며, 김만중(金萬重, 1637~1692)의『서포만필(西浦漫筆)』은 민요나 가사 등 국문시가의 중요성을 역설한 것으로 유명하다.

우리나라의 시화를 살펴보면 대체로 시대에 따라서 4, 5차의 변천을 보여 주었고 그때마다 특징을 달리하고 있다. 고려시대에는 신의(新意)·용사론(用事論)이 주를 이루었고, 조선 초기에는 송시(宋詩)를 숭상하였

고, 선조조 무렵에는 존당론(尊唐論)으로 변하였다. 이 무렵에 한쪽에서는
이기설(理氣說)을 가지고 시론을 전개하기도 하였다.

임진·병자의 양란을 겪고 나서는 민족의 의식이 각성되고 고조되면서
시화에도 자아(自我)·자주적(自主的)인 논의가 일어났다. 조선 후기 시화
는 전통적인 시화류에서 순수한 시화만을 간추리고 분류하는 휘편(彙編)
작업이 성행되었다.

조선 초기의 서거정은 고려 시화에서 등장한 신의와 용사에 관한 논의
에서 용사론에 편중되는 경향을 보인다. 그는 『동인시화』에서 "시의 용사
는 반드시 출처가 있어야 한다." "옛사람들이 시를 짓는 데는 한 구(句)도
출처가 없는 것이 없다."라고 하였다.

그리고 용사에는 직용(直用)과 반용(反用), 번안법(飜案法) 등이 있다고
논하였다.

그 밖에도 대우법(對偶法)을 강조한 점 등으로 보면 수사를 중시하는
송시 '강서시파(江西詩派)'의 영향이 엿보인다. 조선 초기에는 이와 같이
송시를 숭상하는 시단의 영향을 받아 시화에도 송시풍을 강조하였다.

조선 중기에 오면 삼당시인(三唐詩人) 등의 출현으로 당시풍이 진작(振
作)되고 있었다. 그래서 허균은 『성수시화』나 『학산초담』, 그리고 『국조
시산』 등의 저서에서 송시를 억제하거나 배척하는 존당론을 편다.

그는 "성당의 작품과 비슷하다[似盛唐人作]", "성당의 풍격이 있다[有盛
唐風格]", "성당과 견줄만하다[可肩盛唐]", "당에 가깝다[逼唐]", "당인보다
못하지 않다[不減唐人]" 등과 같이 성당시를 평가의 기준으로 삼아 인상적
으로 비교하는 태도를 취하였다.

조선 중기를 전후해서 성리학의 이기설을 가지고 시와 문장을 논한 것
이 발견된다. 신흠은 그의 『상촌연담(象村軟談)』에서 "시는 형이상(形而上)
의 것이고, 문은 형이하(形而下)의 것이니, 형이상이란 천(天)에 속하고 형

이하란 지(地)에 속한다.

시는 사(詞)를 주로 하고, 문은 이(理)를 주로 한다. 시에 이가 없는 것은 아니지만 이를 주로 하면 내실(內實)하게만 있게 된다. 문에 수사가 없는 것이 아니지만 수사적인 사를 주로 하면 기록으로만 있게 된다. 따라서 사와 이가 모두 고르게 있어야 한다."라고 하였다.

신흠은 시와 문을 형이상·형이하, 이와 사로 구분하여 그 특성을 설명하였다. 신흠의 이와 같은 시도는 문학을 보다 논리적으로 파악하고자 하는 차원에서 나온 것이다.

조선 후기에 오면 우리 시화상에 새롭게 자주적인 자아론이 생긴다. 숙종조의 김만중은 『서포만필』에서 정철(鄭澈)의 「관동별곡(關東別曲)」과 「전·후사미인곡(前後思美人曲)」을 논하면서, "지금 우리나라의 시문들이 제 말을 버리고 남의 나라 말을 배우는데, 설사 십분 비슷하다 해도 이는 앵무새의 말이다. 마을의 나무꾼이나 물을 긷는 아낙들이 서로 화답하며 부르는 노래는 비록 속되기는 하지만 만일 그 참과 거짓을 논한다면 사대부들의 시부(詩賦)가 여기에 따를 수 없을 것이다."라고 하였다.

김만중의 지적은 종래의 한시문(漢詩文) 우월주의에 대한 비판이면서 한글가사의 진솔한 멋을 강조한 것이다. 이것은 주체적 인식을 통한 자아 발견의 결과라 하겠다.

김창협(金昌協)은 그의 『농암잡지(農巖雜識)』에서 "시는 진실로 당나라를 배우는 것이 마땅하지만, 반드시 당나라와 같을 필요는 없는 것이다… 당나라 사람은 당나라 사람이고, 오늘날 사람은 오늘날 사람이다. 그런데 천 몇 백년간을 서로 떨어져 있으면서 그때의 성음과 기조가 한결같기를 바라니 이것은 이치에 없는 짓이다. 굳이 같고자 한다면 이는 허수아비일 뿐이리라."라고 하였다.

김창협은 한시를 짓는 데에 자아의 발현이 중요함을 말하였다. 이 역시 그 당시 일반 문인들이 지녔던 성당시(盛唐詩) 편애주의와 모방 일변도의 추세에 대한 반성과 자각된 주체의식의 발로였다고 보인다. 김창협과 같은 시대에 활동하였던 홍만종도 자주적인 입장에서 시화를 다루고 있다.

홍만종은 김창협과 같은 시대 문인으로 우리나라를 소화(小華)라 이름하고, 대상을 우리나라 시인들의 작품에만 한정하여 보다 전문적인 시비평집인 『소화시평(小華詩評)』을 만들었다. 그리고 이전의 한국 시화를 휘편하여 『시화총림(詩話叢林)』을 편찬하였다. 조선 후기에 홍만종이 역대의 시화·잡록을 정리해 펴낸 『시화총림』 이후로 시화문학이 쇠퇴하기 시작하여 대한제국 말기에 이르러서는 그 명맥만이 유지되었다.

영·정조에 이르러서는 홍중인(洪重寅)의 『동국시화휘성(東國詩話彙成)』, 남희채(南羲采)의 『구간시화(龜磵詩話)』, 임렴(任廉)의 『양파담원(暘葩談苑)』, 그리고 편자 미상의 『시가제화수록(詩家諸話隨錄)』·『해동제가시화(海東諸家詩話)』·『해동시화(海東詩話)』·『시화초성(詩話抄成)』 등 허다한 시화총서들이 출현하였다.

그 밖에도 한말에 이르기까지 계속해서 시화는 지어지긴 하였으나 전시대에 비하여 내세울만한 특징은 발견되지 않는다.

시화는 사대부들의 생활교양인 한시를 바탕으로 생산된 형식이다. 이와 같은 성격은 현재에 있어 시화연구의 한계로 인정된다. 그 반면에 비평은 제2의 창작이라 말하는 것처럼 시화도 근대의 비평과 유사한 비평활동이었다.

근대 이후에 한시는 통용될 수 없는 문학장르가 되어버렸다. 그렇지만 시화 속에는 여전히 현대의 비평과 창작활동에 기여할 수 있는 여러 요소들이 산재해 있을 것으로 믿는다.

향후의 시화연구는 종래와 같이 새로운 자료의 발굴과 정리, 개별적인 시화의 특징 등을 다루는 것은 물론, 더 나아가 시화에서 사용되고 있는 비평용어인 시품에 대한 현대적인 재해석을 해야 한다. 그리고 중국시화와 한국시화의 비교를 통한 한국시화의 고유전통 등을 찾아내는 작업이 요구된다.

이러한 노력이 한편에서 성실히 진행되어야 단절 없는 한국비평문학사의 서술이 가능할 것이고, 현대시론에도 어느 정도 고전시론에 대한 비판적 계승이 약속될 것이다.

참고문헌

『詩話叢林』, 『小華詩評』, 『農巖雜識』, 『暘葩談苑』.

『고려조 한문학연구』, 서수생, 형설출판사, 1971.

『한국고전시학사』, 전형대 외, 홍성사, 1979.

『한국문학사상사시론』, 조동일, 지식산업사, 1980.

『김만중연구』, 조종업 외, 새문社, 1983.

『中韓日詩話比較研究』, 趙鍾業, 台北學海出版社, 1984.

『洪萬宗詩論研究』, 홍인표, 서울대학교출판부, 1986.

「고려시론연구」, 조종업, 『어문연구』 1, 충남대학교, 1963.

「東人詩話研究」, 조종업, 『대동문화연구』 2, 성균관대학교대동문화연구원, 1966.

「고려시론에 나타난 修辭에 대하여」, 최신호, 『서울대학교교양과정부논문집 인문사회과학편』 2, 1970.

「초기시화에 나타난 用事理論」, 최신호, 『고전문학연구』 1, 고전문학연구회, 1971.

「農巖詩論研究」, 조종업, 『민태식박사고희기념논총』, 1972.

「李仁老의 현실과 문학사상」, 김진영, 『관악어문연구』 4, 서울대학교국문과, 1979.

「허균의 문학론연구」, 안병학, 『민족문화연구』 15, 고려대학교민족문화연구소, 1980.

〈한국민족문화대백과사전〉 참고.

성수시화

惺叟詩話

鄭大諫西京詩曰西
敞長堤草色多送君南浦
動悲歌大同江水何時盡別淚年
添綠波至
今稱爲絕倡樓船題詠値 詔使之來 恭撤去

惺叟¹詩話引²

성수시화 안내

我國은 自唐末로 以至今日에, 操觚³爲詩者가 殆數千家나, 而世遠代邈하고, 堙沒不傳者가, 亦過其半이라. 況經兵燹⁴하여, 載籍略盡하니, 爲後學者가 何從考其遺跡乎리오. 深可慨已로다, 不佞⁵은 少習聞兄師之言하고, 稍長하여, 任以文事가, 于今三十年矣라. 其所記覽이, 不可謂不富하니, 而亦嘗妄有涇渭⁶乎아. 中丁未歲에, 刪東詩訖하고, 又著詩評하니, 其於東人에, 稍以詩見於傳記者와 及 所嘗耳聞目見者를, 悉博採幷羅하여, 無不雌黃而評騭之하니, 凡二卷이라. 其所品藻가, 或乖大雅라도, 而搜訪之殷은, 足備一代文獻也라. 書成에, 削其稿하고, 只書二件하여, 一在浪州나 失去하고, 一在京邸나 遺佚이라, 此는 殆六丁이 下取將否아, 欲更記載라도, 而不敢犯天忌하여, 聊以縮手耳라. 辛亥歲에, 俟罪咸山하니, 閑無事라, 因述所嘗談話者하고, 著之于牘하여, 旣而看之하니, 亦自可意라, 命之曰詩話라 하니, 凡九十六款이라. 其上下八百餘年之間에 所蒐出者가 只此이니, 似涉太簡이나, 而要之亦盡之已라, 觀者는 詳焉하라. 是歲 四月之 念日⁷에, 蛟山은 題하노라,

[字] 惺성 : 영리할 引인 : 끌 操조 : 잡다. 觚고 : 술잔. 邈막 : 아득하다. 堙인 : 묻히

다. 燹선 : 난리로 일어난 불. 稍초 : 점점. 涇경 : 통하다. 刪산 : 깎다. 訖흘 : 마치다.
驚즐 : 안배(安排)하다. 藻조 : 무늬, 꾸밈. 殷은 : 많다, 부유하다. 邸저 : 집. 聊료 : 부
족하나마 그대로(애오라지). 縮축 : 줄이다. 牘독 : 편지. 款관 : 항목. 蒐수 : 모으다.
涉섭 : 이르다. 簡간 : 간략하다. 蛟교 : 교룡.

【해석】 우리나라는 당나라 말기로부터 오늘에 이르기까지 붓을 쥐고 시
를 지은 사람들이 거의 수천 명이나 되지만 세대가 멀고 아득하여 인몰
되고 전하지 못하는 자 또한 그 반을 넘고 있다.

　더구나 임진왜란을 거치면서 서적이 거의 없어지고 말았으니 뒷날 공
부하는 자가 무엇을 가지고 그 남긴 자취를 살필 수 있으리오. 심히 개탄
스러울 따름이다.

　나는 어려서 형과 스승들의 말을 익히 듣고, 차츰 자라서 문사(文事)로
자임(自任)하여 온 지가 이제 30년이다. 그 기억하고 보아 온 바가 풍부하
지 않다고 할 수 없으며, 또한 일찍이 망령되나마 청탁(淸濁)을 구분하려
는 것이 마음속에 있지 않았겠는가.

　정미년(1607, 선조 40)에 우리나라 시의 산정(刪定)을 마치고 또 시평(詩
評)을 지었는데, 우리나라 사람으로서 조금이라도 시로써 전기(傳記)에 드
러난 자와 일찍이 귀로 듣고 눈으로 본 자들을 모두 널리 채택하고 나란
히 망라해서 모두 자황(雌黃)[8]을 가리고 비평을 가하니 무릇 두 권이었다.
그 품평한 것이 혹 대아(大雅: 학문하는 선배)의 안목에 어그러질지는 모르
나 그 찾아본 자료의 풍부함은 충분히 한 시대의 문헌을 모두 참고했다고
할 만하였다.

　글이 완성됨에 그 원고를 교정하여 단지 두 권을 써서, 하나는 낭주(浪
州)[9]에 두었는데 잃어버렸고 또 하나는 서울 집에 두었는데 없어지고 말
았으니, 이는 아마도 육정(六丁)[10]이 내려와 가져간 것인가? 다시 기재하

려 해도 감히 하늘의 시기를 감히 범하시 못해 에오라시 손을 움츠리고 있을 뿐이었다.

신해년(1611, 광해군 3)에 함산(咸山 함열(咸悅))[11]에 귀양 가게 되자 한가하여 일이 없었으므로 인하여 일찍이 담화(談話)하던 것을 기술하여 편지지 뒤에 옮겨 썼다. 그러고 나서 보니 또한 마음에 들어 이를 시화(詩話)라 이름 하니 무릇 96관(款)이었다.

그 상하 8백 년 사이에 뽑은 것이 다만 이에 그치니 시대를 건너뜀이 너무 간략한 듯하나 그 중요한 것은 또한 다 썼을 뿐이니 보는 자는 상세하게 살필지라.

이해 4월 20일 교산(蛟山)은 쓴다.

● **주석** --

1 성수(惺叟)는 허균의 호.
2 引은 한문 문체의 하나. 자기 뜻을 부연하여 서술하는 글체이다. 「箜篌引」·「太常引」 등의 용례에서 보듯 원래 시가에서 음을 늘여 박자를 맞춘다는 뜻. 송대에 이르러 삼소(三蘇)의 문집에 序를 引으로 고쳤는데, 소씨(蘇氏)의 조상 중에 序라는 이름이 있었기 때문에 피휘(避諱)한 것이라고 전한다. 이후 序를 引으로 칭하는 일이 더러 있게 되었다고 전한다.(陳必祥 저, 沈慶昊 역, 『한문문체론』, 以會文化社, 1995, 224쪽 참조)
3 조고(操觚) : 글자를 쓰는 패를 잡아 글을 쓴다는 뜻으로, 문필에 종사함을 이르는 말이다.
4 병선(兵燹) : 임진왜란을 가리킨다.
5 불영(不佞) : 말을 잘못한다는 뜻으로 자기를 낮추는 말이다.
6 경위(涇渭) : 중국의 경수(涇水)는 항상 흐리고, 위수(渭水)는 항상 맑아 구별이 분명한 데서 '사리(事理)의 옳고 그름과 시비(是非)의 분간(分揀)'을 이르는 말.
7 염일(念日) : 초하루에서 스무 번째 날. 임일.
8 자황(雌黃) : 옛날 중국에서 오기(誤記)의 정정에 자황을 쓴 일로부터 시문의 첨삭

(添削). 변론(辯論)의 시비(是非)를 일컫는다.

9 전라도 영암군(靈巖郡) 소재.

10 육정(六丁) : 도교(道敎)의 신명(神名). 『黃庭經』 육정(六丁) : 도교(道敎)의 신명
(神名). 『黃庭經』. 육갑(六甲)과 육정(六丁) : 도교의 신(神) 이름으로, 천제(天帝)
가 구사(驅使)하는 양신(陽神)을 육갑이라 하고, 음신(陰神)을 육정이라고 하는데,
도사(道士)가 부록(符籙)으로 불러와서 부린다고 한다. 육정(六丁) : 도교에서 말
하는 신(神)의 이름. 육갑 가운데 여섯 정신(丁神)으로서 정묘(丁卯)·정축(丁丑)
·정해(丁亥)·정유(丁酉)·정미(丁未)·정사(丁巳)를 이르는데, 이 여섯 정신은 매
우 신통력을 발휘한다고 한다. 이 책이 정미년에 완성하였던 것과 관련이 있다.

11 전라도 함열현(咸悅縣) 소재의 함라산(咸羅山). 전라북도 익산시 함열읍·함라면
·황등면·웅포면·성당면 일대에 있던 옛 고을이다.

◉ **보충강의** ---

선시(選試)가 작시(作詩)보다 어렵다고 한다. 본문에서도 "너무 간략한 듯하나
그 중요한 것은 또한 다 썼을 뿐이니 보는 자는 상세하게 살필지라."라고 하였다.
한 시대의 대표 작가를 선정하는 것은 쉬운 일이 아니다. 한 작가의 대표 시를
한 두 편만 뽑는다는 것은 쉬운 일이 아니다. 그중에서 뛰어난 시구를 찾아서
시인의 전체 시를 비평하는 일은 전체 시를 읽어 보지 않고서는 곤란한 일이다.
게다가 심미안을 가지고 품격으로 미학비평을 한다는 것은 더더욱 어려운 일이
다. 이런 부분에 주의하면서 신중히 읽어 나가야 한다.

신라시대 때부터 조선 중기 허균이 활동하였던 당대까지 800여 년간의 시를
시대 순으로 나열하고 간략하지만 결코 간략하지 않은 성수시화는 한국 한시 작
가론과 작품론의 보고요 미학비평의 심연이다.

第1話

崔致遠詩率佻淺不厚而秋夜雨中一絶最好

최치원[1]의 시는 대개 경솔하여, 얄팍하고 두텁지 못하나
「秋夜雨中」 절구 하나는 참으로 좋다.

崔孤雲學士之詩는, 在唐末에 亦鄭谷, 韓偓之流이니, 率佻淺不厚라. 唯, 秋風唯苦吟하니, 世路少知音이라. 窓外三更雨요, 燈前萬里心이라 一絶은 最好라. 又一聯에 遠樹參差江畔路요, 寒雲零落馬前峯이라 하니, 亦佳라.

[새로운 漢子]　率솔 : 대개.　偓악 : 거리끼다. 신선이름.　佻조 : 가볍고 빠르다.

【해석】 학사 고운 최치원의 시는 당나라 말기에도 있었던 정곡[2]이나 한악[3]의 부류이다. 대체로 가볍고 천박[4]하여 두텁지 못하다. 다만,

秋風唯苦吟하니	가을바람에 괴로이 읊조리나니
世路少知音이라	세상에 알아줄 이[5] 적구나
窓外三更雨요	창 밖에는 한밤중에 비가 오는데
燈前萬里心이라	등불 앞 이 마음은 만 리를 달리네

이라는 절구는 참으로 좋다. 또한

遠樹參差江畔路요	먼 나무는 강가 길에 들쭉날쭉하고
寒雲零落馬前峯이라	찬 구름은 말 앞 봉우리에 떨어지네

라는 한 연(一聯)도 또한 아름답다.

● 주석

1 최치원(崔致遠, 857~?) : 통일 신라 말기의 학자·문장가. 자는 고운(孤雲)·해운
(海雲). 12세에 중국 당나라에 유학하여 과거에 급제하고 황소의 난이 일어나자
격문(檄文)을 써서 이름을 높였다. 저서로는『계원필경』,『사륙집(四六集)』등이
있다.

2 정곡(鄭谷, 848~911) : 자는 수우(守愚), 원주인(袁州人). 당나라 시인 정곡(鄭谷)
이 눈[雪]을 두고 지은 시에, "강 위에 저녁 때 그림 그릴 만한 곳은 어옹이 한
도롱이를 입고 돌아간다[江上晚來堪畵處 漁翁披得一簑歸]."는 구(句)가 있다. 정
곡의 벼슬이 도관(都官)이었다.

3 한악(韓偓, 844~923) : 字致堯, 당(唐)나라 사람. 자는 치요(致繞)·치광(致光)·치
원(致元). 호는 옥산초인(玉山樵人). 10세에 시를 지을 줄 알았다. 벼슬은 소종(昭
宗) 때 병부시랑(兵部侍郎)과 한림학사(翰林學士)·승지(承旨)를 지냈고, 애제(哀
帝) 때 주전충(朱全忠)의 역절(逆節)을 미워하여 민(閩) 땅에 피하였다. 그의 시는
강개 격앙(慷慨激昂)하고 충분(忠憤)의 기가 가득 넘쳤다.『향렴집(香奩集)』에는
염체(艶體)의 글이 실려 있는데, 이것을 향렴체(香奩體)라 일컫는다.『한내한별집
(韓內翰別集)』이 있다.『唐書 卷一百八十三 韓偓傳』

4 경조부박(輕佻浮薄) : 말하고 행동하는 것이 신중하지 못하고 가벼움.

5 지음(知音) : 마음이 서로 통하는 친한 벗을 비유적으로 이르는 말. 거문고의 명인
백아가 자기의 소리를 잘 이해해 준 벗 종자기가 죽자 자신의 거문고 소리를 아는
자가 없다고 하여 거문고 줄을 끊었다는 데서 유래한다.『열자(列子)』의「탕문편
(湯問篇)」에 나오는 말이다. 늑지음인.

● 보충강의

최치원의「秋夜雨中」은『고운집』권1에 실려 있는데 그 시는 원문이 조금 다르
게 되어 있다.

秋風惟苦吟　　가을바람 속에 오직 괴롭게 읊조리니
擧世少知音　　온 세상 통틀어 알아주는 이 드무네
窓外三更雨　　창문 밖에 내리는 삼경의 빗소리
燈前萬古心　　등잔 앞에서 만고를 향해 이 마음 달리노라

또 허균이 위에서 인용한 최치원의 시구는 다음 시의 경련(頸聯)에 나온다.

送吳進士巒歸江南

自識君來幾度別　　그대를 알고 난 후 몇 번의 이별인가
此回相別恨重重　　이번에 이별하니 여한이 더욱 깊네
干戈到處方多事　　전쟁에 곳곳마다 일 또한 많으리니
詩酒何時得再逢　　어느 때 시와 술로 다시금 만날거나
遠樹參差江畔路　　먼 나무는 강가 길에 들쭉날쭉하고
寒雲零落馬前峯　　찬 구름은 말 앞 봉우리에 떨어지네
行行遇景傳新作　　가다가 좋은 경치 시 지어 전해주고
莫學嵇康盡放慵　　혜강의 게으름은 배우지 말아주게

칠언율시는 두·함·경·미(頭·頷·頸·尾)련으로 구분한다. 칠언율시의 頷련과 頸련은 대구로 표현해야 하며 율시의 미의식이 집약된 부분이다.
이밖에도 최치원이 가야산 홍유동으로 들어가면서 지은 「제가야산독서당(題伽倻山讀書堂)」이 유명하다.

題伽倻山讀書堂

狂奔疊石吼重巒　　미친 듯 바위에 부딪치며 산을 보고 포효하니
人語難分咫尺間　　지척 간의 사람의 소리도 알아듣기 어려워라
常恐是非聲到耳　　세상의 시비하는 소리 귀에 들릴까 저어해서
故敎流水盡籠山　　일부러 물을 흘려보내 산을 감싸게 하였다네

이 시는 「농산정(籠山亭)」 혹은 「가야산 홍류동(伽倻山紅流洞)」이라는 제목으로 전해지기도 한다. 정자는 가야산 해인사 입구에 있다.

중국의 시진핑 주석이 박근혜 대통령 방문시에 화답한 최치원의 시는 다음과 같다.

泛海 바다에 배를 띄우고

掛席浮滄海	돛 걸고 푸른 바다 배를 띄우니
長風萬里通	장풍 만리의 기분과 통한다 할까
乘槎思漢使	뗏목을 탄 한나라 사신도 생각이 나고
採藥憶秦童	약 캐러 간 진나라 아동들도 떠오르네
日月無何外	허공 밖에 걸려 있는 해와 달이요
乾坤太極中	태극 속에서 나온 하늘과 땅이로세
蓬萊看咫尺	봉래가 지척의 거리에 보이니
吾且訪仙翁	나도 잠깐 선옹을 찾아볼거나

이 시에 나오는 뗏목을 탄 한나라 사신은 한(漢)나라 장건(張騫)이 무제(武帝)의 명을 받고 대하(大夏)에 사신으로 나가서 황하(黃河)의 근원을 찾았는데, 이때 뗏목을 타고 은하수로 올라가 견우와 직녀를 만나고 왔다는 전설이 전한다.(『天中記』卷2) 약 캐러 간 진나라 아동들은 다음과 같은 고사가 있다. 신선이 사는 동해(東海)의 봉래산(蓬萊山)에 장생불사약이 있다고 방사(方士) 서복(徐福)이 진시황(秦始皇)을 속인 뒤에 동남동녀(童男童女) 수천 명을 배에 태우고 바다로 나가 소식이 없었는데, 나중에 알고 보니 일본에 도착했더라는 전설이 전한다.(『史記』卷6 秦始皇本紀) 시진핑이 우리나라를 의식하면서 박근혜 대통령의 방중에 최치원의 시로 응답한 것이다.

第2話
鄭知常詩篇篇絶唱
정지상[1]의 시는 편마다 절창이다.

鄭大諫詩는, 在高麗盛時에 最佳라, 流傳者가 絶少나, 篇篇이 皆絶倡也라.

如風送客帆雲片片이요, 露凝宮瓦玉鱗鱗이라 하니, 稍佻라. 而至於 綠楊閉戸八九屋이요, 明月拳簾三四人이라 하니, 方神逸也라. 其石頭松老一片月하니, 天末雲低千點山이라 하니, 雖苦亦自楚楚로다.

[難解字] 鱗린 : 물고기의 비늘.   稍초 : 약간, 조금.   凝응 : 응결되다.   逸일 : 뛰어나다.
低저 : 아래, 낮다.   苦고 : 수심스럽다.   楚초 : 산뜻하다.

【해석】 대간 정지상의 시는 고려가 번성했을 때에 있었고, 가장 아름다웠다. 전해 오는 것이 매우 적지만, 편마다 모두 뛰어난 노래들이다.

風送客帆雲片片이요　바람이 돛대를 밀어주니 조각조각 구름이요
露凝宮瓦玉鱗鱗이라　궁궐 기와에 이슬이 맺히니 아롱아롱 구슬일세.

와 같은 시구는 조금 가볍지만,

綠楊閉戸八九屋이요　푸른 버들 아래 문을 닫은 여덟여 집이요
明月拳簾三四人이라　밝은 달 아래 주렴을 걷고 서너 사람 앉아 있네.

와 같은 시구에 이르러선 바야흐로 신일(神逸)하다.

石頭松老一片月이요　　바위 꼭대기 늙은 솔에 한 조각의 달이 걸려 있고
天末雲低千點山이라　　하늘 끝 구름 밑엔 천 점 산이 누워 있네.

이 시구도 비록 어려운 운자를 썼지만, 또한 상큼(楚楚)하다.

● **주석** --

1 정지상(鄭知常, ?~1135) : 고려 중기의 문신으로 서경 출신. 초명은 지원(之元).
호는 남호(南湖). 서경 출신으로 서울을 서경으로 옮길 것을 주장해 김부식(金富
軾)을 중심으로 한 유교적·사대적인 성향이 강하던 개경 세력과 대립하였다. 서경
을 거점으로 묘청 등이 난을 일으키자, 적극 가담해 금나라를 정벌하자고 주장하
며 칭제건원(稱帝建元)을 하였다. 그러나 개경 세력의 김부식이 이끄는 토벌군에
게 패해 개경에서 참살되었다. 그의 시풍(詩風)은 만당(晚唐)의 풍으로 매우 청아
(淸雅)하며 호일(豪逸)하였다.

● **보충강의** --

허균이 정지상의 시를 논하면서 인용한 시는 다음 시의 함련(頷聯)과 경련(頸
聯)이다.

長源亭

岧嶢雙闕枕江濱　　우뚝한 두 누각이 강가를 베고 누워
淸夜都無一點塵　　맑은 밤 어디에도 티 한 점 보이잖네
風送客帆雲片片　　바람이 돛대를 밀어주니 조각조각 구름이요

露凝宮瓦玉㲯㲯　궁궐 기와에 이슬이 맺히니 아롱아롱 구슬일세
綠楊閉戶八九屋　푸른 버들 아래 문을 닫은 여덟여 집이요
明月捲簾兩三人　밝은 달 아래 주렴을 걷고 서너 사람 앉아 있네
縹緲蓬萊在何處　아득한 신선 세상 어디에 있는 건가
夢闌黃鳥囀靑春　꿈 깨니 한창 봄에 꾀꼬리 우는구나

신일(神逸)이란 품격은 인용된 시구를 감상해 보건데 운자와 시어의 나열이 너무 자연스러워 신운(神韻)의 조화요 세상을 벗어난 일탈의 미의식 표일(飄逸)의 의미를 함의하고 있다.

그 다음에 인용된 시구는 다음 시의 경련(頸聯)에 나온다.

開聖寺八尺房

百步九折登犖岏　백보에 아홉 굽이 가파른 산길 따라
家在半空唯數間　집들이 반공중에 몇 간이 솟아있네
靈泉澄淸寒水落　샘물이 청정하여 찬물이 솟아나고
古壁暗淡蒼苔斑　묵은 벽 거뭇거뭇 이끼가 끼어있네
石頭松老一片月　바위 꼭대기 늙은 솔에 한 조각의 달이 걸려 있고
天末雲低千點山　하늘 끝 구름 밑엔 천 점 산이 누워 있네
紅塵萬事不可到　홍진의 온갖 일들 이르지 못하기에
幽人獨得長年閑　은자는 한 평생을 한가히 살 수 있네

이 시구를 비평하여 초초(楚楚)하다고 하였다. 초초의 품격은 이미지가 선명하고 산뜻한 자연의 경치나 모양을 나타내는 품격이다.

第3話

鄭知常西京詩人多和之

정지상의 「서경시」는 사람들이 많이 화운했다.

鄭大諫의 西京詩에 曰, 雨歇長堤草色多하니, 送君南浦動悲歌라, 大同江水何時盡고, 別淚年年添綠波라 하니, 至今稱爲絶倡이라, 樓船題詠은, 値詔使之來에, 悉撤去之이나, 而只留此詩라, 其後에 崔孤竹이 和之曰, 水岸悠悠楊柳多하니, 小船爭唱采菱歌라, 紅衣落盡西風冷하니, 日暮芳洲生白波라하고, 李益之和曰, 蓮葉參差蓮子多하니, 蓮花相間女郎歌라, 歸時約伴橫塘口하니, 辛苦移船逆上波라 하니, 二詩가 殊好하니, 有王少伯, 李君虞餘韻이라, 然이나 自是采蓮曲이니, 非西京送別詩本意也라.

[難解字] 値치 : 만나다. 詔조 : 알리다. 悉실 : 다, 모두. 撤철 : 치우다, 거두다. 悠유 : 한가한 모양. 菱릉 : 마름꽃. 橫횡 : 가로. 塘당 : 못, 둑, 제방. 參참 : 섞이다. 差치 : 들쑥날쑥하다. 殊수 : 죽이다. 특수하다. 虞우 : 헤아리다, 근심하다.

【해석】 대간 정지상의 「서경시」에 이르기를

雨歇長堤草色多하니	비 개인 긴 둑에 풀빛은 짙은데
送君南浦動悲歌라	님 보내는 남포(南浦)에 슬픈 노래 울리네.
大同江水何時盡고	대동강 물은 어느 때나 다할까?

別淚年年添綠波라   이별 눈물이 해마다 푸른 물결에 더하네.

라고 하였는데, 지금에 와서도 뛰어난 노래라고 일컬어진다. 樓에서 시를
지어 읊은 것이나, 배에서 시를 지어 읊은 것이나 그런 시들은 중국 사신
이 올 때가 되면 다 철거하는데 다만 이 시는 남겨둔다. 그 후에 고죽
최경창[1]이 화운하기를

水岸悠悠楊柳多하니   강 언덕 한적한데 갯버들이 늘어섰고
小船爭唱采菱歌라   조각배 저 멀리서 연 따는 노랫소리.
紅衣落盡西風冷하니   꽃잎은 모두 지고 갈바람 일어나니
日暮芳洲生白波라   저물녘 빈 강에선 석양의 물결 이네.

라 했고, 익지 이달[2]이 화운하기를

蓮葉參差蓮子多하니   연잎은 들쭉날쭉 연밥도 많은데
蓮花相間女郎歌라   연꽃 핀 틈사이로 여인의 노랫소리
歸時約伴橫塘口하니   돌아올 때 못 입구에서 만나자는 약속 있어
辛苦移船逆上波라   수고로이 물 거슬러 작은 배를 저어가네

라 했으니 두 시가 특히 좋으며, 왕소백[3]이나 이군우[4]의 여운이 있다. 그
러나 이는 절로 '채련곡'이니 '서경송별시'의 본뜻은 아니다.

● 주석

1 최경창(崔慶昌, 1539~1583) : 호는 고죽(孤竹). 인품과 학문이 뛰어나고, 시를 특
  히 잘하여 백광훈(白光勳), 이달(李達)과 함께 삼당시인(三唐詩人)으로 불렸다.

2 이달(李達, 1539~1612) : 조선 중기의 시인. 본관은 신평(新平). 자는 익지(益之), 호는 손곡(蓀谷)·서담(西潭)·동리(東里). 영종첨사 수함(秀咸)의 아들이나, 홍주의 관기(官妓)에게서 태어났으므로 서자로 자랐다. 최경창(崔慶昌)·백광훈(白光勳)과 어울려 시사(詩社)를 맺어, 문단에서는 이들을 삼당시인(三唐詩人)이라고 불렀다. 한때 한리학관(漢吏學官)이 되었고 중국 사신을 맞는 접빈사의 종사관으로 일하기도 하였다. 그는 일흔이 넘도록 자식도 없이 평양 여관에 얹혀살다가 죽었다. 시집으로 제자 허균이 엮은 『손곡집』(6권 1책)이 있다.

3 왕창령(王昌齡, 698~755) : 자는 소백(少伯). 중국 당나라의 시인이며 청신한 착상으로 칠언절구에 뛰어나 이백과 쌍벽을 이루었다.

4 이익(李益, 748~827) : 중당(766~835)의 시인으로 자는 군우(君虞)이고 감숙성 농서(隴西) 사람이며 769년 진사에 급제한 후 여러 벼슬을 지냈다. 헌종의 부름을 받아 중서사인(中書舍人), 집현학사 등을 역임했다. 대력십재자(大歷十才子) 가운데 한 사람이다.

❖ 보충강의

　　김만중은 『서포만필』에서 한국의 "양관(陽關)곡" '한국의 위성삼첩(渭城三疊)'이라 했다.

　　정지상의 송인(送人) : 당나라 시인 왕유(王維, 679~762)의 작품에 비겨 '해동의 위성삼첩'이라 한다. 왕유의 「송원이사안서」가 작품은 대동강에서 친한 벗과의 이별을 하는데 대한 슬픔을 노래한 작품으로 김만중의 '서포만필(西浦漫筆)'에서 고려 정사간의 '남포' 절구는 곧 해동의 위성삼첩이다. 끝구의 '별루년년첨작파(別淚年年添作派)'를 '첨록파'라 하기도 하는데, 익재는 마땅히 '녹파(綠波)'를 좇을 것이라 했고, 사가는 '작(作)'자가 낫다고 했다. 생각건대 심휴문의 '별부'에 이르기를 '春草碧色 春水綠波 送君南浦 像如之何'라 했으니, 정사간의 시가 바로 심휴문의 말을 썼으므로 '녹파'로 바꿀 수가 없다고 말했다.

　　양관삼첩(陽關三疊) : 왕유는 그의 벗 원이(元二)가 양관으로 떠나는 것을 계기로 천하의 명구를 읊어낸다. '송원이사서안(送元二使西安)'이라는 제목의 시로서, 통칭 양관곡(陽關曲) 혹은 위성곡(渭城曲)이라 불리는 노래가 곧 그것이다.

渭城朝雨浥輕塵　위성의 아침비가 가벼운 먼지를 적시니
客舍靑靑柳色新　객사 앞 버들색은 더욱 푸르구나.
勸君更進一杯酒　다시 한 잔 그대에게 권하노니
西出陽關無故人　서쪽 양관을 나서면 아는 사람 없으리니

이 시는 중국의 이별시의 대표작이다. 이에 비하여 한국의 가강 대표적인 이별의 대중시가는 이 「서경별곡」이다.

정지상과 김부식

시중(侍中) 김부식(金富軾)과 학사 정지상은 문장으로 함께 한때 이름이 났는데, 두 사람은 알력이 생겨서 서로 사이가 좋지 못했다. 세속에서 전하는 바에 의하면 지상이,

琳宮梵語罷　임궁(琳宮: 도교의 사원)에서 범어를 파하니
天色淨琉璃　하늘빛이 유리처럼 깨끗하이

라는 시구를 지은 적이 있었는데, 부식(富軾)이 그 시를 좋아한 끝에 그를 구하여 자기 시로 삼으려 하자, 지상은 끝내 들어 주지 않았다. 뒤에 지상은 부식에게 피살되어 음귀(陰鬼)가 되었다. 부식이 어느 날 봄을 두고 시를 짓기를,

柳色千絲綠　버들 빛은 일천 실이 푸르고
桃花萬點紅　복사꽃은 일만 점이 붉구나

하였더니, 갑자기 공중에서 정지상 귀신이 부식의 빰을 치면서, "일천 실인지, 일만 점인지 누가 세어보았느냐? 왜,

柳色絲絲綠　버들 빛은 실실이 푸르고
桃花點點紅　복사꽃은 점점이 붉구나

라고 하지 않는가?" 하매, 부식은 마음속으로 그를 매우 미워하였다. 뒤에 부식이 어느 절에 가서 측간에 올라앉았더니, 정지상의 귀신이 뒤쫓아 와서 음낭을 쥐고 묻기를, "술도 마시지 않았는데, 왜 낯이 붉은가?" 하자, 부식은 서서히 대답하기를, "언덕에 있는 단풍이 낯에 비쳐 붉다." 하니, 정지상의 귀신은 음낭을 더욱 죄며, "이놈의 가죽주머니는 왜 이리 무르냐?" 하자, 부식은, "네 아비 음낭은 무쇠였더냐?" 하고 얼굴빛을 변하지 않았다. 정지상의 귀신이 더욱 힘차게 음낭을 죄므로 부식은 결국 측간에서 죽었다 한다.(동국이상국집, 『백운소설』)

정지상과 김부식은 고려전기 시의 영원한 라이벌이었다. 특기할 일은 허균은 김부식의 시를 언급하지 않고 있다는 것이다. 그의 결기궁시는 영사시로서 명편이다.

結綺宮
결기궁   -김부식(金富軾)

堯階三尺卑	요임금 뜰은 낮기 가세 자였으나
千載餘其德	천년 넘게 그 덕을 남기었고
秦城萬里長	진시황 성은 만 리나 되었으나
二世失其國	두 대만에 나라를 잃었네
古今靑史中	예와 오늘의 흐름 속에서
可以爲觀式	능히 그 거울이 될 만하거니
隋皇何不思	수황은 어이 생각하지 못하고서
土木竭人力	토목으로 백성의 힘 말렸던고

第4話
李仁老詩當時第一
이인로[1]의 시는 당시에 제일이었다.

翰林別曲에도, 稱元淳文, 仁老詩라, 則李大諫之詩는, 固亦
當時第一也라. 其半夜聞鷄聊起舞, 幾回捫蝨話良圖之句는,
殊好라. 與瞿宗吉의 "射虎他年隨李廣, 聞鷄中夜舞劉琨"과 相
似라, 其八景詩亦佳라.

[難解字] 淳순 : 순박하다. 聊료 : 즐기다, 애오라지. 捫문 : (이 따위를) 문질러 죽이
다. 蝨슬 : 이. 瞿구 : 보다. 琨곤 : 옥돌.

【해석】 한림별곡[2]에 유원순[3]의 사륙변려체(四六駢儷體)[4]와 이인로의 시라
고 칭했으니, 이인로의 시는 그 당시에 제일이었던 것이다. 그

半夜聞鷄聊起舞　한밤중에 닭 울음을 듣고 일어나 춤을 추었고
幾回捫蝨話良圖　몇 번이나 이[蝨] 문대며[5] 좋은 계획 얘기했었던가?

라는 구절은 특히 좋다. 종길 구우[6]의

射虎他年隨李廣　지난날엔 이광 따라 범바위를 쏘더니
聞鷄中夜舞劉琨　한밤중 닭 울음에 유곤의 춤을 추네.[7]

와 서로 닮았다. 그 팔경시[8]도 또한 아름답다.

종길 구우(瞿佑)의 "지난날엔 이광 따라 범 바위를 쏘더니 한밤중 닭 울음에 유곤처럼 춤을 추네."라는 시와 서로 닮았다. 그의 팔경시도 또한 아름답다.

◉ 주석 --

1 이인로(李仁老, 1152~1220) : 호는 쌍명재(雙明齋). 중국의 죽림칠현(竹林七賢)을 흠모하여 당시의 이름난 선비인 오세재·임춘 등과 죽림고회를 만들고 시와 술을 즐겼다. 그의 문학세계는 선명한 회화성을 통하여 탈속의 경지를 모색했으며, 문은 한유(韓愈)의 고문(古文)을 따랐고 시는 소식(蘇軾)을 숭상했다. 최초의 시화집인 『파한집(破閑集)』을 저술하여 한국문학사에 본격적인 비평문학의 길을 열었다.

2 한림별곡(翰林別曲) : 고려 고종 때 한림학사(翰林學士)들이 합작한 경기체가(景幾體歌)의 시초 작품.

3 원순(元淳, 1168~1232) : 유승단(兪升旦), 고려시대 문신으로 초명은 원순(元淳), 시호는 문안(文安). 『명종실록』 편찬에 참여하였으며 참지정사로 재직시 강화도 천도에 대한 논의가 일자 종사를 버리고 구차하게 숨어 세월을 보내면서 백성들을 도탄에 빠트리는 일이라고 반대하였다.

4 변려체(騈儷體)·변문(騈文)·사륙문(四六文)·사륙변려문(四六騈儷文)이라고도 한다. 문장이 4자와 6자를 기본으로 한 대구(對句)로 이루어져 수사적(修辭的)으로 미감(美感)을 주는 문체로, 변(騈)은 한 쌍의 말이 마차를 끈다는 뜻이고, 여(儷)는 부부라는 뜻이다.

5 문슬(捫蝨) : 옷에 이가 많아 긁적긁적 훔척거림. 곧 아무 거리낌 없이 제멋대로 하는 자세를 말한다. 『晉書·王猛傳』에 "桓溫入關, 猛被褐而詣之, 一面談當世之事, 捫蝨而言, 旁若無人."

6 구우(瞿佑, 1347~1427) : 자는 종길(宗吉). 문어소설(文語小說) 분야에서 걸작 『전등신화(剪燈新話)』를 지어 많은 모방작을 낳을 정도로 유행하였다. 시에도 아름다운 작품이 있었으나, 지금은 『귀전시화(歸田詩話)』 이외는 거의 전하는 것이 없다.

7 『진서(晉書)』 권62의 조적(祖逖)과 유곤(劉琨)의 고사(故事). 조적은 강개하고 절의가 있던 사람인데 유곤과 함께 사주주부(司州主簿)로 있을 때 유곤과 한 이불을 덮고 자다가 밤중에 황계(黃鷄)가 우는 소리를 듣고, 곤을 발로 툭툭 걷어차 깨우

고 말하기를, "이것은 나쁜 소리가 아니라" 하며 일어나 춤을 추었다.

8 원제는 「宋迪八景圖」(흔히 「瀟湘八景」으로 불린다)로 시는 다음과 같다.

水遠天長日脚斜, 隨陽征鴈下汀沙. 行行點破秋空碧, 低拂黃蘆動雪花. (「平沙落鴈」)
渡頭煙樹碧童童, 十幅編蒲萬里風, 玉膾銀蓴秋正美, 故牽歸興向江東. (「遠浦歸帆」)
雪意嬌多着水遲, 千林遠影已離離, 蓑翁未識天將暮, 誤道東風柳絮時. (「江天暮雪」)
朝日微昇疊嶂寒, 浮嵐細細引輕紈. 林間出沒幾多屋, 天際有無何處山. (「山市晴嵐」)
雲端漱漱黃金餅, 霜後溶溶碧玉濤, 欲識夜深風露重, 倚船漁父一肩高. (「洞庭秋月」)
一帶滄波兩岸秋, 風吹細雨洒歸舟, 夜來迫近江邊竹, 葉葉寒聲摠是愁. (「瀟湘夜雨」)
千山石徑白雲封, 巖樹蒼蒼晚色濃. 知有蓮坊藏翠壁, 好風吹落一聲鍾. (「煙寺晚鍾」)
草屋半依垂柳岸, 板橋橫斷白蘋汀. 日斜愈覺江山勝, 萬頃紅浮數點靑. (「漁村落照」)

● 보충강의 --

한림별곡은 당시 무관들이 정권을 잡자, 벼슬자리에서 물러난 문인들이 풍류적이며, 향락적인 생활 감정을 현실도피적으로 읊은 노래이다. 기본 음률수가 3·3·4로서, 별곡체(別曲體)라는 독특한 음률과 구법(句法)을 가지는 경기체가의 효시(嚆矢)가 되었다. 모두 8장으로 이루어졌으며, 시부(詩賦)·서적(書籍)·명필(名筆)·명주(名酒)·화훼(花卉)·음악(音樂)·누각(樓閣)·추천(鞦韆)의 순서로 각각 1장씩을 읊어 당시 한림의 생활상을 묘사하였다.

그러나 처음 3장까지만 문사들의 수양과 학문에 연관이 있고, 나머지 5장은 풍류라기보다 향락적인 내용으로 되었다. 또한 경기하여체가(景幾何如體歌), 곧 경기체가라는 호칭은 이 노래의 각련(各聯) 끝이 '…경(景) 긔엇더니잇고'로 되어 있음에서 유래한다. 가사는 『악학궤범(樂學軌範)』과 『악장가사(樂章歌詞)』에 국한문(國漢文)으로, 『고려사(高麗史)』 「악지(樂志)」에는 한문과 이두(吏讀)로 각각 실려 전한다. 이와 같은 형식의 별곡체 작품은 이 『한림별곡』에서 비롯하여 충숙왕(忠肅王) 때 안축(安軸)의 『관동별곡(關東別曲)』과 『죽계별곡(竹溪別曲)』이 나왔고, 조선시대에도 수많은 별곡체의 노래를 지었다. 『악장가사』에 국한문으로 수록된 제1장(詩賦)의 첫머리는 다음과 같다. "원순문(元淳文) 인로시(仁老詩) 공로사륙(公老四六), 이정언(李正言) 진한림(陳翰林) 쌍운주필(雙韻走筆), 충기대책

(沖基對策) 광균경의(光鈞經義) 양경시부(良鏡詩賦) 위(偉) 시장(試場)ㅅ경(景) 긔 엇더니잇고…".

허균이 인용한 시구는 다음 시의 경련(頸聯)에 있다.

與友人夜話　　이인로(李仁老)

試問隣墻過一壺	이웃의 담 너머로 술 한 병 사다 놓고
擁爐相對暖髭鬚	화로를 마주 대해 수염을 쬐고 있네
厭追洛社新年少	낙사의 새 소년들 쫓기가 싫어져서
閑憶高陽舊酒徒	고양의 옛 술친구 한가히 생각하네
<u>半夜聞鷄聊起舞</u>	한밤중에 닭 울음을 듣고 일어나 춤을 추었고
<u>幾廻捫蝨話良圖</u>	몇 번이나 이를 잡으며 좋은 계획 얘기했었던가?
胸中磊磊龍韜策	가슴에 솟는 것이 육도삼략 계책이니
許補征南一校無	정남장군 군교자리 시켜줄 용의 없나

第5話

李仁老直銀臺詩

이인로가 한림원에 당직할 때 지은 시

李大諫의 直¹銀臺作詩에 曰, 孔雀屛深燭影微이요, 鴛鴦雙宿豈分飛로다. 自憐憔悴靑樓女하니, 長爲他人作嫁衣라 하니, 蓋大諫久屈於兩制하여, 尙未登庸이나, 而同儕皆涉揆路하니라. 因草相麻하여, 感而有此作也라.

[難解字] 雀작 : 참새.   燭촉 : 촛불.   嫁가 : 시집가다.   庸용 : 쓰다.   儕제 : 동료.
揆규 : 헤아리다.   草초 : 글의 초고(草稿).

【해석】 대간 이인로가 은대(銀臺)²에서 숙직하며 시를 짓기를(원 시제는「內庭寫批有感」)

孔雀屛深燭影微	공작 병풍 깊은 곳에 촛불 그림자 희미한데
鴛鴦雙宿豈分飛	쌍쌍으로 자는 원앙새 어찌 각각 따로 날까?
自憐憔悴靑樓女	가엾어라, 초췌한 청루(靑樓)의 아가씨
長爲他人作嫁衣	늘 남을 위해 시집갈 옷 만드누나.

라고 했다. 대개 대간이 오래도록 兩制(制誥·制敎)에서 눌려있어 아직 등용되지 못하였으나 친구들은 모두 현달한 지위까지 올랐기에 재상의 문서를 초해주다가 느낌이 있어 이 시를 짓게 되었다.

⦿ **주석** --

1 直은 숙직.
2 은대(銀臺)는 고려시대 중추원. 조선시대 승정원의 별칭.

⦿ **보충강의** --

　내정에서 비지(批旨)를 쓰고 느낌이 있어서[內庭寫批有感]란 제목의 시는 이인로 작자 자신은 높은 벼슬에 오르지 못하고, 남이 높은 벼슬하는 데 그 임명하는 글[制誥]을 임금의 명으로 짓기만 하는 것을, 마치 어느 처녀가 자기는 시집가지 못하면서 남의 시집갈 옷을 대신 지어 주는 데 비유하여 탄식한 것이다.

　『고려사』 열전(列傳)에서 이인로에 대하여 "성미가 편벽하고 급하여 당시 사람들에게 거슬려서 크게 쓰이지 못하였다[性偏急 忤當世 不爲大用]."라고 평하였다. 그 자신은 문학 역량에 대하여 자부가 컸으나 크게 쓰이지 못하여 이상과 현실간의 거리가 있었음을 보여준다.

　이인로(李仁老)의 다음 시 한 편을 감상하며 청루의 여자, 즉 기생들을 보는 시각을 살펴보자.

半月城 반월성

孤城微彎像半月	외로운 성 약간 굽어 반달을 닮았는데
荊棘半掩猩猖穴	가시덤불은 다람쥐 굴을 반쯤 가리웠구나
鵠嶺靑松氣鬱蔥	곡령의 푸른 솔은 항상 울창한데
鷄林黃葉秋蕭瑟	계림의 누른 잎은 가을엔 쓸쓸하다
自從大阿倒柄後	태아의 자루를 거꾸로 잡은 뒤에
中原鹿死何人手	중원의 사슴은 누구 손에 죽었던고
江女空傳玉樹花	강가의 여자들은 속절없이 옥수화를 전하는데
春風幾拂金堤柳	봄바람은 몇 번이나 금제의 버들을 떨쳤던가

신라 말기에 최치원(崔致遠)이 고려 태조 왕건(王建)에게 글을 보냈는데, "곡령의 푸른 솔이요, 계림의 누른 잎이라." 하는 문구가 있었다. 이것은 "송도(松都)는 일어나고 경주(慶州)는 망하리라."는 뜻이다. 태아는 보검(寶劍)의 이름으로 한(漢)나라 유향(劉向)의 상소에, "태아를 거꾸로 쥐고서 칼자루를 남의 손에 쥐어 주었다." 하는 말이 있는데, 그것은 임금이 정권을 남에게 맡긴 데 비유한 말이다. 진나라 간신(姦臣) 조고(趙高)가 임금에게 사슴을 몰고 와서 말[馬]이라 속였다. 그 뒤에 변사(辯士) 괴철(蒯徹)이, "진나라가 사슴을 놓쳤으매 여러 사람들이 쫓는데 발이 날랜 자가 먼저 얻는다." 하였다. 이것은 조고(趙高)의 사슴에 관한 이야기를 인용하여 진나라가 나라를 잃은 데에 비유하였다. 진나라가 망할 때에 후주(後主)가 밤낮으로 술과 여색에 미혹하여 옥수후정화(玉樹後庭花)라는 음란한 곡조를 불렀다. 당나라 시인 두목지(杜牧之)가 그의 고도(古都)를 지나다가, "장사치 계집들은 나라 망한 한(恨)도 모르고 강가에서 아직도 정화를 부른다[商女不知亡國恨 隔江猶唱後庭花]."라는 시를 지었다. 수양제(隋煬帝)가 변하(汴河)에 행궁(行宮)을 짓고 강 언덕에 버들을 많이 심어서 음란하게 놀아, 나라가 망한 뒤에 버들만이 남아 있었다.

第6話

李奎報詩富麗橫放

이규보[1]의 시는 풍부하고 아름다우며 호방하다.

李文順은 富麗橫放이라. 其七夕雨詩는, 信絶倡也라. 其輕衫小簟臥風櫺, 夢覺啼鶯三兩聲, 密葉翳花春後在, 薄雲漏日雨中明之作은, 讀之爽然이라. 又官人閑捻笛橫吹요 蒲席凌風去似飛라, 天上月輪天下共인데, 自疑私載一船歸라 하니 亦儘高逸矣로다.

[難解字] 橫횡 : 사방으로 종횡하다. 簟점 : 대자리. 櫺령 : 격자 창. 翳예 : 가로막히다. 爽상 : 상쾌하다. 捻념 : 비틀다. 蒲포 : 부들과의 여러해살이 풀. 儘진 : 다하다. 극치에 달하다.

【해석】 이 문순공의 시는 풍부하고 고우며 호방하다. 그의 「七夕雨」 시는 진실로 절창이다.(시제는 「夏日卽事」 其二)

輕衫小簟臥風櫺	얇은 적삼 작은 돗자리로 바람 난간에 누웠다가
夢覺啼鶯三兩聲	꾀꼬리 두세 소리에 낮잠을 깼네.
密葉翳花春後在	빽빽한 잎들에 가린 꽃은 봄이 지났는데도 남아 있고
薄雲漏日雨中明	엷은 구름사이로 햇살이 새어나와 빗속에도 밝네.

라고 하였는데, 이것은 읽기만 해도 시원해진다. 또(시제는 「江上月夜. 望客舟」)

官人閑捻笛橫吹　벼슬아치 한가로이 피리를 골라 부니

蒲席凌風去似飛　부들자리 바람 타고 나는 듯 달려간다.

天上月輪天下共　하늘의 저 달은 누구나 다 함께 누리는 것이건만,

自疑私載一船歸²　제 배에만 독차지하여 싣고 돌아온다고 생각하네.

라고 한 시 또한 지극히 고일(高逸)하다.

● 주석 --

1 이규보(李奎報, 1168~1241) : 호는 백운거사(白雲居士). 9세 때부터 중국의 고전들
  을 두루 읽기 시작했고, 문재가 뛰어났다. 14세 때 사학(私學)의 하나인 성명재(誠
  明齋)의 하과(夏課 : 여름철에 절을 빌려 행한 과거시험 준비를 위한 학습)에서
  시를 빨리 지어 선배 문사로부터 기재(奇才)라 불렸다. 형식주의에 젖은 과시의
  글[科擧之文] 등을 멸시하였다. 학식은 풍부하였으나 작품들은 깊이 생각한 끝에
  나타낸 자기표현이 아니라 그때그때 의식에 떠오르는 바를 그대로 표출하였다.
2 官人閑捻笛橫吹　관인이 한가롭게 피리를 비껴 불며
  蒲席凌風走似飛　포석에 바람 부니 나는 듯 빠르구나
  天上月輪天下共　하늘의 둥근 달은 온 세상 다 같은데
  自疑私載一船歸　저 혼자 독차지해 배에다 싣고 가나
  제2구에 '去'가 '走'로 된 것도 있다.

● 보충강의 --

  부려횡방(富麗橫放)은 이규보 시의 전반적인 성격을 비평하는 품격이다. 이규
보의 시는 시상과 시어가 풍부하고 아름다우며 자유롭고 호방한 성격의 시풍이다.
  상연(爽然)의 품격은 상쾌한 시풍이고, 고일(高逸)의 품격은 고상하고 속세를
벗어난 표일한 시풍이다.

허균이 찬양한 이규보의 칠석시는 다음과 같다.

『東國李相國集』 권2 「七月七日雨」
(『동문선』 권6에는 「七夕雨」라는 제목으로 실려 있다.)

銀河杳杳碧霞外	푸른 노을 밖에 은하(銀河)가 아득하니
天上神仙今夕會	천상의 신선 오늘 밤에 모이네.
龍梭聲斷夜機空	용북 소리 끊어지니 밤 베틀은 비고
烏鵲橋邊促仙馭	오작교 가로 수레를 재촉하네.
相逢才說別離苦	서로 만나 이별의 고통 말하자마자
還遵明朝又難駐	도리어 내일 아침이면 다시 머물 수 없음을 말하네
雙行玉淚洒如泉	두 줄기 옥 같은 눈물을 샘물처럼 뿌리니
一陣金風吹作雨	한바탕 가을바람 일어 이내 비를 만든다.
廣寒仙女練帨凉	광한전의 선녀(항아)는 비단 수건 서늘한 채
獨宿婆娑桂影傍	쓸쓸한 계수나무 그림자 곁에 홀로 자나니
妬他靈匹一宵歡	남의 신영스런 배필 하룻밤 즐거움 시기하여
深閉蟾宮不放光	두꺼비 궁 굳게 닫고 빛을 내지 않네.
赤龍下濕滑難騎	붉은 용 내려오나 미끄러워 타기 어렵고
青鳥低霑凝不飛	푸른 새는 날개 젖어 날지 못하네.
天方向曉汔可霽	하늘은 바야흐로 밝아와 새벽이 되려하니
恐染天孫雲錦衣	천손(天孫)의 구름 비단옷 물들까 두려워라.

본문에 실린 것은 「하일즉사」 두 편 중 두 번째 시이고, 그 첫 번째 시는 다음과
같다.

夏日卽事 其一

簾幕深深樹影廻	주렴은 나무 그늘에 둘러싸여 고즈넉하고
幽人睡熟軒成雷	유인은 한잠에 들어 코 고는 소리 우레로세.

日斜庭院無人到　　해 기운 정원에 찾는 사람 없는데
唯有風扉自闔開　　사립문만 바람따라 저절로 여닫히네.

　이규보는 개성 천마산 은거 시절, 고구려의 계승 국가 고려의 정통성을 세우고 고려인의 단결을 이끌어내려는 목적으로「동명왕편」을 지었다. 이것은 당시 무인 집권에서 생긴 혼란과, 또 백제, 신라 부흥 운동으로 고려의 정통성마저 부정하는 상황 속에서 고려가 고구려를 계승한 정통 민족 국가임을 내세우기 위한 의도에서 쓰였다고 평가받는다. 「동명왕편」은 이후 이승휴의「제왕운기」, 조선 초기의 태조 이성계의 업적을 찬양한「용비어천가」창작에도 영향을 끼쳐 민족 서사시의 정통을 최초로 수립한 것으로 평가받는다.

第7話

陳澕詩淸勁可詠

진화[1]의 시는 맑고 고아하여 읊을 만하다.

同時陳翰林澕는, 與文順과 齊名이라. 詩甚淸邵하니, 其小梅零落柳傲垂요, 閑踏淸嵐步步遲라, 漁店閉門人語少요, 一江春雨碧絲絲라 하니, 淸勁可詠이라.

[難解字] 澕화 : 물이 깊다. 邵소 : 높다. 傲기 : 취하여 춤추는 모양. 嵐남 : 산 속에 생기는 아지랑이 같은 기운.

【해석】 같은 때 한림 진화는 이문순과 시명(詩名)을 나란히 했는데, 그 시가 매우 청아하고 고상했다. 그의(시제는 「野步」)

小梅零落柳傲垂	작은 매화는 다 지고, 버들가지는 축축 늘어졌는데
閑踏淸嵐步步遲	한가로이 청람(淸嵐) 밟아 천천히 거닐어본다.
漁店閉門人語少	어점(漁店)은 닫히고 사람 소리 드문데
一江春雨碧絲絲[2]	온 강의 봄비는 실실이 푸르네

라고 한 작품은 청경(淸勁)하여 읊조릴 만하다.

● 주석 --

1 진화(陳澕, ?~?) : 호는 매호(梅湖), 이규보 등과 교유하였으며, 「고려사」 악지(樂志)에서 '쌍운주필(雙韻走筆)'에 있어서는 이정언(李正言, 奎報)과 陳翰林(澕)

이었다'는 말로 미루어 당시 시부(詩賦)에 있어 이규보와 더불어 쌍벽을 이루었음을 알 수 있다.

2 野步(陳澕) :

小梅零落柳僛垂　소 매화 떨어지고 버들은 늘어져서
閑踏靑嵐步步遲　푸른 이내 밝아가니 걸음도 더디어라
漁店閉門人語少　어점(漁店)은 닫히고 사람 소리 드문데
一江春雨碧絲絲　온 강의 봄비는 실실이 푸르네

● 보충강의 ··

청경(淸勁)의 품격은 속세를 벗어난 맑고 청아한 시상을 강하게 고수하고 있는 시풍이다. 이와 비슷한 청소(淸邵)의 품격은 맑고 고아한 시풍을 말한다. 그의 대표작은 봉사입금이다.

奉使入金
사명을 받들어 금나라에 들어가며

西華已蕭索　서쪽 중국 이미 삭막해졌고
北寨尙昏蒙　북쪽 방책(防柵) 오히려 몽매하지만
坐待文明旦　앉아서 문명의 아침 기다리나니
天東日欲紅　하늘 동쪽 해가 붉게 오르려 하네

문청공(文淸公) 최자(崔滋)의 『보한집(補閑集)』에 "보궐(補闕) 진화(陳澕)가 서장관(書狀官)으로 금나라에 들어갈 때 '서쪽 중국 – 남송이 서쪽에 있기 때문에 한 말이다. – 이미 삭막해졌고, 북쪽 방책(防柵) 오히려 몽매하지만, 앉아서 문명의 아침 기다리나니, 하늘 동쪽 해가 붉게 오르려 하네.'라고 하였다. 내가 한 해 전에 추밀원 부사(樞密院副使)로 몽고에 사신을 갔다가 흥중부(興中府)에서 묵게 되었는데 어떤 사찰 벽 위에 시 한 수가 쓰여 있는 것을 보았다. 그 시에 '사방 천하 모두가 여우 토끼 굴 되었고, 온 나라들 오히려 오랑캐 하늘 우러러보네. 인간 세상 즐거운 나라 이 어디 있는가, 되물릴 수 없는 내 인생 정말 안타깝네.[四野盡爲狐兎窟 萬邦猶仰犬羊天 人間樂國是何處 深歎吾生不後先]'라고 하였다. 진화가 서장관으로 금나라에 들어가며 금나라가 있는 북쪽 방책이 몽매하다고 한 것은 예의가 아니다. 그러나 홍중부에서 본 시 한 수는 나그네가 쓴 것이니 고상한 말을 하더라도 무슨 죄가 있겠는가.'하였다.

살펴보건대, 고려조에는 요(遼)나라와 금(金)나라를 차례대로 섬기면서도 태연히 부끄러워할 줄 몰랐는데, 공의 이 시만은 중화와 오랑캐의 구별에 엄격하였으니『춘추(春秋)』의 의리를 깊이 터득한 것으로 선견지명이 있어 말한 것 같다. 당시 여진족의 금나라가 비록 위축되었으나 몽고족의 원나라가 이어서 강성하였으니, '북쪽 방책이 몽매하다'고 한 것은 두 나라를 아울러 지적한 것으로 억울하고 원통하게 여겨 바다를 건너고 황하(黃河)의 물이 맑아지기를 기다리는 뜻[蹈海俟河之意]이 있다. 이 뒤로 겨우 100년이 지났을 때 명(明)나라가 천하를 통일하여 오랑캐 무리를 쓸어버려 문명의 교화가 동쪽으로 바다를 건너왔지만, 애석하게도 공이 볼 수가 없었다. −『매호유고』

이 시에서 우리 동방이 동양문화의 중심이 된다는 원대한 희망을 표현하고 있다.

第8話

洪侃詩穠艶清麗

홍간[1]의 시는 농염하고 청려하다.

洪舍人侃詩는, 穠艶清麗니라. 其懶婦引과 孤雁篇이, 最好라, 似盛唐人作이라.

[難解字] 侃간 : 강직하다. 穠농 : 꽃나무가 무성한 모양. 懶라 : 게으르다.

【해석】 사인 홍간의 시는 농염하면서도 맑고 곱다. 그 「懶婦引」[2]과 「孤雁篇」[3]이 가장 좋으니, 마치 성당 사람의 작품 같다.

◉ 주석

1 홍간(洪侃, ?~1304) : 고려 후기의 문신으로 자는 자운 또는 운부, 호는 홍애이다.
  시문에 능하였고 시체가 청려한 것으로 이름이 높았다. 이제현은 역옹패설에서
  "그가 시 한편을 지어낼 때마다 어진 사람이나 그렇지 못한 사람이나 모두 그 시를
  좋아하여 서로 전해가며 외웠다."고 하였다. 그의 시가 뛰어나서 당시에 널리 애호
  되었음을 알 수 있다.

2 「懶婦引」 :
  雲窓霧閤秋夜長   구름 창과 안개 문에 가을밤이 깊었는데
  流蘇寶帳芙蓉香   유소보장(술 달린 비단 장막)에 부용이 향기롭다.
  吳歌楚舞樂未央   오나라 노래와 초나라 춤의 즐거움이 다하지 않아,
  玉釵半醉留金張   옥비녀 꽂은 미인은 반쯤 취해 김장(勳臣世家)을 만류하네.
  堂上銀缸虹萬丈   당 위의 은 등잔에는 무지개가 만 길이요,
  堂前畵燭淚千行   당 앞의 그림 새긴 촛대에는 눈물이 천 줄이네.

珠翠輝光不夜城　주취의 빛나는 광명은 불야성을 이루어

月娥羞澁低西廂　달은 부끄러워 서쪽 행랑에 나직하네.

誰得知貧家懶婦無襦衣　누가 가난한 집 여인의 속옷 없음을 알리오,

紡績未成秋鴈歸　길쌈 마치지 못했는데 가을 기러기는 벌써 돌아가네.

夜深燈暗無奈何　밤은 깊고 등불 어두우니 어찌하리오,

一寸願分東壁輝　동쪽 벽의 한 치 불빛을 나눠 주기 원하네.

3 「孤雁篇」 :

五侯池館春風裡　봄바람 속 오후의 지관

微波粼粼鴨頭水　푸른 물 살랑살랑 잔물결 일렁이네.

闌干十二繡戶深　열두 난간 화려한 문은 깊숙한데

中有蓬萊三萬里　그 가운데 삼만 리 봉래가 있구나.

彷徨杜若紫鴛鴦　두약 사이에 노니는 것은 자줏빛 원앙새요

倚拍芙蓉金翡翠　부용에 기대어 어루만지는 것은 금빛 비취새라.

雙飛雙浴復雙栖　쌍으로 날고 쌍으로 목욕하고 다시 쌍으로 깃들며

綷羽雲衣恣遊戲　오색의 깃털과 구름옷으로 마음껏 유희하네.

君不見十年江海有孤鴈　그대는 보지 못했는가, 십년 강해의 외기러기를

舊侶微茫隔雲漢　옛짝과 아득히 은하수를 사이에 두었다네.

顧影低昂時一呼　제 그림자 쳐다보며 오르락내리락 때로 불러도 보지만

蘆花索漠風霜晚　갈대꽃 쓸쓸하고 바람서리 깊어만 간다.

⦿ 보충강의 --

　농염(穠艶)의 풍격은 매우 농염한 아름다움을 비평한 시풍이다. 청려(淸麗)의 품격은 맑고 아름다운 시풍이다.

　허균은 성수시화에서 당시의 품격과 비교하여 '성당시와 비슷하다'라고 평하는 것이 자주 등장된다. 이 평가는 대단히 좋다는 뜻이다.

　중국의 당시를 시대별로 논할 때 초당(初唐)·성당(盛唐)·중당(中唐)·만당(晚唐) 네 시기로 구분한다. 명(明)나라의 고병(高棅)의 『당시품휘(唐詩品彙)』에서 처음으로 시도하였다.

　청대에 편찬된『전당시(全唐詩)』에는 2200여 명 시인의 4만8천800여 수의 시가 수록되어 있다. 당나라 때 시가 융성한 이유는 관리의 채용시험에 시를 쓰게 했다는 것, 국운과 제반 문화가 무르익었다는 것, '율시'와 '절구'라는 새로운 형식이 시인들의 마음을 사로잡았다는 것, 천재 시인이 속출했다는 것 등 여러 가지가 겹쳐 문학의 양식 가운데 시에 거의 모든 문인의 관심이 집중된 덕분이었다.

　초당(初唐, 618~712) : 당나라가 세워진 때부터 현종(玄宗) 즉위(712)까지의 약 100년간을 '초당'이라고 한다. 이 시기는 당의 건설기에 해당하는데 거국적으로 국내통일과 국력충실에 노력하여 국가치안이 확보되고 백성들은 안정된 생활을 유지하였다. 그리고 중앙아시아나 인도의 문화도 섭취한 일대 융합문화가 생겨났다. 그 때문에 시 분야에서도, 성률(聲律)·대우(對偶)를 중시한 수사(修辭)의 기교에 애쓰는 위진남북조 이래의 귀족문학의 전통이 뿌리 깊었으나, 발전하는 시대를 반영하는 강인한 정신이 더욱 돋보이게 된다. 이 시기의 대표적인 시인으로는 초당4걸 : 왕발(王勃)·양형(楊炯)·노조린(盧照鄰)·낙빈왕(駱賓王)과 왕적(王績), 두심언(杜審言), 심전기(沈佺期), 하지장(賀知章), 진자앙(陳子昂) 등이 있다.

　성당(盛唐, 713~770) : '성당'은 현종(玄宗)의 개원(開元:713)으로부터 대종(代宗)의 영태(永泰:765)까지 약 50년간이다. 당나라 시의 품격이 최고조에 달한 시기로 이백과 두보를 비롯한 기라성 같은 시인이 배출된 시기이다. 이백(李白)은 술을 좋아한 호방한 자유주의자였고 현실에 연연하지 않는 낭만주의자였다. 상상력이 풍부한 상징적인 시풍과 뛰어난 예술성은 신선의 경지에 이르러, 그는 '시선(詩仙)' 혹은 '주선(酒仙)'으로 불리고 있다. 두보(杜甫)는 생애 내내 먹을 것을 찾아 떠돌이 생활을 한 가난한 시인이었다. 두보가 식량을 구하러 떠도는 동안 자식은 굶어죽었고 본인도 병고에 시달리다 죽은 불운한 시인이었지만 그의 시는 천년이 훨씬 지난 오늘의 우리에게도 큰 감동을 주고 있다. 두보는 국가와 대한 근심에서 헤어나지 못했다는 점에서는 우국지사였고, 민중의 생활상과 고통을 예리하게 그려낸 점에서는 탁월한 민중 시인이었다. 이백(李白)·두보(杜甫)·왕유(王維)·맹호연(孟浩然)·저광희(儲光羲)·잠삼(岑參)·고적(高適)·왕창령(王昌齡)·왕지환(王之渙)·왕한(王翰)·상건(常建) 등이 있다.

중당(中唐, 771~836) : '중당'은 대종의 대력(大曆:766)으로부터 경종(敬宗)의 보력(寶曆:820)까지 약 60년간이다. 이 시기의 백낙천(白居易)과 원진(元稹), 한유(韓愈)와 유종원(柳宗元) 등과 만당 시대의 두목은 두보의 영향을 받아 사회비판의식이 충만해 있었고, 이는 또 중국 시의 중요한 전통이 되었다. 중당 시대의 특기할만한 시인으로 이하(李賀)가 있다. 그는 16세에 시를 쓰기 시작해 27세에 요절한 시인으로, 유령이나 요괴, 귀신 등 초자연적인 사물들을 많이 노래하여 귀기가 서린 듯 기괴하고 음침한 분위기를 잘 나타냈다. 귀(鬼)를 중심으로 한 환상적인 시들은 유미주의적인 색채를 띠었다. 전기(錢起)·사공서(司空曙)·노윤(盧綸)·백거이(白居易)·한유(韓愈)·유종원(柳宗元)·맹교(孟郊)·가도(賈島)·위응물(韋應物)·유우석(劉禹錫) 등이 있다.

만당(晚唐, 837~907) : '만당'은 문종(文宗)의 태화(太和:827)로부터 소선제(昭宣帝)의 천우(天祐:906)까지 약 80년간이다. 시기의 이상은(李商隱)까지도 이하(李賀) 시의 작풍을 따르고 있다. 그 밖에 한산자(寒山子) 같은 선승과 두목(杜牧), 온정균(溫庭筠), 위장(韋莊) 등이 만당 시기를 대표하는 시인이다. 이상은(李商隱)·온정균(溫庭筠)·두목(杜牧)·한악(韓偓)·호증(胡曾) 등이 있다.

第9話

詩人托興言之雖非其物用之於詩中
시인들은 탁물 우흥을 말한다. 비록 그 물건이 아니더라도
시 가운데 그 말을 쓴다.

　李堅幹詩에, 旅館挑殘一盞燈하니, 使華風味淡於僧하고, 隔窓杜宇終宵聽하니, 啼在山花第幾層이라 하니, 此詩는 當時以爲絶倡이라. 余慣游關東한데, 其所謂杜鵑者는, 卽鼎小也之類라. 浙人王子爵과, 泗川人商邦奇가, 俱嘗來江陵이라. 余問之하니, 二人皆曰, 非杜鵑也라 하니. 蓋詩人이 托興言之라, 雖非其物라도, 用之於詩中이라,

　如隔林空聽白猿啼者는, 我國에 本無猿也요. 如脩竹家家翡翠啼者는, 見靑禽하고 而謂之炎洲翠也니라. 鷓鴣驚簸海棠花者는, 見大鵲叫磔磔하니 而謂行不得也니라. 皆此類歟인져.

[難解字] 挑도 : 돋우다. 盞잔 : 등잔. 宵소 : 밤. 啼제 : (새나 짐승들이)울다. 慣관 : 익숙하다. 鵑견 : 두견새. 浙절 : 강 이름. 泗사 : 물 이름. 脩수 : 길다. 翡비 : 물총새. 翠취 : 물총새. 鷓자 : 자고새. 鴣고 : 자고새 棠당 : 해당화. 簸파 : 까부르다(키를 위아래로 흔들어 곡식의 티나 검불 따위를 날려 버리다) 鵲작 : 까치. 磔책 : 찢다.

【해석】 이견간(李堅幹)[1]의 시(제목, 「奉使關東聞杜鵑」)

| 旅館挑殘一盞燈하니 | 여관에서 등잔불 심지를 돋우고 있노라니 |
| 使華風味淡於僧이라 | 사신(使臣)의 풍미가 중보다 더 담박하네. |

隔窓杜宇終宵聽하니　창 너머 두견 소리 밤새도록 들리니
啼在山花第幾層이라² 꽃 핀 저 산 몇 번째 골에서 울고 있을까?

라고 했는데, 이 시를 두고 당시에는 절창이라고 일렀다.

나는 관동(關東)³ 지방에 자주 놀러 가곤 했었는데 이 시에서 이른바 두견은 곧 소쩍새⁴ 종류이다. 절강(浙江) 사람 왕자작(王子爵)과, 사천(泗川) 사람 상방기(商邦奇)가 함께 온 적이 있었다. 내가 두 사람에게 물어 봤더니, 모두 "이는 두견은 아니다"라고 하였다. 대개 시인들이 탁물우흥 하여 말하는 것으로, 비록 그 사물이 아니더라도 시 가운데서는 그 말을 활용한다. 예를 들면 "隔林空聽白猿啼 수풀 건너 흰 원숭이 울음 부질없 이 듣노라"와 같은 경우, 우리나라에는 본래 원숭이가 없고, 脩竹家家翡 翠啼 쭉쭉 뻗은 대 숲에 집집마다 비취새⁵ 울음 우네"와 같은 경우는, 파랑 새를 보고 염주취(炎洲翠)⁶라 한 것이고, 鷓鴣驚簸海棠花 자고새⁷는 놀라 서 해당화를 흔드네"와 같은 경우는, 까막까치가 깍깍 우는 것을 보고 행부득(行不得)⁸이라 한 것이니, 모두 이와 같은 류이다.

● 주석 --

1 이견간(李堅幹) : 자는 직경(直卿), 호는 국헌(菊軒). 고려 충렬(忠烈), 충선(忠宣), 충숙왕(忠肅王) 삼조(三朝)에 걸쳐 벼슬이 진현관 대제학에 이르렀다.
2 國朝詩刪 참고. 『大東詩選』 권1에 「奉使關東聞杜鵑」이라는 제목으로 실려 있다. 대동시선에는 淡은 澹으로 되어 있다.
3 관동(關東) : 대관령 이동(以東)의 지방. 곧 강원도.
4 정소야(鼎小也) : 솥이 작다. 소쩍새. "鼎小鳥"라고 하며, 솥적새라고 읽는다. 『大東韻府群玉 11, 上聲, 篠, 小』 "禽名. 鼎小, 杜鵑俗號鼎小, 似雀而大, 色微黃. 今山間樹木茂密處, 皆有之. 徹夜哀鳴, 常曰鼎小鼎小故名, 或於白晝啼之." 『於于

野談 5, 萬物, 禽獸 "我國人 以鼎小鳥爲杜鵑, 東人多咏鵑, 而皇華集天使之詩, 前後賦春物者, 未有一句及聞鵑."

5 비취(翡翠)새 : 물총새. 몸의 윗면은 광택이 나는 청록색이다. 턱 밑은 흰색이나 다소 누런 갈색을 띤다. 목 옆면에는 밤색과 흰색 얼룩이 있다. 저수지 주변 둑이나 개울가에 번식하는 흔한 여름새이며 물총새는 먹이를 사냥할 때 물속으로 신속히 잠수를 하여 물고기를 잡으며, 잡은 물고기는 나뭇가지나 돌에 쳐서 죽인 후 머리부터 먹는다. 물총새를 물고기를 굉장히 잘 잡는 새라고 여겨져, 사냥을 잘하는 호랑이나 늑대에 비유해 '어호(魚虎)' 또는 '어구(魚狗)'라고도 불리고 있다. 또 물총새를 비취새(翠鳥)·취벽조(翠碧鳥)라고도 불리는데, 보석 비취(翡翠)도 '물총새의 깃털 빛과 같다'하여 붙어진 이름이다.

6 염주취(炎洲翠) : 炎洲의 翡翠. 炎洲는 지금의 瓊州니, 그 땅이 큰 바다 가운데에 있고, 항상 더운 곳이므로 炎洲라 하니, 翡翠가 많이 생산되는 곳이라 한다.

7 자고(鷓鴣) : 새 이름. 몸뚱이 크기는 비둘기만하고 떼를 지어 땅굴 속에 산다. 가슴에 진주 같은 흰 원점이 있고, 등에는 붉은 색 물결무늬가 있으며, 발은 황갈색이다. 옛 사람들은 그 새의 울음소리를 "行不得也哥哥"라고 운다고 생각했으며, 시에서 흔히 고향을 그리워하는 심정을 나타내는 것으로 쓰였다. 『文選, 左思, 吳都賦』 "鷓鴣南翥而中留, 孔雀綷羽以翶翔"「劉逵注」"鷓鴣, 如雞, 黑色, 其鳴自呼. 或言此鳥常南飛不止. 豫章已南諸郡處處有之."

8 행부득(行不得) : 鷓鴣의 우는 소리를 형용한 것으로, 行路가 어려움을 나타낸 말이다. "行不得也哥歌", 혹은 "行不得哥哥"라고도 한다. 薩都刺 『百禽歌』 "萬山雨暗泥滑滑, 不如歸去聲亦乾. 行不得也哥哥, 九關虎豹高嵯峨, 行不得也哥哥" 李時珍 『本草, 禽2, 鷓鴣』 "鷓鴣性畏霜露, 早晚稀出, 夜棲以木葉蔽身, 多對啼, 今俗謂其鳴曰, 行不得也哥哥."

● 보충강의 --

허균은 시를 이해하는 데는 그 물명을 분명히 알아야 한다는 태도로 시를 비평하고 있다. 인물기흥(因物起興)은 물상으로 인하여 흥을 일으킨 것이고 탁물우의(托物寓意)는 물상에 가탁하여 우의한 것이다. 이것은 한시비평의 기초방법이다. 허균이 인용한 다음의 시에서 등장하는 동물들의 형상을 감상해 보자.

遊智異山 이인로(李仁老)

頭流山迥暮雲低　　두류산(지리산의 별칭)이 깊어 저녁구름 나직한데
萬壑千巖似會稽　　만학 천암이 회계와 비슷해라
策杖欲尋青鶴洞　　막대를 짚고 청학동(지리산에 있는 선경)을 찾으려는데
隔林空聽白猿啼　　건너편 수풀에 흰 납의 울음이 들리네
樓臺縹渺三山遠　　누대는 아득한데 삼산(신선이 산다는 삼신산)은 멀고
苔蘚依俙四字題　　이끼 낀 넉자 글씨 아직도 희미하네
始問仙源何處是　　도원이 어디냐 물어 보렸더니
落花流水使人迷　　낙화만 흘러 내려 어딘지 모르겠네

題茂珍客舍 최원우(崔元祐)

脩竹家家翡翠啼　　대수풀 집집마다 비취가 우는데
雨催寒食水生溪　　비는 한식을 재촉해 시내에 물이 나네
蒼苔小草官橋路　　푸른 이끼와 잔풀이 돋은 관교의 길에
怕見殘紅入馬蹄　　쇠잔한 꽃이 말발굽에 들어가는 것을 볼까 두려워하네

第10話

金克己詩運思極巧

김극기 시는 시상이 극히 교묘하다.

金員外克己詩는, 運思極巧라 詠冬日李花의 落句에 曰, 無乃異香來聚窟이요, 漢宮重見李夫人이라 하니, 此는 前賢이 所未道者라, 在龍灣作詩에 曰, 文章向老可相娛하니, 一釰游邊尚五車라, 銜罷不知爲塞吏요, 紙窓明處臥看書라 하니, 其排遣之懷가, 脩然하니 可想이라,

[難解字] 窟굴 : 굴, 움. 灣만 : 강물이나 바닷물이 굽이지어 흐르는 곳. 娛오 : 즐거워하다. 釰인 : 칼, 칼날. 銜아 : 관청, 마을. 排배 : 밀치다. 遣견 : 보내다. 脩수 : 포, 쓸다.

【해석】 원외 김극기[1]의 시는 시상을 운용하는 것이 지극히 교묘했다. 겨울날에 핀 오얏꽃(李花)을 읊은 시의 낙구(落句)에 말하기를

| 無乃異香來聚窟 | 없는 듯 기이한 향기 취굴주(聚窟洲)[2]에서 풍겨오니 |
| 漢宮重見李夫人 | 한나라 궁중에서는 이부인[3]을 거듭거듭 보네. |

라고 하였는데, 이는 옛 현인들도 읊어내지 못한 것들이다.

의주(義州 : 龍灣)에 있으면서 지은 시에는

| 文章向老可相娛 | 문장은 늙어갈수록 즐길 만하니 |

一劍游邊尙五車　한자루 칼로 변새(邊塞)⁴를 노닐지만 책은 오히려 다
　　　　　　　　섯 수레라.
衙罷不知爲塞吏　공무(公務)가 끝나면 변방 관리의 직분도 모르는 채,
紙窓明處臥看書　문풍지 창문 밝은 곳에 누워 책을 보는구나.⁵

라고 하였으니, 답답한 심정을 풀어내는 방법이 자연스러워 상상할 만
하다.

◉ 주석 --

1 김극기(金克己) : 생몰년 미상. 고려 명종 때의 문신으로 본관은 광주(廣州). 호는
　노봉(老峰). 일찍이 과거에 급제하였으나 벼슬하지 못하고 있다가 무신들이 정권
　다툼을 치열하게 벌이던 명종 때에 용만(龍灣 : 지금의 義州)의 좌장(佐將)을 거쳐
　한림(翰林)이 되었으며, 금(金)나라에 사신으로 가기도 하였다. 고려 말엽에 간행
　된 『삼한시구감』에 의하면 그의 문집은 135권 또는 150권이나 되었다고 하나 지금
　은 전하지 않고, 『동문선』·『신증동국여지승람』 등에 시가 많이 남아 있다.
2 취굴주(聚窟洲) : 신선이 사는 십주(十洲)의 하나이며, 거기서 반혼향(返魂香)이
　나는데 그 향내가 풍기는 곳에는 죽은 사람이 다시 살아난다는 것이다.
3 이부인(李夫人) : 한 무제(漢武帝)가 사랑하는 이부인을 잃은 뒤에 몹시 그리워하
　다가 이소군(李少君)의 방술로 이부인의 혼을 불러와서 얼굴을 잠깐 다시 보게
　되었다. 이 시의 뜻은 봄에 없어졌던 오얏꽃이 가을에 다시 살아 왔다는 것을 말
　한다.
4 변새(邊塞) : 변경의 요새. 邊壘(변루).
5 동문선 권19에 「漫成」이라는 제목으로 실려 있다. 國朝詩刪 참고.

● 보충강의 --

　수연(脩然)은 품격용어이다. 속세를 벗어난 운치. 가슴 속에 있는 것을 풀어내는 것이 자연스러운 것이다.

　낙구(落句)는 오언절구의 마지막 두 구절을 낙구라고 한다. 첫 구나 압의 두 구절은 수구(首句)라고 한다. 당시 오언절구를 비평하는 형식이었음을 알 수 있다. 내구와 외구는 율시의 대구를 평할 때 쓰는 용어로 '함련의 내구 외구, 경련의 내구 외구 등으로 사용된다.

　허균이 인용한 원시는 다음과 같다.

李花　　　　　　김극기(金克己)

凄風冷雨濕枯根　처량한 바람 찬 비가 마른 뿌리를 적시는데
一樹狂花獨放春　한 그루 미친 꽃이 홀로 봄을 펼치네
無乃異香來聚窟　기이한 향기 취굴주(聚窟洲)에서 오니
漢宮重見李夫人　한나라 궁중에 다시 이부인 보네

第11話

李齊賢詩好者甚多

이제현 시는 좋아하는 사람이 매우 많다.

人言에 崔猊山이 悉抹益齋詩卷하고, 只留하기를 紙被生寒佛燈暗이요, 沙彌一夜不鳴鍾이라, 應嗔宿客開門早이나, 要見庭前雪壓松이러니, 益齋大服하고 以爲知音이라. 此는 皆過辭也라. 益齋詩는, 好者甚多라, 如和烏棲曲과 及澠池等의 古詩는, 俱逼古라, 諸律도 亦洪亮이라, 至於小作詠史하여는 如誰知鄴下荀文若이요, 永愧遼東管幼安이라, 如不解載將西子去요, 越宮還有一姑蘇라, 如劉郎自愛蠶叢國이니, 故里虛生羽葆桑이라 하니, 此等은 作俱入窾發前人未發者이니, 烏可小看이리오, 此亦英雄欺人이니, 不可盡信이라.

[難解字] 猊예 : 사자. 悉실 : 남김없이. 抹말 : 바르다, 칠하다. 嗔진 : 성내다. 棲서 : 깃들어 살다. 澠민 : 땅이나 강의 이름. 逼핍 : 가깝다. 亮량 : 밝다. 鄴업 : 지명(地名)으로 위나라의 서울. 荀순 : 풀 이름. 愧괴 : 부끄러워하다. 蠶잠 : 누에. 叢총 : 떨기. 葆보 : 풀이 더부룩하다. 窾관 : 구멍, 또는 움푹 들어간 곳.

【해석】 사람들의 말을 들으면 예산 최해(崔瀣)[1]가 익재 이제현(李齊賢)[2]의 시권(詩卷)을 모두 먹칠해 지워버리고 다만

紙被生寒佛燈暗이요   종이 이불에 찬 기운 스며들고 불등은 흐릿한데,

沙彌一夜不鳴鍾이라 　상좌중[3]은 한밤 내내 종 울리지 않는구나.
應嗔宿客開門早요 　객이 문을 일찍 열었다고 화내려다가
要見庭前雪壓松이라 　문득 뜰 앞에 눈 덮인 소나무를 본다네.[4]

만을 남겨놓는데, 익재가 크게 탄복하며 지음(知音)[5]으로 여겼다고 하나 이는 모두 과장된 이야기다. 익재의 시에는 좋은 작품이 매우 많으니 화오 서곡(和烏棲曲)[6]과 민지(澠池)[7] 등의 고시(古詩)는 모두 옛 시에 가깝고, 여러 율시도 또한 홍량(洪亮)[8]하다. 젊을 적에 지은 영사시(詠史詩)에

誰知鄴下荀文若이오 　뉘라서 알리오. 업하[9]의 순문약[10]이
永愧遼東管幼安이라 　길이 요동의 관유안[11]에 부끄럽도다

이라는 구절이나, 또

不解載將西子去요 　서시(西施)를 배에 태우고 떠나지[12] 않았다면
越宮還有一姑蘇라 　월나라 궁궐에 다시 고소대[13]가 있었으리[14]

예를 들면

劉郎自愛蠶叢國이오 　유랑[15]은 스스로 잠총국[16]을 사랑하여
故里虛生羽葆桑이라 　고향 땅[17]에 부질없이 우보의 뽕나무[18]가 있었
　　　　　　　　　　네.[19]

라는 등의 작품들도 모두 깊은 경지에 들어가서 옛 사람들이 말하지 못한 것을 표현했으니 어찌 낮게 평가할 수 있겠는가. 시 속의 이러한 시어들은 또한 영웅이 사람을 속이는 것이니, 다 믿을 수는 없다.

● 주석

1 최예산(崔猊山) : 예산은 최해(崔瀣, 1287~1340)의 호, 혹 예산(猊山), 농은(農隱)
   이라고도 한다. 자는 언명부(彦明父)·수옹(壽翁). 또 다른 호로 졸옹(拙翁)이 있
   다. 본관은 경주. 고려 시문을 모아 동인지문(東人之文) 25권을 편수하였으며, 저
   서로는『귀감(龜鑑)』·『졸고천백(拙藁千百)』·『농은집(農隱集)』이 있다.

2 이제현(李齊賢, 1287~1367) : 고려 말기의 문신, 학자. 초명은 지공(之公). 자는
   중사(仲思). 호는 역옹(櫟翁), 익재(益齋). 벼슬은 문하시중에 이르렀으며 당대의
   명문장가로 정주학의 기초를 닦았다. 왕명으로 실록을 편찬하였고 원나라 조맹부
   의 서체를 고려에 도입하여 유행시켰으며 고려의 민간 가요 17수를 한시로 번역하
   였다. 저서로는『익재집』,『역옹패설』,『익재난고』가 있다.

3 상좌(上佐) : ①행자(行者) ②사승(師僧)의 대를 이을 여러 제자 가운데서 높은 사
   람 ③상좌인형

4 益齋亂藁 권3에「山中雪夜」라는 제목으로 실려 있다. 見은 看으로 되어있고, 庭은
   庵으로 되어 있다.

5 지음(知音) : 마음이 서로 통하는 친한 벗을 비유적으로 이르는 말. 거문고의 명인
   백아가 자기의 소리를 잘 이해해 준 벗 종자기가 죽자 자신의 거문고 소리를 아는
   자가 없다고 하여 거문고 줄을 끊었다는 데서 유래한다.『列子』「湯問篇」

6 화오서곡(和烏棲曲) :『益齋亂藁』권1에「姑蘇臺和權一齋用李白韻」으로 실려
   있다. 烏棲曲 : 까마귀 깃드는 노래-이백(李白) 姑蘇臺上烏棲時 吳王宮裏醉西
   施. 吳歌楚舞歡未畢 靑山猶銜半邊日 銀箭金壺漏水多 起看秋月墜江波 東方漸高
   奈樂何

7 민지(澠池) : 益齋亂藁 권1에 같은 제목으로 실려 있다.

8 홍량(洪亮) : (소리가) 맑고 큼. 뜻이 크고 전고에 밝다. 호방하고 박식하다.

9 업하(鄴下) : 鄴京. 삼국시대 魏나라 도읍지. 지금 중국 河南省 臨漳縣에 있다.

10 순문약(荀文若) : 文若은 後漢 荀彧의 자. 曹操가 奮武司馬를 시키고 軍國의 일을
   모두 자문했다. 董昭 등이 조조에게 魏公의 爵을 더하고 九錫을 주어야 한다고
   발의하자, 이를 반대하다가 조조의 미움을 받아 약을 먹고 죽었다.「後漢書 100,
   三國志 10」

11 관유안(管幼安) : 유안(幼安)은 관영(管寧)의 자. 삼국시대 위나라 주허인(朱虛
   人). 한말에 황건적의 난리가 일어나자 요동으로 피난을 갔는데, 따르는 자가 많아
   열흘이 못되어 邑을 이루었다. 시서(詩書)를 강론하고 예양(禮讓)으로 교화하여

쟁송(爭訟)이 없었다. 난리가 평정된 후 돌아오자 조정에서 여러 차례 불렀으나 나가지 않았다. 『三國志』11,「高士傳下」

12 서시(西施)를… 떠날 줄 : 서시는 춘추시대 월(越)나라의 미녀. 월왕(越王) 구천(句 踐)이 회계(會稽)에서 오왕(吳王) 부차(夫差)에게 패하자, 범려(范蠡)가 서시를 취 하다가 오왕 부차에게 바쳐 그의 마음을 황란(荒亂)하게 만들어서 오나라를 패망 시켰는데, 그 후 서시는 끝내 범려를 따라 배를 타고 오호(五湖)로 떠났다는 고사 이다.

13 고소대(姑蘇臺) : 중국 江蘇省 吳縣 姑蘇山에 있는 臺 이름. 오왕이 월을 파하고 서시를 얻은 후 기뻐하며, 잔치하며 놀려고 지은 대이다. 「史記, 吳世家」

14 益齋亂藁 권3에 「范蠡」라는 제목으로 실려 있다.

15 유랑(劉郎) : 삼국시대 촉(蜀)나라 유비(劉備)를 말한다.

16 잠총국(蠶叢國) : 잠총은 촉(蜀)나라 선조인데, 백성들에게 잠상(蠶桑)을 가르쳐서 지명이 된 것이다. 세속에서 청의신(靑衣神)이라고 부른다. 「明統一志」

17 고리(故里) : 涿郡 涿縣에 있는 유비가 옛날에 살던 마을. 「三國志, 先主傳」

18 우보상(羽葆桑) : 깃털을 엮어 장식한 제왕의 의장(儀仗)처럼 생긴 뽕나무. 집의 동남쪽 울타리 위에 5길 남짓한 뽕나무가 있었는데, 멀리서 보면 둥그런 게 마치 소거개 같았다. 오가는 자가 모두 비범하게 여기고 귀인이 날 것이라고 하였다. 선주가 일가집 아이들과 이 나무 밑에서 놀다가 "나는 반드시 羽葆蓋車를 탈 것이 다"라고 하였다. 「三國志, 先主傳」.

19 『益齋亂藁』 권2에 「涿郡」이라는 제목으로 실려 있다. 自는 却으로 되어 있다.

◉ 보충강의 --

허균이 언급한 익재 이제현의 다음과 같은 영사시들은 걸작이다. 이것들은 원 나라 과거준비에 필요한 것들이었다.

본문에서 허균이 언급한 「화오서곡(和烏棲曲)」 작품은 다음과 같다.

姑蘇臺和權一齋*用李白韻*

苧蘿*佳人二八時　　　저라산 고운 여자 한창 나이에,

玉質不勞床粉施	옥같은 모습 화장할 필요도 없어라.
吳宮歡笑幾時畢	오궁의 즐거움은 언제나 끝나랴?
正是越王嘗膽日	월왕은 지금 쓸개를 맛보고 있다네.
姑蘇城頭秋草多	고소성 위에는 가을 풀 우거졌고,
姑蘇城下江自波	고소성 아래에 강은 스스로 흘러가는데,
鴟夷*一舸今在何	치이자피가 탄 배는 지금 어디에 있는가?

---

* 권일재(權一齋, ?~1349) : 고려 忠宣王 때의 문신 權漢功. 시호는 文坦. 본관은 安東. 忠烈王 때에 과거에 급제하였고 충선왕을 따라 원나라에 갔으며, 충선왕 원년 密直副使를 거쳐 都僉議政丞이 되었고, 醴泉府院君에 봉해졌다. 저서로는 『一齋集』이 있다.
* 李白의 원시는 다음과 같다. "姑蘇臺上烏棲時 吳王宮裏醉西施 吳歌楚舞歡未畢 青山欲銜半邊日 銀箭金壺漏水多 起看秋月墜江波 東方漸高奈樂何" 「李太白詩集 卷2, 樂府」.
* 산 이름. 浙江省 諸暨市 남쪽에 있다. 西施가 이 산에서 나무를 팔아 살아가는 사람의 딸이라고 전한다. 전의되어 서시를 칭하기도 하고, 일반적으로 미인을 지칭하기도 한다.
* 鴟夷 : 范蠡의 호. 범려가 월나라를 떠나 배를 타고서 제나라로 가서 성명을 바꾸고 스스로 '鴟夷子皮'라 일컬었다고 한다. 「史記, 越王句踐世家」.

허균이 본문에서 언급한 「澠池」는 다음과 같다.

强秦若翼虎	강한 진나라 날개 달린 범 같고
懦趙眞首鼠	약한 조나라 진실로 쥐새끼로세
特會非同盟	특별한 모임 동맹이 아니지만
安危在此擧	나라의 안위가 이번 거동에 달려있네
藺卿膽如斗	인 상여는 한 말들이 담력으로
杖劍立左右	검을 잡고 곁에 서 있네
叱咤生風雷	꾸짖는 소리 바람과 우뢰가 일어나는 듯
萬乘自擊缶	만승의 진왕이 스스로 질장구를 치네
桓桓百萬兵	굳센 백만 군대들
一言有重輕	그 한 마디에 무게가 쏠려 있네
廉頗伏高義	염파 장군도 높은 의리에 굴복하고

犬子慕遺名	견자도 후세에 그 이름 사모하네
駕言池上遊	말 몰아 못 위를 돌아보노라니
去我今幾秋	그때와 지금 얼마나 세월이 지났던가
餘威起毛髮	남은 위풍이 내 머리털 곤두세우는데
萬木生颼颼	온 초목들은 바람 소리 일으키네

허균이 본문에서 인용한 시구의 원시들은 다음과 같다.

鄴城

漢月依依照露盤	한나라 달 제대로 승로반(承露盤)에 비치는데
金人獨自淚闌干	외로이 서 있는 금인 눈물 흘리네
誰知鄴下荀文若	알겠네 이 업성 밑에 있던 순문약은
永愧遼東管幼安	요동의 관유안에게 부끄러울 거야

范蠡

論功豈啻破强吳	功을 논한다면 어찌 강한 吳나라를 파한 것뿐이겠나,
最在扁舟泛五湖	가장 으뜸은 작은 배를 五湖에 띄운 것에 있다네.
不解載將西子去	西施를 데리고서 떠나는 것을 깨닫지 못했다면,
越宮還有一姑蘇	越宮에는 다시 또 한 개의 姑蘇臺가 있었을 것이네.

涿郡

美壤每每接大行	아름다운 땅은 늘 태행에 닿아 있어
東秦右臂北燕吭	동쪽은 진나라의 오른 팔이요 북쪽은 연나라의 목
劉郎却愛蠶叢國	유랑은 도리어 잠총국(蜀나라)을 사랑하여
故里虛生羽葆桑	그 고장에 우보의 뽕나무가 헛되이 났었네

우보(羽葆)의 뽕나무 : 유비(劉備)가 탁군(涿郡)에서 궁하게 살았는데, 그 집

문 앞에 뽕나무가 우보(임금의 수레에 덮는 일산)의 모양과 같으니 사람들이 모두 이상히 여겼다. 유비가 어릴 적에 아이들과 놀면서, "내가 장래 이런 일산으로 덮는 수레를 탈 것이다." 하더니, 뒤에 과연 촉(蜀)나라를 점령하여 황제가 되었다. 이 시의 뜻은 유비가 중원(中原)을 찾지 못하고 촉나라에서 나오지 못한 것을 한탄한 것이다.

第12話

李齊賢輓婦翁詩

이제현이 장인을 애도한 만시

益齋婦翁은, 卽菊齋公也라. 夫婦享年九十四나, 而夫人先
公卒이라. 公의 輓其婦翁詩一聯에, 姮娥相待廣寒殿이요, 居士
獨歸兜率天이라. 權公은 喜佛이라, 以樂天兜率比之하니, 不妨
이나 姮娥 竊藥은, 自古로 詩人이 例於煙火中이라. 喩其仙去를
用之於妻母는, 似亦不妥로다.

[難解字] 輓만 : 만사(사람의 죽음을 애도하는 말).   姮항 : 항아(姮娥)의 이름 글자.
兜도, 두 : 투구, 원래 '두'로 읽히지만 불교용어로 쓰여 '도'로 읽는다.   竊절 : 훔치다.

【해석】 익재의 장인은 곧 국재공(菊齋公) 권부(權溥)[1]이다. (국재공) 부부가
함께 94세까지 살았으나, 부인이 공보다 먼저 죽었다. 익재공이 장인을
애도한 만시(挽詩)[2]를 지으면서 한 연(聯)에

姮娥相待廣寒殿이요	항아는 광한전[3]에 님 오시길 기다리나
居士獨歸兜率天이라	거사는 홀로 도솔천[4]으로 돌아가시네

라고 했다. 권공(權公)이 부처를 좋아했기 때문에 도솔(兜率)천에서 즐기는
것에 비유한 것은 무방하겠으나, 항아가 약을 훔친 것은 자고로 시인들이
속세로부터 선계(仙界)로 올라간 것을 비유함이 상례였는데, 장모에게 이
말을 쓴 것은 아마도 온당치 않은 것 같다.

◉ 주석 --

1 국재공(菊齋公, 1262~1346) : 권부(權溥). 고려시대의 학자. 초명은 영(永). 자는
  제만(齊滿). 호는 국재(菊齋). 안향(安珦)의 문인으로 성리학 보급에 크게 공헌하
  였으며, 실록 편찬에도 참여하였다. 『주자사서집주(朱子四書集註)』를 간행하였고
  『은대집(銀臺集)』 20권을 주해하였다.
2 사람의 죽음을 슬퍼하며 지은 시.
3 광한전(廣寒殿) : 전설에 따르면 월궁(달나라)에 있는 전각의 하나로서, 이곳에는
  달나라의 아름다운 선녀 항아(姮娥)가 살고 있다고 한다. 월궁은 칠보로 된 일곱
  겹의 담으로 싸여 있고, 그 속에는 월천자(月天子)가 부인과 함께 살며 월세계를
  다스린다고 한다.
4 도솔천(兜率天) : 육욕천의 넷째 하늘. 수미산의 꼭대기에서 12만 유순(由旬)되는
  곳에 있는, 미륵보살이 사는 곳으로, 내외(內外) 두 원(院)이 있는데, 내원은 미륵
  보살의 정토이며, 외원은 천계 대중이 환락하는 장소라고 한다. ≒도솔·도솔타천.

◉ 보충강의 ---

허균이 인용한 시구의 원시는 다음과 같다.

文正公權菊齊挽詞

揚歷淸華到上台	청화한 관직 거쳐 상태에 이르니
君王獨倚棟樑材	임금은 오로지 동량같이 여기네
詩書滿屋無樊素	시서는 집에 가득해도 번소 같은 첩이 없고
簪履盈門有老來	잠리가 많은 중에 노래 같은 자손이 있네
千歲鶴歸三嶠月	천세의 학은 삼교의 달에 돌아갔고
九淵龍化五更雷	구연의 용이 오경의 우뢰(雨雷)에 변했네
才疏未足銘淸德	재주 없어 높은 덕을 명할 수 없고
淚酒當年玉鏡臺	옥경대 옛 생각에 눈물만 뿌리네
平生德爵已雙全	평생에 덕망과 지위를 겸전하였고

壽比汾陽更一年	수명은 곽분양(郭汾陽)보다 일 년이 더하네
將謂坐忘非示病	좌망이지 질병은 아니라 여겼는데
豈知尸解卽逃禪	시해하여 도선할 줄 어이 알았으랴
姮娥相待廣寒殿	항아는 광한전에 님 오시길 기다리나
居士獨歸兜率天	거사는 홀로 도솔천으로 돌아가시네
他日東山華屋過	다음날 동산의 화옥을 지나노라면
空瞻黄鶴白雲邊	구름 가에 나는 황학만 보게 되겠지

第13話

李穡永明寺詩詠之神逸

이색[1]의 「영명사」 시는 읊으면 신일하다.

李文靖의 昨過永明寺之作은, 不雕飾하고 不探索이나, 偶然而合於宮商하여, 詠之神逸이라, 許穎陽이 見之曰, 你國도 亦有此作耶오 하니라. 其浮碧樓는 大篇이라, 其曰, 門端尙懸高麗詩, 當時已解中華字者하여는, 雖藐視東人이나, 亦服文靖之詩也라.

[難解字] 穡색 : 거두다. 穎영 : 이삭. 藐묘, 막 : 멀다의 뜻으로 묘, 또는 막으로 읽힌다.

【해석】 이 문정공 이색의 「昨過永明寺」라는 작품은 별로 수식하거나 탐색한 흔적 없이 저절로 음률에 맞아서 읊으면 신일(神逸)하다. 허영양(許穎陽)[2]은 이를 보고 "당신네 나라에도 이런 작품이 있었습니까!"라고 했다. 그(許國)의 부벽루(浮碧樓) 시는 대편(大篇)인데 거기에

門端尙懸高麗詩　부벽루 문머리엔 아직도 고려의 시가 걸려 있으니
當時已解中華字　그 당시에도 벌써 중화 문자를 이해했던가 보다

라고 했으니, 비록 우리나라 사람을 깔보기는 했으나 또한 문정공 이색의 부벽루 시에는 감복하고 있었던 것이다.

● 주석 --

1 이문정 : 이색(李穡, 1328~1396). 고려 말기의 문신, 학자. 자는 영숙(穎叔). 호는 목은(牧隱). 중국 원나라에 가서 과거에 급제하고, 귀국하여 우대언(右代言)과 대사성 따위를 지냈다. 삼은(三隱)의 한 사람으로, 문하에 권근과 변계량 등을 배출하여 학문에 큰 발자취를 남겼다. 조선 개국 후 태조가 여러 번 불렀으나 절개를 지키고 나가지 않았다. 저서로는『목은시고(牧隱詩藁)』,『목은문고(牧隱文藁)』등이 있다.

2 허국(許國, 1527~1596) : 명나라 휘주부(徽州府) 흡현(歙縣) 사람. 자는 유정(維楨). 예부상서겸동각대학사(禮部尚書兼東閣大學士)를 지냈다. 또, 지봉유설에 '許天使國浮碧樓詩。有云門端懸高麗詩。當時已解中華字。略無贊美之語。'라는 구절이 있다.

● 보충강의 --

본문에서 언급된 시는 다음과 같다.

昨過永明寺(浮碧樓 시라고도 함)

昨過永明寺	어제 영명사를 지나다가
暫登浮碧樓	잠시 부벽루에 오르니
城空一片月	성은 비어 있고 하늘엔 조각달
石老雲千秋	돌은 오래 묶고 구름은 천년을 떠도네
麟馬去不返	임금 탄 기린마는 한번 떠나 돌아오지 않고
天孫何處遊	임금은 지금 어느 곳에 놀고 있는가
長嘯倚風磴	길게 휘파람 불며 바람 부는 비탈에 서니
山青江自流	산은 푸르고 강물은 절로 흐르네

본문에서 언급한 중국사신의 시는 다음과 같다.

　수레를 타고서 간의대부(諫議大夫) 위시량(魏時亮)과 함께 평양성(平壤城)의 동북쪽으로 나가 강가를 따라 부벽루(浮碧樓)에 올랐다. 비가 와서 영명사(永明寺)에서 쉬었다가 저녁나절 비가 개어 기린굴(麒麟窟)을 보았다. 그러고는 드디어 배를 타고 남쪽으로 내려와 다시 대동관(大同館)에 이르러서 시를 짓다.

我行海國誰與娛	해국 와서 내 누구와 더불어서 즐기는가
賞心賴有山水俱	산과 물 모두 있어 마음과 뜻 즐거웁네
平壤山水更奇絶	평양 땅의 산수는 다시금 기이하여
樓臺縹緲江天虛	누대는 아득하고 강천은 텅 비었네
探奇弔古興不盡	경치보고 유적 돌다 흥 다하지 않았기에
巾車復出城之隅	수레 몰아 다시금 성 모퉁이 나아가네
石壁如削江如紆	돌 절벽은 깎은 듯이 강을 따라 둘렸는데
中懸一道凌嶔嶇	그 가운데 한 가닥 험한 길이 걸려 있네
江流忽轉石磴高	강물 돌아 흐르는 곳 돌층계가 높다랗고
靑雲白雲懸兩橋	청운 백운 두 다리가 거기에 걸렸는데
平臺逈絶臨江皐	평대는 높다랗게 강 언덕에 임해 있고
浮碧之樓孤岧嶢	부벽루는 높은 산에 외로이 서 있네
岧嶢廻合抱崖石	높은 산은 합쳐져서 강가 돌을 끼고 돌고
江島前橫破江碧	강 섬이 앞 가로질러 강 푸르름 깨뜨리네
鰲背微茫露一洲	큰 바다엔 흐릿하게 섬 하나가 보이는데
又如彩虹半落江煙秋	오색의 무지개는 연기 속에 반 잠겼네
北崖小閣更隈隩	북쪽 강가 작은 누각 다시금 깊숙한데
沈沈下瞰江水綠	조용히 내려 보니 강물은 푸르르네
微風龍鱗波蹙玉	미풍 부니 이는 물결 옥같이 반짝이고
岸草汀花媚幽獨	강가의 풀과 꽃은 그윽하여 어여쁘네
江連山氣何杳冥	강에 닿은 산 기운은 어쩜 그리 아득한가
回看西倚之翠屛	고개 돌려 서쪽으로 푸른 병풍 바라보네
牧丹片片照江色	모란봉엔 조각조각 강 빛이 비치나니

倒揷琉璃錦障明　유리가 꽂히어서 비단 장막 밝구나
峯南斜帶永明寺　산 남쪽에 비스듬히 자리 잡은 영명사엔
錦障橫天落金地　하늘 걸린 비단 장막 금지에 떨어졌네
門端尙懸高麗詩　문 끝에는 고려 때의 시가 걸려 있으니
當時已解中華字　당시에도 이미 중국 글자를 알았었네
山雲忽起山雨至　홀연히 구름 일어 산속에 비 쏟아지니
咫尺煙霞有靈閟　지척에 안개 끼어 신비로운 기운 도네
晚晴著屐還登山　저녁 무렵 비가 개어 신 신고서 산 오르니
千峯萬峯空翠寒　천 봉우리 만 봉우리 빈 산이 서늘하네
麒麟已去窟空在　기린 이미 떠났는데 굴만이 남아 있고
古石仄疊苔痕斑　층층 쌓인 옛날 돌엔 돌이끼 끼어 있네
聞說東明昔仙去　내 듣건대 동명왕이 신선되어 떠나갈 때
獨控麒麟出煙霧　홀로 기린 등에 타고 안개 뚫고 올랐다네
朝天石上留蹄涔　조천석 위에는 발굽 자국 남았건만
水沒江潭不知處　강담은 물에 묻혀 어딘지를 모르겠네
嗟嗟此事竟荒唐　아아 이런 일들이야 끝내 황당한 것이거니
八駿不聞周穆王　팔준마의 주 목왕 일 들어 보지 못하였나
枕中鴻寶徒自祕　침상 속의 홍보는 저절로 숨겨졌고
小山無補淮南亡　소산은 도움 안 돼 회남이 망하였네
有酒且傾勿復道　술이나 마시면서 다시는 말을 말라
秋江極目傷秋草　가을 강가 온통 덮은 시든 풀에 맘 상하네
與君鳴笳放舸下中流　그대와 피리 불며 배 타고 강 내려올 제
靑天不動波如掃　푸른 하늘 고요하고 물결은 잔잔하네
卻顧向來浮碧樓　고개 돌려 지나온 부벽루쪽 바라보니
蒼蒼暮靄沉江島　푸른 저녁 연기 속에 강 섬이 잠겨 있네

　　　　　　　　　　　－『해동역사』 예문지 중국시 2

第14話

李穡見稱於中國而遭時不淑

이색은 중국에서 칭송을 받았으나
시대를 만난 것이 좋지 않았다.

文靖入元하여, 中制科하니 應奉翰林, 歐陽圭齋와 虞道園集
輩가 皆推獎之니라. 圭齋가 嘆曰, 吾衣鉢은 當從海外傳之於君
也니라. 其後에 文靖이 困於王氏之末에, 流徙播遷하니¹, 門生故
吏가, 皆畔而下石하니, 公이 嘗作詩에 曰, 衣鉢當從海外傳이,
圭齋一語尚琅然하니, 近來物價俱翔貴요, 獨我文章不直錢이
라 하니, 蓋自傷其遭時不淑也라.

[難解字] 圭규 : 홀. 虞우 : 헤아리다. 獎장 : 권면하다. 鉢발 : 바리때(승려의 밥그릇)
또는 일반적인 사발 그릇. 播파 : 달아나다. 琅랑 : 금과 옥의 소리. 翔상 : (값이)오르
다. 直錢직전 : 맞돈, 즉 현찰(現札).

【해석】 문정공 이색이 원(元)에 들어가서 제과(制科)²에 합격하니 응봉한
림(應奉翰林)인 규재(圭齋) 구양현(歐陽玄)³과 도원(道園) 우집(虞集)⁴의 무리
가 모두 추장(推獎)⁵하였다. 규재는 탄복하면서 "우리의 의발(衣鉢)⁶은 마
땅히 해외로 그대에게 전해지리라."고 하였다. 그 뒤 문정공 이색이 고려
조 말에 곤궁해져서 임금이 피란하던 곳을 이리저리 옮겨 다닐 적에, 문
하생과 옛 동료 관리들도 모두 배반하여 돌을 던지니⁷, 공이 다음과 같은
시를 지은 적이 있다.

衣鉢當從海外傳이요　　의발이 마땅히 해외로 전해지리라던

圭齋一語尙琅然이라　　규재의 한 말씀이 아직도 귀에 낭랑한데

近來物價俱翔貴나　　　근래에 물건 값 모두 치솟아 오르나

獨我文章不直錢이라　　다만 내 문장만은 한 닢 값어치도 안 되네

라고 했는데, 대개 좋은 시대를 만나지 못한 것을 스스로 슬퍼한 것이다.

● **주석**

1　임금이 도성을 떠나 다른 곳으로 피란하던 일.

2　제과(制科) : 제과란 고려인으로서 중국의 과거에 응시한 경우를 말한다. 고려의 과거에 급제한 현직 관료 중에서 우수한 자를 선발하여 중국의 과거에 응시하게 했다. 제과에 급제한 사람은 중국의 관직에 임명되기도 했다. 고려 후기에 이름을 날리던 유학자나 문인은 대부분 원의 제과 출신자였다. 안축(安軸), 이곡(李穀), 이인복(李仁復), 이색(李穡) 등이 그 대표적인 예라 하겠다.

3　구양현(歐陽玄, 1273~1357) : 구양씨(歐陽氏). 원대(元代) 학자. 호남(湖南) 출생으로 자는 원공(原功), 호는 규재(圭齋). 국학박사(國學博士)·예문소감(藝文少監)·한림학사(翰林學士) 등을 역임하였다. 「경세대전(經世大典)」을 편찬하였으며, 요(遼)·금(金)·송(宋)나라의 삼사(三史) 찬수(撰修) 때 그 총재관(總裁官)이 되었다.

4　우집(虞集, 1272~1348) : 중국 원나라의 학자. 자는 백생(伯生). 호는 도원(道園), 소암(邵庵). 인종과 문종을 섬기고, 『경세대전』, 『조종실록(祖宗實錄)』 등 많은 대전(大典)의 편집을 주재하였다. 저서로는 『도원학고록(道園學古錄)』 50권이 있다.

5　추장(推奬) : 여럿 중에서 특별히 쳐들어 장려함. 추탁(抽擢)

6　의발(衣鉢) : 가사와 바리때. 곧 전법(傳法)의 표시가 되는 물건으로서 스승으로부터 전수한 불교의 오의(奧義)의 뜻으로도 불린다.

7　하석(下石) : 우물가에 가서 돌덩이를 던져 넣는 것이다. 다른 사람의 위급함을 틈타 박해를 가하는 것이다.

● **보충강의**

　우리 동방은 비록 해외에 있으나 대대로 중화의 문명을 흠모하여 문학의 선비들이 전후로 이어졌다. 고구려에 을지문덕(乙支文德), 신라에 최치원이 있었으며, 본조(本朝 고려를 지칭함 - 인용자, 이하 같음)에 들어와서는 시중(侍中) 김부식(金富軾)과 학사 이규보(李奎報)가 빼어난 존재이다. 근세의 대유(大儒)로서 계림(鷄林)의 익재 이공(李公 李齊賢) 같은 분이 비로소 고문지학(古文之學)으로 창도하니 한산(韓山) 가정(稼亭) 이공(李公, 이색의 친부인 이곡(李穀)을 가리킴)과 경산(京山) 초은(樵隱) 이공(李公 李仁復)이 좇아서 화답을 하였다. 지금 목은 이 선생이 일찍이 가정에서 교육을 받은 데다 북으로 중원에 가서 배워 사우연원(師友淵源)의 바름을 얻었고 성명도덕(性命道德)의 이론을 궁구하였다. 그리고 동방으로 돌아와서 제생(諸生)을 이끌어 지도하니, 영향을 입어 일어선 자로 오천(烏川) 정공 달가(鄭公達可 鄭夢周), 경산(京山) 이공 자안(李公子安 李崇仁), 반양(潘陽) 박공 상충(朴公尙衷), 밀양(密陽) 박공 자허(朴公子虛 朴宜中), 영가(永嘉) 김공 경지(金公敬之 金九容), 권공 가원(權公可遠 權近), 무송(茂松) 윤공 소종(尹公紹宗)을 들 수 있다. 불초한 나 또한 이 여러 군자의 대열에 참여한 것이다.(鄭道傳, 陶隱文集序)

　위 인용문의 말미에서 정도전이 자기 자신을 포함해 거명한 정몽주, 이숭인, 박상충, 박의중, 김구용, 권근, 윤소종은 한국 역사상 신진 사대부로 일컬어지는 인물군으로 곧 역사 전환기의 주역들이다. 그런데 이들은 목은 이색의 인맥이며, 한 세대 거슬러 올라가면 익재 이제현의 고문지학(古文之學)에 닿는 것으로 증언하고 있다. 이제현이 주도한 고문은 역사 전환의 정신적 준비였던 셈이다. 목은은 익재의 고문학을 계승한 바탕 위에 자신 또한 직접 중국에서 유학, 즉 성리학을 연구하고 돌아와서 차세대를 배양한 것이다.

益齋門墻壓東海　　익재의 문하는 해동을 압두하니

斗柄揷天天倚蓋　　북두성 자루 하늘에 꽂혀 하늘이 이 땅을 덮누나

文章元氣酌四時　　문장의 원기 사시사철 흐르는데

吐出華風吹海外　　화풍을 토해내 해외로 불어 왔도다 －「題宗孫詩卷」, 『牧隱詩藁』

익재 이제현은 원나라 과거에 급제하였고, 그의 친구인 가정 이곡도 원나라 과거에 우수한 성적으로 급제하였다. 그의 아들 목은 이색도 원나라과거에 장원 급제하였다. 이색은 익재 이제현의 제자였다. 이들의 한시는 원나라에 급제할 정도로 그 운자들이 적합하다는 평이 있다.

第15話

李穡與我太祖交甚厚後日家勢衰落而作詩

이색이 우리 태조와 더불어 사귐이 매우 두터웠다.
뒷날 가세가 쇠락하여 지은 시이다.

　元送孼僧來也에. 擧國震駴라, 我太祖가 以偏師로 大破之하니, 德興遁去라, 玄陵이 賞其功하여, 凱還에, 命文靖及太祖幷參大政이라. 宣麻之日에, 玄陵이 喜謂左右曰, 文臣用李穡이오, 武臣用李某이니, 予之用人이 如何오, 太祖與文靖은 交甚厚라, 請以軒名하니, 文靖以松軒命之하고, 而作說以勖之라. 又著桓祖碑文이라. 後에 文靖이 流竄于外하고, 子種學種善俱遠謫하니, 而門人鄭摠과, 鄭道傳이 反攻之한데, 不遺餘力이라.

　公이 作詩曰, 松軒當國我流離하니, 夢裏何曾有此思오, 二鄭況聞參大議하니, 一家完聚更何時리오 하니, 首句雖可矜이나, 而意則甚倨라.

[難解字] 孼얼 : 요사(妖邪)스럽다. 震진 : 놀라 두려워하다. 駴해 : 놀라 두려워하다. 凱개 : 이기다. 勖욱 : 힘쓰다. 竄찬 : 숨다. 달아나다. 謫적 : 귀양가다. 參참 : 참여하다. 矜긍 : 불쌍히 여기다. 倨거 : 많다.

【해석】 원(元)나라가 요사스러운 중[德興君]을 보내왔을 때 온 나라가 두려워하였다. 우리 태조(太祖 李成桂)가 작은 군사로 대파하니 덕흥군(德興君)이 달아났다.[1] 현릉(공민왕)이 전공에 상을 내리고자 개선하는 날 문정

이색과 태조 이성계에게 명을 내려 대정(大政)²에 참석토록 하였다. 교지(敎旨)를 선포하는 날³ 공민왕은 기뻐하며 좌우의 신하들에게 이르기를 "문신(文臣)으로는 이색(李穡)을 등용하였고, 무신(武臣)으로는 이 아무개(李成桂)를 등용하였으니 나의 사람 씀이 어떠한가?"라고 하였다. 태조 이성계는 문정 이색과 교분이 대단히 두터워서 헌명(軒名)을 지어달라고 하였는데, 문정이 '松軒'이라 짓고 설[號說]까지 지어주며 권면하였다. 또한 환조(태조의 아버지 李子春)의 비문도 지어 주었다. 후에 문정은 외지로 귀양 다니고 아들 종학⁴과 종선⁵도 모두 먼 곳으로 유배되었는데,⁶ 이색의 문인이었던 정총(鄭摠)⁷·정도전(鄭道傳)⁸이 도리어 공을 공격하기에 여념이 없었다. 이색이 시를 지어,

松軒當國我流離하니	송헌이 나라를 맡자 나는 귀양가게 되었으니
夢裏何曾有此思리오	꿈속엔들 어찌 이런 생각을 했으리오.
二鄭況聞參大議하니	하물며 두 정(鄭)이 대정(大政)에 참여한다니
一家完聚更何時리오	우리 집안이 모두 모일 날 그 언제리오.

라 했으니, 첫 구는 비록 불쌍히 여길 만하나 뜻은 심히 거만하다.

● 주석 --

1　원(元)이 요망한 중을 보내옴에… : 얼승(孼僧)은 덕흥군(德興君)으로 충선왕(忠宣王, 고려 제26대 왕, 재위 1308~1313)의 얼자(孼子)이며 일찍이 중이 되었다. 공민왕 13년(1364) 1월에 원나라 군사 1만을 이끌고 도강하여 쳐들어왔다. 이때 최영(崔瑩)과 이성계(李成桂)가 달천(㺚川)에서 덕흥군의 군대를 대파하였다.

2　대정(大政) : 해마다 음력 12월에 행하던 대규모의 인사(人事) 행정.

3　교지를 발표하는 날[宣麻之日] : 당나라 때에 재상을 임명할 때에 백마지(白麻紙)

에다 썼다. 백마(白麻)를 발표하는 것을 선마(宣麻)라 한다.

4 이종학(李鍾學, 1361~1392) : 이색의 아들. 자는 중문(仲文), 호는 인재(麟齋).
1389년 공양왕이 즉위하자 이색과 함께 탄핵을 받아 파면되고, 1390년 彝·初의
옥이 일어나 부자가 함께 청주옥에 하옥되었다가 때마침 수재를 당하여 같이 용서
를 받았으나 1392년 또 함창에 귀양갔다. 그해 고려가 망하자 정도전등이 손흥종
을 보내어 살해하려 했으나 그의 문하생인 김여지가 마침 판관으로 있어 법외의
형을 집행치 못하게 하여 장사현으로 이배되는 도중 손흥종에게 무촌역에서 피살
되었다.

5 이종선(李鍾善, ?~1438) : 이색의 막내아들. 자는 경부(慶夫), 시호는 양경(良景).
1392년 정몽주가 피살되자 그의 일당으로 몰려 서인(庶人)이 되고 귀양갔다. 그
후 이조에 출사하여 벼슬이 지중추원사에 이르렀다.

6 이색은 1389년(공양왕 1)에 위화도회군(威化島回軍)으로 우왕이 강화로 유배되자
조민수(曺敏修)와 함께 창(昌)을 즉위시켜 이성계(李成桂)의 세력을 억제하려 하
였으나 이성계가 득세하자 장단(長湍)·함창(咸昌) 등지에 유배되게 되었고 1392
년(태조 1)에 정몽주(鄭夢周)가 피살되자 그의 일당으로 몰려 유배를 가게 되는데
이때 아들 종학과 종선도 함께 연루되어 유배가게 된다.

7 정총(鄭摠, 1358~1397) : 본관은 청주(淸州), 자는 만석(曼碩), 호는 복재(復齋).
조선개국 후 개국공신 1등에 서훈되었다. 1395년 태조 이성계의 고명(誥命) 및 인
신(印信)을 줄 것을 청하러 명나라에 사신으로 파견되었다가, 때마침 명나라에 보
낸 표전문이 불손하다 하여 명나라 황제에게 트집잡혀 대리위(大理衛)에 유배도중
죽었다.

8 정도전(鄭道傳, 1342~1398) : 본관은 봉화(奉化). 자는 종지(宗之), 호는 삼봉(三
峰). 아버지와 이곡(李穀)의 교우관계가 인연이 되어, 이곡의 아들 색(穡)의 문하
에서 수학한 적이 있다.

◉ 보충강의 --

공민왕 13년 1월에 몽고식 이름이 탑사첩목아(塔思帖木兒)인 최유(崔濡)가 원
나라 군사 1만을 이끌고는 덕흥군(德興君)을 받들고 도강하여 쳐들어왔다. 이때
최영(崔瑩)과 이성계(李成桂)가 달천(㺚川)에서 최유의 군대를 대파하였다. 동년

11월에 원에서 최유를 고려에 잡아 보내자, 고려에서는 그를 처형하였다.

목은의 민족정신을 엿 볼 수 있는「정관음」을 감상해 보자.

貞觀吟　　　이색

三韓箕子不臣地　삼한은 신하로 삼지 않았던 기자의 땅

置之度外疑亦得　치지도외가 역시 득책이 아니었을까

胡爲至動金玉武　어찌하여 금옥의 무력을 움직여서

銜枚自將臨東土　말재갈 물리고 동녘 땅으로 다다랐던고

獯狁夜擁鶴野月　용맹한 병사들 요동벌 달빛 아래 진을 치고

旌旗曉濕鷄林雨　무수한 깃발 계림의 새벽 비에 적시누나

謂是囊中一物耳　주머니 속 물건 취하듯 손쉽게 여겼더니

那知玄花落白羽　누가 알았으랴, 현화가 화살 맞아 떨어질 줄

당(唐)나라 태종이 고구려 정벌을 나섰다가 안시성(安市城)에서 양만춘(楊萬春) 장군에게 패전한 사실을 두고 지은 정관음(貞觀吟)이란 제목의 이 사시(史詩)는, 목은의 연보에 의하면 그가 23세(1350) 때 원나라 유학 중 일시 귀국하던 길에 지은 것이라 한다.

第16話

鄭夢周文章豪放傑出
정몽주[1]의 문장은 호방하고 걸출하다.

鄭圃隱은 非徒理學節誼冠于一時라, 其文章도 豪放傑出이라, 在北關作詩曰, 定州重九登高處하니, 依舊黃花照眼明이라, 浦溆南連宣德鎭하니, 峯巒北倚女眞城이라, 百年戰國興亡事에, 萬里征夫慷慨情이라. 酒罷元戎扶上馬하니, 淺山斜日照行旌이라. 音節跌宕하고, 有盛唐風格이라.

又曰, 風流太守二千石이요, 邂逅故人三百杯라

又曰, 客子未歸逢燕子하니, 杏花纔落又桃花로다

又曰, 梅窓春色早하니, 板屋雨聲多라 하니, 皆翩翩豪擧하여, 類其人焉이라.

圃隱詩에, 江南女兒花插頭요, 笑呼伴侶游芳洲라, 盪槳歸來日欲暮하니, 鴛鴦雙飛無恨愁라.

風流豪宕이, 輝映千古하니, 而詩亦酷似樂府라.

[難解字] 冠관 : (무리에서)뛰어나다. 溆서 : 물가, 포구. 巒만 : 산등성이. 慷강 : 원통하고 슬프다. 慨개 : 의기가 북받치어 원통하고 슬프다. 跌질 : 달리다. 宕탕 : 방탕하다, 거칠다. 邂해 : 만나다. 逅후 : 만나다. 纔재 : 겨우. 翩편 : 나부끼다. 揷삽 : 꽂다, 끼워 넣다. 盪탕 : 흔들리는 모양. 槳장 : 배를 정박하거나 출발할 때 미는 장대. 輝휘 : 빛나다. 酷혹 : 심하다.

【해석】 포은 정몽주는 성리학과 절의에서만 일시에 최고였던 것이 아니고, 그 문장도 호방(豪放)[2]하고 걸출하였다. 북관(北關)[3]에 있을 때 지은 시에

定州重九登高處하니	정주[4]에서 중구절(重九節)[5], 높은 곳을 오르니,
依舊黃花照眼明이라	변함없는 국화, 눈에 밝게 비치네.
浦溆南連宣德鎭하니	크고 작은 포구 남쪽 선덕진[6]에 이어졌고,
峯巒北倚女眞城이라	산등성이 북으로 여진성[7]에 이어지네.
百年戰國興亡事에	백 년 사이 전란(戰亂) 치른 나라의 흥망사에
萬里征夫慷慨情이라	만리의 나그네는 강개한 정 끓는구나.
酒罷元戎扶上馬하니	술상 파하자 대장 부축하여 말에 오르니
淺山斜日照行[8]旋[9]이라	낮은 산에 기운 해가 깃발을 붉게 비치네[10]

라고 했으니, 음절이 질탕하여 성당의 풍격이 있다. 또 이르기를

風流太守二千石이오	풍류 태수[11]는 녹이 이천석[12]이요
邂逅故人三百盃[13]라	우연히 만난 친구 술이 삼백배[14]라.

라고 했으며, 또

客子未歸逢燕子하니	나그네 돌아가기 전인데 제비 보이고,
杏花纔落又桃花로다	살구꽃 떨어지자 복사꽃도 떨어지네.[15]

라고 한 것과, 또

梅窓春色早하니	매화 핀 창에는 봄빛 이르고

板屋雨聲多라　　　판자 집 지붕에는 빗소리 요란하네[16]

라 한 구절들은 모두 전부 날듯이 호방하니 모두 그 사람됨과 비슷하다.
포은의 시에

江南女兒花揷頭요　　강남의 여자 아이 머리에 꽃을 꽂고
笑呼伴侶游芳洲라　　웃으며 짝 부르며 방주에서 노네.
盪槳歸來日欲暮하니　노저어 돌아올 때 해 저물려 하니
鴛鴦雙飛無限愁이라　짝지어 나는 원앙새의 한없는 시름[17]

라고 했으니, 풍류가 호탕함이 천고에 빛나고 시도 또한 악부와 흡사하다.

● **주석** --

1　정몽주(鄭夢周, 1337~1392) : 자는 달가(達可), 호는 포은(圃隱). 성리학에 밝았으며 이색(李穡)은 그를 높이 여겨 '동방 이학(理學)의 시조'라 하였다. 이성계를 따라 전라도 운봉에서 왜구를 토벌하였다. 이성계를 추대하려는 책모에 대해 조준(趙浚)·남은(南誾)·정도전(鄭道傳) 등을 제거하려다가 피살되었다. 시조「단심가(丹心歌)」는 그의 충절을 대변하는 작품으로 후세까지 많이 회자되고 있다.

2　호방(豪放) : 시품으로서의 호방은 기상이 장대하고 과장기를 느끼게 할 정도로 요점을 두드러지게 드러낸 것을 의미하는 것이 보통이다. 豪壯·豪邁와 비슷한 평어로 이들은 氣를 중시한 것이다. 사공도(司空圖)는 『二十四詩品』에서 호방을 "觀花匪禁 呑吐大荒 由道返氣 處得以狂 天風浪浪 海山蒼蒼 眞力彌滿 萬象在傍 前招三辰 後引鳳凰 曉策六鰲 濯足扶桑."이라 하였다. 이동환(李東歡) 교수는 포은 시의 풍격을 논하면서 "世界에 대한 主體의 自信에 찬 內在力量이 無制限的, 活性的, 高揚的인 美的 樣式으로 表現된 것이 豪放의 風格"(李東歡,「圃隱詩에 있어서의 豪放의 風格에 대하여」, 포은사상연구원 제3차 학술발표회 발표문, 1993.)이라 하였다.

3 북관(北關) : 함경도의 통칭. 고려 때에 함남 安邊郡 鐵嶺에 關門을 설치하고 철령관이라 했다. 『신증동국여지승람, 안변』

4 정주(定州) : 정평(定平)의 고려·조선초 이름. 태종 때 평안도의 정주와 같은 이름이므로 고쳤다.

5 중구절(重九節) : 중양절(重陽節)이라고도 하며 양의 수 9가 겹친 날로써 음력 9월 9일을 가리킨다. 중구절에 높은 곳에 올라 놀이를 즐기는 풍습이 있다.

6 선덕진(宣德鎭) : 함흥부(咸興府) 남쪽45리 지점에 있다. 성의 기지가 남아 있다. 『신증동국여지승람』 48권 「定平都護府」.

7 여진성(女眞城) : 함경도는 본래 여진족의 본거지로 고려의 윤관(尹瓘)이 여진을 몰아내고 성을 쌓은 곳이 많이 있다.

8 『圃隱集』 권2, 『신증동국여지승람』 48권 「定平都護府」에는 마지막 구의 "行"이 "紅"으로 되어 있다.

9 「定州重九韓相命賦」의 전문. (韓相: 韓方信을 가리킨다. 공민왕 12년에 원나라가 덕흥군을 고려왕으로 삼고 최유 등에게 1만의 군사를 주어 쳐들어오자 한방신은 門下評理로 東北面都指揮使를 겸하여 출정하였다. 이때 圃隱이 從事官으로 출정하였다.)

10 정몽주, 『東門選』「定州重九韓相命賦」

11 풍류태수(風流太守) : 풍화(風化)가 유행하게 정치를 잘하는 원님.

12 이천석(二千石) : 한제(漢制)의 질록(秩祿). 『通典』「職官典」중 이천 석에서부터 백석에 이르기까지 각각 등차가 있다.

13 「重九日題益陽守李容明遠樓 時新造此樓」"淸溪石壁抱州回 更起新樓眼闊開 南畝黃雲知歲熟 西山爽氣覺朝來 風流太守二千石 邂逅故人三百盃 直欲夜深吹玉笛 高攀明月共徘徊." (明遠樓는 경상도 영천군에 있다. 『신증동국여지승람』 권22 「永川郡」의 明遠樓 제영시에 포은시에 대한 李容의 화운시가 있다.)

14 삼백배(三百盃) : 술을 많이 마신다는 뜻. 『高士傳』에 원소가 정가성을 불러 보고 돌아가게 되자 성동에서 전송하는데 모인 사람이 삼백여 명이나 되었다. 그 사람들이 모두 자리에 나가 술잔을 올리는데 아침부터 저녁에 이르기까지 강성이 마신 술잔 수를 헤어보니 삼백여 잔이 되었는데도 온화하게 이겨내는 모양이 온종일 조금도 게으른 빛이 없었다고 했다.

15 정몽주, 『圃隱集』「蓬萊驛示韓書狀尙質」: 昨日張帆涉海波, 故園廻首已天涯, 地經遼霫軍容壯, 路入登萊景物多, 客子未歸逢燕子, 杏花纔落又桃花, 同來幸有韓

生在, 每作新詩和我歌

16 「洪武丁巳奉使日本作」 其四(全11首) "平生南與北 心事轉蹉跎 故國海西岸 孤舟天
一涯 梅窓春色早 板屋雨聲多 獨坐消長日 那堪苦憶家." 우왕 3년(1377)에 왜구의
폐해를 막기 위해 포은이 일본에 사신을 갔을 때 지은 시다.

17 정몽주, 「江南曲」.

◉ 보충강의--

　호방(豪放)의 품격은 시상이 크고 넓어 막힘이 없어 호탕한 시풍을 말한다.
허균이 인용한 시구들의 원시는 다음과 같다.

重九日題益陽守李容明遠樓　　정몽주

淸溪石壁抱州回	맑은 시내 돌벽이 고을 안고 돌았는데
更起新樓眼豁開	새 누각을 다시 세워 눈이 환이 트이도다
南畝黃雲知歲熱	남쪽 밭위 황운에서 풍년든 것 알겠고
西山爽氣覺朝來	서쪽 산의 시원한 기운에 아침된줄 깨닫네
<u>風流太守二千石</u>	풍류 아는 태수는 녹이 이천석이요
<u>邂逅故人三百盃</u>	기약 없이 만난 친구 술이 삼백 잔일세
直欲夜深吹玉笛	바로 밤이 깊어 가매 옥피리를 부는데
高攀明月共徘徊	높이 오른 밝은 달과 함께 배회하누나

• 益陽 : 고려시대 영천군을 "익양 또는 영양"군으로 불렀다
• 明遠樓[명원루] 朝陽閣[조양각] : 금호강 벼랑 위에 자리 잡은 조양각은 일명 명원루 또는
서세루라고 불린다. 고려 공민왕 12년(1363)에 당시 부사였던 이용이 세운 것이다. 그 뒤
임진왜란(1592) 때 불에 타 버리고, 지금의 건물은 인조 16년(1638)에 다시 세운 것이다.

蓬萊驛 韓書狀(名尚質) 봉래역에서 한 서장관에게, (이름이 상질이다.)

昨日張帆涉海波	어제 돛 펼쳐 바다 물결 건널 제
故園回首已天涯	고국을 돌아보니 어느덧 하늘가로다.
地經遼霫軍容壯	요습 땅 지나면서 군용이 씩씩하고
路入登萊景物多	등래 길에 들어서니 좋은 경치 많아라.
客子未歸逢燕子	나그네 돌아가지 않고 제비 만나고
杏花纔落又桃花	살구꽃 지자말자 복사꽃 피누나.
同來幸有韓生在	동행중 한생이 있어 다행이라
每作新詩和我歌	새로 시 지을 때마다 내 노래에 화답하누나.

旅寓여우　정몽주

나그네로 살며

平生南與北	평생을 나그네로 남과 북을 나다니니
心事轉蹉跎	마음에 둔 일 뜻대로 되지 않아
故國西海岸	고국은 서쪽바다 저 먼 곳
孤舟天一涯	나 있는 곳은 하늘 끝의 외로운 배 안
梅窓春色早	매화 핀 창은 아직 이른 봄
板屋雨聲多	판옥선 지붕에 빗소리 요란해
獨坐消長日	혼자 앉아 긴 날을 보내노라니
那堪苦憶家	고향 생각 어찌 견딜 수 있으랴.

그 사람의 성격은 시에 영향을 미친다고 보았다. 사람의 인품과 시품은 비슷하다고 보는 견해이다. 시의 품격비평은 곧 미학비평이다.

第17話

金九容詩甚淸贍

김구용의 시는 매우 청려하고 부섬(富贍)하다.

金惕若九容詩는, 甚淸贍하니, 牧老所稱에 敬之下筆이 如雲煙者라 하니 是已로다.

嘗以回禮使로 致幣于遼東都司潘奎한데 執送京師라. 其咨文에 馬五十疋을, 誤塡以五千疋하여,

高皇帝怒其私交하니, 且曰, 五千馬至면, 當放送也라 하니라. 時李廣平當國한데, 素不喜公輩하여, 迄不進馬라 帝流公大理하니, 作詩曰, 死生由命奈何天이리오, 東望扶桑路渺然이라. 良馬五千何日到오, 桃花門外草芊芊로다. 武昌詩에曰 黃鶴樓前水湧波하니, 沿江簾幕幾千家오, 釀錢沽酒開懷抱하니, 大別山靑日已斜라 公은 竟卒于配所하니, 其後에 曹參議庶도, 亦流金齒數年이라가, 而放還黃州하니, 作詩曰, 水光山氣弄晴沙하니, 楊柳長堤十萬家로다. 無數商船城下泊이요, 竹樓煙月咽笙歌라. 丈夫生徧壤하여, 嘗恨不獲壯游하니, 二公은 雖流竄殊方이나, 亦看盡吳楚山川하니, 寔人間快事也라.

[難解字] 惕척 : 두려워하다. 贍섬 : 넉넉하다. 幣폐 : 폐백, 예물. 潘반 : 뜨물, 소용돌이. 塡전 : 메우다. 迄흘 : 마침내. 渺묘 : 아득하다. 芊천 : 초목이 무성하다. 湧용 : (물 따위가) 샘 솟다. 沿연 : 물을 따라 내려가다. 釀(갹, 거) : 추렴하다의 뜻으로 갹, 또는 거로 읽힌다. 沽고 : 매매하다. 配배 : 귀양보내다. 壤양 : 땅. 寔식 : 진실로, 참으로.

【해석】 김구용[1]의 시는 매우 맑고 풍성(富贍)하다.

목은(牧隱) 이색이 "경지 김구용이 시를 쓰는 솜씨가 마치 구름과 연기가 이는 것 같다."고 칭찬한 것은 이것일 따름이었다.[2]

일찍이 회례사(回禮使)[3]로 요동도사(遼東都司) 반규(潘奎)에게 폐백을 바쳤는데, 사로잡혀 경사(京師)에 보내졌다.[4] 그 공문(咨文)[5]에서 '말 50필'이라 할 것을 '5천 필'이라 잘못 적었기 때문이다.

고황제(明 太祖 高皇帝)는 그 사사로운 사귐에 화를 내고 또 "오천 마리의 말이 이르면 마땅히 돌려보낼 것이다."라고 말하였다. 당시 (고려는) 광평 이인임(李仁任)[6]이 국정을 담당하고 있었는데, 평소에 공(김구용)의 무리들을 좋아하지 않았기에 끝내 말을 진상하지 않았다.

(때문에) 황제는 공(김구용)을 대리위(大理衛)[7]로 유배를 보냈는데[8], 그때 공이 시를 지어 이르기를

死生由命奈何天	죽고 사는 것은 명에 달린 것, 하늘을 어찌하리
東望扶桑路渺然	동쪽[9] 부상(扶桑)을 바라보니 고향 길은 아득
良馬五千何日到	좋은 말 오천 마리는 어느 날에나 이를까.
桃花門外草芊芊	도화관(桃花關)[10] 밖에는 풀만 우거질 뿐이네.[11]

라 하였고, 또 무창(武昌)[12]에서 지은 시에서

黃鶴樓前水湧波하니	황학루[13] 앞 물결에 파도가 높으니
沿江簾幕幾千家오	강 따라 드리운 발 주막은 몇 천 집인고?
釀錢沽酒開懷抱하니	돈을 추렴하여 술을 사다가 회포를 푸노라니
大別山靑日已斜라	대별산[14]은 푸르른데 해는 이미 저무네[15]

라 했는데, 공은 마침내 유배지에서 죽었다.[16] 그 뒤에 참의(參議) 조서(曹
庶)[17]도 또한 금치(金齒)[18]로 귀양 가서, 몇 해를 지내다가 풀려 돌아왔다.
그가 황주(黃州)[19]에서 지은 시에

水光山氣弄晴沙하니　물빛과 산 기운이 맑은 모래벌에 아른거리니
楊柳長堤千萬家로다　버들 푸른 긴 둑에는 천만 채 집이로다
無數商船城下泊하니　무수히 많은 상선들 성 아래 정박하는데
竹樓煙月咽笙歌라　안개 낀 달밤 죽루에선 생황 소리 절절이 들리네.[20]

라고 하였다. 나는 대장부의 몸으로 좁은 땅에 태어나 천하를 유람하지
못함을 한스럽게 여겨 왔었는데, 두 공들[金九容·曹庶]은 비록 낯선 땅으로
유배갔으나, 또한 오초(吳楚)의 산천을 두루 다 보았으니 진실로 인간사에
있어 장쾌한 일이다.

●주석 --

1 김구용(金九容, 1338~1384) : 본관 안동(安東), 자는 경지(敬之), 호는 척약재(惕
若齋) 또는 육우당(六友堂). 정몽주(鄭夢周)·박상충(朴尙衷)·이숭인(李崇仁) 등
과 함께 후학의 훈화에 노력해 성리학을 일으키는 일익을 담당하였다. 그는 사장
(詞章)을 잘하였고, 특히 시로 유명하였다.

2 牧老所稱 … :『惕若齋學吟集』에는 목은 이색의 이러한 언급은 보이지 않는다. 다
만『惕若齋學吟集』跋에서 "及菴閣先生詩, 造語平澹而用意精深. … 益齋先生每嘆
曰 '及菴詩法, 自得天趣'. … 外孫金敬之氏生長于及菴先生之家, 及志學, 又學于
及菴, 得以親炙益齋愚谷. … 今觀學吟, 益知詩法絶類及菴."(李穡,「題惕若齋詩
吟後」,『惕若齋學吟集』)라고 하였다. 참고로『東人詩話』卷上에 다음과 같은 내
용이 보인다. "李陶隱重九感懷詩, '去年重九龍山巓, 坐客望若登神仙. 達可放謌
徹廖廓. 敬之下筆橫雲烟', 達可則圃隱, 敬之則惕若齋也."

3 회례사(回禮使) : 고려·조선시대에 교린관계(交隣關係)에 있는 나라와 내왕한 사신.

4 일찍이 회례사 … 잡아 보냈다 : 『高麗史節要』「제32권 갑자」에 보면 판전교시사 김구용(金九容)을 요동에 보낸 일이 있는데 사적인 교제로 인하여 대리(大理)에 귀양 보내졌으며 도중에 병들어 죽었다.

5 자문(咨文) : 같은 계급의 관청 사이에 오가는 공문.

6 이광평(李廣平) : 고려 말의 권간(權奸)인 이인임(李仁任, ?~1388)을 말한다. 광평(廣平)은 그의 봉호(封號)이다. 『高麗史』列傳 권39[奸臣]에 「李仁任條」가 있다.

7 대리(大理) : 중국 남서부 운남성에 있는 성.

8 『高麗史』列傳 권17에 관련 기사가 보이는데, 그 내용은 다음과 같다. "初義州千戶曹桂龍, 至遼東, 都指揮梅義等紿曰, '我於爾國事, 每盡心行之, 爾國何不致謝耶?'. 十年以九容爲行禮使, 奉書兼賚白金百兩, 細苧麻布各五十匹以行, 至遼東, 摠兵潘敬, 葉旺與義等曰, '人臣義無私交, 何得乃爾', 遂執歸京師, 帝命流大理衛, 行至瀘州永寧縣, 病卒, 年四十七. 後禑追治桂龍誤傳義言, 流之."

9 부상(扶桑) : 중국 전설에서, 동쪽 바다 속에 해가 뜨는 곳에 있다고 하는 나무로 동쪽, 또는 동쪽의 해 뜨는 바다를 뜻한다.

10 도화문(桃花門) : 중국 江蘇省 吳縣城內에 있는 桃花塢[閶門]안 北城 아래에 있다.

11 김구용, 『惕若齋學吟集』「感懷」

12 무창(武昌) : 중국 호북성(湖北省) 남동부에 있는 무한(武漢)의 한 지구. 손권(孫權)이 鄂에 도읍하고 武로써 창성(昌盛)하려 했기 때문에 이름한 것이다.

13 황학루(黃鶴樓) : 樓名. 중국 湖北省 武昌縣 黃鵠磯 위에 있다.

14 대별산(大別山) : 중국 화북지구 남부의 산.

15 「武昌」: 『惕若齋學吟集』卷下. 이 작품은 『東文選』 권22에 수록되어 있다.

16 참고로 신위(申緯)는 「東人論詩絶句」에서 "도화관(桃花關) 밖 하늘가 바라보니, 대별산(大別山)은 푸른데 봄날 저무네. 연기와 구름 이는 것 같이 붓 써내려간 김척약, 목은(牧隱)으로 하여금 재주 탄상케 했네(申緯, 「東人論詩絶句」其五, 『警修堂集』 권48, 桃花關外望天涯, 大別山靑春日斜. 下筆煙雲金惕若, 能敎牧老嘆才華)."라고 하였다.

17 조서(曹庶) : 조선 초기 문신으로 자는 여중(汝衆), 호는 청간(淸簡)이다. 태조 때 명나라에 사신으로 가서 공물(貢物)의 경감(輕減)을 청하여 허락을 받았으나 명태조에게 미움을 사 김치위(金齒衛)의 군졸로 6년여 동안 유배되었다.

18 금치(金齒) : 蠻族名. 明에서 金齒衛를 설치했는데, 지금의 雲南省 保山縣에 있다.

19 황주(黃州) : 州名. 중국 黃岡故城 漢邾縣 지역이다.

20 「慶安府」: 『東文選』권22에 수록되어 있다. 『東文選』에 조서(曹庶) 작품으로 이
외에 「贈陳舍人」(七言古詩, 권8)과 「五靈廟」(七言絶句, 권22. "村南村北雨淒淒,
五廟靈宮楊柳低. 十里江山和睡過, 竹林深處午鷄啼")가 수록되어 있다.

● **보충강의** --

  김구용이 1384년 행례사(行禮使)가 되어 명나라에 갈 때, 국서와 함께 백금
1백 냥과 세저(細苧)·마포 각 50필을 가지고 갔다. 요동에서 체포되어 명나라
서울 남경(南京)으로 압송되었는데, 명나라 태조의 명으로 대리위(大理衛)에 유
배되던 도중 노주 영녕현(瀘州永寧縣)에서 병사하였다.

  그는 사장(詞章)을 잘해, 특히 시로 유명하였다. 이색(李穡)은 그의 시를 가리
켜, "붓을 대면 구름이나 연기처럼 뭉게뭉게 시가 피어나온다."고 하였다.

  『동문선』에 그의 시 8편이 수록되어 있는데, 그 가운데 특히 무창시(武昌詩)가
유명하다. 허균(許筠)은 이 시를 들어 청섬(淸贍)하다 하였고, 신위(申緯)도 '동인
논시절구(東人論詩絶句)'에서 그의 시를 들어 감탄하고 있다. 그의 마지막 시는
「望歸州城」이다.

望歸州城

杳杳孤城壓水湄	저 멀리 외론 성이 물가에 우뚝하니
層巒一畫女墻輝	층층 산은 그림이요 여장은 빛나누나
愁中偶得新詩句	시름 속 새 시구를 우연히 얻었지만
客裏難逢濁酒杯	나그네 사정이란 탁주 한잔 어렵도다
谷鳥有知方更響	새도 내 맘 아는지 골짝서 슬피 울고
舟人欲遞苦相催	사공은 교대하러 괴로이 재촉하네
往來消長非虛事	오가며 보낸 날들 헛된 것 아닐지니
行到歸州耐可歸	귀주에 도착하면 돌아가지 않으려나

第18話

李崇仁嗚呼島詩牧隱以爲可肩盛唐

이숭인[1]의「오호도」시를 목은이 성당시와 견줄 만하다고 여겼다.

李陶隱의 嗚呼島詩를, 牧隱이 推轂之하여, 以爲可肩盛唐이라 하니, 由是로 不與三峯相善하여, 仍致奇禍라, 頃日에 朱太史가 見此作하고, 亦極加嗟賞이라.

其山北山南細路分하니, 松花含雨落紛紛이라, 道人汲井歸茅舍하니, 一帶靑煙染白雲之作은, 何減劉隨州耶리오.

[難解字] 轂곡 : 수레, 바퀴. 頃경 : 지난번. 嗟차 : 감탄하다. 紛분 : 어지러운 모양.

【해석】 도은(陶隱) 이숭인(李崇仁)의「오호도(嗚呼島)」[2] 시를 목은(牧隱) 이색(李穡)이 추켜올려 성당(盛唐)의 작품과 어깨를 겨룰 만하다고 하니 이로 말미암아 삼봉(三峯) 정도전(鄭道傳)과 서로 사이가 좋지 않게 되고, 마침내 뜻밖의 화를 입게 되었다.[3] 근래에 태사(太史) 주지번(朱之蕃)[4]도 이 작품을 보고서 매우 칭찬하였다.

그가 지은,

山北山南細路分	산의 남북으로 좁은 길 나눠지고,
松花含雨落紛紛	송화가 비를 머금고 어지러이 떨어져 있네.
道人汲井歸茅舍	도인이 물을 길어 초가로 돌아오니
一帶靑煙染白雲	한 줄기 푸른 연기 흰 구름을 물들이네[5]

라고 한 시가 어찌 유수주(劉隨州 : 劉長卿)**6**보다 못하겠는가?

● 주석 ---

1 이숭인(李崇仁, 1347~1392) : 고려 삼은(三隱)의 한 사람으로 천자(天資)가 영예하
 고 문사(文辭)가 전아해, 이색(李穡)이 칭찬하기를 "이 사람의 문장은 중국에서
 구할지라도 많이 얻지 못할 것이다." 하였다.

2 嗚呼島는 半洋山·小爲山, 또는 田橫島라고도 한다. 『高麗名賢集』에는 제목 아래
 에 '一名半洋山'이라고 되어 있다. 半洋山이나 小爲山 등의 지명이 본래의 지명이
 라 할 수 있고, 嗚呼島니 田橫島니 하는 것은 이 섬과 관련된 이야기에 田橫이라는
 인물이 등장하고 그 이야기가 비통한 내용이기 때문에 붙여진 이름이라고 할 수
 있다. 田橫에 관한 이야기는 『史記』 권94 「田儋列傳」에 보인다.

3 由是不與三峯不善 … : 『東人詩話』 卷上에 다음과 같은 내용이 보인다. "李陶隱鄭
 三峯齊名一時. 李淸新高古而乏雄渾, 鄭豪逸奔放而少鍛鍊, 互有上下. 然牧老每
 當題先李而後鄭. 一日牧隱見陶隱嗚呼島詩, 極口稱譽. 間數日三峯亦作嗚呼島詩,
 謁牧老曰, '偶得此詩於古人詩藁中.' 牧隱曰, '此眞佳作. 然君輩亦裕爲之至, 如陶
 隱詩不多得也.' 後三峯當國, 牧隱屢遭顚 僅免其死, 陶隱終踣其禍. 論者以謂未必
 非嗚呼島詩爲之祟也."

 참고로 鄭道傳의 嗚呼島詩는 다음과 같다. "曉日出海赤, 直照孤島中. 夫子一片
 心, 正與此日同. 相去曠千載. 嗚呼感予衷, 毛髮竪如竹, 凜凜吹英風"(「嗚呼島弔田
 橫」, 『三峯集』 권1) 詩題 아래에 "奉使雜錄. 甲子秋, 公以典校副令, 從聖節使鄭夢
 周入明"이라는 주가 달려 있다. 그리고 前四句 뒤에는 "按後人評曰, 此四句沈雄磊
 落, 想見田橫精氣上徹霄漢"이라는 주가 있다.

4 주태사(朱太史) : 明의 金陵人 朱之蕃을 말한다. 자는 원개(元介), 호는 난우(蘭
 嵎). 벼슬이 이부시랑(吏部侍郞)으로 우리나라에 사신으로 와서 뇌물을 전연 받지
 않았다. 글씨와 그림에 능했다. 뒤에 상서(尙書)에 추증되었다.

5 「題僧舍」 : 『陶隱集』 권3.
 이수광(李晬光)의 『芝峰類說』에 "李陶隱崇仁, 在麗末諸學士中最後進, 文譽未著.
 一日揭古畵障于壁, 書一絶其上曰, '山北山南細路分, 松花含雨落紛紛. 道人汲水
 歸茅舍, 一帶靑煙染白雲'. 牧隱見之, 以爲逼唐, 聲名遂盛."이라는 내용이 보이고,

남용익(南龍翼)의 『壺谷謾筆』에서는 이 시를 사암(思庵) 박순(朴淳)의 "醉宿仙家
覺後疑, 白雲平壑月沈時. 翛然獨出修林外, 石徑笻音宿鳥知"와 대적할 만한 것으
로 평가하고 있다.

6 유장경(劉長卿, 709~786) : 자는 문방(文房)이다. 말년에 수주자사(隨州刺史)를
지내 유수주(劉隨州)라고 불렸다. 오언시(五言詩)에 능하여 '오언장성(五言長城)'
이라는 칭호를 들었다. 시의 동일표현이 돋보이며, 전원과 산수묘사는 도연명(陶
淵明)과 왕유(王維), 맹호연(孟浩然)과 통하는 바가 있다.

● 보충강의 ---

오호도는 어떤 섬인가?

嗚呼島　　　　　－『도은집』 권1

嗚呼島在東溟中	오호도는 동해바다 한가운데 섬
滄波渺然一點碧	아득한 바다 멀리 새파란 한 점
夫何使我雙涕零	무엇이 나를 눈물 흘리게 하나
祇爲哀此田橫客	제 전횡과 그 문객들 때문이라네
田橫氣槪橫素秋	전횡의 기개가 가을인 듯 시원하고 엄숙해
壯士歸心實五百	심복한 장사들이 자그마치 5백 명
咸陽隆準眞天人	함양의 코 큰 분은 하늘에서 내린 사람
手注天潢洗秦虐	손으로 은하를 당겨 진의 학정 씻고 나서
橫何爲哉不歸來	횡은 어찌하여 돌아오지 않고
冤血自汚蓮花鍔	원통히도 그만 보검으로 자결하고 말았나니
客雖聞之爭奈何	객들이 그 기별 들었으나 어찌할 것인가
飛鳥依依無處托	나는 새가 이제는 의탁할 곳 없어졌네
寧從地下共追隨	차라리 지하에 가 서로 추축할 것을
軀命如絲安足惜	실낱같은 목숨을 어찌 구구히 아끼리
同將一刎寄孤嶼	모두 같이 목을 찔러 외로운 섬에 쓸어지니

山哀浦思日色薄	산도 설고, 개도 시름, 지는 해 뉘엿뉘엿
嗚呼千秋與萬古	아아, 천추 또 만고에
此心菀結誰能識	맺힌 이 마음 뉘라서 알리
不爲轟霆有所洩	뇌성벽력이 되어서 이 기운 풀지 못하면
定作長虹射天赤	뻗친 무지개 되어서 하늘을 붉게 쏘리
君不見	그대는 못 보았나,
古今多少輕薄兒	고금의 하고많은 경박한 아이놈들
朝爲同袍暮仇敵	아침엔 죽자사자 하다가 저녁에는 원수일세

전횡의 식객들이 의롭게 자결한 오호도를 답사하고 느낀 감회를 읊은 시이다. 의사(義士)로 자칭한 전횡의 식객들이 한 고조가 진(秦)의 학정을 씻어내고 새로운 나라를 건설했지만, 자신들이 따르던 전횡의 죽음에 의롭게 뒤따른 역사적 사실을 통해, 질시와 배반이 풍미하는 세상을 풍자하였다. 그 고사는 다음과 같다.

전횡(田橫)은 제왕(齊王) 전영(田榮)의 동생으로서 한신(韓信)이 제나라 왕인 광(廣)을 사로잡자 스스로 왕이 되었는데, 한 고조(漢高祖)가 즉위하자 무리 5백여 인과 동해의 섬에 들어가 살았다. 한 고조가 전횡을 부르자 낙양(洛陽)에 가던 도중 30리 못 미친 지점에서 탄식하기를 "내가 처음에 한왕(漢王)과 남면(南面)하여 고(孤)라고 칭했는데, 이제 와서 북면(北面)하여 그를 섬길 수는 없다." 하고 자살하였는데, 섬에 있던 5백여 인도 이 소식을 듣고 모두 자결하였다. -『史記』卷94, 「田儋列傳」

第19話

國初鄭以吾李詹詩最善

국초에는 정이오와 이첨의 시가 가장 좋았다.

國初之業은, 鄭郊隱과, 李雙梅가 最善이라, 鄭之月將闌三月來하니, 一年春色夢中回로다, 千金尙未買佳節이요, 酒熟誰家花正開之作은, 不減唐人情處로다. 李之神仙腰佩玉摐摐하니, 束上高樓掛碧窓이라, 入夜更彈流水曲하니, 一輪明月下秋江之作은, 亦楚楚有趣라, 雙梅의 聞鸎詩에曰, 三十六宮春樹深하니, 蛾眉夢覺午窓陰이라, 玲瓏百囀凝愁聽하니, 盡是香閨望幸心이라 하니, 酷似杜舍人이라.

[難解字] 詹첨 : 이르다, 도달하다. 闌란 : 가로막다. 摐창 : 소리가 크고 맑은 모양. 鸎앵 : 꾀꼬리. 蛾아 : 초승달, 또는 미인의 눈썹. 玲영 : 옥소리. 瓏롱 : 옥소리. 囀전 : 지저귀다. 閨규 : 부녀자의 거실.

【해석】 국초의 시는 정교은(鄭以吾)[1]과 이쌍매(李詹)[2]가 가장 좋았다. 정교은의 시에

二月將闌三月來하니	2월이 다하려 하자 3월이 찾아오니
一年春色夢中回로다	한 해의 봄빛이 꿈속에 돌아오네
千金尙未買佳節이니	천금으로도 가절은 살 수가 없으니
酒熟誰家花正開[3]오	술 익는 뉘 집에서 꽃은 정히 피었는고

라는 작품은 당나라 사람의 작품에 손색이 없다. 이첨의

> 神仙腰佩玉摐摐하니   신선의 허리에 찬 패옥소린 쟁그랑쟁그랑
> 束上高樓掛碧窓이라   높은 누각에 올라 푸른 창가에 걸어 놓네
> 入夜更彈流水曲하니   밤이 되자 다시금 유수곡을 타노라니
> 一輪明月下秋江⁴이라   휘영청 밝은 달이 가을 강에 내려앉네

라는 작품도 또한 탁월한 아취가 있다.

이쌍매의 「聞鶯」 시에

> 三十六宮春樹深하니   서른여섯 궁궐에 봄 나무가 우거지니
> 蛾眉夢覺午窓陰이라   미인이 꿈을 깨니 대낮 창이 어둑해라
> 玲瓏百囀凝愁聽하니   영롱한 울음소리 근심스레 듣자 하니
> 盡是香閨望幸心이라   모두가 규방에서 님 바라는 마음일레⁵

라 했으니 두목지(杜牧之)⁶의 시와 아주 비슷하다.

◉ **주석**

1 정이오(鄭以吾, 1347~1434) : 고려말 조선 초기의 문신으로 본관은 진주(晋州). 자는 수가(粹可), 호는 교은(郊隱)·우곡(愚谷)이다. 찬성사 신중(臣重)의 아들로 1374년(공민왕 23) 문과에 급제하여, 1376년(우왕 2) 예문관검열이 된 뒤, 삼사도 사·공조 예조의 정랑·전교부령(典校副令) 등을 역임하였다. 1394년(태조 3) 지선주사(知善州事)가 되었고, 1398년 9월 이첨(李詹)·조용(趙庸) 등과 함께 군왕의 정치에 도움이 될 만한 경사(經史)를 간추려 올리고, 봉상사소경(奉常寺少卿)이 되었다. 1398년 조준·하륜 등과 함께 『사서절요(四書節要)』를 찬진(撰進)하였다.

이후 예문관의 직제학·대사성 등을 역임하였고, 『태조실록』 편찬에 참여하였다. 『태조실록』 편찬에 대한 노고로 예문관 대제학이 되면서 지공거(知貢擧)를 겸하였다. 1418년 70세로 치사하였다. 젊어서는 이색·정몽주의 문인과 교유하였고 늙어서는 성석린·이행(李行) 등과 교유하였다. 영의정에 추증하였으며, 저서로 『교은집』·『화약고기(火藥庫記)』가 있다. 시호는 문정(文定)이다.

2 이첨(李詹, 1345~1405) : 고려말 조선 초기의 문신. 본관은 홍성(洪城). 자는 중숙(中叔), 호는 쌍매당(雙梅堂). 증참찬의정부사(贈參贊議政府事) 희상(熙祥)의 아들이다. 1368년 문과에 급제하여 예문검열·우정언·우헌납 등을 역임하였다. 권신 이인임(李仁任)·지윤(池奫)을 탄핵하다가 오히려 10년간 유배되었다. 1388년 유배에서 풀려나 내부부령·예문응교를 거쳐 우상시가 되었으며, 1391년(공양왕 3)에 좌대언이 되었다. 이어 지신사에 올라 감사를 맡아보았으나, 이해에 장류(杖流)된 김진양(金震陽) 사건에 연루되어 결성(結城, 지금의 충남 홍성)에 다시 유배되었다. 조선조 건국 후이조전서에 등용되어 동지중추원학사에 올랐다. 1400년(정종 2)·1402년(태종 2)에 하륜 등과 함께 명나라에 다녀왔으며, 1402년의 사행시에는 고명(誥命)과 인장(印章)의 개사(改賜)를 주청(奏請)하였다. 뒤에 그 공로로서 토지와 노비를 하사받았으며, 정헌대부에 올랐다. 이후 대사헌·예문관대제학 등을 역임하였으며, 하륜 등과 함께 『삼국사략(三國史略)』을 찬수하였다. 『신증동국여지승람』에 많은 시가 전하며, 유저로 『쌍매당집』이 있다. 시호는 문안(文安)이다.

3 「次韻寄鄭伯亨」(『東文選』 卷22에는 鄭伯容으로 되어있음, 『國朝詩删』 卷二, 批: 當爲國初絶句第一)

4 원제목 : 「夜過涵碧樓聞彈琴聲有作」(『雙梅堂篋藏集』 卷二)

5 「聞鶯」(『國朝詩删』 卷二, 批: 酷似杜紫薇) 『雙梅堂篋藏集』에는 실려있지 않다.

6 두사인(杜舍人) : 두목(杜牧, 803~853). 자는 목지(牧之), 이상은(李商隱)과 함께 '小李杜'로 일컬어졌다. 벼슬은 殿中侍御使를 거쳐 中書舍人에 이르렀다. 저서로 『樊川文集』이 전한다.

● 보충강의 --

  허균의 비평을 따라서 두목의 원시를 찾아 비교해 보니 정말로 비슷하기는 하
다. 그 시는 다음과 같다.

月   두목(杜牧)

三十六宮秋夜深   삼십육궁의 가을 밤 깊은데
昭陽歌斷信沈沈   노래 끊긴 소양궁은 참으로 고요하네.
唯應獨伴陳皇后   오직 홀로 진황후와 짝할 만하여
照見長門望幸心   장문궁에서 행차 바라던 마음을 비추어 주네.

  -『全唐詩』卷524

第20話

趙云仡暮年佯狂玩世見流配者而作詩

조운흘은 만년에 거짓 미친척하며 세상을 기롱했는데,
유배가는 사람을 보고 시를 지었다.

趙石磵云仡은, 在前朝已達官이라, 暮年에 佯狂玩世하여, 求
爲沙坪院主한데, 一日은 見林廉黨與流于外者가 相繼于道하
니, 作詩曰, 柴門日午喚人開하니, 步出林亭坐石苔라, 昨夜山
中風雨惡하니, 滿溪流水泛花來하니라

[難解字] 仡흘 : 날래다.　磵간 : 계곡의 시내.　玩완 : 희롱하다.　柴시 : 섶나무(산야에
절로 나는 왜소한 잡목).　喚환 : 부르다.

【해석】 석간 조운흘[1]은 전조(고려조)의 높은 관리였다. 만년에는 거짓으
로 미친척하며 세상을 희롱했는데, (스스로) 구하여 사평원[2]의 주인이
되었다.
　하루는 임견미(林堅味)[3]와 염흥방(廉興邦)[4]의 당여들이 외방으로 귀양 가
는 자가 도로에 연이은 것을 보고 시를 지었는데,

柴門日午喚人開하니	한낮이 되어서야 사람 불러 사립문 열게 하니
步出林亭坐石苔라	숲 속 정자로 걸어나가 이끼 돌 위에 앉네
昨夜山中風雨惡하니	어젯밤 산중에 심한 비바람 몰아치더니
滿溪流水泛花來이라	개울 가득 흐르는 물에 꽃잎이 떠내려 오네

라고 했다.

● 주석 --

1 조운홀(趙云仡, 1332~1404) : 본관은 풍양(豐壤)으로, 상주 노음산(露陰山)에 은
거하면서 석간서하옹(石磵棲霞翁)이라 자호하였다. 그 뒤 좌간의대부(左諫議大
夫), 판전교시사(判典校寺事), 계림 부윤(鷄林府尹)을 거쳐 1392년(태조 1) 강릉
대도호부사에 제수되었는데, 이듬해 병으로 사직하였다. 성품이 호탕하고 속세에
구애되지 않았고 은거생활을 할 때에는 소를 타고 다녔으며 죽을 때에는 스스로
묘지(墓誌)를 짓고 태연히 앉아서 죽었다고 한다.

2 사평원(沙坪院) : 경기도 광주에 있는 원명(院名). 한강의 남쪽 기슭에 있다.

3 임견미(林堅味, ?~1388) : 고려의 무신. 공민왕초 다루가치(達魯花赤)에 속하여
공을 세우고 중랑장에 등용되었다. 1362년(공민왕 11) 홍건적이 입구하였을 때 나
주도병마사로 왕을 호종하여 이듬해 대호군으로 1등공신이 되었다. 1370년 부원수
로 이성계 등과 함께 동령부(東寧府) 토벌에 참가하였으며, 1375년(우왕 1) 심양왕
모자가 왕위를 노리고 반역자 김의·김서의 무리와 함께 쳐들어온다는 소식에 지
문하부사로 서경상원수가 되어 출진, 이에 대비하였다. 1380년 이인임과 함께 경
복흥(慶復興)과 그 일당을 숙청, 평원부원군이 되어 문하시중에 올랐다. 그러나
그 후 이인임·지윤·염흥방 등과 함께 전횡을 일삼다가 1388년 최영·이성계에게
제거되었다.

4 염흥방(廉興邦, ?~1388) : 고려의 문신으로 1357년(공민왕 6) 과거에 장원급제,
좌대언을 거쳐 1362년 지신사로서 홍건적을 격파하고 서울을 탈환하는 데 공이
있었으므로, 그 이듬해 위위윤으로 이등공신이 되었다. 1374년 탐라 목호(牧胡)의
난을 최영과 함께 진압하였으며, 1375년 이인임의 뜻에 거슬려 정몽주 등과 함께
유배되기도 하였으나 곧 풀려났다. 이인임의 심복 임견미 등과 함께 많은 문신을
모함하여 축출하고 매관매직을 자행하였으며, 백성의 토지와 노비는 물론 국유지
까지 강점하는 등 비행을 일삼아 백성의 원성이 자자하였다. 또한, 연락(宴樂)을
일삼던 우왕을 충동하여 음행을 일삼도록 하여 국정이 더욱 문란해졌다. 후에 이
들의 행패를 미워하던 최영·이성계 등에 의하여 처형되었다. 학문에 뛰어나 여러
번 동지공거(同知貢擧)가 되었으나 시험관으로 공정하지 못한 점이 많았다. 저서
로『동정집(東亭集)』이 있다.

● 보충강의

　조운흘(趙云仡)과 박혜숙(朴惠肅 혜숙은 朴信의 시호임) 같은 풍류객이 멋있게 글로 장식하면 더욱 사람들의 탄상(歎賞)하는 대상이 되었다.

　박신(朴信)의 본관은 운봉(雲峯)으로 일찍부터 칭찬이 자자하더니, 신우(辛禑, 고려 우왕) 때 급제하고, 이조(李朝)에 들어와서 이조 판서와 수문전 대제학(修文殿大提學)을 거쳐 찬성사(贊成事)에 이르렀다. 시호는 혜숙(惠肅)이다. 그는 일찍이 교명을 받들어 『포은집(圃隱集)』 서문을 지어 바쳤다. 그의 아들 종우(從愚)는 태종(太宗)의 딸을 아내로 맞아들였고, 운성부원군(雲城府院君)에 봉해졌다.

　○ 공은 일찍이 관동안렴사(關東按廉使)가 되어 강릉(江陵) 기생 홍장(紅粧)을 사랑했었는데, 강릉 부윤 석간(石澗) 조운흘(趙云仡)이 거짓으로 말하기를, "홍장이 이미 죽었습니다." 하니, 박신은 슬픈 마음을 억누르지 못하였다. 조석간이 안렴사를 초청하여 경포(鏡浦)에 나가 놀았는데, 비밀리 홍장에게 단장시키고 별도로 그림 그린 배를 준비하여 모습이 처용(處容)과 같은 한 아전을 뽑아서 홍장을 싣고, 또 채색 현판을 걸고 거기다 시를 쓰기를

新羅聖代老安詳	신라 거룩한 시대의 늙은 안상은
千載風流尙未忘	천 년 전의 풍류놀이를 아직도 잊지 못했도다
聞道使華遊鏡浦	듣건대, 사화가 경포대에 논다 하기에
蘭舟不忍載紅粧	참지 못하고 목란 배에다 홍장을 실어 왔노라

하였다. 안상은 신라 시대의 사람으로 신선이 되었다고 한다. 그 배가 천천히 포구로 들어와 물가에 돌아다니거늘, 조석간이 공에게 말하기를, "이 땅은 옛날 신선의 유적이 있어, 지금도 신선들이 오가는 일이 있어 꽃핀 아침이나 달 밝은 저녁이면, 사람이 혹 보기도 하지마는, 다만 바라볼 수는 있어도 가까이하지는 못하옵니다." 하니, 박공이 말하기를, "산천은 이와 같고 풍경이 특이하다." 하면

서, 눈물이 글썽하여 자세히 배 안을 보니 곧 홍장이었다. 온 좌석이 크게 웃으며
극히 즐거이 놀다가 파했다. ―『시화(詩話)』

　○ 그 뒤에 박신이 시를 부쳐 왔는데

少年持節按關東	젊어서 부절을 가지고 관동을 안렴하였는데
鏡浦淸遊入夢中	경포대에서 놀던 것이 꿈속에 드는구나
臺下蘭舟忠又泛	대 아래에 목란 배를 다시 띄우고 싶지만
却嫌紅粧笑衰翁	홍장이 쇠잔한 늙은이라 비웃을까 저어하네

하였다.

第21話

世宗朝文章鉅公甚多
徐居正春容富艶金守溫閑遠有致

세종조에 인재가 배출되어 문장에 뛰어난 사람이 많았는데,
서거정은 春容富艶하고 김수온은 閑遠有致했다.

英廟朝에, 人才輩出하니, 一時에 文章鉅公甚多라, 古詩는 殊愧於前人하고, 而律絶도 亦無警策이나, 唯 徐四佳는 雖曰 漫衍飯緩이나, 而春容富艶하여, 時有好處라, 如 游蜂飛不定하니, 閑鴨睡相依로다. 月色蛩音外하니, 河聲鵲影中이라. 更欲乘鸞吹鐵笛하니, 夜深明月過江南이라 等句는, 亦有佳趣라 金乖崖詩도, 亦豪放이라, 如, 柴門不整臨溪岸하니, 山雨朝朝看水生이라. 窓虛僧結衲하니, 塔靜客題詩로다 等句는, 殊閑遠有致라.

[難解字] 鉅거 : 크다. 警경 : 경계하다. 策책 : 채찍. 蜂봉 : 벌. 鴨압 : 오리. 蛩공 : 메뚜기. 鸞난 : 난새. 崖애 : 벼랑. 整정 : 가지런하다. 衲납 : 기우다(옷을 수선하다).

【해석】 세종조에는 인재가 배출되어 그 한 시기에 문장에 뛰어난 사람이 매우 많았지만, 고시로는 전시대 사람에게 심히 부끄럽고 율시나 절구도 뛰어난 작품이 없으나, 오직 서거정은 넘쳐나고 느릿하며 응대가 뛰어나며[1] 지나치게 고우나, 용용부염(春容富艶)하여 때때로 좋은 표현이 있었다.
　서거정의 시에

　游蜂飛不定하니　　　노니는 벌은 이리저리 날고

閑鴨睡相依로다 　　한가로운 오리 서로 기대어 조네

月色蛩音外요 　　　달빛은 벌레 소리 너머로 비치고
河聲鵲影中이라 　　은하는 까치 그림자 속에 흐르네

更欲乘鸞吹鐵笛하니 　다시 한 번 난새 타고 쇠피리를 불며
夜深明月過江南이라 　깊은 밤 밝은 달에 강남을 지나네

등의 구절은 또한 아름다운 정취가 있다. 김괴애[2]의 시도 또한 호방하다.
예를 들면

柴門不整臨溪岸하니 　사립문 삐딱하게 시냇가 언덕을 대하고 있어
山雨朝朝看水生[3]이라 　산비가 아침마다 내려 물 불어나는 것을 보겠도다

窓虛僧結衲하니 　　창은 비었는데 중은 장삼을 깁고
塔靜客題詩[4]로다 　　탑은 조용한데 객이 시를 짓는구나

등의 구절은 매우 한가롭고 원대(閑遠)하여 운치가 있다.

◉주석 ┈┈

1 용용(舂容) : 힘써 친다는 뜻으로, 응대를 잘하는 모양. 『禮記』·「學記」 疏에 "鍾之
　爲體, 必待其擊, 每一舂而爲容, 然後盡其聲, 言善答者, 亦待其一問, 然後一答."
2 김수온(金守溫, 1410~1481) : 조선 초기의 문신으로 본관은 영동이고, 자는 문량
　(文良), 호는 괴애(乖崖)·식우(拭疣)이며, 시호는 문평(文平)이다. 1441년(세종 23)
　식년문과에 병과로 급제, 세종의 특명으로 집현전 학사가 되었고 승문원교리·병조
　정랑·전농소윤 등을 역임하였다. 문종·세조대에도 계속 중용되어 호조판서를 거

처 1468년(예종 즉위년)에 보국숭록대부에 오르고, 성종대에는 영산부원군에 봉해졌다. 세종 때 수양대군·인평대군이 존경하던 고승 신미(信眉)의 동생으로 불경에 달통하고 제자백가·육경에 해박하여 뒤에 세조의 총애를 받았다. 성삼문·신숙주·이석형 등 당대의 석학들과 교유하며 문명을 다투었다. 『治平要覽』·『醫方類聚』 등의 편찬, 『금강경』·『明皇誡鑑』 등의 번역에 참여하였으며, 사서오경의 구결에 참여하였다. 저서로 『식우집』이 있다.

3 용재총화에는 심준(沈濬)의 시구로 되어 있다.

4 題福靈寺壁　次俀氏民韻　－『괴애집』

　山寺尋遊日　秋風木落時
　窓虛僧結衲　塔靜客題詩
　翠柏霜猶秀　寒花晚欲微
　地淸無夢寐　誰得更喧思

● 보충강의

허균이 언급하고 있는 시구들의 원시들을 나열하면 다음과 같다.

秋風　　　(『大東詩選』卷5)

　茅齋連竹逕　띠풀 지붕의 서재는 대나무 길에 이어 있고
　秋日艶晴暉　가을 날 곱고 맑은 햇살 비추네
　果熟擎枝重　열매는 익어 높은 가지에 무겁게 달려 있고
　瓜寒著蔓稀　오이는 차갑게 성근 덩굴에 매달려 있네
　游蜂飛不定　노는 벌은 쉴 새 없이 날기만 하고
　閑鴨睡相依　한가한 오리는 서로 기대어 조네
　頗識心身靜　자못 몸과 마음이 고요한 줄 알았으면
　棲遲願不違　한가히 지내는 것 어기지 않기를 바라노라

七夕   (『國朝詩刪』 卷4, 徐居正)

天上神仙會   천상의 신선 만남은
年年此日同   해마다 이 날이로다
一宵能有幾   하룻밤이 얼마나 되랴마는
萬古亦無窮   만고에 다함이 없었나니 (評 : 思佳)
月色蛩音外   달빛은 벌레 소리 밖에 빛나고
河聲鵲影中   강물 소리는 까치 그림자 속에 흐르누나
雖無文乞巧   여기는 비록 걸교(유자후의 칠석에 대한 걸교문)의 글은 없으나
得句語還工   시를 얻으매 말이 도리어 묘하여라

晩山圖   (『國朝詩刪』 卷2, 批: 渾重富麗, 自是大家氣格)

嵯峩古樹與雲參   높다란 고목은 구름에 닿았는데
石老岩奇水滿潭   오래된 기이한 바위 연못에 물이 가득
更欲乘鸞吹鐵笛   다시 한 번 난새 타고 쇠피리를 불며
夜深明月過江南   깊은 밤 밝은 달에 강남을 지나네

第22話

姜希孟詩閑雅可見

강희맹[1]의 시는 한아(閑雅)함을 볼 수 있다.

姜景醇의 養蕉賦는 極好라. 其詩도 亦淸勁하니, 其 病餘吟에 曰, 南窓終日坐忘機하니, 庭院無人鳥學飛라. 細草暗香難覓處하니 澹煙殘照雨霏霏라. 詠梅에 曰, 黃昏籬落見橫枝하니, 緩步尋香到水湄이라. 千載羅浮一輪月하니, 至今來照夢回時라. 俱閑雅可見이라

[難解字] 醇순 : 다른 것이 섞이지 않고 순수함. 蕉초 : 파초(芭蕉), 또는 생마(生麻). 勁경 : 굳세고 날카롭다. 霏비 : 눈이 펄펄 내리거나 조용히 내리는 비의 모양. 湄미 : 물가.

【해석】 강경순의 「양초부(養蕉賦)」[2]는 아주 좋다. 그의 시도 또한 맑고 굳세다(淸勁)하다. 그가 병을 앓고 난 뒤에 지은 시(詩)에[3]

南窓終日坐忘機하니	남창에 종일토록 세상을 잊고 앉았으니
庭院無人鳥學飛라	정원엔 사람이 없어 새가 나는 것을 배우네.
細草暗香難覓處하니	가는 풀에 그윽한 향기 어디에서 나는 가
澹煙殘照雨霏霏라	엷은 안개 희미한 빛에 가랑비 부슬부슬

라고 했다. 매화를 읊어서 이르기를

黃昏籬落見橫枝하니	황혼녘 울타리에 옆으로 뻗은 가지를 보며
緩步尋香到水湄라	느린 걸음 향기 찾아 물가에 이르렀네
千載羅浮一輪月이	천년의 나부산(羅浮山)엔 휘영청 둥근 달이
至今來照夢回時라	지금에 와 비치니 꿈에서 헤메일 때로다

라 한 시구들은 모두 한가로운 아치가(閑雅)[4] 있어 읊조릴 만하다.

● 주석 --

1 강경순(姜景醇) : 강희맹(姜希孟, 1424~1483). 조선의 문신으로 자는 경순(景醇), 호는 무위자(無爲子)·사숙재(私淑齋)·국오(菊塢)·운송거사(雲送居士)·만송강(萬松岡) 등이다. 본관은 진주(晋州)이고, 시호는 문량(文良)이다.
2 양초부(養蕉賦) : 파초(芭蕉)를 기르는 방법과 그 즐거움에 대해 읊은 賦.『私淑齋集』에는 卷5, 12~14쪽에 걸쳐 실려 있다. 전문은 보충강의 참고.
3 『箕雅』와『大東詩選』에는 제목이 「病餘獨吟」이라고 되어 있다.
4 한아(閑雅) : '閑'은 唐 석교연(釋皎然)의『詩式』「辨體十九字」의 설명에 따르면 '情性疎野'라고 한다. 시인의 성정(性情)이 소탈하고 넓다는 의미로 작가의 기상과 취향을 염두에 둔 평어이다. '雅'는 사공도의『二十四詩品』의 분류에 따르면 작품을 논하는 평어로서 '陰柔之美'의 하나이다. 의미는 격식과 내용이 전통적인 규범에 잘 맞는다는 것이다.

● 보충강의 --

강희맹은 시서화 삼절로 뛰어난 강희안의 동생이다.

인재(仁齋) 강희안(姜希顔)은 젊을 때부터 재주가 있었다. 그는 만년에 양주(楊州)의 누원(樓院)에 올라가 시 3편을 지었는데, 그중 한 편에 이르기를,

有山何處不爲廬　흔한 산 어디엔들 오두막 못 지으랴
坐對靑山試一噓　청산과 마주앉아 한 숨 길게 뿜어보네
簪笏十年成老大　벼슬살이 10년에 다 늙었으니
莫敎霜鬢賦歸歟　백발로 귀거래를 짓게 하지 말라

하였다. 영천군(永川君) 정(定)의 자는 안지(安止)인데, 이 시를 보고 절하고, 또 비평하기를, "이 시는 몹시 핍진(逼眞)하니, 서(徐)가 아니면 이(李)의 솜씨일 것이다."라고 써두었다. 당시 서거정(徐居正)과 이승소(李承召)는 시인으로서 제1인자였기 때문에 정(定)이 탄복한 것이다. 그 후 다시 누각 아래를 지나가면서 전번에 써놓은 글을 읽으니, 그 아래에 또 써놓은 글이 있었는데, "이 시는 강산의 아취가 있고, 한 점의 속됨도 없으니, 이것은 반드시 세속에 얽매인 속된 선비가 지은 것이 아닐 것이다. 또 천지가 크고 강산이 깊은데 어찌 인재가 없어 꼭 서씨나 이씨를 들추랴. 이 어찌 인재를 하찮게 생각하고 사람을 심히 멸시하는 것이 아니겠는가." 하였다. 정(定)이 이 글을 보고 크게 뉘우쳐 앞서 써놓았던 비평문을 지워버렸다. 지금의 『진산세고』에는 3편이 모두 실리지 않았다. 강경순의 편집이 넓지 않음이 이와 같다.

養蕉賦　姜希孟

壯元判京兆李侯伯玉氏가*, 馳其胤渾하여, 請芭蕉幷蒔養法於雲松居士이라. 居士問曰, "尊公養之如何런고" 渾曰, "冬藏於陶室이나 而遭凍하고, 春蒔於庭際나 而不榮하니, 如此者非一再矣라. 曷爲면 則能冬不傷하고 而夏不萎歟잇가?" 居士笑曰, "噫!라 天壤之間에, 繽紛*葳蕤*, 飛走*動植之類는, 待養而成遂者니, 詎能知幾也리오. 苟失其養이면, 動者息하고, 植者仆하며, 榮者枯하고, 敷者乏이니, 索然離其性矣라, 奚怪其然歟아! 物卽如此하니, 心도 亦待乎養者라. 功名事業之所引誘하고, 憂患榮辱之所拂擾하니, 能全其天而不爽者 鮮矣라. 蕉는 乃植物中之最軟脆者也라. 太燥則焦하고, 太濕則敗하니. 法得則易榮하고, 法失則易枯하니, 善養之機는, 妙在自得이라. 歸語老子하라, 當一頷하고*而默笑矣리니." 於是에 付以蕉根兼柕以賦하니 曰.

　　장원에다가 京兆府 判尹을 지낸 李伯玉氏가 그의 맏아들 渾에게 달려가서 雲松居士에게 芭蕉와 (그것을) 심고 재배하는 법을 청하라고 하였다. 거사가 물었다. "어른께서는 그것을 어떻게 기르시던가?" 渾이 답했다. "겨울에는 陶室에 보관해 두셨으나 얼어 버렸고, 봄에는 뜰 가에 심으셨으나 싱싱하게 우거지지 못했는데 이와 같은 적이 한두 번이 아니었습니다. 어찌 하면 겨울에 상하지 않고 여름에 시들지 않겠습니까?" 居士가 웃으며 말했다. "아! 하늘과 땅 사이에 꽃을 피우거나 줄기를 땅 속에 뻗는 것과 날고 달리는 동물·식물의 무리들은 길러줌을 기다려서 자라는 것이니 어찌 능히 幾微를 알 수 있겠는가? 만일 그 기르는 법을 잃는다면 움직이는 것은 멈출 것이고, 심어진 것은 넘어질 것이며, 꽃을 피우는 것은 시들 것이고, 줄기를 뻗는 것은 궁핍해져서 횡하니 그 본성에서 떨어질 것이니 그렇게 됨이 어찌 괴이하겠는가! 사물은 곧 이와 같은 것이니 마음도 또한 길러줌을 기다리는(필요로 하는) 것이다. 공명과 사업에 이끌리는 바가 되거나 우환과 영욕에 흔들리는 바가 되어 능히 그 천부의 본성을 온전히 하여 어그러지지 않게 하는 자가 드물다. 파초는 식물 중에 가장 연하고 무른 것이다. 지나치게 건조하면 타버리고, 지나치게 습하면 부패한다. 법도를 얻으면 쉽게 무성해지고 법도를 잃으면 쉽게 마른다. 잘 기르는 기미는 그 오묘함이 자득에 있다. 돌아가 어른께 말씀드리게. 마땅히 한 번 고개를 끄덕이고 조용히 웃으실 것이네." 이에 파초의 뿌리와 아울러 賦를 지어서 그 편에 부쳤다. 賦는 너무 길어서 생략한다.

---

* 이백옥(李伯玉) : 이석형(李石亨, 1415~1477). 선초의 문신으로 자는 백옥(伯玉)이며, 호는 저헌(樗軒)이다. 본관은 연안(延安)이며, 시호는 문강(文康)이다. 저서로는『樗軒集』이 있고, 편찬한 책으로는『歷代兵要』,『治平要覽』,『大學衍義輯略』,『洪義輯略』등이 있다. ―『韓國人名字號辭典』참고

* 빈분(繽紛) : 여기서는 꽃을 피우는 식물들을 의미한다.

* 위유(葳蕤) : 여기서는 땅 속으로 줄기를 뻗는 식물들을 말한다.

* 비주(飛走) : 날아다니는 새와 달리는 짐승을 말한다.

* 함(頷) : 점두(點頭). 머리를 끄덕여서 긍정을 표시한다.『春秋左傳』「襄公二十六年」:"逆於門者, 頷之而已."

* 대균(大鈞) : 하늘, 또는 조화. '鈞'은 옹기를 만들 때 쓰는 녹로(轆轤)로, 그 위에서 갖가지 陶器가 만들어지는 것과 같이 음양이 만물을 생성·조화하기 때문에 이르는 말.

第23話

徐居正久主文故李承召等不得主文而先沒
李承召燕詩酷似唐人

서거정[1]은 오랫동안 대제학에 머물렀다.
그래서 이승소 등이 대제학이 되지 못하고 먼저 죽었다.
이승소의 「연」이란 시는 당나라 사람과 흡사했다.

徐四佳는 久爲大提學이라, 故로 一時에 如姜晉山, 李陽城,
金永山이, 皆不得主文하고 而先沒이라, 李陽城之燕詩에, 有,
綠楊門巷東風晚하니, 靑草池塘細雨迷라 之句는, 酷似唐人
이라.

[難解字] 酷혹 : 심하다. 巷항 : 거리.

【해석】 서거정은 오랫동안 대제학을 지냈다. 때문에 같은 시대에 살았
던 강희맹·이승소·김수온은 모두 대제학이 못되고 먼저 죽었다. 이승소
가 지은 「燕」이란 시에는

綠楊門巷東風晚하니	버들 푸른 골목에 동풍이 늦으니
靑草池塘細雨迷[2]라	풀 푸른 못가에는 부슬비가 오락가락.

라는 구절이 있는데 당나라 시인들의 작품과 매우 비슷하다.

● 주석 --

1 서거정(徐居正, 1420~1488) : 조선 초기의 문신·학자로 본관은 달성(達城), 자는
  강중(剛中), 호는 사가정(四佳亭). 권근(權近)의 외손자로, 1444년(세종 26) 식년
  문과에 급제하고, 1451년(문종 1) 사가독서(賜暇讀書) 후 집현전 박사를 거쳐 1457
  년(세조 3) 문신 정시(文臣庭試)에 장원, 공조참의 등을 지냈다. 육조 판서를 두루
  지냈고, 1470년(성종 1) 좌찬성(左贊成)에 이르렀다. 문풍(文風)을 일으키는 데 큰
  공헌을 했으며 『경국대전(經國大典)』, 『동국여지승람(東國輿地勝覽)』, 『동문선
  (東文選)』, 『동국통감(東國通鑑)』 등 수많은 편찬 사업에 참여했다. 또한 문장과
  글씨에 능하였으며, 뛰어난 문학 저술도 남겼다.
2 三灘先生集卷之四 詩「燕」이승소(李承召). 보충강의 참조.

● 보충강의 --

   서거정은 세종에서 성종까지 여섯 왕을 섬겨 45년간 조정에 봉사하였으며, 23
년간 문형을 관장하였고, 23차에 걸쳐 과거시험을 관장하여 많은 인재를 중용하
였다. 허균이 언급한 시구는 다음과 같다.

   「燕」 이승소(李承召)
   畫閣深深簾額低   화각은 깊숙하고 발머리는 나직한데
   雙飛雙語復雙棲   쌍을 지어 나르다 쌍을 지어 말하다 또 쌍을 지어 깃든다
   綠楊門巷春風晚   버들 푸른 골목에 동녘 바람이 느즈막히 불어오고
   青草池塘細雨迷   풀 푸른 못가에 부슬비가 오락가락 하네.
   趁蝶有時穿竹塢   때로는 나비를 좇아 대숲 언덕을 뚫고
   壘巢終日啄芹泥   집을 지으려 한종일 미나리밭 진흙을 쪼은다
   托身得所誰相侮   몸을 의탁하기에 장소를 얻었거니 누가 업신여기랴
   養子年年羽翼齊   해마다 자식 길러 날개가 가지런하다

상이 세 대비전에 진연(進宴)하고, 다시 여러 종신과 재상을 불러 술과 음악을

하사하였다. '태평한 오늘은 취해도 좋으리니[昇平今日醉無妨]'라는 시 한 구절을 써 내리니, 예조 판서 이승소(李承召)가 즉석에서 세 구절을 채워 한 장(章)을 만들었는데, 이르기를, '임금님과 신하들이 한자리에 모였도다.[魚水相歡共一堂] 위태로움 잊지 말라 옛사람 경계한바[安不忘危古所戒] 굳은 뿌리에 왕업이 매였음을 되새기네.[更思王業繫苞桑]' 하였다.

第24話

成侃效古人詩深得其法

성간은 옛사람의 시를 본받아서 그 시법을 깊이 터득했다.

東詩는 無效古者라. 獨成和仲이 擬顏陶鮑三詩를, 深得其法이라. 諸小絶句은 得唐樂府體하니, 賴得此君하여, 殊免寂寥이라.

[難解字] 侃간 : 강직하다. 鮑포 : 절인 어물. 賴뢰 : 힘입다. 의지하다. 廖료 : 공허하다.

【해석】 우리나라 시는 옛 법을 본받은 것이 없다. 오로지 성간만이 안연지(顏延之)[1]·도잠(陶潛)[2]·포조(鮑照)[3] 세 시인을 본받아서 그 시법을 깊이 터득했다. 여러 편의 작은 절구들은 당의 악부체를 지녔다. 이 사람이 있는 것에 힘입어 자못 적막함을 면하였다.

◉ 주석 ------------------------------------

1 안연지(顏延之, 384~456) : 자는 延年, 琅邪郡 臨沂縣 사람이다. 어렸을 때 고아로 가난하게 자랐지만 책을 읽는 것을 좋아하여 읽지 않은 것이 없었다. 문장이 아름다워 당대에 으뜸으로 꼽혔다. 술을 마시면 자질구레한 예의는 지키지 않았다. 30세 무렵까지 결혼을 못했다. 謝靈運과 이름을 나란히 하여 顏·謝라고 칭해졌다.

2 도잠(陶潛, 372~427) : 東晉末의 大文豪. 자는 淵明 또는 元亮. 성품이 高尙簡貴하여 五柳先生이라고 자처하였고, 靖節先生이라고 존칭되었다. 彭澤縣令으로 80

여 일을 근무하다가 스스로 물러났는데 그때 지은 「歸去來辭」가 매우 유명하다.

3 포조(鮑照, 421?~465) : 남조(南朝) 송의 시인. 자는 명원(明遠). 참군(參軍) 벼슬을 지냈기 때문에 포참군(鮑參軍)이라고도 한다. 시에 능하여 사령운(謝靈運)과 나란히 일컬어진다.

● **보충강의** ---

본문에 언급된 것을 보충해서 그 관련된 시들의 원시들을 나열해 본다.

雜詩三首 其二 效顏特進延年
잡시 세 수 중 두 번째 수, 특진 안연년을 본받아

三辰曜玄穹　百祥凝赤縣
龜筮夾日時　土圭正方面
翼翼敞周庭　巍巍開漢殿
重簷鬱層雲　丹櫨閃流電
繁露下空明　瑞樹交蒨蔥
華月麗中闈　鮮風擁舟藋
萬億握靈符　逍遙享淸燕
天開氛祲消　運泰謳歌遍
起迹感風雲　楊名薦冠弁
奏疏列謀猷　獻賦承顧眄
道拙却懷慙　情紆不知倦.

일월성신이 하늘에 밝았으니 온갖 상서로움이 세상에 모여 있네.
점괘를 뽑아 길일을 택하고 옥으로 만든 자로 방위를 바로 잡네.
장엄하게 주나라 조정이 펼쳐지고 우뚝하게 한나라 궁전이 열리네.
겹친 처마는 구름이 **빽빽**이 모인 듯, 붉은 기둥은 번개가 번쩍이는 듯.
이슬은 하늘에서 내려오고 고운 나무에는 푸른빛이 가득하네.
흰 달은 궁문에 빛나고 시원한 바람은 어가를 감싸네.

모든 신하가 천명을 받들고 편안히 좋은 잔치를 즐기네.
하늘이 열려 안개가 걷히고 국운이 평안해져 태평가가 퍼지네.
몸을 일으켜 군신의 만남에 감격하고 관리들과 나란히 이름을 떨쳤네.
올린 상소는 조정의 계책에 들었고 바친 부(賦)는 임금님 은총을 입었지.
도(道)가 모자라 도리어 부끄러운데 정이 깊어 지치는 줄 모르겠네.

－『眞逸遺稿』 卷1

이 시는 남북조 시대 송나라 안연지(顔延之, 字; 延年)의 시풍을 본받아서 새 조정의 번성하고 태평한 기운을 읊은 오언 고시다. 허균은 "우리나라의 시는 고시를 잘 본받은 것이 없다. 다만 성간이 안연지, 도잠, 포조의 시를 모의한 세 작품이 고시의 법체를 깊이 얻었다. 그의 다른 절구들도 당의 악부체를 얻었다. 이 분 덕분에 황량함을 면하였다.[許筠, 惺叟詩話. 東詩無效古者 獨成和仲擬顏陶鮑三詩 深得其法 諸小絶句得唐樂府體 賴得此君 殊免寂寥.]"라고 하여 그가 고체시를 체득하여 이 시를 지었다고 했다. 처음 두 줄은 하늘과 땅이 자리를 잡은 것을 읊었는데, 허균은 처음 두 구를 평하여 "안연지의 말씨와 매우 비슷하다.[太逼延之口氣]"라고 하여 육조 때의 시풍이 배어 있음을 지적했다. 다음 석 줄은 새로운 조정의 기운을 표현했는데 주나라 조정과 한나라 궁전이라고 에둘러 말했다. 허균은 3~6구를 "꾸미기는 잘 했지만 당나라 시의 수준으로 떨어졌다.[雕績雖切已墜李唐]"라고 하여 육조보다는 당나라 때의 고시와 비슷하다고 평했다. 그리고 7~8구에 대하여 "넉넉하고 아름다워 어울린다.[富艶得稱]"라고 말했다. 가운데 석 줄 (11~16구)은 새 임금을 중심으로 천명을 받들어 태평한 국운을 열어가겠다는 각오를 드러낸 것인데, 허균은 "늘어놓은 것이 크고 아름답다.[鋪得甚洪麗]"라고 했다. 마지막 석 줄(17~22구)은 임금의 지우에 감격하여 충성을 다하는 모습을 그린 것인데, "전환시키는 것이 손에서 벗어난 탄환 같다.[轉換如彈丸脫手]"라고 평했다. 그리고 끝에다가 "두 편 모두 「문선」의 풍격을 갖췄는데, 우리나라에도 이런 작품이 있는 줄 몰랐다.[二篇俱是選體 不意東方有此作也]"라고 말해 '효포참군(效鮑參軍)'과 함께 육조풍의 고체시임을 놀라워하였다. 어쨌건 이 시는 육조풍의 고체시를 본받아 세조가 집권한 조정의 새로운 각오를 찬양한 것이라고 하겠다.

「본전(本傳)」에 중국 사신도 성간(成侃)의 시를 보고 탄복한 이야기가 실려 있다. "중국 사신 예겸이 사명을 띠고 우리나라에 왔을 때 성진일이 남을 대신하여 그를 전송하는 시를 지었다. 예겸이 보고는 자신도 모르게 무릎을 꿇으면서, '동국 문장이 중국보다 못지않다.' 하였다[華使倪謙奉使東來 成眞逸代人作送行詩 倪謙見之 不覺屈膝曰 東國詞藻 不減中國矣]." -『해동잡록』

성간은, 자는 화중(和仲)이며, 호는 진일(眞逸)이니 성임(成任)의 아우이다. 단종 계유년에 문과에 오르고 호당(湖當)에 들었다. 벼슬이 교리(校理)에 이르렀으며, 30세에 죽었다.

○ 공은 어렸을 때부터 널리 보고 잘 기억하여 읽지 않은 글이 없었으며 사대부와 친구의 집에 유경(幽經)과 벽서(僻書)가 있다는 말을 들으면 기어이 구해서 보고야 말았다. 서거정(徐居正)이 집현전(集賢殿)에서 숙직할 때 별안간 기침 소리가 나더니, 곧 그가 왔다. 비장(秘藏)한 책을 보고자 하니 허락했더니 밤새도록 등불을 켜고 조금도 눈을 붙이지 않고 거의 다 읽었다. 그 뒤에 장서각에 있는 서적의 체제와 권질(卷帙)을 이야기하는데 조금도 틀리지 않았다. 그 후 10년 만에 그가 과거에 급제하여 집현전에 들어가니 항상 장서각에 앉아서 좌우에 서적을 두고 해가 지고 밤이 새도록 책을 열람하였다. 동료들은 '서음(書淫)'이니 '전벽(傳癖)'이니 하며 놀렸다. 그 후 독서의 과로로 드디어 병이 나서 죽었으니 애석한 일이다.

○ 공이 젊었을 때 방탕하여 막대를 짚고 여항을 누비면 사람들이 실로 당할 수 없었다. 나이 열세 살이 되어 기질을 꺾고 학문에 나아갔다. 일찍이 남에게 말하기를, "나는 문장과 기예에 모두 능하지만 음악만은 능하지 못하다." 하고는 이내 거문고를 배우니 음률을 조금은 알게 되었으며, 스스로 그의 수명을 점치기를, "내가 서른 살만 살면 족하리라." 하더니 과연 맞추었다.

第25話

金宗直詩

김종직[1]의 시

佔畢齋文은, 竅透不高하여, 崔東皐가 最慢之라. 其詩는 專出蘇黃하니, 宜銓古者之小看也라. 仲兄嘗言에 鶴鳴淸露下요, 月出大魚跳라 하니, 何減盛唐乎아. 如細雨僧縫衲이요, 寒江客棹舟라 하니, 甚寒澹有味라, 斯言蓋得之라.

前輩는 讚畢齋驪江所詠하니 十年世事孤吟裏에, 八月秋容亂樹間之句는, 然이나 不若神勒寺所作의 上方鍾動驪龍舞, 萬竅風生鐵鳳翔之句는, 洪亮嚴重하여, 此眞撑柱宇宙句也라. 其寶泉灘卽事에曰, 桃花浪高幾尺許오, 銀石沒頂不知處라, 兩兩鸕鷀失舊磯요, 銜魚却入菰蒲去라 하니, 此最伉高라. 東京樂府는, 篇篇皆古라.

[難解字] 竅규 : 구멍. 透투 : 통과하다. 銓전 : 저울질하다. 跳도 : 뛰다. 棹도 : 노를 젓다. 讚찬 : 예찬하다. 勒륵 : 굴레, 재갈. 竅규 : 구멍. 驪려 : 털빛이 온통 검은 말, 또는 검다. 撑탱 : 버티다. 灘탄 : 물가, 또는 여울. 鸕로 : 가마우지. 鷀자 : 가마우지. 磯기 : 물가. 銜함 : 머금다. 菰고 : 향초. 蒲포 : 부들 포. 伉항 : 굳세다.

【해석】 점필재 김종직의 글은 두루 통하거나 이치를 꿰뚫은 것이 높지 않아 동고 최립[2]이 가장 업신여겼다. 그의 시는 오로지 소동파[3]와 황정견[4]에게서 나왔는데 고전을 비평하는 사람이 작게 보는 것도 당연하다고 하

겠다. 나의 작은 형님(허봉)[5]께서 이런 말을 한 적이 있다.

鶴鳴淸露下   학 울자 맑은 이슬 내려 맺히고
月出大魚跳   달 뜨자 큰 고기 뛰어 오르네

라는 구절은 어찌 성당(盛唐)의 시만 못하겠는가?

細雨僧縫衲   가랑비 오는데 중이 장삼을 꿰매고
寒江客棹舟   찬 가람에 나그네는 배 저어 가네

는 심히 寒澹한 맛이 있다. 형님의 이 말은 아마도 맞는 말인 것 같다.
　선배들은 김종직(金宗直)의 「驪江所詠」의

十年世事孤吟裏   십년간의 세상사는 홀로 읊는 시 속에
八月秋容亂樹間[6]   팔월의 가을빛은 어지러운 숲 사이에

라는 구절을 칭송해 왔다. 그러나 「神勒寺所作」의

上方鍾動驪龍舞   상방에서 종 울리니 여룡은 춤을 추고
萬竅風生鐵鳳翔[7]   만 구멍에 바람 우니 철봉(절 뒤의 산 이름)산이 나래
　　　　　　　　치네

라는 구절보다는 못한 듯하다. 이 구절은 洪亮嚴重[8]하여 이는 참으로 宇宙
를 떠받칠 만한 구절이다. 그의 「寶泉灘卽事」란 시에 이르기를

桃花浪高幾尺許　도화랑[9]의 높이가 몇 자나 되는지
銀石沒頂不知處　은석[10]의 머리 묻혀 간 곳을 알 수 없네
兩兩鸕鶿失舊磯　쌍쌍의 노자새는 전에 놀던 물가를 잃고
銜魚飛入菰蒲去[11]　고기를 물고는 부들 속으로 날아가누나

라 했으니 이것은 가장 항고(亢高)[12]하다. 「東京樂府」[13]는 편편마다 모두
예스럽다.

● 주석 --

1 김종직(金宗直, 1431~1492) : 조선시대의 문신이자 성리학자. 자는 계온(季溫),
호는 점필재(佔畢齋). 세조 5년(1459)에 문과에 급제하고, 형조 판서, 지중추부사
따위를 지냈다. 문장과 경술이 뛰어나 영남학파의 종조(宗祖)가 되었다. 그의「조
의제문」은 뒷날 무오사화의 원인이 되었다. 저서로는『점필재집』,『청구풍아』등
이 있다.
2 최립(崔岦, 1539~1612) : 자는 입지(立之), 호는 간이(簡易)・동고(東皐), 본관은
개성(開城)이다.
3 소식(蘇軾, 1036~1101) : 중국 북송의 문인으로 자는 자첨(子瞻), 호는 동파(東坡)
이다. 당송 팔대가의 한 사람으로, 구법파(舊法派)의 대표자이며, 서화에도 능하
였다. 작품에「적벽부」, 저서에『동파전집(東坡全集)』등이 있다.
4 황정견(黃庭堅, 1045~1105) : 중국 북송의 시인이자 서예가이다. 자는 노직(魯直),
호는 산곡(山谷)이다. 기이하고 파격적인 시를 써 송시(宋詩)에 새로운 바람을 일
으켰다. 강서 시파의 원조이며, 서예가로서 뛰어나 송대 사대가의 한 사람으로
꼽힌다. 시집으로『산곡시내외집(山谷詩內外集)』이 있다.
5 중형(仲兄) : 허봉(許篈, 1551~1588)을 말한다. 허봉은 자가 미숙(美叔), 호는 하곡
(荷谷), 본관은 양천(陽川)이다.
6 이 구절은「次淸心樓韻」이라고『箕雅』에 실려 있는데, 이것은 그 頸聯이다.
7 이 구절은 所謂「神勒寺」의 頸聯이다.「神勒寺」란 제목은 이 시를 일반적으로 일
컫는 것이다.『佔畢齋集』에는「夜泊報恩寺下, 贈住持牛師, 寺舊名神勒, 或云甓

寺」라는 제목으로 실려 있고, 『箕雅』와 『大東詩選』에는 「夜泊報恩寺下贈住持」라고 되어 있다.

報恩寺下日曛黃　보은사 절 밑에는 해마저 저무는데
繫纜尋僧踏月光　배 매고 중을 찾아 달빛을 밟아가네
棟宇已成新法界　절집은 다 지어져 새로운 법계인데
江湖猶攪舊詩腸　강호는 새삼스레 옛 시심 흔드누나
<u>上方鍾動驪龍舞</u>　상방에서 종 울리니 여룡은 춤을 추고
<u>萬竅風生鐵鳳翔</u>　온만 구멍에 바람 우니 철봉(절 뒤의 산 이름)산이 나래 치네
珍重旻公亦人事　민공의 진중함도 사람의 일이거니
時將菜把問方航　때로는 음식 갖춰 뱃길을 물어 보리

＊旻公 : 예전 당나라 때에 유명한 중이었는데, 두자미(杜子美)의 시에, "민공을 만나지 못한 것이 10년이 되었다."라는 말이 있다.

8　洪亮嚴重 : 홍량(洪亮)이란 작자(作者)의 기상(氣象)이 크고 밝다는 말인데 제재(題材)의 선택과 시상의 스케일이 작자의 기상에 연관된다는 층위에서 지적한 시평이다. 엄중(嚴重)이란 시의 기세가 엄격하고 중후함을 말한다. 형식적으로는 엄밀성을 포착한 평이고 내용적으로 경박한 기운이 없이 무거운 이미지를 주는 것을 포착한 評語이다. ―『漢詩批評의 體例研究』 참고.

9　도화랑 : 복숭아꽃이 필 무렵에 비가 와서 불어난 강물을 말한다.

10　흔석 : 『佔畢齋集』에는 '銀石'이 '狠石'으로 되어 있다. 이 경우를 따르면 번역은 '모진 바위'가 될 것이다. 마치 엎드린 양(羊)처럼 생긴 돌을 말한다.

11　『佔畢齋集』에는 '銀石'이 '狠石'으로 되어 있다. 이 경우를 따르면 번역은 '모진 바위'가 될 것이다.

寶泉灘卽事二首
桃花浪高幾尺許　도화랑의 높이가 몇 자나 되는지
狠石沒頂不知處　흔석의 머리 묻혀 간 곳을 알 수 없네
兩兩鸕鷀失舊磯　쌍쌍의 노자새는 전에 놀던 물가를 잃고
銜魚飛入菰蒲去　고기를 물고는 부들 속으로 날아가누나

江邊宕子何日到　강가의 방탕한 녀석은 언제나 오려는고
商婦空依柂樓老　상부는 부질없이 타루에 기대어 늙는구나
挾岸萋萋送暖香　양쪽 언덕 무성한 풀은 다순 향기 보내오는데
來牟亦是王孫草　밀과 보리도 또한 왕손의 풀이라오

12 항고(伉高) : '伉'의 의미는 짝 또는 짝하다, 굳세다 등이 있다. 작자의 氣象이 굳세
다는 측면으로 이해된다. 高는 식견과 이치에 대한 표현 등이 높은 수준을 이루었
다는 평으로 이해된다.
13 「東京樂府」 : 「東都樂府」를 말한다. 『佔畢齋集』과 各種 詩選集에 실려 있는 제목
은 「東都樂府」이다. 許筠 자신이 編纂한 『國朝詩删』에는 「東都樂府」라는 제목으
로 실려 있는 것으로 보아 『惺叟詩話』에서 잘못 기록한 것으로 보인다.

● **보충강의**

허균은 김종직의 시를 주목하고 있다. 본문에 언급된 원시는 다음과 같다.

齋日夜賦*

卷幔臨江水	휘장을 걷어내고 강물을 보니
蘋香夜寂廖	부평초 향기 속의 적막한 밤중
<u>鶴鳴清露下</u>	학 울자 맑은 이슬 내려 맺히고
<u>月出大魚跳</u>	달 뜨자 큰 고기 뛰어 오르네
刮眼占銀漢	눈 닦고 은하수에 점을 치면서
齋心禱絳霄	재계해 하늘에다 기도하노니
篙師知我意	사공은 이네 뜻을 알아차리고
早整木蘭橈	일찍이 쪽배의 노 정돈을 하네

* 『箕雅』에는 「差祭宿江上」이란 제목으로 실려 있다.

仙槎寺

偶到仙槎寺	우연히 선사 절에 이르러보니
巖空松桂秋	바위는 쓸쓸한데 송계는 가을
鶴翻羅代蓋	두루미는 신라 때의 일산을 펴고

龍蹴佛天毬	교룡은 부처 하늘 공을 찬다네
細雨僧縫衲	가랑비 오는데 중이 장삼을 꿰매고
寒江客棹舟	찬 가람에 나그네는 배 저어 가네
孤雲書帶草	구름은 서대초*에 어려있어서
獵獵滿池頭	하늘하늘 못 머리에 가득 찼구나

*書帶草 : 漢나라 鄭玄의 제자들이 책을 맬 때 썼다는 길고도 질긴 풀이름.

본문의 시는 『大東詩選』에 「次淸心樓」라는 제목으로 실려 있고, 『佔畢齋集』에는 「病後將赴善山, 舟過驪州. 步屧登淸心樓, 不與主人遇, 徑還舟中, 悤悤次稼亭韻.」이란 제목으로 실려 있다.

維舟茅*舍蓼蘺端	띠 집의 울타리에 배 매어 두었으니
魚鳥何*曾識我顏	고기와 새떼들이 내 얼굴 어찌 알랴
病後猶能撰杖屨	병후에 지팡이와 신 갖춰 신겠으니
謫來纔得賞江山	귀양 와 이제 겨우 강산구경 하겠구나
十年世事孤吟裏	십년간의 세상사는 홀로 읊는 시 속에
八月秋容亂樹間	팔월의 가을빛은 어지러운 숲 사이에
一霎倚闌仍北望	난간에 잠깐 기대 북쪽을 보노라니
水師催載不敎閑	사공은 재촉하며 시간이 없다하네

*『箕雅』에는 '茅'가 '茆'로 되어 있다.
*『箕雅』와 『大東詩選』에는 '何曾'이 '依然'으로 되어 있다.

본문에서 말하는 동경악부는 「東都樂府」 악부이다. 동도는 경주 신라를 가리킨다. 악부 전편(全篇)이 신라의 역사와 설화(說話)를 바탕으로 창작된 악부체시(樂府體詩)이다. 상세하게 전편을 소개하는 것은 생략하고 개요만 간추리면 다음과 같다. 「會蘇曲」은 유리왕(儒理王) 9년 6부의(部) 여인들을 두 편으로 갈라 길 쌈을 하게 하고, 보름날 길쌈한 것을 비교해서 진 편이 술과 음식을 대접하고 노래하며 놀던 일을 시화(詩化)한 것이다. 「憂息曲」은 눌지왕(訥祇王)이 박제상 (朴堤上)의 활약으로 고구려와 일본에 볼모로 잡혀 있던 두 동생을 만나게 되어 그 기쁨을 노래한 것이다. 「鵄述嶺」은 박제상의 아내가 일본으로 떠난 박제상을 기다리다가 망부석(望夫石)이 되었다는 설화를 시화하였다. 「怛忉歌」는 조지왕 (照知王)의 왕비가 중과 간통하였는데 까마귀의 도움으로 왕비와 중을 죽이고 화를 면하였던 일을 시화하였다. 「陽山歌」는 화랑 김흠운(金歆運)이 백제군과 맞서 용감히 싸우다가 전사한 일을 시화하였다. 「碓樂」은 백결선생이 아내를 위하여 거문고로 방아 찧는 소리를 내어 위로했다는 설화를 시화하였다. 「黃昌郞」 은 황창랑이 8세의 어린 나이로 나라의 수치를 씻기 위해 백제의 궁에 불려 들어 가 검무(劍舞)를 추다가 백제왕을 시해(弑害)하였다는 이야기를 시화한 것이다.

第26話

金時習詩脫去塵臼和平澹雅

김시습[1]의 시는 탈속하여서 화평(和平)하고 담아(澹雅)했다.

金悅卿은, 高節卓爾하니, 不可尚已라. 其詩文은 俱超邁하여, 以其遊戲不用意得之라, 故強弩之末하고, 每雜蔓語張打油하니, 可厭也라. 其, 題細香院에曰, 朝日將暾曙色分하고, 林霏開處鳥呼群이라. 遠峯浮翠排窓看하니, 隣寺鍾聲隔巘聞이라, 靑鳥信傳窺藥竈하니, 碧桃花下照苔紋이라. 定應羽客朝元返하니, 松下閑披小篆文이라. 昭陽亭에 曰, 鳥外天將盡하니, 吟邊恨未休니라, 山多從北轉이요, 江自向西流라. 雁下汀洲遠이요, 舟回古岸幽로다. 何時抛世網하여, 乘興此重遊리오.

山行에 曰, 兒捕蜻蜓翁補籬하니, 小溪春水浴鸂鶒이라, 靑山斷處歸程遠하니, 橫擔烏藤一個枝라. 俱脫去塵臼하고, 和平澹雅하니라, 彼纖靡雕琢者는, 當讓一頭也니라.

[難解字] 邁매 : 멀리가다.   蔓만 : 덩굴.   暾돈 : 아침 해.   曙서 : 새벽.   霏비 : 연기가 오르다.   巘헌 : 봉우리.   竈조 : 부엌.   紋문 : 무늬.   篆전 : 전자(秦나라 李斯가 만들었다고 함).   抛포 : 던지다.   蜻청 : 잠자리.   蜓전 : 잠자리.   纖섬 : 가늘다.   靡미 : 세밀하다.   琢탁 : 옥을 쪼아 다듬다.

【해석】 김시습은 절개가 높고 우뚝하여 더할 나위가 없었다. 그 시문도 모두 초매(超邁)하나, 장난삼아 마음을 쓰지 않고 얻은 것이기 때문에 강

궁을 쏜 화살이 마지막 떨어질 때 같고², 매번 쓸 데 없는 말을 늘어놓는 장타유³의 시와 같아서 실증이 난다. 그 「題細香院」⁴에 이르기를

朝日將曒曙色分	아침 해 밝으려니 새벽 빛 분명해지고(분산되고)
林霏開處鳥呼群	숲 안개 걷힌 곳에 새가 짝을 불러댄다
遠峯浮翠排窓看	먼 산에 뜬 푸른 빛 창 열고 바라보니
隣寺鍾聲隔巘聞	이웃 절 느린 종이 언덕 넘어 들려오네
靑鳥信傳窺藥竈	파랑새는 소식 전하며 약솥을 엿보는데
碧桃花下照苔紋	벽도화는 떨어져서 이끼 위에 점을 찍네
定應羽客⁵朝元⁶返	정녕코 道士가 노자를 배알하고 돌아오면
松下閑披小篆⁷文	소나무 아래에서 한가로이 소전 쓰인 책을 펼치리

라고 했다. 「소양정(昭陽亭)」⁸이라는 시에서는

鳥外天將盡	새 넘어 저 하늘은 다하려 하는데
吟邊恨未休	시름에 겨운 한은 끝이 없구나
山多從北轉	산들은 대부분 북쪽에서 굴러 오고
江自向西流	강물은 절로 서쪽을 향하여 흐른다.
雁下汀洲遠	기러기 내려앉은 모래톱은 멀고
舟回古岸幽	배 돌아오는 옛 언덕은 그윽하구나
何時抛世網	언제나 세속 그물⁹ 벗어나
乘興此重遊	흥을 타고¹⁰ 여기 와서 다시 놀아볼거나

라고 했다.
「산행(山行)」이라는 시에서 이르기를

兒捕蜻蜓翁補籬　아이는 잠자리 잡고 할아비 울 고치고
小溪春水浴鸕鷀　실개천 봄 물에는 가마우지 목욕하네
靑山斷處歸程遠　푸른 산 끊긴 곳에 돌아갈 길은 먼데
橫擔烏藤一個枝　등나무 한 가지 꺾어 비스듬히 메고[11] 온다.

라 하니 모두가 속기를 벗어난 것이어서 화평(和平)[12]하고 담아(澹雅)[13]하니
저 섬세하게 조탁하는 자들은 마땅히 앞자리를 양보해야 할 것이다.

● 주석 --

1 김시습(金時習, 1435~1493) : 조선 전기의 학자로 자는 열경(悅卿), 호는 매월당
(梅月堂)·동봉(東峯)이다. 생육신의 한 사람으로, 승려가 되어 방랑 생활을 하며
절개를 지켰다. 유·불(儒佛) 정신을 아울러 포섭한 사상과 탁월한 문장으로 일세
를 풍미하였다. 한국 최초의 한문 소설 「금오신화」를 지었고, 저서에 『매월당집』
이 있다.
2 强弩之末 : 강한 쇠뇌에서 출발한 화살이 끝에 가면 노나라의 비단도 뚫을 수 없는
것을 이르는 말. 쇠미한 기세를 비유한다. 「漢書·漢安國傳」 "且臣聞之, 衝風之衰,
不能起毛羽; 彊弩之末, 力不能入魯縞."
3 장타유(張打油) : 시격(詩格)이 이속(俚俗)한 사람. 「通俗編, 文學, 打油詩」[南部
新書 胡釘鉸, 張打油 두 사람이 있었는데 모두 시를 잘 지었다. 「升庵外集」에 그
시를 기록했으니, 곧 이속에 전하는 것이다. 그 눈을 읊은 시에 "강 위에는 아래
위가 같은 물건이 있고, 우물 위에는 컴컴한 굴의 대롱이 있다. 노란 개는 몸둥이
위가 하얗게 되었고, 하얀 개는 몸뚱이가 퉁퉁 부었다."(江上一籠統, 井上黑窟籠.
黃狗身上白, 白狗身上腫.) 홍찬유, 역주 『詩話叢林』의 주석 참조.
4 세향원(細香院) : 춘천 청평산에 있는 절이다.
5 우객(羽客) : 신선(神仙)과 도사(道士)를 가리킨다.
6 조원(朝元) : 도교도(道敎徒)가 아침에 노자를 배알하는 것. 당초(唐初)에 노자(老
子)를 태상현원황제(太上玄元皇帝)로 추존해서 불렀다.
7 소전(小篆) : 진대(秦代)에 통행된 자체(字體)의 일종. 진전(秦篆)이라고도 한다.

8 소양정(昭陽亭) : 춘천 소양강의 남쪽 언덕에 있는 정자. 뒤에 二樂樓라고 불렀다.

9 세망(世網) : 사회의 법률, 예교, 윤리 도덕 등 인간에 대한 속박.

10 승흥(乘興) : 『晉書』「王徽之傳」에 나오는 고사.

11 횡담(橫擔) : 등 뒤에 비스듬히 짊어짐.

12 화평(和平) : 온화하고 안정되다.

13 담아(澹雅) : 담박(淡泊)하고 고아(高雅)하다.

◉ 보충강의

　　매월당(梅月堂) 김시습(金時習, 1435~1493)은 성균관 옆 사저에서 태어났다. 본관은 강릉. 자는 열경(悅卿), 호는 매월당(梅月堂), 동봉(東峰), 동봉은자(東峰隱者), 벽산청은 췌세옹(碧山淸隱 贅世翁), 청한자(淸寒子)였고, 법호는 설잠(雪岑)이며, 시호는 청간(淸簡)이었다.

　　매월당은 신동으로서 우리에게 소개된 이래로 그의 생애는 어느 정도 알려져 있지만 그의 학문 수양기인 청년기의 생애에 대해서는 불분명하다. 그는 왜 방랑의 삶을 선택했을까? 그는 13세까지, 이계전, 김반, 윤상 등 반상의 뛰어난 문사들로부터 사사 받았으며 경사자집(經史子集)에 걸쳐서 읽지 않는 책이 거의 없을 정도로 독서를 충실히 했다고 알려졌다. 매월당은 13세 되는 해에 그의 어머니를 여의고, 어머니의 3년 상을 치르기도 전에 믿고 의지하던 그의 외숙모마저 세상을 떴다. 아버지는 중병으로 가사를 돌볼 지경이 못되었다. 김시습은 불우한 가정 속에서 학업이 계속 진행되지 못한 채로 그의 앞날은 암울하였다. 매월당은 드디어 입산하여 수학할 것을 결심하고 삼각산 중흥사에 들어갔다. 그는 마땅히 돌아갈 곳도 없는 형편이었다.

　　그는 사부학당에 다닌 적도 없고, 진사시에 합격한 것도 아니었다. 그 동안에도 성적이 월등하고 천재적인 기질이 발휘되었다면 세간에 이름이 오르내렸을 것인데 그렇지 못한 것을 보면 필시 무슨 곡절이 있었을 것이다. 또 이해가 안 가는 것은 훈련원 도정이었던 남효례의 딸과 결혼하였으나 순탄하지 못했다는 기록이다. 그가 결혼 생활을 못할 이유가 어디에 있었는가? 그는 그 불우한 삶 속에서 삼각산 중흥사에서 책을 읽고 있다가 세조의 왕위찬탈 소식을 접하고 격분을 이기지 못하고 중이 되었다고 하였다. 이때가 21세였다. 매월당은 과연 이것 때문에만 방랑 생활을 택했을까? 매월당은 세종의 총애를 받았으며 단종의 손위를 보면서 세조대에 신하를 하는 것을 의리상 할 수 없었던 것으로 판단한 것은 아닐까? 김시습은 삼각산에서 무슨 공부를 하였을까? 일반적으로 20세 전후로 성균관에 들어가는 것이 보통이었다. 천재 김시습은 남들 다하는 진사에도 합격하지 못했을까? 아니면 안한 걸까? 매월당은 아마도 시와 부, 사장을 위주로 한 과거시험 공부를 하였을 것으로 판단된다. 관료에 환멸을 느껴서일까? 어쨌든 김시습은 정규코스를 거치지 않았다. 일단 그의 성격은 방달한 성격의 소유자로 판단할 수 있으며 그에게는 병처럼 방황해야 하는 방랑벽이 있었다. 그는 진실로 정신이상이 된 것은 아닐까? 그렇지 않고 순전히 거짓 미치광이라면 그의 삶은 이보다 더 문학적일 수가 없다. 세조의 왕위 찬탈 이전의 생각을 표현한 다음과 같은 시는 매월당을 다시 생각하게 한다.

13세에 어머니 잃고
외할머니 손에 길러졌네,
얼마 못가 외할머니도 돌아가시니
생업은 더욱더 참담해졌다오.
높은 벼슬 꿈꾸던 일은 적어지고
산림에 노닐려는 뜻은 많아졌으니
오직 일삼는 것은 세상사를 잊는 것
내 멋대로 산언덕에 누워 살고파

失母十三歲 提携鞠外婆
未幾歸窀穸 生業轉憪憛
簪笏纓情少 雲林看意多
唯事忘世事 恣意臥山阿*

---

* 김시습, 「매월당시집」권14, 「敍悶六首, 弟四」.

이 시에서 보는 바와 같이 매월당은 불우한 가정사와 참담한 현실을 두고 관료의 길과 산림의 길에 대해 갈등을 일으키고 있다. 관료와 승려, 유교와 불교 사이에서 방황하는 청년 김시습은 일찍부터 산림에 묻히려는 뜻을 나타내 보이고 있었다. 이것은 세조의 왕위 찬탈의 소식을 들으면서 선택은 명확해 졌을 것으로 판단된다. 또 그는 「宕遊關西錄後志」에서는 그의 산수에 대한 취향을 다음과 같이 술회하고 있다.

나는 어려서부터 성격이 질탕하여 명리를 즐겨하지 않고 생업을 돌아보지 아니하며 다만 청빈하게 뜻을 지키는 것이 포부였다. 본디 산수를 찾아 방랑하고자하여 좋은 경치를 만나서 시를 읊조리며 즐기는 것을 친구들에게 자랑하였다.[*]

* 김시습, 「매월당시집」 권9, 「宕遊關西錄後志」: 余自少跌宕 不喜名利 不顧生業 唯以淸貧 守志 爲懷 素欲放浪山水 遇景吟翫 嘗爲擧子朋友.

위의 인용문에서 매월당은 자신의 성격이 질탕하다고 술회하며 명리에도 뜻이 없고 생업을 영위하는 대도 뜻이 없다고 했다. 그는 산수를 좋아하는 방랑벽이 있었다.

홍유손은 그의 제문에서 "저 명산대천은 공의 발자취를 따라 더욱 드러나고 기암괴석에 수려한 물은 공의 감상을 통하여 더욱 아름다워졌다."고 김시습을 위대한 시인으로 평했다.

이자(李耔)는 「매월당집서」에서 "천리의 인욕과 성명의 설에 이르기까지 짧은 시구로 표현하였지만 털끝만큼도 틀리는 것이 없었으니, 자신의 경험에서 얻은 것이 아니라면 어찌 그 지경에 이를 수 있었겠는가?"라고 하였다.

이산해는 〈매월당집서〉에서 다음과 같이 말했다.

그는 유년기 시절부터 이미 글 뜻을 깨우쳤고, 탁월한 정신력으로 전수(傳授)받은 일 없이도 사서제경(四書諸經)을 칼날이 닿자 스스로 갈라지는 대쪽처럼 그렇게 쉽게 터득하였다. 그리하여 고금(古今)의 문적(文籍)을 보는 대로 모두 기억하였으며, 도리(道理)의 정미(精微)한 부분에 이르러서는 완색(玩索)의 공부가 있지 않았는데도 요령을 터득한 것이 많았으니, 대개 그가 천성적(天性的)으로 타고난 것이야 말할 것도 없이 훨씬 탁월하였지만 자품(資稟)의 아름다운 점으로 보면 상지(上智)의 성인(聖人)에 다음 간다고 하여도 가할 것이다.

그가 자기 생각을 깊이 간직한 채, 아예 떠나서 돌아오지 않았으며, 명교(名敎)를 버리고 선문(禪門)에서 모습을 바꾸어 병이 든 자처럼, 미친 자처럼 행동하여 세상을 매우 놀라게 한 것은 또한 무슨 의도였을까. 그가 평소에 남긴 소행을 살펴보면, 시를 지어 놓고도 울고, 나무를 조각해 놓고도 울고, 벼를 베어 놓고도 울었으며, 재[嶺]에 오르면 반드시 울고, 갈림길에 임하면 반드시 울었으니, 한평생 간직했던 그의 은미한 뜻을 비록 쉽게 엿볼 수는 없지만, 대체적인 요지는 모두 평이함[平]을 얻지 못했기 때문이었다.

심지어 초연한 듯 고답적인 자세로 세상을 우습게 보면서 산 좋고 물 좋은 고장을 찾아 즐기고 현상을 탈피한 경지에서 방랑 생활을 하였으니, 그러한 행동거지가 한적하여 마치 흘러가는 구름과도 같고 홀로 나는 새와도 같았다. 그리고 마음은 막힌 곳이 없이 훤하여서 얼음이 든 옥병과 가을 달에도 전혀 부끄러움이 없었으니, 그의 고상한 풍격과 단아한 운치는 붓으로 표현하기가 어려운 점이 있다 하겠다. 이는 옛사람이 이른바, "우뚝 서서 홀로 가되 몇만 년이 흘러가도 돌아보지 않는다."라는 것과 거의 유사할 것이다.

그가 시를 지을 때는, 성정(性情)에 근본을 두고서 음영(吟詠)으로 형상화했기 때문에 단련(鍛鍊)이나 수회(繡繪)를 일삼지 않아도 자연스럽게 문장이 이루어져서 장편(長篇)이나 단시(短詩)가 나오면 나올수록 더욱 군색하지 않고, 간혹 극도로 우수(憂愁)에 젖어들고 강개(慷慨)한 감정을 추스르지 못하거나 응어리진 가슴을 풀 수 없을 때는 반드시 문자로 나타내서 붓가는 대로 휘두르기도 하였다. 그것이 처음에는 희롱하는 듯, 연극을 하는 듯 전혀 마음에 두지 않는 것처럼 하다가 억누르고 들추어내고 여닫고 하는 그 변동을 헤아릴 수 없으며, 여러 시체(詩體)를 다 제시하고 모든 현상을 다 드러내서 분연히 나아갔다가 갑자기 꺾이기

도 하고, 그윽하고 작은 것을 회울(回鬱)하기도 하여 사람들로 하여금 창연(愴然)
히 슬프게도 하고 숙연(肅然)히 두렵게도 하였다. 혹은 호기가 있고 방자한 듯하
며, 혹은 조용하고 한가해서 먼 곳까지 올라가기도 한다. 해학까지 곁들인 재치
있는 말에는 사람의 감동을 불러일으키는 말도 있고 징계시키는 말도 있으며,
세상의 교화(敎化)를 부지하고 백성의 윤리를 두텁게 하는 것들이 한두 가지가
아니니, 이는 마치 물이 파도가 없이 잔잔하게 흐를 때는 깊이를 알 수 없이 질펀
하게 흐르다가 그 놀라운 회오리바람을 만나 언덕과 돌에 부딪치면 성내어 울부
짖고 분을 내어 격동하여 그칠 줄을 모르는 것과 같으니, 이런 것이 평탄함을
얻지 못하여 우는 것이라고 할 수 있겠다.

예로부터 탁월한 문장력이 있는 자는 대부분 떠돌아다니는 사람이나 초야에
묻혀 있는 사람들에게서 많이 나왔으니, 마음속에 느끼는 것이 이미 평온함을
얻지 못하면 문자에 표현되는 것이 교묘하기를 기약하지 않아도 자연히 교묘해지
는 법이다. 이것을 보면 시름에 찬 소리는 대부분 기발하고 곤궁한 자의 말은
격언이 되기 쉽다는 사실을 믿을 수 있겠다.

그리고 신이 삼가 느낀 바가 있다. 이 사람의 작품이 어찌 홀로 천지의 맑은
기운과 빼어난 기운을 받은 것만으로 그렇게 되었겠는가. 역시 우리 열성조에서
배양하고 진작하는 방법이 그를 고무시키고 흥기시켰기 때문일 것이다. 우리 선
왕(先王)께서 하늘처럼 덮어주고 땅처럼 실어주는 덕을 가지시고 또한 능히 너그
럽게 포용해주심으로써 성취하도록 해주셨기 때문에 한방 자적(閑放自適)함을
자기의 천성대로 할 수 있었던 것이다. 그리고 우리 성상(聖上)께서 내리신 장려
하고 발양시켜주신 은전(恩典)은 또한 천고(千古)에 없던 일이었으니, 온 나라
사람들 어느 누가 대성인(大聖人)이 하신 일이 심상(尋常)한 데에서 만만번 벗어
났다 하지 않겠는가.

또 임금이 착한 일을 권장하고 악한 일을 징계하는 도리가 처음부터 상을 주고
벌을 주는 말단적인 데에 있지는 않은 것이지만, 한 가지 호령과 한 가지 거조를
내리는 사이에도 충분히 보고 들어서 감동을 받게 함으로써 사기(士氣)가 스스로
격려되게 하고, 완악한 자가 청렴해지고 게으른 자도 분발하게 함으로써 야박한
풍속이 크게 변화하도록 하기에 충분하니, 이 문집(文集)을 발간함으로써 풍화(風

化)에 도움되는 면이 어찌 적다고만 하겠는가. 만일 그렇게 된다면, 당시에 울분에 쌓여 불평하던 것이 깨끗이 녹아서 구천(九泉)의 아래에까지 확 트일 것이고, 그 강하(江河)와 같은 문장과 금석(金石)과 같은 언어들이 장차 영원히 썩지 않고 무궁할 것이 분명하니, 또 다시 무엇을 슬퍼하겠는가.

第27話

曹偉兪好仁一時俱有盛名而不若鄭希良

조위[1]와 유호인[2]은 한때에 모두 대단한 이름이 있었으나
정희량[3]만은 못했다.

曹梅溪와, 兪䃤溪은, 一時俱有盛名이나, 不若鄭淳夫니라, 其渾沌酒歌는 甚好라, 酷似長公이라. 如片月照心臨故國 殘星隨夢落邊城之句는 極神逸이라. 而客裏偶逢寒食雨, 夢中猶憶故園春이라, 有中唐雅韻이라. 春不見花唯見雪이요, 地無來雁況來人이라, 雖傷雕琢이라도, 亦自多情이라.

[難解字] 䃤뢰 : 못 이름. 渾혼 : 흐리다. 沌돈 : 어둡다.

【해석】 매계 조위, 뇌계 유호인은 한 때에 시로 명성이 있었지만 순부 정희량보다는 못했다. 그의 「渾沌酒歌」[4]라는 작품은 매우 좋으니 장공(소동파)[5]의 솜씨와 매우 흡사하다.

片月照心臨故國　조각달 마음 비춰 고국에 떴으리니
殘星隨夢落邊城[6]　남은 별 꿈을 따라 변성에 떨어지네

이라는 구절의 경우 지극히 신일(神逸)하다.

客裏偶逢寒食雨　객지서 우연하게 한식 비 만났는데
夢中猶憶故園春[7]　꿈속에서는 아직도 고향의 봄을 그리워하네

은 중당의 우아한 운치가 있다.

春不見花唯見雪 봄에도 꽃은 보이지 않고 여전히 눈만 보이니
地無來雁況來人[8] 이곳에는 기러기도 오지 않는 땅 하물며 사람이랴

는 비록 조탁에 결점은 있더라도 또한 절로 다정하게 되었다.

● **주석** ┈┈

1 조위(曹偉, 1545~1503) : 자는 태허(太虛), 호는 매계(梅溪). 1472년(성종 3) 진사
  시에 합격하고 1474년 식년문과에 병과로 급제하여 승문원정자·예문관겸열을 역
  임하고 성종 때 실시한 사가독서에 첫 번으로 뽑혔다. 그 뒤 여러 관직을 역임하다
  1498년(연산군 4)에 성절사로 명나라에 다녀오던 중 무오사화가 일어나 김종직의
  시고(詩稿)를 수찬한 장본인이라 하여 오랫동안 의주에 유배되었다가 순천으로
  옮겨진 뒤, 그곳에서 죽었다. 김종직과 친교가 두터웠고 초기 사림파의 대표적
  인물이다. 박식하고 문장이 위려(偉麗)하여 문하에 많은 문사가 배출되었으며 유
  배 중에도 저술을 계속 「매계총화」를 정리하다가 죽었다. 금산의 경렴사(景濂祠)
  에 제향되고 시호는 문장(文莊)이다.
2 유호인(俞好仁, 1445~1494) : 자는 극기(克己), 호는 임계(林溪). 김종직의 문인이
  다. 1462년(세조 8)에 생원이 되고, 1474년(성종 5)에 식년문과에 병과로 급제하였
  다. 봉상시부봉사를 거쳐, 1478년 사가독서한 뒤 1480년 거창현감으로 부임하였
  다. 그 뒤 공조좌랑을 재내고, 1486년에 검토관을 거쳐 이듬해『동국여지승람』의
  편찬에 참여하였다. 1490년『유호인시고』를 편찬하여 왕으로부터 표리(表裏)를 하
  사받았다. 본래 글을 좋아하는 성종의 지극한 총애를 받았다. 1494년 장령을 거쳐
  합천군수로 재직중 병사하였다.
3 정희량(鄭希良, 1469~?) : 자는 순부(淳夫), 호는 허암(虛庵). 김종직의 문인이다.
  1492년(성종 23) 생원시에 장원으로 합격하였으나, 성종이 죽은 뒤 태학생등과 더
  불어 올린 상소가 문제되어 해주에 유배되기도 하였다. 1495년(연산군 1) 별시문과
  에 병과로 급제, 승문원의 권지부정자에 임용되었다. 이듬해 김전(金詮)·신용개

(申用漑)·김일손(金馹孫) 등과 함께 사가독서할 정도로 문명이 있었다. 1497년 예
문관대교에 보직되었고 다음해 예문관봉교로서『성종실록』편찬에 참여하였다.
무오사화 때에는 사초문제로 윤필상 등에 의하여 탄핵을 받았는데 난언(亂言)을
알고도 고하지 않았다는 죄목으로 의주에 유배되었다가 1500년 김해로 이배되었
다. 이듬에 유배에서 풀려나 직첩을 돌려받았으나 대간·홍문관직에는 서용될 수
없게 되었다. 모친의 3년상을 마치지 않은 상태에서 조강(祖江)에 신발만 남기고
자취를 감추어 행적에 대한 여러 이야기가 떠돌았다. 총민박학하고 문예에 조예가
있었을 뿐만 아니라 음양학에 밝았다고 한다.

4 보충강의 참조.

5 장공(長公): 宋의 소식(蘇軾)을 일컫는 말이다. 소식은 소순(蘇洵)의 장자(長子)로
시문(詩文)이 매우 뛰어나 당시 사람들이 장공(長公)이라고 높여 불렀다.『復齋漫
錄』云:"當時以東坡爲長公, 子由(蘇轍)爲小公."

6 寄慵齋居士(鄭希良):

客魂銷盡瘦崢嶸　객혼이 쇠진하고 여위어 앙상한데
咄咄長齋默自驚　아아, 긴 집에서 묵연히 일깨우네
片月照心臨故國　조각달 마음 비춰 고국에 떴으리니
殘星隨夢落邊城　남은 별 꿈을 따라 변성에 떨어지네
故人字跡千金重　옛 벗이 남긴 필적 천금처럼 귀중한데
老子聲名一髮輕　늙은이 명성일랑 털처럼 가볍구나
莫話陳雷生死地　진뢰의 옛 우정은 얘기를 하지 말라
從今粗亦識時情　이제는 적으나마 물정을 알겠구나
*진뢰(陳雷): 한나라 진중(陳重)이 한 고을에 하는 뇌의(雷義)와 친하게 지내었는
데, 뇌의가 무재(茂才)에 천거되자 진중에게 양여(讓與)하니, 자사(刺史)가 듣지
아니 하였다. 뇌의는 진중을 위하여 거짓 미쳐 도망해 숨었다.

7 偶書(鄭希良):

年來索莫鴨江濱　근래 압록강가에서 쓸쓸히 지냈기에,
回首塵沙欲問津　모랫벌에서 머리 돌려 나루를 물으려 하네.
客裏偶逢寒食雨　객지에서 우연히 한식날 비를 만나니,
夢中猶憶故園春　꿈속에서는 아직도 고향의 봄을 그리워하네.
一生愁病添衰鬢　일생의 시름과 병에 흰 살쩍이 더해졌는데,
萬里溪山着放臣　만 리 먼 강산에 쫓겨난 신하가 있네.

　　直以疎慵成落魄　나만 게으름으로 불우하게 된 것이지,
　　非關時命滯詩人　운명이 시인을 궁하게 한 것은 아니라네.
8　鴨江春望(鄭希良)：
　　邊城事事動傷神　변방 성 일들마다 마음이 상하는데
　　海上狂歌異隱淪　바다가 미친 노래은거와는 다르다네
　　春不見花猶見雪　봄에도 꽃은 보이지 않고 여전히 눈만 보이니
　　地無來雁況來人　이곳에는 기러기도 오지 않는 땅 하물며 사람이랴
　　輕陰漠漠雨連曉　엷은 그늘 어둑한데 새벽까지 비내리고
　　細草萋萋風滿津　잔풀이 무성한데 나루에 바람 가득
　　惆悵芳時長作客　서글픈 한창 때에 언제나 객이 되어
　　可堪垂淚更沾巾　수건을 적신 눈물 어이해 견뎌낼까

● 보충강의 --

　혼돈주가(混沌酒歌)는 다음과 같다.

　謫居以來, 釀酒自飮, 不漉不壓, 名之曰混沌, 尙古也. 醉則輒嗚嗚以歌, 其歌
曰, 我飮我濁, 我全我天. 我乃師酒, 非聖非賢. 夫樂其樂者, 樂於心, 不知老之將
至也. 人孰知余之樂是酒也. 皐陶稷契佐堯舜, 顔曾之得孔子, 庖丁之牛, 嵇康之
鍛, 梓人不以慶賞成虡, 傴僂不以萬物易蜩, 其樂與我均也, 作詩以見之.
　유배된 이래 술을 빚어 마시는데 거르지도 않고 짜지도 않으며 이름하여 혼돈
이라고 하였으니 옛것을 숭상해서이다. 취하면 문득 노래를 불렀는데 그 노래는,
"나는 나의 혼탁함을 마시고 내 천성을 온전히 하려 하네. 내 이에 술을 스승으로
삼으니 성인(清酒)도 아니요 현인(濁酒)도 아니라오"이다. 무릇 그 즐거움을 즐기
는 자는 마음에서 즐거움이 일어나 늙음이 장차 이르는 것을 알지 못한다. 사람들
중 누가 내 이 술을 즐기는 것을 알리오. 고요와 직설이 요임금 순임금을 보좌함
과, 안연과 증자가 공자를 만난 것, 포정의 소, 혜강의 단련, 목수가 상을 바라고
종틀을 만들지 않는 것, 난쟁이가 만물을 주어도 매미와 바꾸지 않는 것, 그러한
즐거움은 나의 즐거움과 비슷하다. 시를 지어 보인다.

長繩欲繫白日飛　긴 밧줄로 해가 날아가는 것을 잡고자 하고
大石擬補靑天空　큰 돌로 하늘의 구멍을 메우려 했는데
狂圖謬筭澽落　분방한 계책 잘못되어 영락한 신세
半世悠忽成老翁　반평생 빨리 지나 늙은이가 되었다네
豈如飮我混沌酒　무엇이 내가 혼돈주를 마시며
坐對唐虞談笑中　요순을 마주 대하고 담소하는 것만 같으리오
混沌有道人未識　혼돈에 도가 있음을 사람들은 아지 알지 못하는데
此法遠自浮邱公　이것은 멀리 부구공으로부터 법받은 것으로
不夷不惠全其天　백이도 아니고 유하혜도 아니면서 그 천성을 온전히 하고
非聖非賢將無同　성인도 아니고 현인도 아니니 어떤 것도 같을 것이 없네
招呼麴君囚甕底　누룩을 불러 옹이에 가두니
日夜噎氣聲蓬蓬　밤낮으로 내쉬는 숨소리가 무성하였는데
俄傾春流帶雨渾　갑자기 봄 물결에 비 내린 듯 흐려지더니
醞釀古色淸而濃　술이 점차 익음에 고색창연한 빛 맑고 진하게 되었네
酌以巨瓢揖浮邱　큰 표주박에 따라 부구공에 읍하고
澆下萬古崔嵬胸　가슴에 쌓인 만고의 불평을 씻어내네
一飮通神靈　한 번 마심에 신령에 통하고
宇宙欲闢如蒙朧　우주가 열리려고 몽롱한 것 같구나
再飮合自然　다시 마심에 자연과 합치되니
陶鑄混沌超鴻濛　혼돈에서 심신을 단련해 홍몽을 초월하네
手撫混沌世　손으로 혼돈의 세상을 어루만지고
耳聽混沌風　귀로 혼돈의 바람을 듣네
醉鄕廣大我乃主　광대한 취향에 내가 주인이 되니
此爵天爵非人封　이 관직은 하늘이 준 관직이요, 사람이 봉한 것이 아니라오.
何用區區頭上巾　어찌 구차하게 머리 위 두건을 써서 술을 걸렀는가?
淵明亦是支離人　도연명 또한 별 볼일 없는 사람이구려

第28話

李胄詩沈着有盛唐風格

이주¹의 시는 침착²하여 성당의 풍격이 있다.

李忘軒胄의 詩는 最沈着하니, 有盛唐風格이라. 如, 朝日噴紅跳渤瀣하니, 晴雲把白出巫閭라. 甚有力이라. 凍雨斜連千嶂雪이요, 飢烏驚叫一林風이라, 老蒼奇傑이라. 其 通州詩에 曰, 通州天下勝하니, 樓觀出雲霄니라. 市積金陵貨이요, 江通楊子潮로다. 寒煙秋落渚요, 獨鶴暮歸遼로다. 鞍馬身千里하니, 登臨故國遙니라. 亦咄咄逼王하니, 孟也라.

[難解字] 渤발 : 바다 이름. 瀣해 : 바다 이름. 把읍 : 뜨다. 嶂장 : 높고 가파른 산. 叫규 : 부르짖다. 霄소 : 하늘. 潮조 : 조수. 渚저 : 물가. 鞍안 : 안장. 咄돌 : 꾸짖다. 逼핍 : 가깝다.

【해석】 망헌 이주의 시는 가장 침착(沈着)하여 성당의 풍격이 있다.

"아침해는 붉은 빛 내뿜으며 발해에서 뛰어오르고, 갠 하늘의 구름 흰 빛을 끌며 의무려산에서 나오네"와 같은 구는 매우 힘이 있고,

朝日噴紅跳渤瀣   아침해는 붉은 빛 내뿜으며 발해에서 뛰어오르고
晴雲把白出巫閭   갠 하늘의 구름 흰 빛을 끌며 의무려산³에서 나오네.

의 경우 매우 힘이 있다.

凍雨斜連千嶂雪 언 비는 눈 덮인 천 봉우리에 빗겨 내리고
飢烏驚叫一林風 굶주린 까마귀가 숲 바람에 놀라 우네

은 노창(老蒼)⁴하고 기이하고 걸출했다. 그 통주시에 이르기를

通州天下勝 통주⁵는 온 천하의 명승지라서
樓觀出雲霄 누각은 하늘 위로 솟아 나왔네
市積金陵貨 저자에 금릉⁶ 재화 벌여져 있고
江通楊子潮 강물은 양자 조수 통해 있구나
寒煙秋落渚 찬 구름 가을 강가 떨어지는데
獨鶴暮歸遼 외로운 학 저녁 먼 길 돌아오누나
鞍馬身千里 말을 탄 이내 몸은 천리 밖이라
登臨故國遙 다락에 올라 보니 고국은 멀다

라 하니 또한 경탄스럽고 왕유⁷나 맹호연⁸과 가깝도다.

● **주석** --

1 이주(李胄, 1468~1504) : 조선 중기의 문신으로 본관은 고성(固城). 자는 주지(胄之), 호는 망헌(忘軒). 김종직(金宗直)의 문인이다. 1488년(성종 19) 별시문과에 을과로 급제. 1498년(연산군 4) 무오사화 때 김종직의 문인으로 몰려 진도로 귀양 갔다가, 1504년 갑자사화 때 전에 궐내에 대간청을 설치할 것을 청한 일이 있다는 이유로 김굉필(金宏弼) 등과 함께 사형되었다. 성품이 어질며 글을 잘하였고, 시에는 성당의 품격이 있었으며, 정언으로 있을 때에는 직언으로 유명하였다. 그는 주로 삼사(三司)에서 활약하였다. 도승지에 추증되었다. 시호는 충원(忠元)이다.

2 침착(沈着) : 淸 趙翼은 『甌北詩話』에서 두보의 시가 "思力沈厚"하고 "筆力豪勁"하여 沈着 풍격을 갖추게 되었다고 하였다. 그리고 劉熙載는 『藝槪』에서 立意가

沈着하고 格이 高古해야 하는데 이 점을 가지고 모든 시인의 시를 비교하면 두보
가 최고라고 하였다. 그 외의 중국시화에서도 沈着 풍격을 가장 잘 체현한 시인으
로 두보를 꼽고 있으며, 침착 풍격의 대표적 특성 역시 趙翼이 두보시를 평가한
"思力沈厚", "筆力豪勁"로 보고 있다.

3 만주 요녕성 북진현 서쪽의 의무려산(醫巫閭山)

4 노창(老蒼) : 시문(詩文)의 필력이 노련하고 웅건(雄建)한 풍격(風格)이다.

5 통주(通州) : 중국, 북경시의 동부(東部)에 있는 거리. 예로부터, 대(大) 운하(運
河)의 수운(水運)에 의(依)하여 북경으로 들어가는 화물의 적체항으로서 발전했
다. 현재의 이름은 통현이다.

6 금릉(金陵) : 지금의 南京市와 江寧縣에 해당하는 곳이다. 중국 역대 시인들에 의
해 江南지방의 아름다운 곳으로 일컬어져 왔다.

7 왕유(王維, 701~761) : 당나라의 시인 겸 화가. 자는 마힐(摩詰). 관직이 상서우승
까지 이르렀으므로 세상에서 왕우승(王右丞)이라 일컬었다. 왕유는 불교를 신봉
하였고 어려서부터 시문에 능했으며 음률에 정통했고 서화에 뛰어났다. 저서『王
右丞集』이 있어 시 4백여 수가 실려 있다. 각종의 시체에 뛰어났는데 특히 오언율
시와 절구로 유명했다. 그의 후기의 시는 주로 전원적인 산수영물을 묘사하면서
한가한 정취와 초월적인 흥취를 표현하여 은자의 생활과 불교의 선리를 펼치고
있다. 이러한 산수전원시는 수량면에서 뿐만 아니라 예술적 성취도 높아 왕유시의
독창적인 풍격을 가장 잘 대표하고 있다. 소식은 그의 시를 "其詩中有畫, 畫中有
詩."라고 평가하였다.

8 맹호연(孟浩然, 689~740) : 당나라의 양양(襄陽) 사람. 일찍부터 녹문산에 은거하
다가 40세에 장안에 나와 교유하며 진사에 응시했으나 급제하지 못했다. 張九齡이
형주를 관장하고 있을 때, 그를 끌어들여 종사로 삼았으나 오래지 않아 돌아가
은거했으며 악창으로 인해 죽었다. 맹호연은 당대 제일의 산수시를 대량으로 쓴
시인이며 '王孟'이라 병칭되며 山水詩派로 분류된다. 그의 시중 오늘날 전하는 260
여 수는 대부분 오언이고 율시와 배율이 가장 많다. 그의 시는 청담한 가운데 표일
한 기풍을 드러내며 언어는 간결하고 자연스럽고 자구의 연마를 중시했다.

● 보충강의 --

　이 시는 1495년(연산 1) 명나라에 서장관으로 갔을 때 북경 가까운 통주(또는 강소성 남통현)를 지나면서 그곳의 풍경과 자신의 감회를 표현한 오언율시로 소(蕭)운이다. 허균은 이 시가 두보의 맑은 운치가 있고(老杜淸韻), 유몽인(柳夢寅)의 어우야담에 "이주가 서장관으로 중원에 가서 통주의 문루에 올라 시를 지었다. 중국의 선비들이 현판에 걸어놓고 칭찬하여 이르기를 '외로운 학이 저물녘 요동으로 돌아가는(獨鶴暮歸遼)' 시를 지은 선생의 작품이다."라는 글이 있다고 하였다.(許筠, 國朝詩刪, 卷4. 老杜淸韻. 於于野譚 李冑以書狀赴中原 登通州門樓題詩云云 中國之士揭懸板稱之曰 獨鶴暮歸遼先生.) 수련은 통주의 문루에서 본 경치를 감탄한 것이다. 누대가 하늘을 찌를 듯이 솟아있고 운하가 얽혀 있어 천하의 절경이라고 했다. 함련은 통주가 수운의 요로에 있어 번화함을 그려놓은 것이다. 대운하를 타고 강남의 금릉(남경)에서 올라온 재화가 통주의 시장에 벌여있고, 대운하의 강물에는 먼 남쪽의 양자강과 조수가 통한다고 하였다. 중국은 수운의 편리함으로 강남의 물산이 북경으로 올라오는 사정을 읊었다. 여기까지는 기행한 곳의 견문을 기록한 것이라고 할 수 있다. 경련은 경치와 정감이 어우러진 시적 형상화다. 가을 강변의 안개와 그것을 배경으로 날고 있는 한 마리 학을 자신의 모습에다 투영한 것이다. 또한 대구의 외로운 학은 저물녘 요동으로 돌아간다는 말은 옛날 요동의 정영위(丁令威)라는 사람이 신선이 되어 갔다가 천년 만에 학이 되어 돌아왔다는 고사와 연결시킨 것이기도 하다. 그래서 중국인이 이 구를 칭찬한 것이리라. 미련은 자신의 여정(旅情)이다. 중국에 사신으로 와서 여러 가지 풍물을 구경하고 통주의 문루에 올라보니 이제 고국으로 돌아가고 싶은 심정이 일어난다고 했다. 여행에서 느끼는 객창감이라고 하겠다. 이렇게 맑으면서도 침중한 감회를 드러내어 당시풍을 재현했다.

허균은 다음의 시들을 인용했다.

望海寺 李胄

山根鼇背*地凌虛	산은 바다에 뿌리를 두고, 대지는 허공에 떠있는데
一磬飄聲近帝居	은은한 풍경소리 하늘에 가깝네.
朝日噴紅跳渤澥	아침해는 붉은 빛 내뿜으며 발해에서 뛰어오르고,
晴雲挹白出巫閭*	갠 하늘의 구름 흰 빛을 끌며 의무려산에서 나오네.
蝙鳴側塔千年穴	박쥐는 천년이나 된 기울어진 탑 속에서 울고
龜負殘碑太古書	거북이는 태곳적 글씨 쓰인 부서진 비석을 지고 있네.
穿衲七斤僧話好	칠근 장삼 걸친 스님의 말씀 듣기 좋아
點茶聊復駐征驢	차 따르며 다시 가는 노새를 멈추었다네.

---

*鼇背 : 큰 바다를 가리킨다.
*巫閭 : 醫巫閭山. 지금 中國 遼寧省 北鎭縣 서쪽에 있다.

次安邊樓題 李胄

鐵關天險似秦中	철령의 천험 요새 진나라 관중같고
古塞悲笳落遠空	옛 변방 날나리는 먼 허공에 떨어지네
凍雨斜連千嶂雪	언 비는 눈 덮인 천 봉우리에 빗겨 내리고
飢鴉驚叫一林風	굶주린 까마귀가 숲 바람에 놀라 우네
百年去住身先老	평생을 오락가락 몸 먼저 늙어가니
半世悲歡氣挫雄	반평생 희비로써 기운이 꺾이었네
萬里羈懷愁不語	만리의 객고에도 근심을 말 안으니
關河迢遞近山戎	관하는 아득하여 산융에 가까웠네

第29話

南袞嘗言金馹孫之文朴誾之詩不可易得

남곤[1]이 일찍이 말하기를 김일손[2]의 문장과 박은[3]의 시는
쉽게 터득할 수 있는 게 아니라고 했다.

南止亭嘗言에 金馹孫之文과, 朴誾之詩는, 不可易得이라 하
니, 此語誠然이라, 朴之詩는, 雖非正聲이라도, 嚴縝勁悍이라, 如
春陰欲雨鳥相語하니, 老樹無情風自哀之句는, 學唐纖麗者하
니, 安敢劓其壘乎리오.

[難解字] 袞곤 : 곤룡포. 馹일 : 역마(驛馬, 각 역참에 대기시켜 둔 말). 誾은 : 온화하
다. 縝진 : 촘촘하다. 곱다. 悍한 : 사납다. 纖섬 : 곱고 가늘다. 劓마 : 깎다. 壘루 :
진. 성채.

【해석】 지정 남곤이 일찍이 말하길, "김일손의 文과 박은의 詩는 쉽게 얻
을 수 없다"라고 하니 이 말은 참으로 옳다. 박은의 시가 비록 정성(正聲)[4]
은 아니지만 엄밀하고 굳세다.

春陰欲雨鳥相語요   봄 그늘 흐려 비올듯한데 새들은 서로 지저귀고
老樹無情風自哀이라[5]   늙은 나무 무정한데 바람은 홀로 슬퍼하네

와 같은 구절은 唐詩의 섬세하고 고운(纖麗) 시풍이나 배운 자들이 어찌
감히 그의 글을 깎아내리랴.[6]

● 주석

1 남곤(南袞, 1471~1527) : 조선시대의 문신으로 자는 사화(士華). 호는 지정(止亭).
대사헌, 대제학을 거쳐 영의정을 지냈다. 기묘사화 때 예조 판서로 있으면서 조광
조를 비롯한 여러 선비를 모함하여 죽였다.

2 김일손(金馹孫, 1464~1498) : 조선 전기의 학자, 문인. 자는 계운(季雲). 호는 탁영
(濯纓), 소미산인(少微山人). 성종 17년(1486)에 문과에 급제하고, 이조 정랑을 지
냈다. 춘추관 사관(史官)으로 있으면서『성종실록』을 편찬할 때에, 이극돈의 비행
(非行)을 그대로 쓰고 김종직의「조의제문」을 실었다고 하여 무오사화 때에 처형
되었다.

3 박은(朴誾, 1479~1504) : 조선 연산군 때의 학자. 자는 중열(仲說). 호는 읍취헌(挹翠
軒). 문장에 능한 재사(才士)였으며, 조선시대의 으뜸가는 한시인(漢詩人)으로 꼽
히기도 한다. 경연관으로 있으면서 유자광 등을 탄핵하다가 파직되어 갑자사화
때에 처형되었다.

4 여기에서 정음(正音)이나 정성(正聲)은 모두 성당의 시풍을 두고 하는 말이다. 근
체시의 정격으로 음률(音律)에 맞는 바른 평측(平仄)과 성음(聲音).『六韜, 龍韜五
音』"宮商角徵羽 此眞正聲"

5 복령사(福靈寺, 경기도 개성 송악산 서쪽에 있던 절) (朴誾) : 挹翠軒遺稿 卷3
伽藍却是新羅舊　가람은 틀림없이 신라서 비롯했고
千佛皆從西竺來　천 개의 모든 부처 서축서 나왔도다
終古神人迷大隗　옛 부터 신인께서 대외에 홀리더니만
至今福地似天台　이제는 복된 땅이 분명히 천태로다
<u>春陰欲雨鳥相語</u>　봄 그늘 흐려 비올듯한데 새들은 서로 지저귀고
<u>老樹無情風自哀</u>　늙은 나무 무정한데 바람은 홀로 슬퍼하네
萬事不堪供一笑　만사가 힘들지만 웃음에 부치자니
青山閱世只浮埃　청산에 겪은 세상 모든 게 뜬 먼질세

6 『文集叢刊』에는 壘乎로 되어 있으나『詩話叢林』에는 壘也로 되어 있다. 壘는 陣이
니, 詩人이 詩로 雌雄을 겨루는 것이 軍人이 對陣하여 싸우는 것과 같다 하여 摩壘
라 하니 摩壘는 적진에 가까이 간다는 말.『左傳, 宣 12年』許伯曰 吾聞致師者
御靡旌 摩壘而還.이라는 글이 있다.

● 보충강의 --

  본문에서 말하는 엄진(嚴縝)의 품격은 시의 구상이 엄숙하고 시어가 단련되어 이미지와 촘촘하게 잘 짜여진 진밀(縝密)한 미의식을 비평한 용어이다. 그리고 경한(勁悍)의 품격은 시의 의경이 산속의 바위처럼 굳세고 시어가 계곡을 흐르는 세찬 물줄기 같이 강개한 격정을 표현한 미의식이다.

  참고로 다음 오언율시 두 편에도 엄진하고 경한함을 드러내고 있다.
「夜與善之飮擇之家」挹翠軒遺稿 卷3.
  7월 4일 밤에 선지(善之)와 더불어 택지(擇之)의 집에서 술을 마시고 이튿날 아침에 시 한 수를 보내 주었다.

昨過容齋飮	어제 용재에 들러 술을 마셨고
重携寂寞人	게다가 적막한 벗을 데려갔었지
任眞唯一笑	진솔한 만남에 흔쾌히 담소할 뿐
共世豈前因	한세상에 사는 건 전생의 인연인가
今古功名事	과거에는 공명을 세우려 했건만
風塵老大身	풍진 속에서 몸은 늙어만 가누나
醉來騎馬出	술 취한 뒤 말을 타고 나오나니
不怕屬宵巡	야경 도는 순라꾼도 두렵지 않아라

雨中感懷有作 『挹翠軒遺稿』 卷3.

謾抱支離病	속절없이 지리한 병을 안고서
俱爲潦倒人	모두 쇠잔한 사람이 되었구나
詩尊元有約	시주(詩酒)와 원래 약속이 있거늘
風雨豈無因	풍우인들 어찌 인연이 없으랴*
明日未可卜	내일이 어떻게 될지 알 수 없고

百年非我身	백 년이 지나면 이 몸도 없으리
此懷曾領略	이러한 나의 뜻을 잘 아실 터
徑進不逡巡	서둘러 오고 머뭇거리지 마시라

---

* 시주(詩酒)와 … 없으랴 : 풍우(風雨)는 풍우대상(風雨對牀)의 준말로, 비바람이 치는 밤에 벗이나 형제끼리 침상을 나란히 하고 잔다는 뜻이다. 여기서는 술 마시며 시 읊는 일은 약속이나 한 듯 꼭 있는 일이니, 비바람 치는 밤에 함께 다정한 시간을 보내는 것도 반드시 있는 일이라는 것을 말하였다.

第30話

廢主亦喜詞藻姜渾李希輔見賞歎

폐주[1]도 또한 시부를 좋아해서 강혼[2]과 이희보[3]가
상을 받고 칭찬을 들었다.

廢主는 雖荒亂이나, 亦喜詞藻라, 姜木溪가 久爲知申事러니, 嘗以 寒食園林三月暮하니, 落花風雨五更寒이라 爲韻하고, 命近臣製進한데, 木溪詩가 爲魁라, 詩曰, 淸明御柳鎖寒煙하니, 料峭東風曉更顚이라, 不禁落花紅襯地요, 更敎飛絮白漫天이라, 高樓隔水褰珠箔, 細馬尋芳耀錦韉, 醉盡金樽歸別院, 綵繩搖曳畫欄邊, 主大加稱賞, 賚物甚多, 嘗悼亡姬, 令詞臣製挽, 李伯益詩曰, 宮門深鎖月黃昏, 十二鍾聲到夜分, 何處靑山埋玉骨, 秋風落葉不堪聞, 主極稱贊, 遂自吏曹正郎, 擢直提學, 二詩雖好, 而二公亦因此不振云,

[難解字] 藻조 : 말, 또는 바닷말. 魁괴 : 으뜸. 鎖쇄 : 자물쇠. 峭초 : 산뜻한 모양. 襯친 : 가까이하다. 絮서 : 버들개지. 漫만 : 질펀하게 넘쳐흐르다. 褰건 : 옷자락을 추어 올리다. 箔박 : 발(簾). 韉천 : 안장이나 길마 밑에 까는 깔개. 綵채 : 비단. 繩승 : 먹줄. 欄란 : 난간. 賚뢰 : 주다, 하사하다. 悼도 : 슬퍼하다. 姬희 : 성(姓). 挽만 : 잡아당기다. 堪감 : 견디다. 擢탁 : 뽑다.

【해석】 폐주 연산군이 비록 황음하고 어지러웠으나 또한 시부를 좋아하였다. 목계 강혼이 오랫동안 도승지로 있었는데, 연산군이 언젠가

寒食園林三月暮[4]　한식의 원림에는 삼월이 저물고
落花風雨五更寒　꽃 지는 비바람에 새벽이 차갑구나

라고 운을 내어 근신들에게 지어 올리라 명했다.[5] 목계의 시가 일등을
했는데, 그 시에 이르기를

淸明御柳鎖寒煙이요　청명의 궁중 버들은 찬 안개 속에 묻혀 있고
料峭東風曉更顚로다　쌀쌀한 봄바람은 새벽에는 더 세차누나
不禁落花紅襯地하니　쉼 없이 지는 꽃은 땅을 붉게 뒤덮고
更敎飛絮白漫天이라　날리는 버들 꽃이 하늘을 하얗게 물들였다
高樓隔水褰珠箔이요　물 건너 높은 누각에는 구슬발 걷어 올리고
細馬尋芳耀錦韉이라　세오마(細烏馬) 꽃을 찾으니 비단 안장이 빛나네
醉盡金樽歸別院하니　술동이 다 비우고 별원에 돌아오니
綵繩搖曳畵欄邊[6]이라　비단 끈 흔들리며 그림 난간 가로 끄네

라 하니 임금이 크게 칭찬을 하고 상을 주고 하사한 물건이 매우 많았다.
언젠가 연산군이 죽은 총희를 애도하여 문신들에게 만사를 짓게 하였는
데, 백익 이희보의 시에 이르기를

宮門深鎖月黃昏하니　궁문은 깊이 잠겨 달빛도 황혼인 제
十二鍾聲到夜分이라　열두 차례 종소리가 밤들도록 들려오네
何處靑山埋玉骨인고　어느 곳 청산에다 옥골[7]을 묻었는지
秋風落葉不堪聞이라　가을 바람에 낙엽소리 차마 듣지 못하겠네.

이라 하니 연산군이 매우 칭찬하고 이조정랑에서 직제학으로 발탁하였
다.[8] 두 시가 비록 좋으나 두 공(二公)이 모두 이 때문에 벼슬길이 막혔다

고 한다.

● 주석 --

1 연산군(燕山君, 1476~1506) : 조선 제10대 왕. 이름은 융(隆). 무오사화, 갑자사화를 일으켜 많은 선비들을 죽였다. 폭군으로 지탄받아 중종반정으로 폐위되었다. 재위 기간은 1494~1506년이다.

2 강혼(姜渾, 1464~1519) : 조선 중종 때의 문신으로 자는 사호(士浩). 호는 목계(木溪). 문장이 뛰어나 연산군의 총애를 받았으며, 중종반정에 참가하여 공을 세우고 공조 판서, 판중추부사, 우찬성 등을 지냈다. 저서에 『목계집』이 있다.

3 이희보(李希輔, 1473~1548) : 조선 중기의 문신·문장가. 본관은 평양(平壤). 자는 백익(伯益), 호는 안분당(安分堂). 1501년(연산군 7) 식년문과에 병과로 급제. 장녹수(張綠水)에게 아부하였다는 사헌부의 탄핵을 받고 파직되었다. 중종이 성균관 대사성에 임명하려 하였으나 사헌부의 반대로 임명되지 못하다가, 1536년 대사성 동지(同知)가 되었다. 문장에도 능했으며 저서로는 『안분당시집』 2권이 있다.

4 『實錄』에는 寒食園林三月暮가 寒食淸明三月近으로, 爲韻이 一聯爲題로 되어 있다. 『國朝詩刪』에도 寒食園林三月近으로 되어 있다.

5 『朝鮮王朝實錄』「燕山君」卷57. 연산 11年 2月 22日(戊寅)條에 "戊寅 傳曰 淸明是三月節侯 何以尙寒乎 仍傳于姜渾曰 以寒食淸明三月近 落花風雨五更寒 一聯爲題 製詩以進 渾製進曰 淸明御柳 … 畫欄邊 翌日 王命儒生文臣等 次渾韻以進."으로 되어 있다.

6 「應製」: 木溪逸稿 卷1. 『실록』에는 更敎가 轉敎로, 搖曳가 搖影으로 되어 있다. 綵는 『시화총림』에 彩로 되어 있다.

7 옥골(玉骨) : 骨의 미칭(義稱). 美人의 骸骨을 비유한다. 『郝經, 巴陵女子行』 "芙蓉零亂入秋水 玉骨直葬靑海頭"

8 『조선왕조실록』「연산군」卷60. 연산 11年 10月 5日(丙辰)條에 "丙辰 傳曰 追賜麗人安氏 麗媛號 令姜渾 撰文祭之" 연산 11年 10月 17日(戊辰)條에 "戊辰 命選文臣 能詩者 製麗媛挽詞"「연산 11年 10月 18日(己巳)條에 "己巳 傳曰 麗媛葬日已逼 將破殯 王悲 慟殊甚 令承旨姜渾 撰文祭之"「中宗實錄」卷1. 중종 1年 9月 6日(壬午)條에 "壬午命以李希輔爲直提學"卷2. 2年 1月 7日(辛巳) "辛巳 命罷李希輔之職 從

臺諫之言也"

● **보충강의** --

　강혼의 일화 한 편을 더 소개한다. 조정에서 사명(使命)을 받아 지방에 나가면 각 고을에서는 기생을 천침(薦枕 침실을 같이하도록 천거하는 것)하는 예(例)가 있다. 감사(監司)는 풍헌관(風憲官)이라, 비록 본읍에서 천침하더라도 데리고 가지 못하는 것이 역시 예로부터 있는 전례였다. 진천(晉川) 강혼(姜渾)이 영남 지방의 관찰사로 있을 때 성주(星州)의 은대선(銀臺仙)이라는 기생에게 정을 쏟더니, 하루는 성주에서 떠나 열읍(列邑)을 순행할 때 점심 때가 되어 부상역(扶桑驛)에서 쉬게 되었는데, 부상역은 성주에서 가는 곳까지의 절반 길이나, 기생 또한 따라와서 저물어도 차마 서로 작별하지 못하여 부상역에서 묵게 되었다. 이튿날 아침에 시를 써서 기생에게 주었으니,

　　扶桑館裏一場歡　　부상역 여관에서 한바탕 기쁘게 보내려니
　　宿客無衾燭燼殘　　나그네 이불도 없고 촛불은 재만 남았네
　　十二巫山迷曉夢　　열두 무산 새벽 꿈에 어른거려
　　驛樓春夜不知寒　　여관의 봄밤이 찬 줄도 몰랐노라

하였다. 이는 침구를 이미 개령(開寧 지금 김천의 면(面))에 보내어 미처 가져오지 못하였기로 이불이 없이 잔 것이다. 또 어떤 감사가 있었는데, 기생과 상방(上房)에서 자고 새벽이 되어 변소 간 틈에 따르던 사람이 와서 밀고(密告)하기를, "공이 나간 후에 연소자(年少者)가 갑자기 방으로 들어가 기생을 범하고 나갔으니, 참 해괴한 일입니다." 하니, 감사가 웃으며 말하기를, "너는 다시는 말하지 말라. 그 자의 아내를 내가 빌려 간통한 것이니, 본남편의 그러한 일이 무엇이 괴이할까 보냐." 하였다. 진천 강혼의 법을 준수함과 감사의 넓은 도량은 가히 어려운 일이다.

第31話

我國詩當以李容齋爲第一

우리나라의 시는 마땅히 용재 이행을 제일로 삼아야 할 것이다.

我國詩는, 當以李容齋로 爲第一이라. 沈厚和平하고, 澹雅純熟이라. 其五言古詩는, 入杜出陳한데, 高古簡切하여, 有非筆舌所可讚揚이라. 吾平生所喜詠一絶은, 平生交舊盡凋零이요, 白髮相看影與形이라. 正是高樓明月夜에, 笛聲凄斷不堪聽이라. 無限感慨하여, 讀之愴然이라.

[難解字] 零령 : 떨어지다. 凄처 : 쓸쓸하다. 愴창 : 슬퍼하다.

【해석】우리나라의 시는 마땅히 용재 이행[1]을 제일로 삼아야 할 것이다. 그의 시풍이 심후(沈厚)[2]하고 화평(和平)[3]하며 담아(澹雅)[4]하고 순숙(純熟)[5]하기 때문이다. 그의 오언 고시는 두보의 門에 들어갔고 진사도[6]의 경지를 나와 고고하고 간절하여 필설(筆舌)로는 이루다 찬양할 수가 없다. 내가 평생 즐겨 읊조리는 절구 한 수는

平生交舊盡凋零이요	평생에 사귄 벗들 모두 늙어 죽어 가고
白髮相看影與形이라	흰머리 마주 보니 그림자와 이 몸뿐
正是高樓明月夜에	때마침 높은 다락에 달 밝은 밤에는
笛聲凄斷不堪聽이라	애끓는 피리소리 처량하여 차마 듣지 못 하겠네

은 무한한 감개가 있어 읽으면 마음이 서글퍼진다.

● 주석 --

1 이행(李荇, 1478~1534) : 조선 중기의 문신으로 본관은 덕수(德水). 자는 택지(擇
   之), 호는 용재(容齋)·창택어수(滄澤漁水)·청학도인(靑鶴道人). 1495년(연산군 1)
   증광 문과에 병과로 급제, 조광조(趙光祖) 등 신진 사류로부터 배척을 받았다. 권
   신 김안로(金安老)의 전횡을 논박하다가 평안도 함종에 유배되어 그곳에서 죽었
   다. 문장이 뛰어났으며, 글씨와 그림에도 능하였다. 중종 묘정에 배향되었다. 저서
   로는『용재집』이 있다. 시호는 문정(文定)이었으나 뒤에 문헌으로 바뀌었다.

2 침후(沈厚) : 沈着하고, 重厚한다. 沈으로 인하여 厚함을 동시에 얻게 되는 풍격이
   다. 唐. 竇蒙,『語例字格』深而意遠 曰沈.

3 화평(和平) : 樂音이 調和롭고 和平함,『國語, 周語下』聲不和平 非宗官之所司也.

4 담아(澹雅) : 淸淡하고 高雅함.『隋書, 牛弘傳』有淡雅之風 懷曠遠之度.

5 순숙(純熟) : 熟練됨을 極言함.『蘇軾, 次韻定慧欽見寄詩』眞源未純熟 習氣餘陋
   劣.

6 진사도(陳師道, 1053~1102) : 북송(北宋) 때의 시인. 자는 이상(履常)·무기(無己),
   호는 후산거사(后山居士), 벼슬은 太學博士 秘書省正字. 두보(杜甫)를 推崇하였
   으며, 江西詩派 代表作家 중 하나이다. 저서에『后山集』『后山談叢』『后山詩話』
   가 있다.

● 보충강의 ---

   ○ 용재 이행의 시는 화평하고 순숙함이 뛰어나 신의경지에 들었다. 허균이
   일컫기를 국조에서 제일이라고 하였다.
   洪萬宗,『소화시평』上 : 李容齋荇爲詩, 和平純熟優入神境, 許筠稱爲國朝第
   一.
   참고로 다음 시에 이행 자신의 和平과 澹雅함이 그대로 드러나고 있다.

花徑 꽃 길   李荇[이행, 1478~1534]

無數幽花隨分開   무수히 많은 그윽한 꽃 따라가며 피어나고
登山小逕故盤廻   작은 길로 짐짓 돌아 산을 오르네.
殘香幕向東風掃   남은 꽃향기 봄바람 향해 쓸지 말아라
倘有閑人載酒來   혹 한가한 사람 술 가지고 올지도 모르리라.

화평(和平)의 품격은 시의 의경이 평화롭고 온화하고 시어가 쉽고 평범하며,
澹雅의 품격은 화려한 수식이 아닌 평이하고 쉬운 시어로 짜여진 담백한 시풍으
로 우아한 미의식을 함의하고 있는 미의식을 비평한 용어이다.

계곡 장유는 용재 이행을 문단을 휩쓴 거필로 인정하였다.

送都司迎慰李侍郎汝固   -계곡 장유
도사의 직함을 띠고 영접하러 떠나는 이 시랑 여고(李植의 字)를 전송하며

容齋巨筆擅宗工   문단을 휩쓴 용재의 대수필(大手筆)
蘇鄭名家摠下風   소정의 명가도 모두 고개를 숙였어라
文采至今傳後世   그 문채 후손에게 전해 내려와
才聲直欲壓諸公   제공을 압도할 듯 명성을 떨치누나
官銜且假都司舊   도사의 구호(舊號) 잠시 가탁했나니
帷幄堪成上將功   유막(帷幕)에서 주장(主將)의 공 거뜬히 이뤄내리
却喜同人皆臭味   얼마나 기쁜가 동지들 취향 똑같으니
沿塗酒賦興何窮   가는 길에 시와 술 흥취 무궁하리라

이식(李植)은 바로 용재의 현손(玄孫)이다.
소정(蘇鄭)은 소세양(蘇世讓)과 정사룡(鄭士龍)을 가리킨다. 두 사람 모두 이행
(李荇)으로부터 대제학의 재목으로 인정을 받았다.

-『燃藜室記述 別集 卷7 官職典故 大提學』

第32話

我朝詩中廟朝大成宣廟朝大備

우리나라의 시는 중종조에 크게 성취되었고,
선조조에 크게 갖추어 졌다.

我朝詩는, 至中廟朝에 大成이라. 以容齋相倡始하니, 而朴訥齋祥, 申企齋光漢, 金冲庵淨, 鄭湖陰士龍이, 竝生一世하여, 炳烺鏗鏘하니, 足稱千古也라. 我朝詩는, 至宣廟朝에 大備하니, 盧蘇齋는 得杜法하고, 而黃芝川이 代興하니, 崔, 白은 法唐하고 而李益之가 闡其流라. 吾亡兄의 歌行은 似太白하고, 姉氏의 詩는 恰入盛唐하니, 其後에 權汝章이 晚出하여, 力追前賢하니, 可與容齋相肩隨之라. 猗歟盛哉로다.

[難解字] 倡창 : 여광대. 企기 : 꾀하다. 庵암 : 암자. 竝병 : 나란히 하다. 炳병 : 밝다. 烺랑 : 빛이 밝음. 鏗갱 : 금과 옥의 소리. 鏘장 : 금과 옥의 소리. 闡천 : 닫힌 것을 열다. 姉자 : 손 윗누이 자. 恰흡 : 마치. 晚만 : 해 질 무렵. 猗의 : 아름다울 의. 歟여 : 어조사.

【解석】우리나라의 시는 중종조(中宗朝)에 이르러 크게 성취되었다. 용재[1] 어른[容齋公]으로부터 창시되어 눌재(訥齋) 박상(朴祥)[2]·기재(企齋) 신광한(申光漢)[3]·충암(冲庵) 김정(金淨)[4]·호음(湖陰) 정사룡(鄭士龍)[5]이 나란히 한 시대에 태어나서 빛을 드러내고 한 시대를 울렸으니 족히 천고(千古)에 일컬어질 만하다. 우리나라의 시는 선조조(宣祖朝)에 이르러서 크게 갖추어지게 되었다. 소재 노수신(盧蘇齋)[6]이 두보(杜甫)의 시법을 터득했고, 지

천 황정욱(黃芝川)[7]이 대를 이어 일어났다. 최경창(崔慶昌)[8]·백광훈(白光勳)[9]은 당시(唐詩) 본받았는데 익지 이달(李益之)[10]이 그 흐름을 주도 했다. 우리 망형(亡兄:許篈)[11]의 가행(歌行)[12]은 이태백(李太白)과 비슷하고, 누님(許蘭雪軒)[13]의 시는 성당(盛唐)의 경지에 접근하였다. 그 후에 여장 권필(權汝章)[14]이 뒤늦게 나와 힘껏 전현(前賢)을 좇아 용재 이행과 더불어 어깨를 나란히 할 만하니 아, 훌륭하고 성하도다.

● 주석 --

1 이행(李荇, 1478~1534) : 조선 중종 때의 문신으로 자는 택지(擇之). 호는 용재(容齋), 창택어수(滄澤漁水), 청학도인(靑鶴道人). 갑자사화 때 폐비 윤 씨의 복위를 반대하다가 유배되었으나, 기묘사화 후 입조(入朝)하여 대제학, 이조 판서, 우의정 등을 지냈다. 저서에『용재집』이 있다.

2 박상(朴祥, 1474~1530) : 조선 중종 때의 문신으로 자는 창세(昌世). 호는 눌재(訥齋). 연산군 9년(1503)에 문과에 급제하였으며, 중종의 폐비 신씨(愼氏)의 복위를 상소하다가 관직을 삭탈 당하였으나, 학행이 뛰어나 이조 판서로 추증(追贈)을 받았다. 저서에『눌재집』이 있다.

3 신광한(申光漢, 1484~1555) : 조선 중종 때의 문신으로 자는 한지(漢之), 시회(時晦). 호는 기재(企齋), 낙봉(駱峯). 기묘사화 때 조광조 일파로 몰려 여주에 퇴거하였다가 다시 돌아와 대제학, 좌찬성, 우찬성을 지냈다. 저서에『기재집』, 『기재기이』 따위가 있다.

4 김정(金淨, 1486~1521) : 조선 전기의 문신으로 자는 원충(元冲), 호는 충암(冲菴), 고봉(孤峯). 중종 2년(1507)에 문과에 장원하고, 부제학과 도승지를 거쳐 대사성, 예문관 제학을 지냈다. 조광조 등과 함께 미신 타파와 향약의 전국적 시행을 위하여 힘썼다. 기묘사화 때에 사사(賜死)되었다.

5 정사룡(鄭士龍, 1491~1570) : 조선 명종 때의 문신으로 자는 운경(雲卿). 호는 호음(湖陰). 시문에 뛰어나고 음률에도 밝았으며, 중국 명나라와의 문화 교류에 힘썼다. 저서에『호음잡고』가 있다.

6 노수신(盧守愼, 1515~1590) : 조선시대의 문신, 학자. 자는 과회(寡悔). 호는 소재

(穌齋), 여봉노인(茹峯老人), 암실(暗室), 이재(伊齋). 을사사화로 유배되었다가 복귀하여 영의정에 올랐으나 기축옥사로 파직되었다. 저서에 『소재집』이 있다.

7 황정욱(黃廷彧, 1532~1607) : 자는 경문(景文), 호는 지천(芝川), 시호 문정(文貞), 본관 장수(長水). 1552년 사마시에 합격, 58년 식년문과에 병과로 급제, 史官이 되고 정언, 응교, 문학, 집의 등을 역임했다. 80년 진주 목사를 지내고 충청도 관찰사가 되었다. 84년 宗系辨誣奏請使로 명나라에 가서 조선의 종계가 잘못 기재된 채 간행된 『大明會典』의 개정을 확인하고 돌아와 동지중추부사를 거쳐 호조판서에 올랐다. 그 공으로 90년 광국공신으로 장계부원군에 봉해지고 예조판서에 승진, 이어 병조판서로 전임되었다. 92년 임진왜란이 일어나자 號召使가 되어 왕자 順和君을 배종하고, 강원도에서 의병을 모으는 격문을 8도에 돌렸다. 왜군의 진격으로 회령에 들어갔다가 모반자 鞠景仁에 의해 임해군, 순화군 두 왕자와 함께 안변 토굴에 감금되었다. 이때 왜장 가토 기요마사[加藤淸正]로부터 선조에게 항복권유의 상소문을 쓰라고 강요받고 이를 거부하였으나 왕자를 죽인다는 위협에 못이겨 아들 赫이 대필하였다. 이에 그는 항복을 권유하는 내용이 거짓임을 밝히는 또 한 장의 글을 썼으나 체찰사의 농간으로 아들의 글만이 보내져 뜻을 이루지 못하고 이듬해 부산에서 풀려나온 뒤 앞서의 항복 권유문 때문에 東人들의 탄핵을 받고 길주에 유배되고 97년 석방되었으나 복관되지 못한 채 세상을 떠났다. 詩文과 書藝에 능했으며 뒤에 신원되었다. 저서로는 『芝川集』 등이 있다.

8 최경창(崔慶昌, 1539~1583) : 조선시대의 시인. 자는 가운(嘉雲). 호는 고죽(孤竹). 종성 부사를 지냈다. 인품과 학문이 뛰어나고, 시를 특히 잘하여 백광훈, 이달과 함께 삼당시인으로 불린다. 문집에 『고죽유고(孤竹遺稿)』가 있다.

9 백광훈(白光勳, 1537~1582) : 조선 선조 때의 시인. 자는 창경(彰卿). 호는 옥봉(玉峯). 시재(詩才)가 뛰어나 최경창, 이달과 함께 '삼당(三唐)'이라 불렸고, 이산해, 최입(崔岦) 등과 함께 '팔문장(八文章)'의 칭호를 들었다. 문집에 『옥봉집』이 있다.

10 이달(李達, ?~?) : 조선 선조 때의 한시의 대가. 자는 익지(益之). 호는 손곡(蓀谷). 최경창, 백광훈과 함께 당시(唐詩)에 능하여 '삼당(三唐)'이라 불렸다.

11 허봉(許篈, 1551~1588) : 조선 선조 때의 문신. 자는 미숙(美叔). 호는 하곡(荷谷). 서사(書史)에 밝은 문장가로, 저서에 『하곡조천기』, 『이산잡술(伊山雜述)』, 『해동야언』 따위가 있다.

12 한시(漢詩, 중국의 고전시) 양식의 하나. 「○○가(歌)」, 또는 「○○행(行)」이라는

제목이 많기 때문에 이런 이름이 붙었다. 「가(歌)」는 가창되는 노래란 뜻이고 「행(行)」은 곡(曲)이란 뜻이다. 시 가운데서 이렇게 분류된 선집(選集)으로는 987년 송대(宋代)에 이루어진 『문원영화(文苑英華)』가 가장 빠른 것으로 추정된다. 시 형식상 악부 부문 수록작품은 금체시(今體詩)가 적지 않은데 가행부문 작품은 대부분 고체시(古體詩)이다. 이런 점에서 볼 때 가행시는 일종의 고체시이면서 악부제의 변종에서 발전한 것이라 할 수 있다.

13 허난설헌(許蘭雪軒) : 조선 중기의 시인(1563~1589). 본명은 초희(楚姬). 자는 경번(景樊). 난설헌은 호. 천재적인 시재(詩才)를 발휘하였으며, 특히 한시에 능하였다. 한시에 「유선시(遊仙詩)」, 가사 작품에 「규원가」, 「봉선화가」 따위가 있고, 유고집에 『난설헌집』이 있다.

14 권필(權韠) : 조선 중기의 문인(1569~1612). 자는 여장(汝章). 호는 석주(石洲). 정철의 문인으로 시와 문장이 뛰어났으나 광해군 척족(戚族)들의 방종을 비방하였다가 귀양 가는 도중에 죽었다. 저서에 『석주집』과 작품에 한문 소설 「주생전(周生傳)」 따위가 있다.

⊙ **보충강의** --

연산군의 등장으로 무오사화와 갑자사화를 일으키며 혼란이 야기되었던 조선의 사림세계는 중종과 명종을 거치면서 학문이 안정되어가면서 수많은 문인들을 배출하였다. 이시기는 퇴계와 율곡을 비롯한 수많은 학자들이 배출되었고 용재 이행, 호음 정사룡 등 수많은 시인들이 배출되어 선조 대에는 이른 바 목릉성세를 맞이하였다. 조선 전대를 걸쳐서 가장 많은 학자들과 문인들을 배출한 시기이다. 사림들의 다양한 학술들이 훈구사림들 간에 서로 충돌하면서 당쟁은 더욱더 심화되어갔다. 이 시기를 맞이하여 뜻있는 선비들은 당쟁에서 벗어나서 산야에 몸을 던져 독서삼매에 문묵으로 유유자적하려는 경향이 있었다. 이 시대의 작가들 중에는 당시에 몰입하여 시학에 몰두하는 시인들이 낭만과 순수예술을 지향하는 경향이 뚜렷하게 나타나고 있었다.

성수시화에서는 용재 이행, 눌재 박상, 호음 정사룡, 고죽 최경창, 옥봉 백광훈, 손곡 이달, 석주 권필, 허균, 허난설헌, 기재 신광한, 사암 박순, 소재 노수

신, 지천 황정욱, 간이 최립 등을 언급하여 당시풍의 시인들을 중심으로 비평하
였다.

　조선의 팔문장 - 玉峰 白光勳(옥봉 백광훈), 龜峰 宋翼弼(구봉 송익필), 重湖
尹卓然(중호 윤탁연), 鵝溪 李山海(아계 이산해), 孤潭 李純仁(고담 이순인), 孤竹
崔慶昌(고죽 최경창), 簡易 緝(간이 최립), 菁川 河應臨(청천 하응림)

第33話

鄭湖陰喜訥齋詩而自負七言律

호음 정사룡은 눌재 박상의 시를 좋아했고
칠언율시에 대해 자부했다.

鄭湖陰은 少推伏이나, 只喜訥齋詩하니, 嘗書에 西北二江流
太古요, 東南雙嶺鑿新羅라 及 彈琴人去鶴邊月하니, 吹笛客
來松下風之句를 於壁上하고, 自嘆以爲不可及이라. 又云 許宗
卿의 有, 野路欲昏牛獨返하니, 江雲將雨燕低飛之句는, 可與
姜木溪의 紫燕交飛風拂柳하니, 靑蛙亂叫雨昏山之語는, 相當
也라. 其時稱에 申企翁는 衆體皆具나, 而湖陰은 獨善七言律하
니, 似不及焉이라한데. 湖陰曰, 渠之衆體가, 安敢當吾一律乎리
오. 其自重如此라.

[難解字] 鑿착 : 뚫다.　嘆탄 : 탄식하다.　低저 : 낮다.　紫자 : 자줏빛.　拂불 : (먼지 따
위를)떨다.　蛙와 : 개구리.　渠거 : 도랑.

【해석】 호음 정사룡[1]은 추앙 굴복하는 경우(칭찬하여 올리거나 욕을 하여 깎
아 내리는 것, 즉 평을 잘하지 않는 사람이었다는 뜻)가 적었는데 다만 눌재(訥齋)
박상(朴祥)[2]의 시만을 좋아하였다. 일찍이 쓰기를,

西北二江流太古요　　서북의 두 강[3]은 태곳적부터 흘러오고
東南雙嶺鑿新羅[4]이라　동남의 두 산줄기는 신라적부터 뚫려 있네.

及라는 것과

彈琴人去鶴邊[5]月하니　가야금 타던 사람은 학 저편의 달로 떠났는데,
吹[6]笛客來松下風이라[7]　피리 부는 객은 소나무 아래 바람타고 왔네.[8]

라는 시구를 써서 벽에 놓고 스스로 탄식하며 미칠 수 없다고 여겼다.
또 이르기를, 종경 허종경(許宗卿)[9]의 시에

野[10]路欲昏[11]牛獨返[12]이오　들길이 어두우려니 소는 홀로 돌아오고
江雲將雨燕低飛라　　　강 구름 비를 뿌리려니 제비가 낮게 나네

라는 구절은 목계 강혼(姜木溪)[13]의,

紫燕交飛風拂柳　자줏빛 제비 교차해 날자 바람이 버들을 스치고
靑蛙亂叫雨昏山[14]　청개구리 시끄럽게 울자 저녁 산에 비가 내리네.

라고 한 시구와 서로 대적할 만하다.”고 했다. 그 당시 '신기재의 시는
중체(衆體)를 모두 갖추었으나 호음은 다만 칠언율시만 잘 하니 그에게
미치지 못할 것 같다.'고들 일컬었는데, 호음은 '그의 중체가 어찌 감히
내 7언율시 한 구절을 당할 소냐?'라고 했으니 그 스스로를 중하게 여기는
것이 이와 같았다.

● 주석

1　정사룡(鄭士龍, 1491~1570) : 본관은 동래(東萊). 자는 운경(雲卿), 호는 호음(湖
　陰). 1554년 대제학이 되었으나 1558년 과거의 시험문제 누설로 파직되었다. 이해

판중추부사로 복직되고 1562년 다시 판중추부사에 전임되었다. 이듬해 사화를 일
으켜 사림을 제거하려던 이량(李樑)의 일당이라 하여 삭직당했다. 그는 일찍이 중
국에 사신으로 가서 문명을 떨쳤으며 중국에 다녀와서 「朝天錄」을 남겼다. 말을
치밀하게 다듬어 웅걸차고 기이한 문구를 얻으려는 시풍을 장기로 삼았다. 특히
칠언율시에 능하였다. 관료적인 시인으로 시문·음률에 뛰어났고 글씨에도 능했으
나 탐학하다는 비난을 받았다. 저서로는 『湖陰雜稿』·『朝天錄』 등이 있다.

2 박상(朴祥, 1474~1530) : 자는 창세(昌世), 호는 눌재(訥齋), 본관은 충주(忠州)이
다. 15세 때 부친상을 당하여 백부 아래서 자라며 문장을 배웠다. 1496년 생원시에
합격하였고, 1501년 28세로 대과에 급제하여 관직생활을 시작하였으나 정치적으
로 불우하여 중앙 관서에 있지 못하고 늘 외직에 전전해야 했다. 1521년 상주목사
로 스스로 나갔다가 곧이어 충주목사로 옮겼다. 1525년 겨울까지 오랫동안 충주목
사로 있었다. 1527년 여름에 나주목사가 되었다가 1529년 파직되어 고향에 있었는
데 병이 심해져 1530년 광주에서 사망하였다. 청백리에 錄選되고, 문장가로 이름
높았으며, 成俔·申光漢·黃廷彧과 함께 서거정 이후의 四家로 칭송된다. -『한국
민족문화대백과사전』, 한국정신문화연구원, 1991 참조.

3 탄금대를 끼고 흐르는 두 물줄기. 곧 남한강(北)과 달천(西).

4 작자가 忠州牧使로 있을 때의 작품인 듯하다.

5 『訥齋集(叢刊本)』에는 前으로 되어 있다.

6 『訥齋集(叢刊本)』에는 携로 되어 있다.

7 충주목사로 있을 때의 작품인 듯하다. 彈琴臺는 忠州 漆金洞 大門山에 있는데 진
흥왕 때 가야의 于勒이 신라에 귀화하여 이곳 바위에 앉아 가야금을 연주하였다
하여 붙인 이름이다.

8 頷聯 兩句에 대해 『國朝詩刪』評에는 '倏眩開闔', 『小華詩評』에는 '高古爽朗'이라
고 하고 있다.

9 허종(許琮, 1434~1494) : 조선 전기의 문신. 본관은 양천(陽川). 자는 종경(宗卿)
·종지(宗之), 호는 상우당(尙友堂). 문무를 겸비해 국방과 문예에 큰 공을 남겼고,
의학에도 조예가 깊어 내의원제조(內醫院提調)를 겸임하였다. 천문·역법에도 조
예가 깊었다. 문집으로는 『상우당집』이 있고, 편서에는 『의방유취(醫方類聚)』를
요약한 『의문정요(醫門精要)』가 있다. 성종조의 청백리로 녹선되었고, 시호는 충
정(忠貞)이다.

10 『新增東國輿地勝覽』에는 杜로 되어 있다.

11 『新增東國輿地勝覽』에는 未曛로 되어 있다.

12 『新增東國輿地勝覽』에는 去로 되어 있다.

13 강혼(姜渾, 1464~1519) : 조선 중기의 문신. 본관은 진주(晉州). 자는 사호(士浩), 호는 목계(木溪)·대제학·공조판서를 거쳐 1512년(중종 7) 한성부판윤이 되고, 이어 숭록대부에 올라 우찬성·판중추부사에까지 이르렀다. 시문에 뛰어나 김일손(金馹孫)에 버금갈 정도로 당대에 이름을 떨쳤다. 그러나 명리를 지나치게 탐냈다. 특히 연산군 말년 애희(愛姬)의 죽음을 슬퍼한 왕을 대신하여 궁인애사(宮人哀詞)와 제문을 지은 뒤 사림으로부터 질타의 대상이 되었고, 반정 후에도 이윤(李胤)으로부터 폐조의 행신(倖臣)이라는 탄핵을 받았다. 저서로 『목계일고』가 있다. 시호는 문간(文簡)이다.

14 『木溪遺稿(叢刊本)』에는 제목이 「星州臨風樓」로 되어 있으며, 총 4수 가운데 두 번째 수이다.

◉ **보충강의**

본문에서 시구에서 당(唐)나라 시인 최호(崔顥)가 지은 「황학루(黃鶴樓)」 시를 전망한 것이 드러난다. 당시풍의 시란 이런 것이다.

黃鶴樓

昔人已乘黃鶴去	옛 시인이 황학을 타고 떠난 뒤
此地空與黃鶴樓	이 땅에는 동그마니 황학루 하나
黃鶴一去不復返	황학은 한 번 갔다 돌아 올 줄 모르는데
白雲千載空悠悠	흰 구름은 천년이 지나도 유유히 흐르네.
晴川歷歷漢陽樹	맑은 강물 위엔 한양의 숲이 비추이고
芳草萋萋鸚鵡洲	앵무 섬에는 방초가 우거졌구나
日暮鄉關何處是	해 저문 들녘 내 고향은 어드메뇨
煙波江上使人愁	강 위의 물안개가 쓸쓸함을 더하네.

황학루와 더불어 이백(李白)의 「등금릉봉황대」는 당시의 전범이었다.

登金陵鳳凰臺

鳳凰臺上鳳凰遊	봉황대 위에 봉황이 놀았더니
鳳去臺空江自流	봉황은 떠나가고 빈 누대에 강물만 부질없이 흐르네
吳宮花草埋幽徑	오나라 궁궐의 화초는 오솔길에 파묻혔고
晉代衣冠成古丘	진나라 의관은 옛 언덕을 이루었네
三山半落靑天外	세 산의 봉우리는 하늘 밖으로 반쯤 나와 있고
二水中分白鷺洲	두 줄기의 강 가운데를 백로주가 나누었다
總爲浮雲能蔽日	뜬구름이 되어 해를 가리니
長安不見使人愁	장안이 보이지 않아 사람을 시름겹게 하는구나.

성수시화 본문의 시와 당시풍의 전범인 황학루와 등금릉봉황대의 시들을 감상하고 다음의 시구들과 비교해 보자.

臨風樓   『國朝詩刪』, 476쪽.

試吟佳句發天慳	아름다운 시구를 시험삼아 읊어 자연을 발하니,
正値樓中吏牒閑	마침 누대에서는 공무 한가한 때를 만났네.
紫燕交飛風拂柳	자줏빛 제비 교차해 날자 바람이 버들을 스치고
靑蛙亂叫雨昏山	청개구리 시끄럽게 울자 저녁 산에 비가 내리네.
一生毀譽身多病	일생의 영욕 속에 몸은 병마에 시달리고,
半載驅馳鬂欲斑	반년동안 내달리니 귀밑머리 희어지려 하네.
黃閣故人書斷絶	조정의 옛 친구로부터 편지마저도 끊겨졌는데,
客行寥落滯鄕關	나그네 신세 쓸쓸하게 시골에 묶여있네.

忠州南樓次李尹仁韻   『國朝詩刪』, 487쪽.

肩輿樓下謾頻過	누각 아래를 肩輿로 부질없이 자주 지났는데,

高楊樓中興且多　누각 안의 높은 평상에는 흥이 또한 많구나.
<u>西北二江流太古</u>　서북의 두 강은 태곳적부터 흘러오고,
<u>東南雙嶺鑿新羅</u>　동남의 두 고개는 신라적부터 뚫려 있네.
烟和暮堞棲鴉噪　안개 드리워진 저문 성가퀴, 깃든 까마귀 울고,
月照寒閭杵婦歌　달 비친 추운 마을, 아낙네 방아 노래 부르네.
佩印故州寧有此　오래된 고을에서 인수를 찼으나, 어찌 이것이 있으리오.
端將晝錦向人誇　곧바로 대낮에 비단옷 입고 사람들에게 자랑하리.

彈琴臺　　　『國朝詩刪』, 486쪽.

湛湛長江上有楓　넘실넘실 긴 강 위에 단풍 붉은데,
仙臺孤截白雲叢　신선의 누대 외로이 흰구름 숲을 뚫고 서있네.
<u>彈琴人去鶴邊月</u>　가야금 타던 사람은 학 저편의 달로 떠났는데,
<u>吹笛客來松下風</u>　피리 부는 객은 소나무 아래 바람이는 곳으로 왔네.
萬事一回悲逝水　만사가 한 번뿐이라 흐르는 물을 슬퍼하고,
浮生三嘆撫飛蓬　뜬 인생 세 번 탄식하며 날리는 쑥을 어루만진다.
誰能寫出湖州牧　누가 그려낼 수 있을까. 충주목사가
散步狂吟夕照中　석양에 서성이며 멋대로 읊조리는 것을.

『新增東國輿地勝覽』卷40 全羅道 和順縣.

墟烟一練接疎籬　마을의 한줄기 연기 성긴 울타리에 접하고,
處處花林啼竊脂　꽃 숲 곳곳에서 산 비둘기 우네.
<u>野路欲昏牛獨返</u>　들길에 어둠이 깔리려하니 소는 홀로 돌아오고
<u>江雲將雨燕低飛</u>　강 구름 비를 뿌리려 하니 제비가 낮게 나네
云云
山擁精純漏洩遲　산이 순순한 정기를 감췄으니 발설하기 더디네.
咄咄百年多事在　아, 백년 동안 많은 일이 있어도,
越禽應戀向南枝　월나라 새는 응당 남쪽 가지를 그리워하는 법이라네.

상촌 신흠은 다음과 같이 말한다.

아조(我朝)에 들어오면서 시인들이 각 시대마다 나와 그 숫자가 수백 명이 될 뿐만이 아닌데 근대의 시인들을 말한다면 세 가지 부류로 나뉜다. 화평(和平)하고 담아(淡雅)하여 일가(一家)를 이룬 자로는 용재(容齋) 이행(李荇)과 낙봉(駱峯) 신광한(申光漢)이 있는데 신은 비교적 맑고 이는 비교적 원만한 편이다. 대가(大家)를 든다면 사가정(四佳亭) 서거정(徐居正)이 응당 으뜸을 차지하고 점필재(佔畢齋) 김종직(金宗直)과 허백당(虛白堂) 성현(成俔)이 그 뒤를 따른다. 그리고 눌재(訥齋) 박상(朴祥), 호음(湖陰) 정사룡(鄭士龍), 소재(蘇齋) 노수신(盧守愼), 지천(芝川) 황정욱(黃廷彧), 간이(簡易) 최립(崔岦) 같은 이들은 험괴(險壞)하고 기건(奇健)함을 장기(長技)로 삼는다. 시 세계에 대해 바른 깨달음을 얻은 자는 여전히 많지 않은데, 사암(思庵) 박공순(朴公淳)이 근래 조금 당대의 시파(詩派)를 섭렵하여 매우 청소(淸卲)한 시를 지었다.

소재(蘇齋)가 유배 중에 지은 시 작품들은 지극히 청건(淸健)하다. 그러나 만년에 들어와 서술한 것은 너무 가라앉았으니 후생들이 본받아서는 안 될 것이다.

호음(湖陰)의 장기(長技)는 근체시에 있다. 장편과 절구는 근체시에 미치지 못한다.   —『청창연담』하

第34話

浙人吳明濟評湖陰黃山驛詩

절강인 오명제가 호음 정사룡의 「황산역」[1] 시에 대해 평했다.

湖陰의 黃山驛詩에 曰, 昔年窮寇此殲亡하니, 鏖戰神鋒繞紫芒이라, 漢幟豎痕餘石縫이요, 斑衣漬血染霞光이라, 商聲帶殺林巒肅이요, 鬼燐憑陰堞壘荒이라, 東土免魚由禹力이니, 小臣摸日敢揄揚이라 하니, 奇傑渾重하고, 眞奇作也라. 浙人吳明濟가 見之하고, 批曰, 爾才屠龍한데, 乃反屠狗하니, 惜哉로다하니, 蓋以不學唐也라. 然亦何可少之리오,

[難解字] 浙절 : 강 이름. 寇구 : 도적, 또는 원수. 殲섬 : 다 죽이다. 鏖오 : 무찌르다. 鋒봉 : 칼 끝. 繞요 : 둘러싸다. 幟치 : 기, 표지. 豎수 : 더벅머리. 痕흔 : 흉터. 縫봉 : 꿰매다. 斑반 : 얼룩. 漬지 : 스미다. 霞하 : 노을. 批비 : 비평하다. 屠도 : 잡다.

【해석】 호음의 「황산역(黃山驛)」 시는

昔年窮寇此殲亡하니	지난날 쫓긴 왜구 이곳에서 섬멸할 때
鏖戰神鋒繞紫芒이라	혈전 벌인[2] 신봉(神鋒)에는 붉은 핏빛이 둘렸다네
漢幟豎痕餘石縫이요	한의 깃발[3]을 꽂았던 흔적[4]은 돌 틈에 남아 있고
斑衣漬血染霞光이라	얼룩진 옷에 적신 피는 노을빛에 물드네.
商聲[5]帶殺林巒[6]肅이요	소슬바람 쌀쌀하여 숲 산등성이는 엄숙하고
鬼燐憑陰堞壘荒이라	도깨비불이 어둠에 번쩍이니 성루는 황량하네[7]
東土免魚由禹力하니	동방이 어육을 면한 것은 우 임금의 덕 때문이니

小臣摸日敢揄揚이라   소신이 해를 찾아 감히 찬양을 하도다.[8]

기발하고 걸출하며(奇杰) 웅혼하고 중후하니(渾重)하니 참으로 훌륭한 작품이다. 절강성(浙江省) 사람인 오명제(吳明濟)[9]가 이 시를 보고 비평하기를,

"그대의 재주는 용을 잡을 만한데 도리어 개를 잡고 있으니 애석하다." 고 했는데 대개 당시(唐詩)를 배우지 않았다는 말이다. 그러나 어찌 그를 작게 평가할 수야 있겠는가?

● 주석

1 『湖陰雜稿』나 『國朝詩刪』 모두 제목이 「荒山戰場」으로 되어 있다. 고려 우왕 3년, 지금의 전북 운봉면 황산에서 이성계가 왜적을 무찌른 일에 대해 읊은 시이다.
2 오전(鏖戰) : 힘을 다하여 적이 다 죽거나 자기편이 다 죽을 때까지, 곧 최후까지 싸움.
3 한치(漢幟) : 한군(漢軍)의 기. 『漢書. 韓信傳』拔趙幟 立漢幟.
4 『湖陰雜稿(叢刊本)』에는 '餘'가 '留'로 되어 있다.
5 오음의 하나. 강하고 맑은 음색의 소리. =상풍(商風) : 가을 바람. 금풍(金風).
6 숲으로 덮여 있는 산등성이를 말한다.
7 『國朝詩刪』評 : 毛竦神顙
8 유양(揄揚) : 끌어올림, 칭찬함, 박수갈채함을 이름.
9 오명제(吳明濟) : 임진왜란에 참전했던 명나라의 문인으로, 정유재란이 일어나자 오명제는 병부급사중(兵部給事中) 서관란(徐觀瀾)을 따라 조선에 들어왔다가 조선의 한시에 관심을 가지고 수집하여 조선시선(朝鮮詩選)을 편집하였다.

● **보충강의**

기걸(奇杰)의 품격은 시상이 기묘하고 표현이 걸출한 것을 비평하는 용어이고, 혼중(渾重)의 품격은 시상이 웅장하고 기상이 커서 만물을 수용하고도 남는 웅혼(雄渾)의 품격과 시상이 신중하고 시어가 두터운 시풍의 중후(重厚)의 품격이 어우러진 것을 미학적으로 비평한 것이다.

손곡 이달은 정사룡(鄭士龍)에게 두보(杜甫)의 시를 배웠고, 허균은 이달에게 배웠다. 허균은 호음 정사룡의 시를 높이 평가했다. 중종 때 사신으로 왔던 명나라의 오희맹(吳希孟)은 "흐르는 물과 우뚝 솟은 산, 동식물에 대해 변태 토납(變態吐納)한 음률(音律)과 요속(謠俗)이 한결같이 음아(吟哦)에 부치었으되 풍(風)에 뛰어나서, 시의 풍격이 온후화평(溫厚和平)하고 기괴(奇怪)하면서도 엉뚱하지 않았다."라고 칭찬하였다.

第35話

湖陰好佔畢齋詩又言平生得意句

호음 정사룡이 점필재 김종직의 시를 좋아했고,
또한 평생에 가장 마음에 만족하게 여기는 시구라고 말했다.

李益之少時에 學杜詩於湖陰하니, 一日은 命取架上諸書看
之라가, 到春亭集하야는 擲之地하고, 梅溪集은 則展看笑하고 掩
之하니, 蓋輕之也라. 唯取佔畢集하야는, 熟看不已라. 覘之則 悉
自批抹하니, 蓋好之하여 而取材爲料也라. 嘗問平生得意句則
曰, 山木俱鳴風乍起하니, 江聲忽屬月孤懸이라 하니, 人以爲峭
麗라. 峯頂星搖爭缺月이요, 樹顚禽動窺深叢이라. 亦巧思이나,
而終不若 雨氣壓霞山忽暝이오, 川華受月夜猶明이라. 似有神
助也라.

[難解字] 佔점 : 보다. 擲척 : 던지다. 掩엄 : 가리다. 覘첨 : 엿보다. 批비 : 깎다.
抹말 : 지우다. 乍사 : 언뜻, 갑자기. 壓려 : 괴롭다. 顚전 : 꼭대기. 暝명 : 어둡다.

【해석】 익지 이달[1]은 어릴 적에 두시(杜詩)를 호음(湖陰) 정사룡에게 배웠
는데, 하루는 익지에게 서가 위의 여러 책을 가져오도록 하여 그것을 보
다가 『춘정집(春亭集)』[2]에 이르러서는 땅에 던져버렸고, 『매계집(梅溪集)』[3]
은 펴보고 비웃으며 덮었는데 대개 가볍게 여긴 것이었다. 오직 『점필재
집(佔畢齋集)』[4]만은 집어 들고 익히 보면서 그만두지 않았다. 익지가 엿보
니 모두 뽑아서 줄을 그으니 대개 그들을 좋아하여 소재로 취해 시의 자

료로 하려는 것이었다. 언젠가 평생에 가장 마음에 만족하게 여기는 시구
를 물었더니,

山木俱鳴風乍起 하니   산 나무 함께 우니 바람 언뜻 일어나고
江聲忽厲月孤懸이라   강물 소리 문득 높자 달이 홀로 걸렸네

라는 구절을 사람들이 깎은 듯 아름답다고들 하고,

峯頂星搖爭缺月이요   산꼭대기에 깜빡이는 별은 조각달과 빛 다투고
樹顚禽動竄深叢이라   나무 위에 움직이는 새는 깊은 떨기로 숨는고야

라는 시구 역시 시상(詩想)은 교묘하지만 마침내,

雨氣壓霞山忽暝이요   우기가 노을을 누르니 산은 갑자기 어두워지고
川華受月夜猶明이라   강 물결이 달을 받으니 밤에도 오히려 밝구나

라고 한 구절보다는 못하니, 이는 마치 신이 도운 것 같다고 말했다 한다.

● 주석

1 이달(李達, 1539~1612) : 조선 중기의 시인. 본관은 신평(新平). 자는 익지(益之),
   호는 손곡(蓀谷)·서담(西潭)·동리(東里). 영종첨사 수함(秀咸)의 아들이나, 홍주
   의 관기(官妓)에게서 태어났으므로 서자로 자랐다. 최경창(崔慶昌)·백광훈(白光
   勳)과 어울려 시사(詩社)를 맺어, 문단에서는 이들을 삼당시인(三唐詩人)이라고
   불렀다. 한때 한리학관(漢吏學官)이 되었고 중국 사신을 맞는 접빈사의 종사관으
   로 일하기도 하였다. 그는 일흔이 넘도록 자식도 없이 평양 여관에 엎혀살다가
   죽었다. 시집으로 제자 허균이 엮은 『손곡집』(6권 1책)이 있다.

2 春亭集 : 고려 말 조선 초의 문신 변계량(卞季良)의 시문집. 12권 5책. 목판본.
3 梅溪集 : 조선 전기의 문신·학자 조위(曺偉)의 시문집. 10권 5책. 목활자본.
4 佔畢齋集 : 조선 전기의 문신·학자 점필재 김종직의 문집. 김종직은 1431(세종 13)~1492(성종 23). 조선 전기의 문신. 본관은 선산(善山). 자는 효관(孝盥)·계온(季昷), 호는 점필재(佔畢齋). 경상남도 밀양 출신. 1453년(단종 1)에 진사가 되고, 1459년(세조 5) 식년문과에 정과로 급제, 사가독서(賜暇讀書)하고 1462년 승문원 박사로 예문관봉교를 겸하였다. 이듬해 감찰이 된 뒤 경상도병마평사·이조좌랑·수찬·함양군수 등을 거쳐 1476년 선산부사가 되었다. 1483년 우부승지에 올랐으며, 이어서 좌부승지·이조참판·예문관제학·병조참판·홍문관제학·공조참판 등을 역임하였다. 후일 제자 김일손(金馹孫)이 사관으로서 사초에 수록, 무오사화의 단서가 된 그의 「조의제문(弔義帝文)」은 중국의 고사를 인용, 의제와 단종을 비유하면서 세조의 왕위찬탈을 비난한 것으로, 깊은 역사적 식견과 절의를 중요시하는 도학자로서의 참모습을 보여주었다고 하겠다. 저서로는 『점필재집』·『유두류록(遊頭流錄)』·『청구풍아(靑丘風雅)』·『당후일기(堂後日記)』 등이 있으며, 편저로『일선지(一善誌)』·『이준록(彝尊錄)』·『동국여지승람』 등이 전해지고 있으나, 많은 저술들이 무오사화 때 소실된 관계로 그렇게 많지 않다. 시호는 문충(文忠)이다.

◉ 보충강의 --

성수시화에 인용된 시구의 원시는 다음과 같다.

後臺夜坐

烟沙浩浩望無邊　안개 낀 모래 벌은 넓고 넓어 바라보아도 끝이 없고
千仞臺臨不測淵　천 길의 높은 대는 깊은 강물에 임해 있네.
山木俱鳴風乍起　산의 나무들 함께 우니 바람 언 듯 일고
江聲忽厲月孤懸　강물 소리 갑자기 세차고 달은 외로이 걸려 있네.
平生牢落知誰藉　평생 영락하니 누구에게 의지할까?
投老迆邅只自憐　늙어 머뭇거리며 다만 홀로 가련해하네.
擬着宮袍放舟去　궁포 입고 배 띄워 가고자 하나

騎鯨人遠問高天　고래 탄 사람 멀리 있어 높은 하늘에 묻네. −『湖陰雜稿』卷3

그가 1536년에서 이듬해까지 중국사신 공용경(龔用卿)과 오희맹(吳希孟)을 맞아 원접사로 여러 명소를 유람하며 시를 지었다. 그는 원접사 임무를 수행하는 동안에도 물의를 일으켜서 주변 고을에 폐를 끼치고 자신의 재능을 자랑하느라 남의 재능을 폄하하기도 하여 비난을 받고 파직되었다. 그는 다시 의령으로 낙향하였는데, 이 시는 그때 낙향하면서 지은 칠언율시로 선(先)운이다. '의춘잡록(宜春雜錄)'에 실려 있고, 『국조시산』, 『기아』, 『대동시선』 등에 뽑혀 있다. 이 시는 같은 제목의 두 수 중 두 번째 수다. 바로 앞에 '밤에 심원당에 앉아[心遠堂夜坐]'라는 시가 있는 것으로 보아 영주 부근에서 지은 시가 아닌가 한다. 수련은 강가에 자리 잡은 후대(後臺)의 경치다. 넓은 모래 벌을 바라보며 절벽 위에서 깊은 연못에 임한 누각의 위치를 묘사했다. 함련은 주변을 복합심상으로 제시한 대구다. 나무와 바람, 강물과 달이 서로 조응하고 있다. 허균은 『국조시산』에서 "이 늙은이의 이 연이 이 시를 압도한다.[此老此聯當壓此篇]"라고 평했다. 이 구절은 진여의(陳與義)와 오융(吳融)의 시를 점화한 것이지만, 이시의 압권이라는 말이다. 또 양경우(梁慶遇)의 '제호시화(霽湖詩話)'에서 "어떤 사람은 '달이 외로이 걸렸네' 석 자를 위의 말을 이어받지 못했다고 하지만 이는 어리석은 사람에게 꿈 이야기를 하는 격이다.[或者以月孤懸三字 爲不承上語 可謂癡人前語夢]"라고 한 말을 인용하였다. 경련은 자신의 신세 한탄이다. 자신의 처지를 직서하여 벼슬에서 쫓겨나 남쪽에서 방황하는 처지를 가련하다고 했다. 미련은 신선이 되고 싶은 초월의식이다. 벼슬길에서 쫓겨나 어려움에 처하게 되었으니 고래를 타고 승천하여 신선이 되고 싶다는 상상을 한 것이다.

楊根夜坐 卽事示同事
양근에서 밤에 일어나 앉아 느낀 대로 동행에게 보임

擁山爲郭似盤中　산이 둘러싸 성곽이 되니 쟁반과 비슷한데
暝色初沈洞壑空　어스름이 내려앉자 골짜기가 텅 비네.
峯頂星搖爭缺月　봉우리에 별이 흔들려 초승달과 다투고

樹顚禽動竄深叢	가지 끝에 새가 날아 깊은 떨기로 숨네.
晴灘遠聽翻疑雨	맑은 여울 멀리 들리니 빗소리 같고
病葉微零自起風	병든 잎 가만히 떨어지니 절로 바람이 인다.
此夜共分吟榻料	이 밤에 함께 침상에서 시를 읊지만
明朝珂馬軟塵紅	내일 아침이면 말을 몰아 붉은 먼지 일겠지.

—『湖陰雜稿』卷4

이 시는 그가 1553년 예조판서로 있을 때 선릉(宣陵)을 살피고 돌아오는 길에 지은 칠언율시로 동(東)운이다. 그는 본처를 내치고 첩을 아내로 삼았으며 여러 부정을 저질러 선비들의 비난을 받았지만, 시에 재주가 있어 특히 칠언율시에 능하였고 호쾌한 시풍을 지녀서 시문으로 나라를 빛냈다고 한다. 이 시는 '남궁일록(南宮日錄)'에 실려 있고, 『국조시산』, 『기아』, 『대동시선』 등에 선발되었다. 수련은 양근(양평)의 지형이다. 성곽처럼 산이 둘러싸서 마치 쟁반과 같다면서 어스름이 내리자 텅 빈듯하다고 하였다. 허균은 "입만 열면 기이한 표현이 나온다.[開口便奇]"라고 평했다. 함련은 새벽 경치를 읊은 대구다. 날이 새려는지 별이 초승달 옆에서 반짝이고, 새가 잠을 깨어 퍼덕이며 떨기 속으로 숨는 실경을 보여준다. 허균은 『국조시산』에서 이 부분을 "그윽하고 세밀하여 교묘한 생각을 다하였다.[幽眇極巧思]"라고 평했고, 또 양경우(梁慶遇)의 '제호시화(霽湖詩話)'에서 "죽음(竹陰) 조희일(趙希逸)이 매양 이 구절을 두세 번 외어 탄미했는데 새벽의 실경을 읊은 것"이라는 말을 인용했다. 경련은 고요한 새벽의 주변 경치를 청각 이미지로 잡아낸 대구다. 새벽의 정적 속에서 여울물 소리와 가랑잎이 바람에 지는 소리를 듣고 있다. 허균은 이 구절을 "언뜻 평담함을 지어냈다.[翛然造平]"고 평했다. 교묘한 함련에 비해 자연스럽다는 말이겠다. 미련은 자신의 일과 일상이다. 지금은 밤중에 일어나 시를 짓지만 내일이면 다시 일에 쫓겨 갈 길을 재촉할 것이라고 하였다. 홍진을 일으키며 세사에 시달리는 자신의 신세를 한탄하는 뜻이 함축되었다.

성수시화에 인용된 시구의 원시는 다음과 같다.

紀懷　　　　　정사룡(鄭士龍)

四落階蓂魄又盈　섬돌 앞 명협초 네 번 지고 달 또한 찼는데
悄無車馬閉柴荊　쓸쓸하게도 찾아오는 거마없어 사립문 걸었다오.
詩書舊業抛難起　시서의 옛일은 버려두어 다시하기 어렵고
場圃新功策未成　농사짓는 새 일은 계획이 아직 서지 않구료.
雨氣壓霞山忽暝　빗기운 안개 덮으니 산이 홀연 어둑어둑
川華受月夜猶明　냇물이 달빛 받아 밤이 오히려 밝구료.
思量不復勞心事　세상사 이젠 마음 괴롭히는 일 없으니
身世端宜付釣耕　이 신세 마땅히 낚시와 밭갈이로세.

第36話

申企齋以金沖庵詩爲長吉之比

신기재는 김충암의 시를 당나라 이장길의 시에 견주었다.

金沖庵의 詩에, 落日臨荒野하니, 寒鴉下晚村이라. 空林煙火冷이오, 白屋掩柴門이라. 酷似劉長卿이라. 其 牛島歌는, 眇冥惝恍하고, 或幽或顯하니, 極才人之致라. 申企齋는 推以爲長吉之比也라.

[難解字] 沖충 : 비다. 鴉아 : 갈가마귀. 眇묘 : 희미하다. 惝창 : 놀라 어리둥절하다. 恍황 : 놀라 어리둥절하다.

【해석】 김충암(金沖庵)의 시에,

落日臨荒野하니	황량한 벌판에 해가 지는데
寒鴉下晚村이라	굶주린 가마귀 저무는 마을에 내리는 고야
空林煙火冷이오	빈 수풀엔 밥짓는 연기 차갑고
白屋掩柴門[1]이라	꾸밈없는 집[2]엔 사립문 닫혀있네

는 유장경(劉長卿)의 시와 흡사하다. 그의 우도가(牛島歌)는 심오하고 황홀하며 미묘하기도 하고 드러나기도 하니 가진 재주를 다 부렸다. 신기재(申企齋)는 그를 추존(推尊)하여 장길(長吉)[3] 이하(李賀)에게 견주었다.

● 주석

1 「感興」丙子冬以後 / 韓國文集叢刊 23『沖庵先生集卷之三』, 152면. 4구의 '柴'은
  韓國文集叢刊에 '荊'로 되어 있다. 落日臨荒野, 寒鴉下晚村, 空林煙火冷, 白屋掩
  荊門.
2 백옥(白屋) : 채색을 하지 않고, 본래의 재목을 그대로 노출하고 있는 가옥. 一說에
  는 흰 띠풀로 지붕을 덮은 집을 가리킨다고도 한다. 고대의 평민이 거처하던 집.
3 이하(李賀, 790~816). 중당(中唐) 때의 시인. 자는 장길(長吉)이다. 당나라 종실의
  후예이며, 두보(杜甫)의 먼 친척이기도 하다. 사상적 경향이 염세적 색채가 짙다.
  기이한 시세계 때문에 시귀(詩鬼)라는 명칭이 붙었다. 가장 유명한 작품은 「장진
  주(將進酒)」다. 좌절된 인생에 대한 절망감을 굴절된 표현으로 노래했기 때문에
  난해하다는 평을 듣고 있지만, 특이한 매력을 지녀 애호자도 많다. 악부사(樂府詞)
  도 수십 편 지었는데, 모두 음률이 붙여져 읊조려졌다. 27살 나이로 요절했다. 저
  서에 「이하가시편(李賀歌詩篇)」 4권과 「외집(外集)」 1권이 전한다.

● 보충강의

    당나라 천재 시인 이하는 그 시어가 귀신의 경계를 자주 넘나든다. 충암(金沖
庵)이 제주로 귀양가서 방생(方生)이 우도(牛島)를 이야기한 노래를 지었는데, 꼭
귀신과 신선의 말 같았다. 내가 낙촌(駱村) 박공(朴公)에게 묻기를, "충암의 우도
가(牛島歌)가 어떠한가." 하니, 낙촌이 대답하기를, "세상에 장길(당나라 李賀)을
제외하고는 어찌 이런 작품이 있을 수 있는가." 하여 소견이 나와 같았다. 그
시(詩)에 이르기를,

瀛洲東頭鰲抃傾   영주 동쪽 가에 자라 꿈틀대며
千年閟影涵重溟   천년의 幽深한 모습으로 깊은 바다 속에 잠겨 있다네.
群仙上訴攝五精   여러 신선들 하늘에 아뢰어 오정을 거느렸고
贔屭一夜轟雷霆   비희는 밤새도록 우레와 천둥 울렸다네.
雲開霧廓忽湧出   구름·안개 넓게 걷히자 홀연히 솟아나고
瑞山新畫飛王庭   상서로운 산에서 새로 그린 그림 궁궐의 뜰에 날아갔네.

溟濤崩洶噬山腹　파도 요동치니 산허리를 삼키는 듯
谽谺洞天深雲局　텅 빈 골짜기 하늘에 통하니 깊은 구름에 닫혀 있는 듯.
稜層鏤壁錦纈殷　가파르게 깎아지른 절벽엔 비단 무늬 은은하고
扶桑日照光晶熒　동쪽에서 해 비쳐오면 번쩍번쩍 빛나네.
繁珠凝露濺輕濕　무성한 구슬은 이슬로 응결되어 가볍게 흩뿌려지고
壺中瑤碧躔列星　호리병 속의 푸른 옥돌 별들과 나란히 하네.
瓊宮淵底不可見　경궁의 연못 속은 볼 수 없지만
有時隱隱窺窓櫺　때때로 은은히 창을 엿보네.
軒轅奏樂馮夷舞　헌원이 음악을 울리니 풍이가 춤추고
玉簫筲篠來靑冥　옥피리 소리 멀리 푸른 하늘에서 들려오네.
宛虹飮海垂長尾　굽이치는 무지개 바다를 마시며 긴 꼬리를 드리우고
巃鵬戲鶴飄翅翎　봉새는 학을 희롱하며 날개 나부끼네.
曉珠明定塵區黑　새벽 구슬 밝은데도 세상은 어둡고
燭龍爛燁雙眼靑　촉룡 번쩍이니 (나의) 두 눈 푸르러진다네.
駣虯踏鼉多嫣婷　오르는 규룡 뛰노는 완어는 예쁘고
天吳九首行羚娉　물귀신들은 비틀거리며 다니네.
幽沉水府囚百靈　깊이 잠긴 수부에 백령을 가두었으니
邪鱗頑甲毒風腥　사특한 물고기·완악한 거북이 독풍 내어 비리다네.
太陰之窟玄機停　음암한 굴에는 현기가 숨어있으니
仇池禹穴傳神蹟　구지·우혈이 신의 자취 전해준 것이라네.
惜許絶境詑圖經　애석하게도 좋은 경치 잘 못 그려짐을 허여하였다네.
蘭橈挐入攪神形　배 타고 들어가서 신형을 당기며
鐵笛吹裂老怪聽　철 젓대 불어내니 노괴가 듣는다네.
水咽雲暝悄愁人　바닷물 막히고 구름 어두워져 사람을 근심스럽게 하는데
歸來怳兮夢未醒　돌아와 보니, 어슴푸레 꿈이 아직 깨지 않았다네.
嗟我只道隔門限　아! 나에게 길은 막혀있고 문은 닫혀있구나.
安得列叟乘風泠　언제 열자가 찬바람 탄 것 얻으리오.

하였다.

第37話

崔猿亭詩

최원정 시

崔猿亭은 玩世不仕하고, 冀以免禍라. 一日은, 諸賢이 會靜庵第한데, 猿亭이 自外至하여, 氣急不能言하고, 亟呼水飲之터니 曰, 我渡漢江에, 波湧船壞하여, 幾濟僅生이라 하니, 主人이 笑曰, 此諷吾輩也라 한데. 猿亭이 援筆하고 寫山水於壁間하니, 元冲이 詩之曰, 淸曉巖峯立하니, 白雲橫翠微라. 江村人不見이요, 江樹遠依依로다. 猿亭이 登萬義浮屠하여, 作詩曰, 古殿殘僧在요, 林梢暮磬淸이라. 窓通千里盡하니, 墻壓衆山平이라. 木老知何歲요, 禽呼自別聲이라. 艱難憂世網하니, 今日恨吾生이라. 結句有意하니, 抑自知其罹禍耶아. 惜哉로다.

[難解字] 玩완 : 희롱하다. 湧용 : 물 샘솟을 용. 壞괴 : 무너지다. 濟엄 : 잠기다. 諷풍 : 풍자하다. 援원 : 당기다. 曉효 : 새벽. 巖암 : 바위. 翠취 : 비취색. 屠도 : 잡다. 梢초 : 나무 끝. 艱간 : 어렵다. 抑억 : 또한.

【해석】 최원정(崔猿亭)[1]은 세상을 내려보고 벼슬하지 아니하고 화나 면하기를 바랐다. 하루는 제현(諸賢)들이 정암(靜庵)[2]의 집에 모였는데 원정이 밖에서 들어오며 숨이 가빠 말도 제대로 못하면서 황급히 물을 달라고 해 마시고는,

"내가 한강을 건너올 제 물결이 솟구치고 배가 부서져 거의 물에 빠져

죽을 뻔하다 겨우 살아났다."고 하니, 주인이 웃으면서, "이는 우리들을 풍자하는 말이다."라고 했다. 원정이 붓을 잡아 벽에다 산수를 그리자 원충 김정(金淨)이 시를 지었는데,

淸曉巖峯立하니	맑은 새벽 바위 산 봉우리 우뚝한데
白雲橫翠微라	흰 구름은 산기슭에 비꼈네.
江村人不見이요	강촌에는 사람 모습 보이지 않고
江樹遠依依로다	강변 나무 저 멀리 아득하구나.[3]

라 했다. 원정이 만의사(萬義寺)[4]에 올라 지은 시에,

古殿殘僧在요	옛 불전엔 몇 안 되는 중이 있고
林梢暮磬淸이라	수풀 끝엔 저녁 종 맑게 울리네
窓通千里盡하니	창문은 트이어 천리 끝 닿고
墻壓衆山平이라	담장이 누르니 뭇 산은 평평하네.
木老知何歲요	나무는 몇 해나 늙어 왔는지 알고
禽呼自別聲이라	새는 혼자서 유별나게 우짖고 있네
艱難憂世綱하니	험난한 세상그물[5]에 걸릴까 근심하려니
今日恨吾生이라	오늘에 내 인생을 한탄하노라

라고 했다. 결구(結句)에 뜻이 담겨 있으니 아마도 스스로 화를 입을 것을 알았던 것이 아닐까?[6] 애석하구나.

◉ 주석

1 최수성(崔壽峸, 1487~1521) : 조선 전기의 선비화가. 본관은 강릉(江陵). 자는 가진(可鎭), 호는 원정(猿亭)·북해거사(北海居士)·경포산인(鏡浦山人). 김굉필(金宏弼)의 문하에서 배출된 신진사림파(新進士林派) 학자로서 조광조(趙光祖)·김정(金淨) 등과 교유하였다. 1519년(중종 14) 기묘사화 때 친구들이 당하는 것을 보고 벼슬을 아예 포기하고 술과 여행, 시서화(詩書畵), 음악으로 일생을 보냈다. 1521년 35세 때 신사무옥에 연루되어 처형되었다. 남탄현(南炭峴)에 집을 마련해서 원숭이를 길들여 함께 살았으며 원정이라는 아호는 그것에서 연유하였다. 젊어서부터 세속을 멀리하여 명산승경을 유람하며 술과 거문고, 시를 즐겼고 뜻이 맞는 교우들과는 만남에서 화흥(畵興)을 폈다. 문장·시·서화·음률이 모두 뛰어난 절세의 기재(奇才)로 평가되었으나 유작은 알려져 있지 않다. 인종 때 신원(伸冤)되어 영의정에 추증되었으며, 강릉의 향사(鄕祠)에 제향되었다. 시호는 문정(文正)이다.

2 조광조(趙光祖, 1482~1519) : 조선 중종 때의 문신, 성리학자. 자는 효직(孝直). 호는 정암(靜庵). 시호는 문정(文正). 부제학, 대사헌을 지냈다. 김종직의 학통을 이은 사림파의 영수로서, 급진적인 개혁을 추진하다가 훈구파 남곤 일파가 일으킨 기묘사화 때에 죽임을 당하였다. 저서에 『정암집』이 있다.

3 冲庵先生集卷之三 題猿亭畫 丁丑以後作에는 다음과 같이 되어 있다.
　　清曉巖峯立　맑은 새벽 바위 봉우리에 올라서니
　　白雲橫翠微　흰 구름이 산허리를 감싸는구나
　　江橋人不行　강의 다리엔 사람 지나지 않는데
　　江樹遠依依　먼 강의 나무들만 무성하네
　　橫은 沈으로 된 것도 있다.

4 만의사(萬義寺) : 경기도 화성군 동탄면 신리에 있는 절이다.

5 세강(世綱) : 사회에서 인간에 대한 법률예교 및 윤리도덕의 속박을 비유하는 말.

6 최원정(崔猿亭)은 기묘사화(1519) 때 친구들이 당하는 것을 보고 벼슬을 아예 포기하고, 술과 여행·시·서화·음악으로 일생을 보냈다. 결국엔 1521년 신사무옥에 연루되어 처형되었다.

● **보충강의** --

　최원정(崔猿亭)이 항상 화(禍) 입을까 두려워 세상 밖에 방랑했건만, 마침내 그의 숙부(叔父)의 참소를 받아 형벌을 면치 못하게 되었다. 원정의 이름은 수성(壽城), 자는 가진(可鎭), 강릉인(江陵人)이며, 처사(處士)이고, 시호는 문정(文正)이다. 그의 숙부 세절(世節)의 자는 개지(介之), 벼슬은 호조참판(戶曹參判)이다. 원정의 망천도시(輞川圖詩)는 다음과 같다.

> 秋月下西岑　가을달이 서녘산에 내리니
> 暝煙生遠樹　어두운 연기 먼 나무에 피어나네
> 斷橋兩幅巾　끊어진 다리에 복건 쓴 두 사나인
> 誰是輞川主　그 누가 망천의 주인인지　－『학산초담』

　윤식은 어두운 길에 장님이 지팡이로 땅을 더듬어 가듯하여 사람들의 비방(誹謗)을 초래하였다. 공이 항상 슬퍼하며 경계하기를 "그대는 때를 만난 것 같지만 때를 만나지 못한 것이다. 일에 반드시 이루는 것이 없을 것이니 마땅히 원정(猿亭)의 경계를 마음에 품고 지켜야 한다."라고 하였다. － 최원정(崔猿亭)의 시에 말하기를 '외로운 배 일찍 매어야만 하니, 풍랑은 으레 밤 깊으면 더하다네.'라고 하였으니, 대개 사화(士禍)가 장차 일어날 것을 안 것이다. － 윤식은 그 말에 깊이 감복하면서도 배를 일찍 매지 못하였다.

> 孤舟宜早泊　외로운 배는 일찍 매어야만 하니
> 風浪夜應多　풍랑은 으레 밤 깊으면 더하다네　－『운양집』

第38話

金安老以夢中得句爲庭試壯元而
參試官金安國知之

김안로가 꿈속에서 글귀를 얻어 정시에서 장원이 되었는데
참시관 김안국이 그것을 알았다.

金頤叔이 少日에 遊關東하니, 夢有神吟하여 曰, 春融禹甸山
川外요, 樂奏虞庭鳥獸間이라, 因言에 此乃汝得路之語라 하고,
覺而記之라, 明年入庭試라, 燕山이 出律詩六篇以試하니, 中
有, 春日梨園弟子하니 沈香亭畔閑閱樂譜之題에 而押閑字하
니, 金思其句脗合하고, 乃用之書呈이라, 姜木溪가 爲考官하여,
大加賞爲狀元하니, 金慕齋가 素號知文하니, 爲參試官하여 言
曰, 此句는 鬼語라, 非人詩也라. 亟問之하니, 金對以實에, 人皆
服其識이라,

[難解字] 頤이 : 턱. 甸전 : 교외(郊外)의 들판. 覺교 : 잠에서 깨다. 閱열 : 검열하다.
押압 : 운자(韻字)를 맞추다. 脗문 : 꼭 맞다. 亟극 : 갑자기.

【해석】 김이숙(金安老의 호)[1]이 젊어서 어느 날 관동에 놀러갔을 때 꿈에
귀신이 나타나 읊조리기를

春融禹甸山川外요   봄은 우전[2]의 산천 밖에 무르익고
樂奏虞庭鳥獸間이라   풍악은 우정[3]의 조수 사이에 연주되누나

라고 하고는 인하여 말하기를,

"이것이 바로 네가 벼슬길을 얻을 시어(詩語)이다."라고 하였는데 꿈을
깨고 나서 이를 기록(기억)해 두었다. 다음해 정시(庭試)⁴에 들어가니 연산
(燕山)이 율시 여섯 편을 내어서 시험을 치렀는데 그 가운데「봄날 이원제
자⁵들이 침향정⁶가에서 한가로이 악보를 들춰보다.」라는 시제(詩題)를 가
지고 한(閑)자를 압운(押韻)으로 해서 시를 지으라는 문제가 있었다. 김은
그 글귀가 꼭 들어맞는다고 생각하여 이내 그걸 가지고 써 냈다. 강목계
(姜渾의 호)⁷가 고시관(考試官)이 되어 크게 칭찬하고 장원(壯元)을 시켰다.
김모재(金安國의 호)⁸가 평소에 글을 잘 안다고 불렸는데 참시관(參試官)을
하면서,

"이 구절은 귀신의 시어이지, 사람의 시가 아니다." 하고는 즉시 그에
대해 묻자 김이 사실대로 대답하니 사람들이 모두 그 감식안에 탄복하
였다.⁹

● 주석 ┄┄

1 김안로(金安老, 1481~1537) : 조선 전기의 문신. 자는 이숙(頤叔). 호는 희락당(希
    樂堂), 퇴재(退齋). 기묘사화 때 조광조와 함께 유배되기도 하였으며, 그 후 우의
    정, 좌의정 등을 지냈다. 공포정치를 단행하였으며, 문정왕후의 폐위를 도모하다
    가 사사(賜死)되었다. 저서에 『용천담적기(龍泉淡寂記)』가 있다.

2 우전(禹甸) : 우임금이 다스리던 영토. 후에 중국의 영토를 우전이라고 한다. 『詩.
    小雅. 信南山』:「信彼南山, 維禹甸之, 畇畇原隰, 曾孫田之。」毛傳:「甸, 治也。」
    朱熹集傳:「言信乎此南山者, 本禹之所治, 故其原隰墾闢, 而我得田之。」本謂 禹
    所墾闢之地, 後因稱中國之地爲禹甸。

3 우정(虞廷) : 순임금의 뜰로 書經·益稷 篇에 簫韶가 九成하자 鳳凰이 와서 춤을 춘다[簫韶九成, 鳳凰來儀]라고 하였다. 簫韶는 舜임금의 樂이다.

4 정시(庭試) : 조선시대, 나라에 경사가 있을 때 대궐 안에서 보던 과거이다.

5 이원제자(梨園弟子) : 이원(梨園)은 당 현종 때 궁정의 歌舞人을 가르치던 곳이다. 『신당서·예악지십일』에 보면 "玄宗旣知音律, 又酷愛法曲, 選坐部伎子弟三百敎 於梨園, 聲有誤者, 帝必覺而正之, 號'皇帝梨園弟子'. 宮女數百, 亦爲梨園弟子, 居 宜春北院." (이후 梨園은 演戲하는 곳을 두루 가리키게 되었다고)라 하였으니 이 원제자는 梨園의 歌舞人들이다.

6 침향정(沈香亭) : 당나라 때의 궁중(宮中)의 정자(亭子) 이름으로 현종이 양귀비와 작약을 구경하고 이백으로 하여금 청평사(淸平詞)를 짓게 했던 곳이다.

7 강혼(姜渾, 1464~1519) : 조선 중종 때의 문신. 자는 사호(士浩), 호는 목계(木溪), 시호는 문간(文簡). 본관은 진주(晉州). 김종직의 문인. 문과에 급제. 무오사화 때 에 장류(杖流)되었으나 곧 풀려나 도승지가 되었다. 중종반정에 참여하여 진천군 (晉川君)에 봉하여지고 대제학·공조판서·우찬성을 역임하였다. 저서에 『목계집』 이 있다.

8 김안국(金安國, 1478~1543) : 조선시대 문신·학자. 본관은 의성. 자는 국경(國卿), 호는 모재(慕齋). 참봉 연(連)의 아들이며, 정국(正國)의 형이다. 조광조(趙光祖) ·기준(奇遵) 등과 함께 김굉필(金宏弼)의 문인으로 도학에 통달하여 지치주의(至 治主義) 사림파의 선도자가 되었다.

9 『송와잡설(松窩雜說)』에는 이 일이 정소종(鄭紹宗)의 일로 되어 있는데 근거가 분 명하며, 또한 『국조방목(國朝榜目)』을 참고해 보아도, 연산군 갑자년(1504) 11월 별시에 어제(御題)는 춘방이원한열방악(春放梨園閒閱放樂)이었고 시는 칠률(七 律)이었는데 제4등은 정소종(鄭紹宗)으로 되어 있어, 송와(李墍의 호)가 기록한 것과 딱 들어맞는다. 여기서 김안로(金安老)라 한 것은 잘못 전해진 것 같다. 『성소 부부고 제26권』 「학산초담(鶴山樵談)」

● 보충강의 --

허균은 이 부분을 학산초담에서 더욱 확장하여 논하고 있다.

보락(保樂) 김안로(金安老)가 과거에 급제하기 전에 꿈에 신인(神人)이 나타나,

春融禹甸山川外　봄은 우 임금이 정리한 산천에 무르녹고
樂奏虞庭鳥獸間　풍악은 순 임금 뜰 새짐승 사이에 아뢴다네

라는 시를 보이면서, "이 구절은 그대가 평생 드날릴 점(占)이라네." 하였다. 꿈을 깨고 보니, 무슨 뜻인지도 몰라 아무에게도 말하지 않았었다. 연산군이 병인년 (1506, 연산군 12)에 율시로 제를 내는데, 바로 '봄날 이원제자가 악보를 본다[春日 梨園弟子閱樂譜]'라는 것이었고 간(間) 자로 압운(押韻)하라는 것이었다. 보락(保 樂)이 갑자기 꿈속의 구절이 생각났는데 글제의 뜻과 꼭 들어맞으므로 이것으로 항련(項聯)을 메웠다. 그때 문경공(文敬公) 김감(金勘)은 대제학이고, 문경공 김 안국(金安國)은 예조 좌랑으로 대독관(對讀官)이 되었는데, 시를 읽다가 이 구절 에 이르러, "이 시는 귀신의 말이다." 하였다. 그러나 김감은 그렇게 여기질 않았 다. 모재(慕齋 김안국의 호)가 말하기를, "이름을 떼어 본 뒤 이 수재(秀才)를 불러 서 따져 물으면 알 수 있을 것입니다." 하였다. 김감이 방을 내어 걸고, 보락을 불러 물어보니, 과연 꿈속에 신이 일러 준 것이었다. 이 일로 해서 모재를 시를 잘 알아보는[藻鑑] 사람이라 일컫게 되었다.

　감(勘)의 자는 자헌(子獻), 호는 선동(仙洞)이고 또 다른 호는 일재(一齋)인데 연안인(延安人)이다. 벼슬은 일상(一相)에 이르렀다. 안국(安國)의 자는 국경(國 卿), 호는 모재(慕齋)이고 의성인(義城人)이다. 벼슬은 일상(一相)에 이르렀고 인 종의 묘정(廟庭)에 배향되었다.

　『송와잡설(松窩雜說)』에는 이 일이 정소종(鄭紹宗)의 일로 되어 있는데 근거가 분명하며, 또한 『국조방목(國朝榜目)』을 참고해 보아도, 연산군 갑자년(1504) 11 월 별시에 어제(御題)는 춘방이원한열방악(春放梨園閒閱放樂)이었고 시는 칠률 (七律)이었는데 제4등은 정소종(鄭紹宗)으로 되어 있어, 송와(宋窩, 李墍의 호)가 기록한 것과 딱 들어맞는다. 여기서 김안로(金安老)라 한 것은 잘못 전해진 것 같다. ─『학산초담』

　정소종(鄭紹宗)이 젊었을 때, 꿈에 한 노인이 정소종의 손바닥에다,

| 禹跡山川外 | 우임금 발자취 있는 산천 밖이요 |
| 虞庭鳥獸間 | 우나라 뜨락의 새와 짐승 사이다 |

라는 시구를 적었다. 소종은 그 시구를 기억하여 두고 잊지 않았다. 연산군 갑자년(1504) 겨울에 특별히 전시(殿試)를 보이는데, 칠언율시로 하였다. 그 글제는, '봄에 이원(梨園)을 개방하고 한가롭게 기악(妓樂)을 본다.'라고 하였는데, 연산이 직접 낸 것이다. 정소종은 홀연히 젊었을 때 꿈에 본 노인의 시구가 떠올라 각각 두 자씩을 보태어, 글귀를 지었다.

| 春濃禹跡山川外 | 봄은 우임금의 발자취가 있는 산천에 무르익고 |
| 樂奏虞庭鳥獸間 | 풍악은 우나라 뜨락 새와 짐승 사이에 울린다 |

그때 김모재(金慕齋 김안국)가 고시관(考試官)으로 참석하였다. 상고관이 정소종의 글을 하등(下等)으로 정하려 하였으나 모재가 이것은 실로 귀신의 말이라고 크게 칭찬하여, 드디어 상등으로 정했다. 그런데 최세절(崔世節)이 다른 시구와 통산(通算)하여 장원이 되고, 정소종은 넷째로 되었다. 과방(科榜)이 발표된 후에 정소종이 은문(恩門, 과거 급제자가 시관을 일컫는 것)으로서 모재를 가서 뵙자, 모재는 시상(詩想)이 여기까지 미치게 된 것을 물었다. 정소종이 젊었을 때 꿈을 꾼 일을 자세히 말하였더니, 모재는 더욱 경탄(驚歎)하였다. 모재의 글을 알아보는 명성이 이로부터 나타났다. —『송와잡설』

第39話

申光漢詩淸絶有雅趣

신광한[1]의 시는 청절하여 고아한 풍취가 있다.

申駱峯의 詩는, 淸絶有雅趣라. 中秋舟泊長灘에 曰, 孤舟一泊荻花灣하니, 兩道澄江四面山이라. 人世豈無今夜月이리오, 百年難向此中看이로다. 船上望三角山에 曰, 孤舟一出廣陵津하니, 十五年來未死身이라. 我自有情如識面이나, 靑山能記舊時人이리오. 過金公碩舊居에 曰, 同時逐客幾人存인고, 立馬東風獨斷魂이라. 煙雨介山寒食路에, 不堪聞笛夕陽村이라. 三月三寄朴大立에 曰, 三三九九年年會요, 舊約猶存事獨達라. 芳草踏靑今日是니, 淸尊浮白故人非라. 風前燕語聞初嫩하니, 雨後花枝看亦稀라. 茅洞丈人多不俗하니, 可能無意典春衣라. 篇篇俱可誦하니, 雖雄奇不逮湖老나, 而淸鬯過之라.

[難解字] 駱락 : 낙타. 灘탄 : 개울가, 여울. 灣만 : 물굽이, 육지로 쑥 들어온 바다의 부분. 澄징 : 맑다. 幾기 : 얼마, 어느 정도. 魂혼 : 혼, 넋. 寄기 : 부치다, 보내다. 尊준 : 술그릇. 嫩눈 : 연약하다. 逮체 : 미치다, 이르다. 鬯창 : 울창주(鬱鬯酒)

【해석】 신낙봉(申光漢의 호)의 시는 청절(淸絶)하여 고아한 풍취가 있다. 「중추(中秋)에 배를 긴 여울에 대고」라는 시에

孤舟一泊荻花灣하니   외로운 배 갈대꽃 핀 강언덕에 한번 대니

兩道澄江四面山이라　　　양 갈래 맑은 강에 사방이 산이로다

人世豈無今夜月이리오　　인간세상 어찌 오늘 밤 같은 달 없을까만

百年難向此中看이로다　　이 가운데 보는 달을 백년 가도 보기 어려워라

라고 하였고, 「배 위에서 삼각산을 바라보며」라는 시에

孤舟一出廣陵津하니　　　외로운 배 타고 광릉(廣陵) 나루²에 한번 나오니

十五年來未死身이라　　　열다섯 해 동안 죽지 못한 몸이라

我自有情如識面이나　　　나는야 정이 있어 아는 얼굴 같지만

靑山能記舊時人이리오　　청산이야 옛사람을 기억할 수 있으랴

라고 했다. 「김공석(金公碩)³의 옛 집을 지나며⁴」라는 시에

同時逐客幾人存인고　　　같은 때 귀양간 신하⁵ 몇 사람이 남았는고

立馬東風獨斷魂이라　　　동풍에 말 세우고 홀로 애를 태우누나

煙雨介山寒食路에　　　　한식이라 안개비 자욱한 개산⁶ 길에

不堪聞笛夕陽村이라　　　석양 마을 젓대 소리 차마 듣지 못할레라

라고 하고, 「삼월 삼짇날에 박대립⁷에게 부침⁸」이라는 시에

三三九九年年會요　　　　삼월 삼일 구월 구일 해마다 만나자던

舊約猶存事獨違라　　　　옛 약조는 남아 있되 일은 오직 어그러져

芳草踏靑今日是니　　　　방초에 답청⁹할 날 오늘이 맞건마는

淸尊浮白故人非라　　　　맑은 동이에 벌주 마시던¹⁰ 옛 친구가 아닐세

風前燕語聞初嫩하니　　　바람 앞의 제비 소리 앳되게도 들리나

雨後花枝看亦希라　　　　비 내린 뒤 꽃가지는 또한 보기 어렵네

茅洞丈人多不俗하니　모동의 어른들이 탈속(脫俗)한 이 많으니
可能無意典春衣라　봄옷을 전당잡힐[11] 생각이 없을 쏜가

라고 했으니, 편편이 모두 읊을 만하다. 비록 웅기(雄奇)함에 있어서는 호음(湖陰 정사룡(鄭士龍))에 미치지 못하나 청창(淸暢)함에 있어서는 오히려 그보다 낫다고 하겠다.

⦿ 주석 --

1　신광한(申光漢, 1484~1555) : 조선 중기의 문신. 본관은 고령(高靈). 자는 한지(漢之) 또는 시회(時晦), 호는 낙봉(駱峰)·기재(企齋)·석선재(石仙齋)·청성동주(靑城洞主). 할아버지는 영의정 숙주(叔舟)이며, 아버지는 내자시정(內資寺正) 형(泂)이다. 학문에 있어서는 맹자와 한유(韓愈)를 기준으로 하였고, 시문에 있어서는 두보(杜甫)를 본받았다. 저서로는 『기재집』이 있으며, 시호는 문간(文簡)이다.
2　광진(廣津) : 경기도 양주목 동남쪽 75리 지점에 있던 나루터.
3　김세필(金世弼, 1473~1533) : 조선 중기의 문신·학자. 본관은 경주. 자는 공석(公碩), 호는 십청헌(十淸軒) 또는 지비옹(知非翁). 아버지는 첨정 훈(薰)이며, 어머니는 여산송씨(礪山宋氏)로 학(鷁)의 딸이다. 갑자사화에 연루되어 거제도에 유배되었으며 후에 충주의 팔봉서원(八峰書院)에 향사되었다. 시호는 문간(文簡)이다. 저서로는 『십청헌집』 4권이 있다.
4　十淸先生集卷之四 附知友諸賢贈酬詩 「過介峴金公碩舊居, 有感.」申企齋光漢.
5　축객(逐客) : 축신(逐臣). 쫓겨서 귀양간 신하.
6　개현(介峴)은 延安都護府(지금의 황해도 延白郡 지역)에서 서남쪽으로 10리에서 20리에 걸쳐있는 재이다. 중국 산서성(山西省)에 있는 산. 춘추시대 진(晋)의 개자추(介子推)가 그의 어머니와 함께 은거하던 곳. 개미산(介美山). 면산(緜山).
7　박대립(朴大立, 1512~1584) : 조선 중기의 문신으로 본관은 함양(咸陽). 자는 수백(守伯), 호는 무환(無患) 혹은 무위당(無違堂). 돈녕부정(敦寧府正) 세영(世榮)의 아들이다. 이황(李滉)의 문인으로 기품이 장중하고 의지가 확고하였으며, 효도와 우애가 독실하고 가법이 엄정하였다. 또한, 검소하여 청빈하게 살았으나 남을 돕

기에 힘썼다.

8 十淸先生集卷之四 附知友諸賢贈酬詩「三月三日, 寄茅洞朴大丘」璨.

9 봄에 파랗게 난 풀을 밟고 거닒. 들에 산책함. 당(唐)·송(宋)시대 이후 중국 풍속의 하나.

10 술을 마시다가 술잔에 술을 남긴 사람에게 그 벌로 마시게 하는 술잔.

11 전춘의(典春衣) : 옷을 저당 잡혀 술을 마심.「杜甫, 曲江詩」朝回日日典春衣, 每 向江頭盡醉歸.

● **보충강의** --

청절(淸絶)의 품격은 속세를 벗어난 맑고 뛰어난 시상을 일컫는 비평 용어이다. 웅기(雄奇)의 품격용어는 웅장하고 기묘한 시상을 일컫는 비평용어이다.

청창(淸暢)의 품격은 속세를 벗어난 맑고 화창한 품격이다. 허균은 속세를 벗어나 청아(淸雅)한 계열의 품격을 미세하게 구분하면서 그 특유의 감수성으로서 미학비평을 하고 있다.

신광한의 또 다른 시화

기재(企齋) 신광한(申光漢)은 어려서 부모를 여의고 늙은 여자종의 손에서 길러졌다. 나이 18세가 되어서도 여전히 글을 알지 못하였다. 이웃 아이와 냇물에서 장난하다가 이웃 아이가 공(公)을 발로 차서 물속에 엎어지게 하였다. 공이 성내어 꾸짖기를, "너는 종인데, 어찌 감히 공자(公子)를 업신여기느냐?"라고 하니, "그대처럼 글을 모르는 자도 공자란 말인가? 아마 무장공자(無腸公子 게[蟹]의 별명)일 것이다."라고 하였다. 공은 크게 부끄럽게 여겨 마음을 고쳐 먹고 글을 읽었는데, 문장이 물 솟아나듯 하였다. 다음해에 만리구(萬里鷗)라는 부(賦)를 지어 예위(禮闈)에서 장원하고, 얼마 안 가서 대과(大科)에 급제하였으며, 문형(文衡 대제학(大提學)의 별칭)을 맡은 것이 20년이나 되었다.

기재는 비록 문장에는 능했으나 실무(實務)의 재주는 없었다. 일찍이 형조 판서로 있을 때에 소송(訴訟)이 가득 차 있었으나 판결을 내리지 못하여 죄수가 옥에 가득하니 옥이 좁아서 수용할 수가 없었다. 공이 옥사(獄舍)를 더 짓기를 청하니, 중종이 이르기를, "판서를 바꾸는 것만 못하다. 어찌 옥사를 증축할 필요가 있겠는가?" 하고, 드디어 허자(許磁)로 대신 시켰는데 허자가 당장에 다 처리하여 버리니, 옥이 드디어 비게 되었다고 한다. ─『부계기문』

삼가 생각건대 우리나라는 문운(文運)이 아름답고 밝아서 학사 대부가 시로써 울린 자가 거의 수십 수백가로, 모두가 저마다 영사(靈蛇)의 보주(寶珠)를 쥐었다 여기니 많기도 하고 성하기도 하구나. 대개 헤아려 보면 길이 셋이 있었으니 그 화평 담아하고 원만하고 적의한 것이 고루 맞아서 혼연히 일가의 말을 이룬 것으로는 용재(容齋, 李荇의 호) 정승을 추대하는데 낙봉(駱峯, 申光漢의 호) 및 영가(永嘉) 부자는 그 화려함을 차지하였고, 그 다음은 창대(昌大)하고 망망하고 정축이 풍부하고 재료가 엄박하여 한 시대의 대방가(大方家)가 된 이는 사가(四佳, 徐居正의 호)·점필(佔畢, 金宗直의 호)·허백(虛白, 成俔의 호) 같은 무리로 그 웅대함을 치달렸고, 또 그 다음은 뾰족하고 우뚝하여 생각이 치밀하고 기교가 섬세하며 괴위(瓌瑋)와 험절(險絶)로써 귀함을 삼은 이는 눌재(訥齋, 朴祥의 호)·호음(湖陰, 鄭士龍의 호)·소상(蘇相, 蘇世讓을 가리킴)·지천(芝川, 黃廷彧의 호) 같은 여러 거공인데 모두 그 걸출함을 자랑하였으니 위대하다. ─『손곡집서』

백 년 인생에 헛되이 명산을 저버렸다는 것은 평생토록 명산인 금강산을 유람하고 싶었으나 유람하지 못함을 한탄한 말이다. 신광한이 영동군(嶺東郡)으로 부임하러 가는 당질(堂姪) 신잠(申潛)과 이별할 때에 준 시에 "기이한 봉우리 일만하고 또 이천인데, 바다 구름 다 걷히자 산봉우리 아름다운 옥과 같네. 젊어서는 병 많았고 이제는 늙었으니, 백 년 인생에 이 명산을 헛되이 저버렸네.[一萬 峯巒又二千 海雲開盡玉嬋妍 少時多病今傷老 終負名山此百年]"라고 하였다.

─『企齋別集』 卷1

第40話

羅湜詩往往逼盛唐

나식의 시는 늘 성당시에 가깝다.

羅長吟湜은 有詩趣하여, 往往逼盛唐하니라. 申, 鄭諸老가 會于人家하여, 方詠蒲桃畵簇러니, 沈吟未就러라. 長吟이 乘醉而至하여, 奪筆欲書簇上이러라. 主人欲止之러니, 湖老曰, 置之라 하니라. 長吟이 作二絶하니, 其一에 曰, 老猿失其群이요, 落日枯楂上이라. 兀坐首不回하니, 想聽千峯響이라 하니, 湖老가 大加稱賞하고, 因閣筆不賦러라. 蓀谷이 亦云, 此는 盛唐伊州歌法이라 하니, 所謂截一句면 不得成篇者也라 하니라.

[難解字] 湜식 : 물이 맑다. 簇족 : 조릿대. 置치 : 버려두다. 楂사 : 뗏목. 兀올 : 우뚝하다, 또는 움직이지 않는 모양. 響향 : 울림. 蓀손 : 향풀 이름 손. 截절 : 끊다.

【해석】 장음정(長吟亭) 나식(羅湜)[1]의 시는 시취(詩趣)가 있어 이따금 성당시(盛唐詩)에 가깝다. 신광한[2]과 정사룡[3] 등 노대가들이 어느 집에 모여 바야흐로 포도 그림 족자를 놓고 시를 읊으려 하는데 생각에 잠겨 미처 이루지 못하고 있었다. 장음이 취기가 오르자 붓을 빼앗아 들고 족자 위에 쓰려 했다. 주인이 말리려 하자 호음이 그냥 두라고 하니, 장음은 절구 두 수[4]를 지었는데 그 하나에

老猿失其群　늙은 원숭이 무리를 잃고

落日枯楂上　　지는 해는 마른 등걸 위에 비치네
兀坐首不回　　우뚝 앉아 고개도 아니 돌리니
想聽千峯響　　아마도 천산의 메아리 듣는 거지

라고 하였다. 호음이 크게 칭찬하고는 붓을 놓아버리고[5] 짓지 않았다.
손곡 이달[6]이 또한 말하길 "이는 성당 이주가(伊州歌)[7]의 법이니 이른
바 한 구절이라도 끊어 놓으면 시편을 이룰 수가 없다는 것이다."라고
하였다.

● 주석 ┄┄┄

1 나식(羅湜, 1498~1546) : 조선 중기의 학자. 본관은 안정(安定). 자는 정원(正源),
　 호는 장음정(長吟亭). 아버지는 창릉참봉(昌陵參奉) 세걸(世傑)이며, 어머니는 풍
　 양조씨(豊壤趙氏)로 대사헌 익정(益貞)의 딸이다. 조광조(趙光祖)의 문인이다.
　 1545년(명종 즉위년) 을사사화 때 윤임(尹任)의 일파로서 이휘(李煇)의 사건에 연
　 루되어 파직, 흥양(興陽)으로 유배되었다. 저서로는 『長吟亭集』 3권이 있다.
2 신광한(申光漢, 1484~1555) : 자는 한지(漢之), 시회(時晦). 호는 기재(企齋), 향일
　 당(嚮日堂), 범허재(泛虛齋). 저서에 『企齋集』이 있다.
3 정사룡(鄭士龍, 1491~1570) : 자는 운경(雲卿). 호는 호음(湖陰). 당시 문단에서
　 신광한과 함께 쌍벽으로 꼽혔다. 저서로는 『湖陰雜稿』와 『朝天錄』이 있다.
4 나식(羅湜), 「詠畵猿」 二首. 『長吟亭遺稿』, 帳4-5. 『성수시화』에 인용된 시구들은
　 성수시화를 따라 그대로 쓰고 문집과 대교를 하였다. 그 외 시 전체는 문집을 기본
　 으로 하여 탈자는 『國朝詩刪』과 『대동시선』에 따라 채워 넣었다.
　 「詠畵猿」 二首 중 첫 수
　 山猿擁馬乳　　숲에 원숭이 포도송이를 끼고
　 脚踏長長枝　　다리는 긴 가지를 밟고 있네
　 收拾落來顆　　떨어진 포도 낱알 주워 모으는데
　 誰知雄與雌　　암컷인지 수컷인지 누가 알리

5 각필(閣筆) : 각필(擱筆)과 같다. 붓을 놓음. 쓰던 것을 그만 둠.

6 이달(李達). 자는 익지(益之), 호는 손곡(蓀谷), 동리(東里), 서담(西潭). 박순(朴淳)의 문인으로 문장과 글씨에 뛰어났으며 최경창, 백광훈과 함께 삼당(三唐) 시인으로 일컬어졌다. 저서에 『蓀谷集』이 있다.

7 이주(伊州) : 곡조명(曲調名). 『舊唐書: 禮樂志十二』에 '天寶年間(742~756)의 악곡은 모두 지방명을 악곡명으로 삼았으니, 예를 들어 「涼州」, 「伊州」, 「甘州」와 같은 것들이다.'라는 기록이 있다. 『樂苑』을 인용하여 '「이주」는 商調曲 시로 西京 절도사 蓋嘉運이 진상한 것이다'라는 기록이 있다. (홍찬유 주: 원가에 이르기를 "저 꾀꼬리를 쫓아버려, 가지 위에서 울지 못하게 해라. 그 놈이 울 때에 내 꿈 놀라 깨면, 요서에 갈 수 없단다.[打起黃鶯兒, 莫敎枝上啼. 啼時驚妾夢, 不得到遼西]" 按: 이 「이주가」는 군인으로 나간 사람의 아내가 꿈에라도 그 남편을 만나보려고 애태우는 정황을 묘사한 것이다. 처음부터 끝까지 말이 연속되어서 한 구라도 빼내면 말이 통하지 않는다. 작자는 蓋嘉運으로 되어있는데 혹은 성당인이라고 하고, 혹은 만당인이라고 하여 알 수 없다.)

● 보충강의 --

나식은 허균의 집안과 관련이 있었다. 허균의 아버지 허엽(許曄)은 어려서 나식(羅湜)에게 『소학』과 『근사록』 등을 배웠다.

허균은 학산초담에서 나식에 대해서 더욱 확장하여 설명하고 있다.

장음정(長吟亭) 나식(羅湜)은 웅장한 글과 곧은 절개가 천세에 빛난다.

孤舟宜早泊　외로운 배는 일찍 매어야만 하니
風浪夜應多　풍랑은 으레 밤 깊으면 더하다네

라는 구절은 선배들이 이미 칭찬하였던 것이고, 원숭이 그림 제한 절구 두 편을 손곡(蓀谷, 李達의 호)은 그림 속에 시가 있다고 칭찬하였으니 그 시는 다음과 같다.

山猿擁馬乳　산원숭이 포도를 안고는
脚踏長長枝　다리로 긴긴 가지를 밟는구나
收拾落來顆　떨어진 열매 주울 때
誰分雄與雌　뉘 능히 암수를 구별하리오

또 이런 시도 있다.

老猿失其群　늙은 원숭이 그 무리를 잃고
落日枯楂上　마른 나무 등걸 위에 해는 지네
兀坐首不回　동그마니 앉아 고개조차 까딱 않으니
想聽千峯響　아마도 일천 봉의 메아리 듣나 보네

아래 시가 더욱 기발하다.
나식과 관련된 일화를 소개한다.

　귀댁의 종이 옥주(沃州)에서 돌아와 그 소식을 들었는데, 낭주(朗州) 때와는
달랐습니다. 생각건대 그대 일가의 정리(情理)가 도처에서 위태로우니 어찌 급난
(急難)의 때와 다르겠습니까. 은거하려는 계획은 참으로 그러하지만, 문을 닫고
고요함을 지킨다면 가까이 있는 것이 무슨 상관이겠습니까. 부디 중보와 함께
'외로운 배는 일찍 정박해야 한다[孤舟早泊]'라는 시구를 송독(誦讀)하며 더욱 힘
쓰는 것이 어떻겠습니까. 사문(斯文)이 이미 망하였으니 이 이외에는 만사가 모두
말할 만한 것이 못 됩니다. 저는 쇠잔한 몸으로 칩거한 채 죄를 자처하고 분수에
맞게 조용히 있을 뿐입니다.
　광탄(廣灘)의 편지에 이르기를 "마땅히 전날의 군직(軍職)으로 상소해야 한다."
라고 하였는데, 제가 이처럼 믿음을 받지 못하고 있으니, 만약 끝내 스스로 아뢸
길이 없다면 단지 앞에서 말한 대로 하여야 합니다. 비록 이 때문에 훗날 죄를
얻을지라도 또한 어찌하겠습니까.
　양호(兩湖)에서 유생들의 상소가 지금 계속 이어지려 한다는데, 만약 일이 결정

되기 전에 쟁론하는 것이라면 그래도 가망이 있겠지만 지금에서야 무슨 보탬이 있겠습니까. 아마 붕당(朋黨)의 화에 빠지고 말 것입니다. 이전 편지에서 말씀하신 뜻은 마음속에 새기지 않은 것은 아니지만 결국 사리에는 맞지 않는 듯합니다. 어찌 사사로운 계책으로 그 사이에 견줄 수 있겠습니까. 그대는 끝내 어떻게 생각하시는지 모르겠습니다. −『명재유고』

이 시의 "孤舟早泊라는 시구를 송독(誦讀)하며 더욱 힘쓰는 것이 어떻겠습니까"라는 구절은 나식(羅湜, 1498~1546)의 시 『한중우음(閑中偶吟)』에 있는 내용이다. 시의 전체 내용은 다음과 같다. "해 저문 푸른 강물 위에 날은 차고 물은 절로 일렁이는데, 외로운 배는 얼른 정박해야 하니 밤이 되면 풍랑이 높아지리. [日暮滄江上 天寒水自波 孤舟宜早泊 風浪夜應多]" 이는 앞으로 닥칠 화란을 미리 대비하여 피해야 한다는 의미이다. −『長吟亭遺稿 閑中偶吟, 韓國文集叢刊 28輯』

第41話
蘇世讓題尚震畫雁軸
소세양[1]이 상진[2]의 기러기를 화축에 시를 쓰다.

蘇退休少與尙左相同僚인대, 而尙爲下官이라. 及入相에 以畫雁軸하여, 求詩於退休하니, 休作一絶書送曰, 蕭蕭孤影暮江潯이요, 紅蓼花殘兩岸陰이라. 漫向西風呼舊侶하니, 不知雲水萬重深이라 하니, 含思深遠하여, 尙見而嗟悼之니라.

[難解字] 震진 : 벼락. 軸축 : 두루마리. 僚료 : 동료. 蕭소 : 쓸쓸하다. 潯심 : 물가. 嗟차 : 탄식하다. 悼도 : 슬퍼하다.

【해석】 퇴휴 소세양이 젊었을 적에는 좌의정 상진(尙震)과 동료로 지냈는데 상(尙)이 하관(下官)으로 있었다. 그러다가 재상이 되자 기러기를 그린 화축(畫軸)을 가지고 퇴휴에게 시를 지어달라고 요청했다. 퇴휴가 절구 한 구[3]를 지어 써 보냈는데

　蕭蕭孤影暮江潯　쓸쓸하고 고독한 그림자 저녁 강에 비치니
　紅蓼花殘兩岸陰　붉은 여뀌 꽃 시들어 양 언덕에 질펀하네
　漫[4]向西風呼舊侶　부질없이 서풍 향해 옛 짝을 불러대니
　不知雲水萬重深　친구가 만겹 깊은 곳에 있는 줄 알지 못하네

라고 했으니, 함축된 시상이 심원한지라 상(尙)정승이 보고는 탄식하며 서글퍼했다.

◉ 주석

1 소세양(蘇世讓, 1486~1562) : 조선 전기의 문신으로 본관은 진주(晉州). 자는 언겸
(彦謙), 호는 양곡(陽谷)·퇴재(退齋)·퇴휴당(退休堂). 의빈부도사 자파(自坡)의
아들이다. 문명이 높고 율시(律詩)에 뛰어났으며, 글씨는 송설체(松雪體)를 잘 썼
다. 익산 화암서원(華巖書院)에 제향되었다. 저서로는『양곡집(陽谷集)』이 있으
며, 글씨는 양주에 임참찬권비(任參贊權碑)와 소세량부인묘갈(蘇世良夫人墓碣)
이 있다. 시호는 문정(文靖)이다.

2 상진(1493~1564) : 자는 기부(起夫). 호는 송현(松峴), 향일당(嚮日堂), 범허재(泛
虛齋). 1551년 좌의정에 올랐고, 1558년에 영의정에 오른 이후 5년간 국정을 총괄
하였다. 시호는 성안(成安)이다.

3 蘇世讓,「題尙左相畵鴈軸」,『陽谷集』卷7, 帳9. 이 시는 작자 소세양이 벼슬에서
물러나 호남에 내려가 있을 때 지은 시라 한다.(「淸江詩話」 참조)

4 문집에는 '謾'으로 되어 있다.

◉ 보충강의

왜 이 시화 말미에 상진은 시에 함의된 의미가 심원하다고 하고서, 탄식하며
서글퍼 했을까?

이제신(李濟臣)의『청강시화(淸江詩話)』에, 상진(尙震, 1493~1564)이 좌의정에
올라 김제(金禔)가 그린 두 폭 노안도(蘆鴈圖) 족자를 그에게 보내 화답을 구하자
그가 절구 두 수를 지어 보냈는데 모두 스스로에 비유한 것이고 그림에 핍진하여
절창이라고 하였다.

상진이 좌의정에 오른 것이 1551년(명종 6)이고 영의정에 오른 것이 1558년이
다. 이때 소세양은 윤임 일파와 불화하여 낙향하였고 명종 즉위 후 다시 불렀으나
반대가 많았으며 자신도 벼슬에 뜻이 없었다고 했다.

이 시는 소세양(蘇世讓)이 벼슬에서 물러나 호남에 있을 때에 상진(尙震)이 김
제가 그린 노안도 2폭을 보내어 화제를 써 달라고 하자 쓴 것이다. 김제에 대하여
『지봉유설』에는 '간이(簡易)의 시, 석봉(石峯)의 글씨, 취면(醉眠)의 그림은 세간

의 재주'라고 한 말이 있으니 꽤나 유명했던 화가인 듯하다.

기러기가 옛 짝을 부르지만 구름과 물이 얼마나 깊은지 모른다고 했다. 여기서 기러기는 소세양의 불우한 자신을 묘사한 것이고, 옛 동료를 그리워하지만 호남에 물러나 쓸쓸한 노년을 보내는 자기와는 다른 처지를 표현하였다고 하겠다. 그래서 함축된 의미가 심원하다고 말한 것이다. 결구에서『국조시산』은 만 겹[萬重]을 만 리[萬里]라고 적었고, 『기아』는 물[水]을 나무[樹]로 적었다. 운수지회(雲樹之懷)의 고사인 친구를 그리워하는 생각을 표현하려는 의사가 함의 되어 있다고 하겠다.

'詩中有畵, 畵中有詩'라는 말이 있다. 이 말은 蘇東坡가 王維의 시를 평한 데서 유래한 것이다. 또 '詩畵本一律(시와 그림은 본래 같은 예술이다)'라는 말도 있다.

시의 갈래 가운데 제화시(題畵詩)가 있다. 곧 그림을 감상하고서 그림 위에 그에 걸맞은 시를 짓는 것이다. 송나라에서 이 제화시가 유행하면서 고려 중엽부터 우리나라에서도 제화시가 보이는데 이미 상당한 경지에 이르렀다.

김제가 그린 갈대 그림과 기러기 그림에 붙인 위의 제화시는 여뀌꽃이 다 진 언덕에 날은 저물어 어둑한데 부질없이 친구를 불러보는 기러기의 모습을 형용한 것이다. 대개 동양화에 여뀌는 한해살이 풀인데, 따뜻한 곳에서는 여러해살이 풀이된다. 蓼(여뀌 료)로 쓰는데, 여기에서 소리를 빌려서 了(마치다 료)의 뜻으로 쓴다. 즉, '학업을 마치다'는 뜻을 나타낸다.

갈대와 기러기가 있는 노안도(蘆鴈圖)는 '老安' 즉 편안한 노후를 뜻한다고 한다. 갈대를 나타내는 '蘆'는 '老'로, 기러기 '雁'은 '安'으로 읽어 늙어 편안하다는 뜻을 함축하고 있는 것이다. 예를 더 들면 오리는 '鴨' 갑이라는 의미를 포함하고 있어서 장원을 뜻한다. 게(蟹)는 껍질이 단단한 甲의 의미로 장원을 의미한다. 연밥을 그린 그림은, 이를 연과(蓮果, 연꽃의 열매)라 부르고 이 소리를 빌려 연과(連果, 과거에 연달아 합격하다)라는 뜻으로 쓰고, 연꽃은 물속에서 뿌리가 굳게 박혀서 가지가 번성한다는 뜻을 나타내어 본고지영(本固枝榮)의 뜻으로 쓰인다. 연뿌리만 그리면 우단사연(藕斷絲連, 형제의 우애)을 나타낸다. 닭은 대게, 수탉을 그리는데 닭의 벼슬 모양이 관을 쓴 것 같다 하여, 관계(冠鷄), 이름을 빛내다는데

서, 공계(公鷄) 등으로 부른다. 즉, 이름을 날리다는 뜻의 공명(功名)을 나타낸다.

참새는 '鵲'이 '歡'과 음(한자의 원음)이 비슷하다는 이유로 '기쁨'을 뜻한다. 고양이는 70세 노인을 뜻하는데 그것은 고양이 猫(묘)가 70세 노인을 뜻하는 耄(모)와 독음이 같기 때문이다. 만약에 고양이와 나비를 함께 그렸으면 이것은 '모질도(耄耋圖)'가 된다. 나비 '蝶'은 80세 노인을 뜻하는 '耋(질)'과 음이 같기 때문이니 이러한 그림도 장수를 뜻한다.

소세양과 황진이 그리고 대중가요 〈알고 싶어요〉-이선희

양곡 소세양(陽谷 蘇世讓, 1486~1562)은 젊은 시절에 항상 "여색에 빠지면 남자가 아니다."라고 했다. 그는 황진이(黃眞伊)의 재주와 미색이 아름다움을 알고 친구들과 약속했다. "내가 황진이와 30일만 지내고 다시는 털끝만큼도 마음에 두지 않을 것이네. 만약 이를 어기면 나를 사람이 아니라 해도 좋네."라고 하였다.

그리고 그는 인편으로 황진이에게 편지를 보냈다.

편지에는 〈榴〉 한자만 적혀 있었다. 이 편지를 본 황진이도 〈漁〉 한글자로 답장을 보냈다.

榴자 훈과 음은 '석류나무 유'자이고 이것을 시구로 만들면 석유나무유(碩儒那無遊)이므로 이것을 해석을 하면 "큰선비가 여기 있는데, 어찌 놀지 않겠는가?"라는 의미로 풀이 된다.

이에 황진이의 답장에 쓰인 漁의 훈과음은 '고기잡을 어'자인데 이것으로 시구를 만들면 '高妓自不語(고기자불어)'로 만들 수 있으며 "높은 기생은 스스로 말하지 않는다."라는 뜻으로 풀이된다. 다시 말하면, "높은 기생인 내가 스스로 말하긴 그렇고 그대가 오는 것이 어떻겠느냐"는 말이다.

그렇게 해서 그는 송도에서 황진이를 만났는데, 과연 소문대로 미색이 뛰어난 명기(名妓)였다. 소세양은 진이와 즐거움을 나누며 한 달을 기약하고 놀았다. 한 달이 다되어 떠나려는데 황진이가 이별시를 소세양에게 써주었다. 그 시는 다음과 같다.

送別蘇判書世讓 송별소판서세양

月下庭梧盡	달빛 아래 오동잎 뜰에 가득 떨어지고
霜中野菊黃	서리 맞은 들국화는 노랗게도 피었네
樓高天一尺	누각은 높아서 하늘에 닿을 듯
人醉酒千觴	주고받는 술잔은 끝이 없어라
流水和琴冷	흐르는 강물은 가야금 소리에 차갑고
梅花入笛香	매화는 피리소리에 더욱 향기롭구나
明朝相別後	내일 아침 그대와 이별한 뒤에
情意碧波長	사무치는 정은 물결처럼 끝이 없으리

소세양은 이 시를 읊고는 마음이 흔들렸다. "황진이에게 빠지면 나를 사람이 아니라 해도 좋다(吾爲非人也)"고 했던 장부의 철석간장(鐵石肝腸)도 황진이의 '情意碧波長' 시구에 깨어지고 말았다.

소세양도 다음과 같은 시로 화답하였다.

달빛 아래 소나무가 푸르고
눈 덮인 한포기 꽃이 고개를 떨구었네
강물은 하늘과 닿아 슬픈 줄을 모르고
쌓여가는 술은 그저 강물에 흘러갈 뿐
흐르는 강물은 나의 마음을 보내주지 않고
저 멀리 절벽에서 살아남은 한포기 꽃은
아름다운 낙화를 보이는 구나
내일 아침 그녀를 보내고 난다면
슬픔은 비가 되어 나의 몸을 적시리라.

그 후 소세양은 한양으로 벼슬살이하러 떠났다. 황진이는 다음과 같은 시를 지어서 몸종 동선이를 시켜 한양에 있는 소세양에게 보냈다.

夜思何 혹은 蕭寥月夜

蕭寥月夜思何事	쓸쓸한 달밤에 그대는 무슨 생각하세요
寢宵轉輾夢似樣	잠이 들면 그대는 무슨 꿈을 꾸시나요
問君有時錄忘言	때때로 필기장에 내 얘기도 쓰시나요
此世緣分果信良	이 세상의 나와의 사랑을 믿어도 되나요
悠悠憶君疑未盡	그리운 그대 생각 하다보면 너무나 궁금해요
日日念我幾許量	매일매일 내 생각 얼마만큼 많이 하나요
忙中要顧煩或喜	바쁠 때 보라하면 귀찮나요 반갑나요
喧喧如雀情如常	참새처럼 떠들어도 그리는 정은 여전한가요

이 시의 번역을 바탕으로 양인자가 작사를 하고 김희갑이 곡에 올려서 노래로 만든 것이 인기 대중가요 이선희의 '알고 싶어요'이다. 소세양과 황진이의 사랑을 그리며 한 번 들어보길 권한다.

알고 싶어요 −이선희

달 밝은 밤에 그대는 누구를 생각하세요
잠이 들면 그대는 무슨 꿈 꾸시나요
깊은 밤에 홀로 깨어 눈물 흘린 적 없나요
때로는 일기장에 내 얘기도 쓰시나요
나를 만나 행복 했나요 나의 사랑을 믿나요
그대 생각 하다보면 모든 게 궁금해요
하루 중에서 내 생각 얼만큼 많이 하나요
내가 정말 그대의 마음에 드시나요
참새처럼 떠들어도 여전히 귀여운가요
바쁠 때 전화해도 내 목소리 반갑나요
내가 많이 어여쁜가요 진정 날 사랑하나요
난 정말 알고 싶어요 얘기를 해 주세요

第42話

沈彦光與金安老有隙出北方伯而作詩

심언광[1]이 김안로와 사이가 벌어지게 되어 내쫓겨
북도방백이 되자 시를 지었다.

沈漁村晚與安老有隙인대, 出爲北方伯이라. 有詩曰, 洪河欲濟無舟子요, 寒木將枯有寄生이라 하니, 蓋悔心之萌乎리오.

[難解字] 彦언 : 선비. 隙극 : 틈.

【해석】 어촌 심언광이 늘그막에 김안로(金安老)[2]와 사이가 벌어지게 되자 내쫓겨 북도방백(北道方伯)이 되었는데 그때 시[3]를 짓기를

洪河欲濟無舟子　넓은 강[4] 건너려니 나룻배가 없거늘
寒木將枯有寄生[5]　추운 나무 시드는데 더부살이 있구나.

라고 했으니, 아마도 후회하는 마음이 싹튼 것일 것이다.

◉ 주석

1　심언광(沈彦光, 1487~1540) : 조선 전기의 문신. 본관은 삼척(三陟). 자는 사형(士烱), 호는 어촌(漁村). 예조좌랑 준(濬)의 아들이며, 찬성 언경(彦慶)의 동생이다. 호당(湖堂)에 들어가 사가독서하면서 문명을 날려, 지평·정언·장령·홍문관교리·집의 등의 청요직을 두루 지냈다. 언관을 역임하면서 국방문제의 중요성을 제기하였고, 국가기강의 확립을 위하여 심정(沈貞)을 비롯한 권간들의 횡포를 탄핵하

였다. 1530년 대사간이 되어서는 형 언경과 함께 김안로(金安老)의 등용을 적극 주장, 실현시켰다. 그러나 김안로가 조정에서 실권을 장악하면서 붕당을 조직하고 대옥(大獄)을 일으켜 사림들을 모해하자, 비로소 지난날 자신의 추천행위를 후회하기에 이르렀다. 특히 김안로가 그의 외손녀를 동궁비로 삼으려 하자 이를 질책하니, 이를 계기로 두 사람 사이에 틈이 생겼다. 1536년 이조판서가 되고, 이어서 공조판서를 역임하면서 김안로의 비행을 비판하자 김안로의 미움을 받아 이듬해 함경도관찰사로 좌천되었다. 그러나 곧 김안로와 그 일당이 축출되자, 우참찬에 올랐다. 인종이 즉위하여 대윤(大尹) 일파가 집권하면서 향배가 바르지 않다고 탄핵을 받아 관직을 삭탈 당하였다. 그 뒤 복관되었으며, 시(詩)·서(書)·화(畵)에 능하였다. 시호는 문공(文恭)이다.

2 김안로(金安老, 1481~1537) : 자는 이숙(頤叔). 호는 희낙당(希樂堂), 용천(龍泉), 퇴재(退齋). 저서로는 『龍泉談寂記』가 있다.

3 심언광(沈彦光), 「鏡城朱村驛感懷」, 『漁村先生文集』卷5, 帳6-7. 이시는 문집의 「北征稿」부분에 실려 있는데, 여기의 시들은 심언광이 함경도 관찰사로 있을 때 (丁酉年, 1537년) 지은 것이다.(咸鏡道觀察使時, 丁酉)

4 홍하(洪河) : 대체로 '황하'를 지칭한다. 그러나 여기서는 '넓은 강' 정도로 해석하는 것이 좋다.

5 「鏡城朱村驛感懷」

昔佩銅魚宰此城	예전에 銅魚符를 차고 이곳 수령으로 왔었고
重來那得易爲情	다시 왔다해서 어찌 마음을 다스릴 수 있으리오
蕭條舊邑如鄕國	쓸쓸한 옛 고을은 고향과 같은데
斑白遺民半死生	斑白의 남은 백성은 죽은 이가 반이나 되네
徼外江山應識面	변방 밖 강산은 응당 알아보겠고
天涯草木尙知名	하늘 가에 초목은 아직도 이름을 알겠네
金章玉節慚洪造	금빛 印章과 옥 같은 符信의 넓은 은혜 부끄러운데
霜雪偏添兩鬢明	눈 서리 더해져 양쪽 귀밑머리가 하얗구나

去國經秋滯塞城	서울을 떠나 변방에 머물러 가을을 보내는데
里方雲物摠關情	타향의 구름과 경물 모두 마음을 움직이네
洪河欲濟無舟子	洪河를 건너려고 해도 사공이 없고
寒木將枯有寄生	고목이 말라가는 데도 겨우살이가 남아 있구나
自笑謀身非直道	몸을 도모하기를 바른 길로 하지 않은 것을 홀로 비웃고

還慚欺世坐虛名　세상 속여 헛된 명성에 안주한 것을 도리어 부끄러워한다
曉來拓戶臨靑海　새벽이 되어 지게문을 열고 푸른 바다를 바라보니
旭日昭昭照膽明　아침해가 환히 빛나 밝게 가슴을 비추네

● 보충강의 --

　어촌(漁村)의 시는 혼후하고 부염하기가 호음(湖陰)에 못지 않은데, 송계(松溪)가 중종 이래 대가를 평하되 그 선(選) 중에 어촌이 들지 않았으니, 도대체 무슨 까닭인지 모르겠다. 내가 북변의 누제(樓題)를 보다가, 공의 시를 읽고는, 눈을 씻고 장단을 치지 않은 적이 없었다. 영동역시(嶺東驛詩)는 다음과 같다.

寵辱悠悠兩自驚　총과 욕이 유유하다 두 가지 다 놀래니
飄零何處着殘生　표령한 남은 목숨 그 어디에 붙일까
天邊落日懷鄕淚　하늘가 해질 무렵 고향 그리는 눈물
塞外窮秋去國情　국경밖 늦가을 고국 떠나는 마음일세
雲葉亂飛山盡黑　구름송인 어지러이 날아 산은 온통 새까맣고
月輪低照海全明　둥근 달 나직이 비치니 온바다는 밝아라
羈愁此夜偏多緖　나그네 신세 오늘밤 유난히 시름겨워서
坐對靑燈到五更　푸른 등불 마주하여 앉아 지샜네

　수성역(輸城驛)에서 지은 시는 다음과 같다.

去國經秋滯塞城　고향 떠나 가을 지나 국경 성에 머무니
異方雲物摠關情　낯선 땅 풍경은 모두가 고향을 그리게 하네
洪河欲濟無舟子　넓은 강 건너고 싶으나 사공 없고
寒木將枯有寄生　겨울나무 말라가도 겨우살인 매달렸네
自笑謀身非直道　일신을 도모함이 곧은 길 아님 우습고

還慙欺世坐虛名　세상 속여 헛된 이름에 붙들림 오히려 부끄럽네
曉來拓戶臨青海　새벽 문을 열고 푸른 바다 마주하니
旭日昭昭照膽明　아침해 밝고 밝아 간담을 비치네

이와 같은 작품들이 어찌 호음(湖陰)무리만 못하단 말인가? 아래 시의 제4구는 안로(安老)가 죽었지만 그의 잔당은 아직 다 죽지 않았음을 가리킨 것이다.

어촌(漁村) 심언광(沈彥光)의 자는 사형(士炯)이니 삼척인(三陟人)이다. 벼슬은 이조 판서이고 시호는 문공(文恭)이다. 호음(湖陰) 정사룡(鄭士龍)의 자는 운경(雲卿), 동래인(東萊人)이며 벼슬은 영중추부사(領中樞府事)이다. 송계(松溪) 권응인(權應仁)은 안동인(安東人)이니 벼슬은 학관(學官)이고 이조 참판 응정(應梃)의 서제(庶弟)이다. 안로(安老)의 성은 김씨, 자는 이숙(頤叔), 호는 희락(希樂), 연안인(延安人)이고 벼슬은 좌의정을 지냈다. 탐욕스럽고 간사하며 조정의 일을 제멋대로 하였으므로 중종 정유년(1537)에 사사되었다.

어촌의 사과꽃 지다[來禽花落]라는 시는 다음과 같다.

朱白扶春上老柯　오련붉은 꽃 봄을 도와 늙은 가지에 피니
爲誰粧點野人家　눌 위해 단장하는고 야인의 집에
三更風雨驚孱僝　한밤중 비바람에 초췌할까 두렵더니
落盡來禽滿樹花　다닥다닥 핀 사과꽃 모조리 다 졌구나

第43話

林億齡爲人高邁詩亦如其人

임억령[1]은 사람됨이 고매하였는데 시 역시 그 사람됨과 같았다.

林石川爲人高邁이러니, 詩亦如其人이라. 洛山寺詠은 龍升雨降之狀하여, 文勢飛動하고. 殆與奇觀敵其壯麗라. 其에 心同流水世間出이요 夢作白鷗江上飛라 하니, 矯矯神龍하여 戲海意니라.

[難解字] 億억 : 일억(一億). 邁매 : 멀리 가다. 殆태 : 자못. 敵적 : 맞서다. 矯교 : 날래고 굳세다.

【해석】 석천 임억령(林億齡)은 사람됨이 고매하였는데 시 역시 그 사람됨과 같았다. 「낙산사영(洛山寺詠)」[2]은 마치 용이 오르고 비가 내리는 형세로 문세(文勢)가 날아 꿈틀거려 자못 기이한 경치와 그 장엄하고 화려함을 다툴 만하였다. 그 시에

心同流水世間出　마음은[3] 흐르는 물과 함께 세상으로 나오고
夢作白鷗江上飛　꿈속에 흰 갈매기 되어 강 위를 나네

라고 한 구절은 기상이 높아 신룡이 바다를 희롱하는 뜻이 있다.

● 주석

1 임억령(林億齡, 1496~1568) : 조선 중기의 문신. 본관은 선산(善山). 자는 대수(大樹), 호는 석천(石川). 수(秀)의 손자로, 우형(遇亨)의 아들이며, 어머니는 박자회(朴子回)의 딸이다. 박상(朴祥)의 문인이다. 1516년(중종 11) 진사가 되었고, 1525년 식년문과에 병과로 급제하였다. 그 뒤 부교리·사헌부지평·홍문관교리·사간·전한·세자시강원설서 등 여러 직위에 임명되었다. 1545년(명종 즉위년) 을사사화 때 금산군수로 있었는데 동생 백령(百齡)이 소윤 일파에 가담하여 대윤의 많은 선비들을 추방하자, 자책을 느끼고 벼슬을 사퇴하였다. 그 뒤 백령이 원종공신(原從功臣)의 녹권(錄券)을 보내오자 분격하여 이를 불태우고 해남에 은거하였다. 뒤에 다시 등용되어 1552년 동부승지·병조참지를 역임하고, 이듬해 강원도관찰사를 거쳐 1557년 담양부사가 되었다. 그는 천성적으로 도량이 넓고 청렴결백하며, 시문을 좋아하여 사장(詞章)에 탁월하였으므로 당시의 현인들이 존경하였으나 이직(吏職)에는 적당하지 않았던 것으로 사신(史臣)들이 평하였다. 전라남도 동복의 도원서원(道源書院), 해남의 석천사(石川祠)에 제향되었다. 저서로는 『석천집』이 있다.

2 보충강의 참조.

3 『石川先生詩集』卷1, 帳36에는 '心'자가 '身'자로 되어 있다.

● 보충강의

허균이 극찬한 낙산사 시는 다음과 같다. 원제목은 「同淸虛子觀海記異古體二十六韻」이며, 『國朝詩刪』과 『대동시선』에는 「題洛山寺」란 제목으로 실려 있다.

同淸虛子*觀海記異古體二十六韻

江南綠髮翁	강남 검은 머리 늙은이*
本自淸都謫	본래 청도*에서 귀양 온 것이라네.
雖乘使者車	관리의 수레를 타고 있지만
足有王喬舃	발에는 왕교의 신을 신고 있다네.*

暮投洛寺栖	날 저물어 낙산사* 투숙하니
逈與金山敵	멀리 金山*과 마주 했네
大洋衝其下	드넓은 바다가 그 아래에 맞부딪치니
頓覺天地窄	문득 천지가 좁은 것을 알겠구나.
有物名曰鯨	한 짐승이 있어 '고래'라 하니
嵯峨露鼻額	우뚝하게 얼굴을 드러내고 있다
鬣鬐蔽靑天	수염으로 푸른 하늘을 덮으니
水族皆辟易	물고기들 모두 두려워 물러났구나.
揚波六合昏	물을 쳐 올리니 온 천지가 어두워지고
噴雪千里白	눈 같은 물을 내뿜으니 천리까지 하얗게 되었구나.
鬪罷血連波	싸움이 끝나자 물결에 피가 즐비하고
朽骨堆沙磧	썩은 해골은 모래 벌판에 쌓이네.
俄有白龍升	잠시 후 백룡이 올라오는데
裂缺兼霹靂	벽력같은 소리와 함께 물결을 뚫고 나오네.
蜿蜿沒䰥雲	꿈틀거리며 구름 속으로 내달려 잠기는데
爪牙森劍戟	발톱과 이빨이 삼엄한 칼과 창 같구나.
去入無窮鄕	무한의 세계로 들어가 버리니
猛氣拔木石	맹렬한 기세가 木石을 뽑을 듯하다.
銀柱倒揷濤	은빛 기둥을 거꾸로 파도에 꽂아 넣으니
蕩似天河坼	세차기는 은하수가 터질 듯하구나.
幷卷魚與蝦	아울러 물고기와 새우를 말아 올리는데
陽侯又附益	양후가 물결을 더욱 보태주네*
山僧相謂曰	산승이 말하길
如此大雨射	이처럼 쏟아 내는 큰 빗줄기는
攢攢羽林槍	우뚝 솟은 우림*의 창과 같아
散落穿窓壁	산산이 떨어져 창벽을 뚫어 버릴 듯하구나.
長風掃東南	장풍이 동남쪽을 쓸어버리니
澄澄上下碧	아래위로 맑고 푸르네.

高枕夜向晨	베개를 높이 베고 새벽을 기다리니
天雞鼓兩翮	천계가 양 깃을 두드린다.
火山橫大壑	화산이 大洋을 자로질러 솟구치는데
氣射半天赤	기를 쏘아내니 하늘은 반이나 붉게 물든다.
暘谷烘爲窯	양곡*에 횃불 가마가 되니
如羹沸釜鬲	마치 국이 솥에서 끓는 것 같구나
騰湧上黃道	용솟아 황도에 오르니
照灼臨下赫	광채를 발하자 아래를 향해서 빛난다.
寥寥據枯梧	쓸쓸하게 마른 나무에 기대어 섰는데
蒼蒼日之夕	창창한 해는 이울어 가네.
皎皎白蓮花	희디 흰 백련화가
浮出龍王宅	용궁에서 떠올라
坐令穢貊墟	예맥의 둔덕을 가득 채우니
化爲水晶域	수정 세상이 되었구나.
姮娥喚欲應	항아가 불러 대답하려니
桂華手堪摘	손으로 계수나무 꽃 딸 수 있을 듯하네.
吾觀宇宙間	내 보건대 이 우주 사이에
萬變一局奕	온갖 변화무쌍함은 한 판의 바둑
醉來臥梨亭	술에 취해 배꽃 핀 정자에 누우니
落花盈我幘	떨어지는 꽃이 내 머리를 덮는다. ―『石川先生詩集』卷1, 帳36

---

* '청허(淸虛)'는 휴정(休靜, 1520~1604)의 호로 알려져 있다. 여기의 '청허자(淸虛子)'가 휴정을 지칭하는 지는 확실치 않다.

* 녹발(綠髮) : 윤이 흐르는 검은 머리.

* 청도(淸都) : 전설적으로 천제가 거주하는 궁궐을 일컫는다.

* 왕교석(王喬舃) : 왕교(王喬)는 한대(漢代) 엽현령(葉縣令) 왕교를 말한다. 효명제(孝明帝) 때 상서랑(尙書郞) 하동(河東)과 왕교가 엽현령으로 옮겨 가게 되었다. 왕교는 신술(神術)이 있어 매월 그믐이면 조정에 이르렀다. 황제는 그가 자주 오는데도 수레가 보이지 않는 것을 이상하게 여겨 태사(太史)로 하여금 몰래 살펴보게 하였다. 왕교가 올 때면 항상 쌍부(雙鳧)가 동남쪽에서 날아오는 것이었다. 그래서 몰래 숨어서 그물을 쳐서 그 오리를 잡아보니

다만 한쌍의 신발뿐이었다.

*낙산사(洛山寺) : 강원도 양양군 강현면 낙산에 위치한 절로 신라 문무왕 때 의상대사(義湘大師)가 창건했다고 한다.

*금산(金山) : 거룩한 부처의 몸을 비유하여 이르는 말이다.

*양후지파(陽侯之波) : 진(晉)나라의 양릉국후(陽陵國侯)가 익사하여 해신(海神)이 되어서 풍파를 일으켜 배를 뒤집어 엎었다는 고사가 있다. 전하여 '바다의 큰 물결'의 뜻으로 쓰인다.

*금위군명(禁衛軍名). 한무제(漢武帝) 때 천수(天水), 안정(安定), 북지(北地) 등 여섯 군의 양가 자제를 선발하여 건장궁(健章宮)의 호위대로 사용하였는데, 이를 건장궁기라 하였다. 후대에 나라의 우익(羽翼)이 마치 무성한 숲과 같다는 뜻에서 우림기(羽林騎)로 개칭하였다.

*양곡(暘谷) : 동쪽의 해가 돋는 곳을 말한다.

또 인용된 시구의 원시는 다음과 같다.

用企齊韻送聽松還山
기제의 운자를 써서 청송(성수침)이 산으로 돌아감을 전송하며

寂寞荒村隱少微　　적막한 시골에 소미(處士)가 숨었는데
蕭條石逕接柴扉　　쓸쓸한 돌길이 사립문에 닿아 있네
心同流水世間出　　마음은 흐르는 물과 함께 세상으로 나오고
夢作白鷗江上飛　　꿈속에 흰 갈매기 되어 강 위를 나네
山擁客牕雲入座　　산은 창문 에워싸고 구름은 스며들며
雨侵書榻葉投幃　　비는 책상 들이치고 나뭇잎은 휘장 치네
飄然又作抽簪計　　표연히 또 관직에서 물러날 계획하나
塵土何由化素衣　　진토가 무슨 수로 흰옷으로 변할까

第44話

退溪酷愛林亨秀詩

퇴계가 임형수[1]의 시를 특히 아꼈다.

林錦湖亨秀는 風流豪逸하니, 其詩亦翩翩이라. 花低玉女醉觴面, 山斷蒼虯飮海腰之句는, 至今膾炙人口니라. 退溪先生酷愛之하여, 晩年輒思之曰, 安得與林士遂相對乎리오 하니라.

[難解字] 酷혹 : 심하다. 逸일 : 뛰어나다. 翩편 : 나부끼다. 醺감 : 한창 성하다. 觴상 : 잔질하다. 膾회 : 날고기 회. 輒첩 : 문득. 安안 : 어찌.

【해석】 금호 임형수는 풍류를 즐기고 호방표일(豪逸)했으니 그 시 또한 경쾌하였다.

| 花低玉女醉觴面 | 고개 숙인 꽃은 술에 취한 옥녀의 얼굴이고 |
| 山斷蒼虯飮海腰之句[2] | 끊어진 산은 바닷물 마시는 푸른 용의 허리로다 |

이란 구절은 지금까지 남의 입에 오르내린다. 퇴계선생이 특히 그를 아껴서 만년에 문득 그를 생각하며 "어찌하면 임사수와 더불어 만나볼 수 있을꼬?"라고 했다.

● 주석 ┄┄

1 임형수(林亨秀) : 조선 중기의 문신(1504~1547). 본관은 평택(平澤). 자는 사수(士遂). 호는 금호(錦湖). 전라남도 나주 출생. 문과 급제. 사가독서(賜暇讀書). 부제

학을 지냈다. 양재역(良才驛)벽서사건이 일어나자, 소윤 윤원형(尹元衡)에게 대윤 윤임(尹任)의 일파로 몰려 절도안치(絶島安置)된 뒤 곧 사사되었다. 생전에 호당 (湖堂)에서 함께 공부하였던 이황(李滉)·김인후(金麟厚) 등과 친교를 맺고 학문과 덕행을 닦았다.

2 花低玉女醋觴面 꽃 지니 술에 취한 옥녀의 얼굴이고
   山斷蒼虯飮海腰 산 잘리니 바닷물 마시는 푸른 용의 허리로다.

◉ 보충강의 --

　호일(豪逸)의 풍격은 호탕하고 세속에 구애됨이 없이 정감에 끌리는 대로 자유 로운 시풍을 비평하는 품격이다. 편편(翩翩)의 품격은 시상이 신선하고 기발하여 생동감이 넘치는 시풍을 비평하는 용어이다.

　퇴계와 임형수의 관련 시화를 보충해 본다.

　퇴계는 시 짓기를 좋아하였는데 문집 속에 나타난 것을 보고 체재가 서툴다고 여기는 사람이 많다. 그 당시에도 송계(松溪) 권응인(權應仁) 같은 이는, "선생이 시는 애써 짓지 않았으며 초서 같은 것은 남보다 뛰어나다." 하였으니, 자못 하지 아니했을망정 능하지 못함이 아니라는 것을 알지 못한 것이다.

　옛날에 한퇴지가 번소술(樊紹述)의 묘명(墓銘)을 짓고, 사마천(司馬遷)이 사마 장경(司馬長卿)의 전을 지었는데, 모두 그 사람과 똑같이 만들었다. 옛사람이 시 나 문을 지음에 있어서는 반드시 마음으로 표준하고 뜻으로 상상하여, 정신이 우회(遇會)한 연후라야 바야흐로 붓대를 들게 되었으니, 마치 그 사람을 그리자면 반드시 그 사람과 똑같게 해야 하는 것과 같다. 문의 모사(模寫)도 역시 이와 다를 것이 있겠는가?

　퇴계가 금호(錦湖) 임형수(林亨秀)에게 준 두 편의 율(律)은 다음과 같다.

押闔奇謀漢子房 패합의 꾀를 지닌 한나라 자방은
當年曾受石公方 황석공의 방법을 일찍이 받았도다
未翩巢窟龍庭界 미처 용정의 소굴을 쓸어내기 전에

先作長城鰈海疆　　먼처 접해의 장성을 만들었구려
絶域病攻天拂亂　　이역에 병든 것은 하늘의 불란이라
荒城雷鬪鬼驚忙　　황성의 벼락소리 귀신 놀래 달아나리
豪吟百首凌雲氣　　백 편의 읊은 시는 능운의 기상이라
妙句何妨鐵石腸　　묘한 글귀 철석장에 무엇이 방해되랴
狂胡射月遼東塞　　요동이라 변방에선 되놈이 달을 쏘고
壯士搜兵樂浪墟　　낙랑의 옛터에선 장사는 병을 찾네
指顧威靈驅虎豹　　지휘하는 위령은 호표를 몰아내고
風流談笑發詩書　　풍류에 겨운 담소는 시서로 발산되네
海航病得龍王藥　　바다에서 병이 들자 용왕이 약 보내고
江閣吟窺帝子居　　강각의 읊은 시는 제자의 구거를 알레
唾手功名歸燕頷　　단정코 공명이 연함에게 돌아가서
太平容我老樵漁　　태평을 노래하며, 나는 어초에 늙으리

이 시는 글귀마다 생동 비약하고 준랑(俊朗) 상쾌하여 비록 화악(華岳)의 날카
로운 봉우리에 날아 앉아 한 들을 내다보는 독수리의 기세라도 이에 지날 수 없으
니, 저 금호(錦湖)의 일평생 호방하게 부른 노래도 반드시 미치지 못할 줄 안다.
요컨대 상대방이 금호가 아니었다면 퇴계 역시 끝내 규각(圭角)을 드러내지 않았
을 것이다. —성호사설, 退溪先生詩

第45話

梁松川極贊金麟厚登吹臺詩

양송천이 김인후[1]의 「등취대」[2] 시를 극찬했다.

金河西麟厚는 高曠夷粹하니, 詩亦如之러라. 梁松川이 極贊
其登吹臺詩하여, 以爲高岑高韻云이라 하니라, 其詩曰, 梁王歌
舞地이오, 此日客登臨이라 慷慨凌雲趣하니, 凄涼弔古心이라.
長風生遠野하니, 白日隱層岑이라. 當代繁華事하니, 茫茫何處
尋인고하니 沈着俊偉하여, 一洗纖靡러라. 寔可貴重也라.

[難解字] 麟린 : 비늘. 曠광 : 밝다, 환하다. 夷이 : 온화하다. 粹수 : 순수하다. 岑
잠 : 언덕. 慷강 : 의기가 북받쳐 원통하고 슬프다. 慨개 : 분개하다. 凌릉 : 업신여기다.
涼량 : 서늘하다. 茫망 : 아득하다. 俊준 : 뛰어나다. 偉위 : 크다. 纖섬 : 자세하다.
靡미 : 쓰러뜨리다. 寔식 : 참으로.

【해석】 하서 김인후는 고광(高曠)하고 이수(夷粹)했으니 시도 또한 그러
했다. 양송천[3]이 그의 「등취대(登吹臺)」 시를 극찬하면서 '고적(高適)과 잠
삼(岑參)[4]의 높은 운치(高韻)[5]'이라고 여겼다 한다. 그 시에 이르기를

梁王歌舞地	양왕[6]이 노래하고 춤추던 곳에	
此日客登臨	오늘은 나그네가 올라왔노라	(『國朝詩刪』評 : 盛唐高韻)
慷慨凌雲趣	강개하여 구름을 넘는 흥취	
凄涼弔古心	처량하게 옛날을 조상하는 마음	
長風生遠野	긴 바람은 먼 들에 일어나는데	

白日隱層岑　밝은 해는 층산(層山) 뒤에 숨어 버리네(『國朝詩刪』評: 沈着)

當代繁華事　당대의 번화한 일들은

茫茫何處尋[7]　아득하니 어디에서 찾을 거나

이라 하니 침착(沈着)[8]하고 준위(俊偉)하여 씻은 듯이 섬미(纖靡)하니 참으로 귀중하다.

● 주석 --

1　김인후(金麟厚, 1510~1560) : 자는 후지(厚之). 호가 하서(河西), 또는 담재(澹齋). 을사사화(乙巳士禍) 이후 병을 칭하고 장성(長城)에 내려가 성리학 연구에 정진하여 이기혼합설(理氣混合說)을 주장했다. 저서에 『河西集』, 『周易觀象篇』 등이 있다.

2　취대(吹臺) : 대명(臺名). 중국 河南省 開封縣 東南에 있으며 우왕대(禹王臺)라 불린다. 양왕(梁王)이 증축하고 취대(吹臺)라 했다.

3　양응정(楊應鼎, 1519~?) : 조선 명종 때의 문인. 자는 공섭(公燮). 호는 송천(松川). 공조 참판을 거쳐 대사성을 지냈고, 시문에 능하여 이름이 높았다. 저서에 『송천집』이 있다.

4　고잠(高岑) : 당나라의 시인 고적(高適)과 잠삼(岑參).
　　고적(高適, 706?~765)은 성당시기의 저명한 변새(邊塞) 시인. 시문집 20권이 있었으나 산실됐고 송나라 때 모아놓은 『고상시집(高常詩集)』이 남아있다. 일찍이 몇 차례 변방 먼 곳에 이르러 변새 생활에 대한 체험을 했고 이를 바탕으로 변새의 형세와 사병들의 질고를 반영한 작품을 써서 변새를 안정시키고자 하는 이상과 공적을 세우려는 정신을 표현했다. 그의 시는 감정이 진지하고 언어가 질박하고 정련되었으며, 기세가 웅건하고 풍격이 중후하면서도 소박하다.「연가행(燕歌行)」이 그의 대표작이다.
　　잠삼(岑參, 715~770)은 다양한 소재의 시를 지었으나 변새시의 성취가 가장 높다. 서북지방에서 오랫동안 생활하면서 변방의 자연, 풍토와 인정, 군대생활에 대해 깊이 체험하여 우수한 시를 창작했다. 그의 변새시는 변방의 광활하고 기이한 자연경물을 생동적으로 묘사하면서 조국을 지키기 위한 의로운 기개를 노래했으며, 다른 한편으로는 병사들의 고통을 반영하기도 했다. 그의 시들은 낭만적인 색채를 띠고 있어서 시를 지을 때 풍부한 상상력으로 구투에 얽매이지 않고 단숨에 써 내려가 기세가 호방하고 감정이 격렬하며 풍격이 특이하고 시어가 명쾌하고 변화가 넘친다. 저서로『岑嘉州集』이 남아있다.

5 고운(高韻) : 허균은『國朝詩刪』에서 전체적인 운취를 비교대상을 제시하였는데 구체적으로는 유운(遺韻)·농운(穠韻)·청운(淸韻)·당운(唐韻)·정운(正韻)·아운(雅韻)·선운(仙韻) 등을 사용하였다. 고운은 시속에 표현된 경계의 고원(高遠)함에서 발하는 시적 감흥을 나타내는 듯하다.

6 양무제(梁武帝)의 일곱째 아들. 상동왕(湘東王)에 봉해졌다가 후경(侯景)의 난을 평정하고 제위에 올라 3년 만에 서위(西魏)에게 멸망, 피살되었다. 글읽기를 좋아하여 서위병(西魏兵)이 쳐들어오는데도 용광전(龍光殿)에서『노자』를 강의하고 있다가 도성이 함락되자, 책 14만 권을 불태우며 탄식하기를 "책 만 권을 읽었으나 결국 이 지경이 되었다"고 했다.『梁書』卷5

7 이 시는 같은 제목으로『하서집』에 실려 있는데 4구의 淒가 悲로, 6구의 層이 遙로 되어 있다.

8 침착(沈着)은 품격용어이다.

◉ **보충강의** --

사람의 인품을 평할 때는 풍격이라고 하고, 작품을 평할 때는 품격이라 한다고도 하나 서로 구별하지 않고 사용하기도 한다. 그 사람의 성격과 그 시는 서로 통하기도 하고 전혀 그렇지 않은 경우도 있다. 허균은 김인후를 고광(高曠, 고상하고 마음이 넓어 졸렬하지 않은 성격)하고, 이수(夷粹, 마음이 온화하고 순수한 모양)하다고 풍격을 하였다. 침착(沈着)은 시상이 안정되어 있고 시어가 단련되어 있어서 시어가 시구를 완벽하게 구성하고, 시구가 전체 시를 잘 구성하고 있어서 통일성이 돋보이는 시를 비평하는 용어라고 생각된다. 준위(俊偉)는 시어가 준수하고 걸출하한 시풍을 비평할 때 사용하는 용어인 것 같다. 섬미(纖靡)는 섬세하고 아름다운 시풍을 비평하는 용어이다.

『하서집』에는 칠언율시의 「등취대」 시가 또 있다.

突兀層臺聳半天	우뚝한 층층대가 하늘 위에 솟아있네
地形軒豁絶雲煙	지형은 처마와 탁 트여 구름 안개 절경이라
千年風景杯觴裏	천년의 풍경이 술잔 속에 비치니
一望江山嘯詠前	한 번 강산을 바라보고 그 앞에서 읊조린다.
雁帶輕寒歸故國	기러기 때 찬바람 타고 고향으로 돌아가고
鴉翻落日下平田	갈가마귀는 석양에 평야에 내려앉네
遊人慷慨當時事	나그네는 강개하여 시사를 담당하고
錯道登臨學散仙	잘못 알고 올라서 떠도는 신선을 배운다

第46話

河陽有吳世億者詣天府得金河西詩死三日而蘇

하양[1]에 오세억이란 자가 있어 천부에 나아가 김하서의 시를 얻고,
죽은지 3일 만에 소생했다.

河西亡後에, 嶺南河陽에, 有吳世億者死한대, 三日而蘇言하
여늘, 夢詣天府하니, 紫衣人押入小院이라. 有綸巾學士云하기를
是金河西라, 你今年不合升天하니, 可出云이라, 勉力脩行하라
하고 以詩送之曰, 世億其名字大年이뇨, 排門來謁紫微仙이라,
七旬七後重相見이니, 歸去人間莫浪傳하라, 世億孝子也라. 其
後果七十七에, 無疾而卒이라.

[難解字] 詣예 : 나아가다. 府부 : 관청. 蘇소 : 소생하다. 押압 : 가두다. 綸륜 : 굵
은 실. 謁알 : 아뢰다.

【해석】하서가 죽은 후 영남의 하양에 오세억이란 자가 죽었는데 3일만에
소생을 해서 말하기를 "꿈에 하늘나라에 갔는데, 자색 옷을 입은 사람이
소원으로 데리고 들어갔다. 윤건[2]을 쓴 선비가 있었는데 김하서라 했고,
'너는 올해는 승천하기에 적합지 않으니 나갈 수 있다. 힘써 수행하라!'고
했고 시로써 전송하며 이르기를

世億其名字大年　　세억은 그 이름, 대년(大年)은 그 자(字)인데
排門來謁紫微仙　　천문(天門) 열고 들어와 자미 신선[3] 뵈었더라
七旬七後重相見　　일흔 일곱 지난 뒤에 서로 다시 볼지니

歸去人間莫浪傳 간 세계 돌아가 함부로 전치 말라

라 했다. 세억은 효자였는데, 그 뒤에 과연 77세가 되자 병 없이 죽었다.

● **주석**

1 경북 영천군 하양면.
2 윤건(綸巾) : 일명 제갈건(諸葛巾).
3 자미(紫微)는 북두성 북쪽에 있는 별로 대제(大帝)의 자리, 제왕의 궁전을 가리킨
  다. 여기서 자미선(紫微仙)은 하늘에 있는 신선을 뜻한다.

● **보충강의**

이것은 구전되는 것을 기록한 것이다. 그래서 이야기 양식이 조금씩 다르다.
아마도 세억(世億)이란 이름은 장수를 뜻하는 것이기 때문에 이름자가 목숨에
영향이 있다는 것을 말하는 것 같다. 허균은『학산초담』에서는 약간 다르게 이야
기하고 있다.

하서(河西) 김인후(金麟厚)가 죽은 뒤, 오세억(吳世億)이란 자가 갑자기 죽더니
반나절 만에 깨어나서는, 스스로 하는 말이, 어떤 관부(官府)에 이르니 '자미지궁
(紫微之宮)'이란 방이 붙었는데 누각이 우뚝하여 난새와 학이 훨훨 나는 가운데
어떤 학사(學士) 한 분이 하얀 비단 옷을 입었는데, 흘긋 보니 바로 하서였다.
오씨는 평소에 그 얼굴을 알고 있는데, 하서가 손으로 붉은 명부를 뒤적이더니,
"자네는 이번에 잘못 왔네. 나가야겠네그려." 하더니, 다음과 같이 시를 지어 주었
다고 했다. [시는 본문과 같으므로 생략] 깨어나자 소재 상공(蘇齋相公)께 말씀드
렸다. 그 뒤에 오씨가 일흔일곱 살에 죽었다. ―허균,『학산초담』

또 조선 후기 이규경은 다음과 같이 전한다.

우리나라에서는 『신상촌집(申象村集)』에 실린 세억(世億)이란 사람의 고사가 매우 괴이하다. 상촌의 산중독언(山中獨言)에 하서(河西) 김인후(金麟厚)는 태어나면서부터 특이한 기질이 있어 신동(神童)이라 불리었다. 처음으로 벼슬하여 조정에 올라가서도 대절(大節)을 지켰고 을사사화(乙巳士禍)가 일어나려 하자, 지방관(地方官)으로 나가기를 요청하여 옥과현감(玉果縣監)에 제수되었다가 마침내는 벼슬을 그만 두고 시골에서 일생을 마쳤다. 공(公)이 돌아간 지 수년 후에 공의 이웃에 사는 세억이란 자가 병이 들었는데, 하루는 숨이 끊겼다가 다시 살아나서 자기 아들에게 이야기하기를 "내가 숨이 끊겨졌을 때 어느 사람에게 압송(押送)되어 어느 큰 아문(衙門)에 도착하니 관우(館宇)가 깊고 길며 이졸(吏卒)들이 모여 왔다갔다" 하였다. 내가 허리를 굽히고 빨리 걸어 앞으로 나아가니, 당상(堂上)에 앉은 재상(宰相)이 나를 보고 이곳에 오게 된 까닭을 물은 다음 나를 불러 말하기를 "올해가 너의 기한이 아닌데, 네가 잘못 온 것이다. 나는 바로 너의 이웃에 살았던 김모(金某)이다." 하면서, 시를 지어 주었다. [시는 본문과 같으므로 생략] 세억이란 자는 문자도 모르는데 이 시를 잘 전하였고, 그는 과연 일흔 일곱 살에 죽었다." 하였으니, 괴이한 일이다.

나는 생각하건대, 지옥이 이미 죽은 사람의 귀신을 관할한 곳이고 보면 반드시 음(陰)에 속한다. 무릇 사람이 태어나면 양계(陽界)에 붙어 있다가 죽으면 음계(陰界)로 돌아가므로, 일을 꾸미기 좋아한 자가 지옥설을 부회(傅會)시킨 것인데, 이른바 염라(閻羅)란 것은 바로 착한 사람에게는 복을 주고 나쁜 사람에게는 재앙을 주는 이치이다.

『개산도(開山圖)』에는 "태산(泰山)은 왼쪽에 있고 항보(亢父)는 오른쪽에 있는데, 항보는 산 사람을 주관하고 양보(梁父)는 죽은 귀신을 주관한다." 하였으니, 이것이 아마 지옥설의 시초인가 보다. 『박물지(博物志)』에는 "태산이 귀신을 다스리는데, 태산의 일명(一名)은 천손(天孫)이라고도 한다. 태산은 사람의 혼백(魂魄)을 불러들이고 또 생명의 장단을 정리하는 일을 주관한다." 하였다. 그렇다면 지옥설은 태산에 의해 생겨났는가 보다. ─이규경, 오주연문장전산고, 지옥에 대한 변증설

第47話

先大夫以爲尹長源詩淸切逼古

선대부¹가 윤장원²의 시를 청절하고 옛 것에 핍진하다고 하셨다.

先大夫가 嘗言尹長源之才不可及이러니, 每稱其海闊孤舟千里夢이오, 月明長笛數聲秋라 하시고 及交風吹杏打重門之句하여는, 以爲淸切逼古하시니라.

[難解字] 闊활 : 트이다. 杏행 : 살구나무.

【해석】선대부께서 일찍이 말씀하시기를 윤장원의 재주는 따라갈 수가 없다고 하시고 매번 그의

> 海闊孤舟千里夢　넓은 바다 쪽배 위에 꿈은 천리 떠도는데
> 月明長笛數聲秋　두어 가락 젓대 소리 달 밝은 가을이다

라 했고, 또

> 交風吹杏打重門　맞바람이 살구에 불어 중문을 때리네

라는 구절을 언급하시면서 청절하고 옛 것에 핍진하다고 하셨다.

● 주석 --

1 허엽(許曄, 1517~1580) : 자는 태휘(太輝). 호는 초당(草堂). 저서에 『草堂集』, 『前

言往行錄』이 있다.
2 윤결(尹潔, 1517~1548) : 호는 취부(醉夫). 자가 장원(長源). 필화사건(筆禍事件)
  으로 참형당한 안명세(安名世)를 위해 변명하다가 사형을 당했다. 시문에 능하였
  고 저서에『琉球風俗記』가 있다하는데 현존하는 지는 미상이다.『國朝詩刪』에 다
  섯 번 소개되어 있다.

◉ 보충강의 ----------

　　윤장원은 윤결이다. 동료인 안명세(安名世)의 필화(筆禍) 사건을 변호하여 주
다가 함께 사형을 당하였다. 교리 윤결(尹潔)은 능성위(綾城尉) 구사안(具思顔)과
총죽(葱竹)의 교우(交友)였다.

　　안명세(安名世)를 죽게 한 데는 구사안이 유력하였다. 그것을 윤결은 마음으로
원통하게 여겼다. 하루는 구사안과 함께 남산 잠두(蠶頭)에서 술을 마시다가 묻기
를, "명세는 무슨 죄로 죽었는가?"하고, 이어 시를 짓기를,

　　三月長安百草香　　삼월 장안에 온갖 풀 향기롭고
　　漢江流水正洋洋　　한강의 흐르는 물은 넘실대는구나
　　欲知聖代無窮意　　성대의 무궁한 뜻을 알고자 하거든
　　看取王孫舞柚長　　왕손의 춤추는 소매 긴 것을 보라

라고 하였다. 사안이 대궐에 들어가 아뢰니, 문정왕후(文定王后)가 매우 성내어
윤결을 기시(棄市)하라고 명하였다.
　　윤결이 죄수로 끌려가는데 길에서 사안을 만났다. 윤결이 부르짖기를, "구군(具
君) 이것이 정말 무슨 일인가?"하니, 사안은 말에 채찍을 쳐서 급히 피해가려다가
말이 놀라는 바람에 떨어져 즉사하였다. 사안은 무함하면서 스스로 용한 꾀라고
하였을 것이니, 어찌 윤결보다도 먼저 죽을 것을 알았겠는가?『시경(詩經)』에 말
하기를, "사람은 두렵지 않더라도 하늘은 두렵지 않느냐?"라고 하였는데, 진실로
그러하구나. ─ 심수경,『부계기문』

第48話

權擘送先大夫詩

습재 권벽[1]이 선대부를 전별하면서 지은 시

先大夫가 己卯歲按嶺南하고, 而權習齋以冬至使赴京이라. 其送先君詩에 曰, 懷抱平生擬好開러니, 笑談從此未多陪라. 朝天我渡遼河月이요, 擁節君尋庾嶺樓이라. 職事道途俱可念이요, 別離衰謝兩相催이라. 公餘倘有停雲詠하여 佇望詩筒數寄來하라한데, 先君稱其切當하니라.

[難解字] 擘벽 : 엄지손가락. 按안 : 순찰하다. 懷회 : 품다. 擬의 : 헤아리다. 遼료 : 멀다. 擁옹 : 손에 쥐다. 庾유 : 곳집. 催최 : 재촉하다. 倘당 : 혹시. 佇저 : 우두커니. 筒통 : 대롱.

【해석】 선대부께서 기묘년에 영남에 관찰사로 나가시고 습재 권벽이 동지사로써 연경에 가게 되었다. 그가 선대부를 전별하면서 시를 짓기를

懷抱平生擬好開	평생의 회포 좋이 푸리라 여겼더니
笑談從此未多陪	담소를 이제부턴 모시기도 흔치 않구려
朝天我渡遼河月	달빛 비친 요하 건너 나는 사신길 떠나고
擁節君尋庾嶺樓	유령[2] 매화 찾으며 군은 부절(符節) 안고 가리
職事道途俱可念	맡은 일 갈 길이 모두 다 염려스럽고
別離衰謝兩相催	이별이라 노쇠(老衰)라 서로 재촉하네
公餘倘[3]有停雲詠	공무 여가 벗 그리는 노래[4]를 짓는다면

伫望詩筒數寄來⁵ 시통⁶이나 자주자주 부쳐주기 바라네

라 하니 선군자께서 그 적당함을 칭송하셨다.

● 주석 --

1 권벽(權擘, 1520~1593) : 조선 중기의 문신으로 자는 대수(大手). 호는 습재(習齋).
  사관(史官)으로, 중종·인종·명종 삼대의 실록 편찬에 참여하였으며 시문에 뛰어
  났다. 시인 권필(權韠)의 아버지이다. 강원도 관찰사를 역임하였으며, 시문이 높
  은 경지에 이르러 승문원 제조(承文院提調) 및 지제교(知製敎)를 오랫동안 지내며
  문한(文翰)을 주관하였는데, 특히 명나라에 오가는 외교문서를 전담하였다. 저서
  로는 『습재집』 4권이 있다.
2 일명 매령(梅嶺). 중국 江西省 大庾嶺 남쪽에 있다. 宋의 王鞏의 『聞見近錄』에 "庾
  嶺險絶聞天下, 紅白梅夾道, 行者忘勞"의 구절이 보인다.
3 儻, 儻과 같다. 뜻은 '우연히'. 『莊子』 선성(繕性)편에 '物之儻來, 寄者也'의 구절이
  보인다.
4 도잠(陶潛)의 「停雲」 시에 '靄靄停雲, 濛濛時雨' 구절의 自序에 '停雲, 思親友也'라
  했기에 후에 벗을 그리워하는 의미로 사용된다.
5 이 시는 『습재집』에 「送許太輝出按嶺南」의 제목으로 실려 있는데 3구의 月이 水
  로, 4구의 樓가 梅로, 6구의 倘이 應으로, 7구의 咏이 詠으로 되어 있다.
6 시를 담아 나르는 죽통(竹筒). 혹은 시용(詩筩). 백거이(白居易)의 「秋寄微之十二
  韻」에 '忙多對酒樏, 興少閱詩筒'이라 했는데 그 自注에 '此在杭州, 兩浙唱和詩贈
  答, 於筒中遞來往'이라 했다. 또는 시재(詩才)있는 시인을 비유하기도 한다.

● 보충강의 --

  습재(習齋) 권벽(權擘)은 나의 선친과 교분이 가장 두터웠다. 공은 젊었을 때
에 안명세(安名世)·윤결(尹潔)과 함께 공부하였는데 서로 뜻이 맞아서 매우 즐

겁게 지냈다. 이 두 사람이 말을 과감히 하다가 화를 당하여 죽은 뒤로 공은 입을 다물고 말을 하지 않았다. 집에서도 남과 담소하지 않았고 종일토록 책만 볼 뿐이었다.

최렴(崔濂)과 최낙(崔洛) 형제는 이웃의 후생으로서 공에게 수학(受學)한 지 거의 1년이 되도록 이름을 묻지 않아서 그들이 진사시에 급제한 뒤에야 이름을 알 정도였다. 이 때문에 별로 높은 벼슬은 하지 못하였으나 74세를 살았다.

내가 어릴 때에 공이 나의 선친을 뵈러 온 것을 보았는데, 주인이 묻는 말에나 대답하고 그렇지 않으면 종일토록 무엇을 생각하는 듯이 조용할 뿐이었다. 공이 소신을 철저하게 지킴이 이러하였다. ─ 허균, 『성옹지소록』

"합하(閤下)께서 습재(習齋) 권벽(權擘)의 작품을 보았습니까?" 하니, 답하기를, "익히 보지 못하였다." 하였다. 내가 말하기를, "사람들이 시단(詩壇)에 우뚝한 이를 묻는다면 나는 반드시 송당과 습재라고 대답하겠습니다." 하니, 공이 "그렇지, 그렇지." 하였다. ─ 『송계만록』

第49話

先君送行詩帖有蘇世讓句人以爲佳有
朴枝華句不下杜陵

선군의 송행시첩에 소세양의 시구가 있었는데 사람들이 아름답다고
하고, 박지화[1]의 시구가 있었는데 두보의 시에 못지않다고 했다.

先君送行詩帖에, 蘇相의 有白玉堂盛久, 黃金帶賜今之句
한대, 人以爲佳라. 然朴守庵詩에, 有忽看卿月上, 誰惜我衣華
之語하니, 此乃警策이라. 其挽眉庵詩에, 千秋滄海上이요, 白日
大名垂라 하니, 何必杜陵이리오.

[難解字] 帖첩 : 표제. 警경 : 경계하다. 挽만 : 당기다.

【해석】 선군자의 송행 시첩에서 소상국[2]의

白玉堂盛久   백옥당[3] 이뤄진 지 오래이러니
黃金帶賜今[4]   황금대 하사받기 오늘이라네

가 있었는데, 모두들 아름답다고 했다. 그러나 박수암[5]의 시에

忽看卿月上   경월[6]이 높이 뜬 걸 문득 보노니
誰惜我衣華[7]   내 옷이 화사하다 뉘 아깝다 하리

라는 구절이 있으니 이것은 참으로 놀라운 구절이다. 그가 미암[8]을 위해

쓴 만시에

千秋滄[9]海上　　천추의 푸른 바다 물결 위에서

白日大名垂[10]　백일은 큰 이름을 드리웠도다

라 하니 어찌 반드시 두보만을 일컫겠는가.

◉ 주석 --

1 박지화(朴枝華, 1513~1592) : 조선 중기의 학자. 본관은 정선(旌善). 자는 군실(君實), 호는 수암(守庵). 아버지는 형원(亨元)이다. 서경덕(徐敬德)의 문하에서 수학하였다. 유·불·도 등에 통달하였다. 청안(淸安)의 구계서원(龜溪書院)에 봉향되었으며, 저서로는『수암유고』·『사례집설(四禮集說)』등이 있다. -『鳳棲集』참고

2 노수신(盧守愼, 1515~1590) : 자는 과회(寡悔). 호는 소재(蘇齋), 암실(暗室), 여봉노인(茹峯老人).

3 백옥당(白玉堂) : 신선(神仙)의 거처. 비유하여 부귀(富貴)한 사람의 집을 이른다.

4 「韓國文集叢刊」36『草堂集』草堂先生文集附錄「峒隱詩話」에는 '今'이 '新'으로 되어 있다.

5 박지화(朴枝華, 1513~1592). 조선 중기의 학자. 본관은 정선(旌善). 자는 군실(君實), 호는 수암(守庵). 서경덕(徐敬德)의 문하에서 수학하였다. 유·불·도 등에 통달하였다. 청안(淸安)의 구계서원(龜溪書院)에 봉향되었으며, 저서로는『수암유고』·『사례집설(四禮集說)』등이 있다.

6 경월(卿月) : 백관(百官)을 가리킴.

7 의화(衣華) : 화의(華衣). 화려한 옷.

8 유희춘(柳希春, 1513~1577) : 자는 인중(仁仲). 호는 미암(眉巖).「惺叟詩話」에는 眉庵으로 표기되어 있다.

9 眉巖先生集附錄卷之十九「輓詞學官朴枝華守菴」에는 '滄'이 '南'으로 되어 있다.

10「挽眉巖」전문은 보충강의 참고.

● 보충강의 --

박지화가 미암을 위해 쓴 만사는 다음과 같다.

眉巖先生集附錄卷之十九「輓詞」學官朴枝華守菴
善人生不苟　　선인의 삶이 구차하지 않은 것은
天意欲安施　　하늘이 편안케 베풀어 주고자 함이었네.
用舍*關吾道*　쓰이고 버려짐은 오도에 달려있었고
哀榮*盡一時　애영으로 일세를 다했네.
[중략]
鄕國雲天外　　고향은 구름 낀 하늘 저편
巖扉野水湄　　바위에 둘려진 들판의 물가라네.
錦衣猶佇望　　금의환향을 오히려 오래 기다렸는데
旅櫬*忽逶遲　영구가 홀연 천천히 오네.
秋覺湖山慘　　가을 들어 강산의 참연함을 깨달으니
聲連父老悲　　곡소리는 늙은이까지 이어져 슬프구나.
夫人傳女範　　부인은 여인의 규범을 전하고
令子帶佳兒　　영식은 훌륭한 아들을 거느렸네.
崀福應終久　　큰 복은 오래 이어지리니
流光*更不疑　유광은 다시 의심할 바 없네.
發蒙須正養　　몽매함을 깨치는 것은 바른 수양이 필요하리니
爲患好資詞　　글재주에 힘입는 것을 근심으로 여겼었네.
枉覓三家*裡　몸을 굽혀 삼가를 구하였다면
寧聞一譽之　　어찌 한결같이 기림을 들으리오.
掃門*嗟已晩　만나보기 이미 늦었으니
懷刺*竟無期　준비한다 해도 마침내 기약이 없구나.
碑憶尋黃絹*　묘비에 좋은 행적 찾아 쓰니
人思哭紫芝*　사람들은 신선이 죽은 듯 슬퍼하네.

千秋南海上　　긴 세월 남해 상에

<u>白日大名垂　　밝은 해처럼 큰 이름 드리웠네.</u>

點筆慚文士　　글을 쓰며 문사를 부끄러워하니

淵龍謬見知　　못 속의 용을 잘못 알아보았었구나.

---

* 용사(用舍) : 用捨. 「論語, 述而」 '用之則行 舍之則藏'

* 오도(吾道) : 나의 學說 혹은 主張. 「論語, 里仁」 '子曰 參乎 吾道一以貫之'

* 애영(哀榮) : 「論語, 子張」 '其生也榮, 其死也哀'. 이에 대한 何晏의 集解가 다음과 같다. '故能生則榮顯 死則哀痛'. 이후 生前死後 모두 영화를 받음을 가리킨다.

* 객사자(客死者)의 영구(靈柩)

* 福이 후세에까지 이르다. 「穀梁傳, 僖公十五年」 '德厚者流光 德薄者流卑'

* 삼가(三家) : 춘추시대 魯나라 三大夫 孟孫·叔孫·季孫氏.

* 소문(掃門) : 漢 魏勃이 어릴 때에 齊相 曹參을 만나 보고자 하였으나 가난하여 방법이 없었다. 그래서 항상 아침 일찍 일어나 齊相 舍人을 위해 문을 쓸어 주었다. 舍人이 괴이하게 여기고 그를 齊相과 만나게 해주었다. 「史記, 齊悼惠王世家」에 보인다. 이후 '掃門'은 權貴한 이를 謁見하고자함을 이른다.

* 회자(懷刺) : 명함을 간직하다. 곧 알현(謁見)을 준비하다. 「後漢書, 文苑傳 下, 称衡」 "建安初 來遊許下. 始達穎川 乃陰懷一刺 旣而無所之適 至於刺字漫滅"

* 황견(黃絹) : 黃絹幼婦外孫제曰. 魏武가 曹娥의 碑를 지나다가 그 뒷면에 적힌 위의 8字를 보았다. 楊修從은 그 뜻을 보고 바로 알았는데 魏武는 30리를 가서야 알아냈다고 한다. 풀이를 하면, 黃絹은 色絲니 絶이 되고, 幼婦는 少女니 妙가 되고, 外孫은 女子니 好가 되고, 제曰는 受辛이니 辭가 된다. 곧 絶妙好辭를 이르는 말이다. 「世說新語, 捷悟」

* 자지(紫芝) : 商山四皓의 神仙.

第50話

朴枝華靑鶴洞詩
박지화의「청학동」시

朴守庵이 遊靑鶴洞이러니, 作詩曰, 孤雲唐進士니, 初不學神仙이라. 蠻觸三韓日이니, 風塵四海天이라. 英雄那可測이요, 眞訣本無傳이라. 一入蓬山去하니, 淸芬八百年이라 하니, 淵悍簡質하고, 有思致深하여, 得杜陳之體니라.

[難解字] 觸촉 : 닿다. 那나 : 어찌. 芬분 : 향기롭다. 淵연 : 깊다. 悍한 : 날카롭다. 質질 : 질박하다.

【해석】 수암 박지화[1]가 청학동[2]을 유람하면서 시를 짓기를

孤雲唐進士	고운은 당나라 진사였으니
初不學神仙	당초에 신선을 아니 배웠네
蠻觸三韓日	만촉[3]같은 삼한의 날이니
風塵四海天	풍진은 온 누리에 가득 찼구료
英雄那可測	영웅을 어이 가늠할 수 있으리
眞訣本無傳	진결은 본디 아니 전하는 것을
一入蓬山[4]去	봉래산(蓬萊山)에 한번 들어가 버린 후에
淸芬八百年[5]	청향(淸香)만 팔백 년을 남아 전하네

라 하니 연한(淵悍, 깊고 굳셈), 간질(簡質, 조촐하고 질박함)하며 시상이 치밀

하고 깊어서, 두보와 진사도[6]의 시체를 얻었다.

● 주석

1 박지화(朴枝華, 1513~1592) : 조선 중기의 학자. 본관은 정선(旌善). 자는 군실(君實), 호는 수암(守庵). 아버지는 형원(亨元)이다. 서경덕(徐敬德)의 문하에서 수학하였다. 유·불·도 등에 통달하였다. 청안(淸安)의 구계서원(龜溪書院)에 봉향되었으며, 저서로는『수암유고』·『사례집설 四禮集說』등이 있다.

2 『守庵先生遺稿』, 卷之一, 詩, 「靑鶴洞」: 지리산 청학동 진주목 관내에 있었다.

3 만촉지쟁(蠻觸之爭) 작은 시시한 일로 다툼. 위나라의 혜왕이 제나라의 위왕에게 배반당하고 군사를 일으키려 했을 때 대진인이라는 자가 "달팽이의 왼쪽뿔에 촉씨가 오른쪽 뿔에 만씨가 나라를 세워, 서로 영토를 다투어 싸운 일이 있습니다. 우주의 광대함에 비하면 왕과 달팽이의 뿔 위의 만씨와의 사이에 무슨 차이가 있겠습니까"라고 사람의 일이 얼마나 보잘것없이 작은 것인가를 말한 우화.

4 『守庵先生遺稿』, 卷之一, 詩, 「靑鶴洞」에는 '蓬山'이 '名山'으로 되어 있다.

5 『守庵先生遺稿』, 卷之一, 詩, 「靑鶴洞」에는 '淸芬八百年'이 '淸風五百年'으로 되어 있다.

6 진사도(陳師道, 1053~1102) : 북송(北宋) 때의 시인. 자는 이상(履常)·무기(無己), 호는 후산거사(后山居士), 벼슬은 太學博士 秘書省正字. 두보(杜甫)를 추숭(推崇)하였으며, 江西詩派 代表作家 중 하나이다. 저서에『后山集』,『后山談叢』,『后山詩話』가 있다.

● 보충강의

연한(淵悍)의 품격은 시어가 단련되어 있고 시어가 풍부한 것이 못과 같고 그 것이 세차게 흐르는 물과 같은 시를 비평하는 용어인 듯하다. 간질(簡質)은 긴 것을 함축하여 수식을 줄이고 질박하게 표현하는 시풍을 비평하는 품격용어인 것 같다.

청학동의 다른 시들을 살펴보자.

入靑鶴洞 訪崔孤雲
청학동에 들어가서 최 고운을 찾다   기대승

孤雲千載人	고운은 천 년 전 사람
鍊形已騎鶴	수련을 쌓아 학을 타고 갔다지
雙溪空舊蹟	쌍계에는 옛 자취만 남아 있고
白雲迷洞壑	흰 구름 골짜기에 자욱하여라
微生仰高風	미미한 후생 고풍을 우러르니
響往意數數	쏠리는 마음 자주 일어나네
朗詠流水詩	유수시를 낭랑하게 읊으니
逸氣壓橫槊	호방한 기상 횡삭(조조의 橫槊賦詩)도 누르겠네
安得謝紛囂	어찌하면 번잡함을 떨쳐 버리고
共君遊碧落	그대와 함께 하늘에서 노닐까

將遊靑鶴洞寄李子馨 辛未   고산 윤선도

桃花初發杏花飛	복사꽃 막 피고 살구꽃은 날리는데
柳色靑靑草色微	버들 빛이 푸르니 풀빛이 희미하네
我欲携君靑鶴洞	나 그대와 함께 청학동 가고 싶으니
探春直到月生衣	봄 찾아 달빛이 옷에 묻어날 때까지

第51話

楊士彦游楓岳刻詩石上宋暻者
續之楊士彦極加奬詡

양사언이 풍악에 놀면서 돌 위에 시를 새겼는데 송경이라는 자가
그것에 이으니 양사언이 극도의 찬사를 보냈다.

楊蓬萊游楓岳하여, 刻詩石上에 曰, 白玉京에, 蓬萊島라. 浩
浩煙波古하니 熙熙風日好로다. 碧桃花下閑來往이요 笙鶴一
聲天地老라 하니, 有游仙之興이라. 同時有宋暻者한대 庶子也
라. 亦續之하여 曰, 鶴軒昂이요, 鳳逶遲라, 三山朝下하니, 五雲
中飛라. 乾坤三尺杖이요 身世六銖衣로다. 好掛長劍巖頭樹요
手弄淸泉茹紫芝이라 하니, 蓬萊極加奬詡하고, 亡兄喜稱之니라.

[難解字] 暻경 : 밝다. 奬장 : 권면하다. 詡후 : 자랑하다. 蓬봉 : 쑥. 萊래 : 명아주.
笙생 : 생황(관악기의 한 가지). 昻앙 : 오르다. 逶위 : 구불구불 가다. 銖수 : 무게 단
위. 熙희 : 빛나다. 茹여 : 먹다.

【해석】 양봉래(楊蓬萊, 양사언(楊士彦)의 호)[1]가 풍악(楓岳, 금강산)에서 놀면
서 돌 위에 시를 새기기를[2]

白玉京	백옥경[3]과
蓬萊島	봉래섬[4]엔
浩浩[5]煙波[6]古	아득할 손 연파는 예스럽고
熙熙[7]風日[8]好	따스할 손 풍일(風日)은 좋을시고

碧桃花下閑來往　　푸른 복사꽃 아래 한가로이 오가며
笙鶴[9]一聲天地老[10]　학 등의 피리 한 소리 천지는 늙어가네

라 했으니 신선의 노니는 흥취가 있다. 같은 시대에 송경(宋暻)이라는 자
가 있었으니 서자(庶子)였다. 그 또한 이 시에 이어 읊기를

鶴軒昂　　　　　학은 높이 날아오르고
鳳透遲　　　　　봉은 거침없이 날으며
三山朝下　　　　삼신산[11] 아래로 굽어보고
五雲中飛　　　　오색구름 가운데를 날으네
乾坤三尺杖　　　천지는 석 자의 지팡이라면
身世六銖衣　　　신세는 한 벌의 육수의로세
好掛長劍巖頭樹　바위 꼭대기 나무에 긴 칼 좋게 걸어두고
手弄淸泉茹紫芝　손으로 맑은 샘 담그고 붉은 지초(芝草) 캐먹노라.

고 하니, 봉래가 극도의 찬사를 보내고 돌아가신 형(허봉)도 기뻐하며 칭찬
하였다.

● 주석 ┈┈┈┈┈┈┈┈┈┈┈┈┈┈┈┈┈┈┈┈┈┈┈┈┈┈┈┈┈┈┈┈┈┈┈┈┈┈┈

1 양사언(楊士彦, 1517~1584) : 조선시대의 문신이자 서예가로 자는 응빙(應聘), 호
　는 봉래(蓬萊)·해객(海客)이다. 안평 대군, 김구(金絿), 한호 등과 함께 조선 전기
　의 사대 서예가로 꼽히며 시에도 능하였다. 저서에 『봉래시집』이 있다.
2 蓬萊詩集卷之一 七言絶句「題鉢淵磐石上」與崔顥車軾, 各述一篇, 刻石上.
　『國朝詩刪』에 「批」 '仙標拔俗'이라고 되어 있다.
3 백옥경(白玉京) : 하늘 위에 옥황상제가 산다는 서울.
4 봉래도(蓬萊島) : 삼신산(三神山)의 하나로서 선인이 산다는 곳이다.

5 호호(浩浩) : (가없이) 넓고 크다.

6 연파(煙波) : ①멀리 연기(煙氣)나 안개가 부옇게 잔뜩 낀 수면 ②물결처럼 보이는 자욱하게 낀 연기(煙氣).

7 희희(熙熙) : 화목(和睦)한 모양(模樣).

8 풍일(風日) : 바람과 볕이라는 뜻으로, '날씨'를 이르는 말이다.

9 생학(笙鶴) : 주영왕(周靈王)의 태자(太子) 진(晉)이 7월 7일에 후산(緱山)에서 흰 학을 타고 생(笙)을 불며 산마루에 머물러 있다가 손을 들어 세상 사람과 작별하고 하늘로 떠났다는 고사를 인용한 것이다.

10 육수의(六銖衣) : 천인(天人)이 입는다는 극히 얇고 가벼운 옷. 『長阿含經』에 "도리천(忉利天)에는 옷의 무게가 육수(六銖)이고, 염마천(炎摩天)에는 삼수(三銖)이고, 도솔천(兜率天)에는 이수 반(二銖半)이다." 하였다. 한악(韓偓) 시에는 "육수의 얇아서 가벼운 추위를 일으키누나.[六銖衣薄惹輕寒]" 하였다.

11 삼신산(三神山) : 중국 전설에서 보하이 만[渤海灣] 동쪽에 있다는 봉래산(蓬萊山)·방장산(方丈山)·영주산(瀛洲山)의 3산. 우리나라에서는 금강산·지리산·한라산을 삼신산으로 불렀다. 「사기(史記)」에 의하면, 이곳에 신선이 살고 있으며, 불사약(不死藥)이 있다 하여 시황제(始皇帝)와 한(漢) 무제(武帝)가 이것을 구하려고 동남동녀(童男童女) 수천 명을 보냈으나 행방불명이 되었다는 일이 유명하게 전해 내려온다.

● **보충강의**

양사언(楊士彦)은 금강산을 너무 사랑하였다.

명종, 선조 연간에 회양 부사로 있던 봉래(蓬萊) 양사언이 내금강 만폭동(萬瀑洞) 계곡의 넓은 바위 위에 '봉래풍악원화동천(蓬萊楓嶽元化洞天)'이라고 크게 글씨를 새겨 놓았다고 한다.

金剛山天逸臺

青山舞不舞　　청산이 춤을 추니 춤이 아니요
綠水歌不歌　　녹수가 노래하니 노래가 아니더라

爾舞不舞舞	너의 춤은 춤 아닌 춤이요
我歌不歌歌	나의 노래는 노래아닌 노래로다
瑤臺之上表獨立	옥으로 만든 대 위에 홀로 서니
碧空明月生何多	벽공의 밝은 달이 많이도 비치네

양봉래(楊蓬萊)의 풍악에서[在楓岳]란 시는 다음과 같다.

白玉京蓬萊島	백옥경 봉래도에
浩浩煙波古	허허 넓은 연파는 태곳적이고
熙熙風日好	맑고 따사로운 날씨도 좋구나
碧桃花下閒來往	벽도화 그늘에 한가로이 오가니
笙鶴一聲天地老	학 탄 신선 피리소리에 세월은 간다

신선 같은 풍채와 도인 같은 느낌이 짙다. 자동(紫洞) 차식(車軾)이 흉내내기를 다음과 같이 했다.

朝玄圃暮蓬萊	아침엔 현포에 저물녘엔 봉래산에
山月鉢淵瀑	산달 걸린 박연폭포요
香風桂樹臺	향풍어린 계수대라
俯臨東海揖麻姑	동해를 굽어보며 마고에게 절하고
六六壺天歸去來	삼십륙동천에 돌아가노라

원숙하기는 하나. 격(格)이 미치지 못한다. 나의 중형도 다음과 같이 화답하였다.

鶴軒昂燕差池	학은 훤칠하게 제비는 높게 낮게
三山歸去五雲中飛	삼신산에 돌아와 오색 구름에 나는구나
乾坤三尺杖	이 천지간 석자짜리 지팡이에
身世一布衣	포의로 한 세상 보내누나

好掛長劍巖頭樹　바윗머리 나무에 긴 칼 척 걸어 두고
手弄淸溪茹紫芝　맑은 시내에 손 담그고 영지풀잎 씹네

비록 좋기는 해도 마침내 양봉래의 신선 같은 운치에는 미치질 못한다. 이익지(李益之)에게 읊게 한다 해도 미치지 못할는지 모르겠다. 양봉래의 시에 다음과 같은 것이 있다.

山上有山山出地　산 위에 또 산 있으니 산이 땅에서 나오고
水邊流水水中天　물가에 또 물 흐르니 물속에 하늘 어리었네
蒼茫身在空虛裏　아득해라 이 몸 공허 속에 있거니
不是煙霞不是仙　연하도 아닌 것이 선경도 아니로세

불게(佛偈)와도 비슷하다. 또 다음과 같은 것도 있다.

金屋樓臺拂紫煙　금옥루대에 보랏빛 안개 떨치고
躍龍雲路下群仙　용이 나는 구름길에 신선 내려오네
靑山亦厭人間世　청산도 인간 세상에 역겨웠던지
飛入蒼溟萬里天　푸른 바다에 어린 구만리 장천 속에 날아들었네

蟠桃子熟三千歲　삼천 년 만에 익는다는 신선 복숭아
半夜白鸞來一雙　한밤중 하얀 난새 쌍으로 왔네
中天仙郞降王母　중천에 신선 서왕모 내려오니
玲瓏海氣連雲牕　아롱진 바다기운 구름창에 이었네

역시 그를 따라 배울 만하다.

차식(車軾)의 자는 경숙(敬叔), 호는 이재(頤齋), 연안인(延安人)이며 벼슬은 군수이다. 『기아(箕雅)』를 참고하건대 '金玉'은 '金屋'으로 되었고, '躍龍'은 어떤 본에는 '濯龍'으로 되어 있다. ─ 허균, 『학산초담』

第52話

先君與楊士彦待李達可見朋友相規之義

선군께서 양사언과 더불어 이달을 대우함이
붕우를 서로 경계하는 뜻을 볼 수 있다.

蓬萊宰江陵할새, 賓遇益之러니, 之爲人不檢하여, 邑人訾之
라, 先子貽書勖之하니, 公復曰, 桐花夜煙落, 梅樹春雲空之李
達을, 設若疏待면, 則何以異於陳王初喪應劉之日乎리오. 然
醴初不設에, 益之留詩以辭曰, 行子去留際는, 主人眉睫間이
니라, 今朝失黃氣하니, 未久(他本作舊宇)憶靑山이라 하니라.

[難解字] 宰재 : 맡아 다스리다. 訾자 : 헐뜯다. 貽이 : 주다. 勖욱 : 힘쓰다. 設설 : 가
령. 疏소 : 소원하다, 멀다. 醴례 : 단술, 맑은 술. 睫첩 : 속눈썹.

【해석】 봉래가 강릉 부사로 있을 적에 익지(益之, 이달(李達)의 자)[1]를 손님
으로 대우했는데 그의 사람됨이 단속함이 없어 고을 사람들이 그를 비난
했다. 선친이 편지를 보내 그를 변호하니 공이 답장하기를

桐花夜煙落　　밤 안개에 오동 꽃 떨어지고
梅[2]樹春雲空　　매화 숲에 봄 구름 사라지도다[3]

고 읊었던 이달(李達)을 만약 소홀히 대한다면 곧 진왕(陳王, 위(魏) 조식(曹
植)의 봉호)이 응양(應瑒)·유정(劉楨)을 처음 잃던[4] 날과 무엇이 다르겠느냐
고 했다. 그러나 대접이 소홀하게 되자 익지는 시를 남기고 작별하는데

行子去留際	나그네 떠나고 머무는 사이는
主人眉睫間	주인이 속눈썹과 눈썹사이[5]에 나타나는지라
今朝失黃氣[6]	오늘 아침 온화한 빛을 잃게 됐으니
未久[7]憶靑山	오래잖아 청산을 생각하리

●주석

1 이달(李達, 1539~1612) : 조선 중기의 시인. 본관은 신평(新平). 자는 익지(益之), 호는 손곡(蓀谷)·서담(西潭)·동리(東里). 영종첨사 수함(秀咸)의 아들이나, 홍주의 관기(官妓)에게서 태어났으므로 서자로 자랐다. 최경창(崔慶昌)·백광훈(白光勳)과 어울려 시사(詩社)를 맺어, 문단에서는 이들을 삼당시인(三唐詩人)이라고 불렸다. 한때 한리학관(漢吏學官)이 되었고 중국 사신을 맞는 접빈사의 종사관으로 일하기도 하였다. 그는 일흔이 넘도록 자식도 없이 평양 여관에 얹혀살다가 죽었다. 시집으로 제자 허균이 엮은 『손곡집』(6권 1책)이 있다.

2 蓀谷詩集卷之五 「別李禮長」에 '梅'가 '海'로 되어 있다.

3 別李禮長 :『蓀谷詩集卷之五』『國朝詩刪』에 '評' '孤情絶照'라고 되어 있다.
<u>桐花夜煙落</u> 오동꽃 밤안개 속에 떨어지고
<u>海樹春雲空</u> 바닷가 나무 봄 구름 걷혔네.
芳草一盃別 봄날 술 한 잔의 이별
相逢京洛中 한양에서나 만나세.

4 응창(應瑒)·유정(劉楨)을 처음 잃던 : 진왕은 위(魏) 조식(曹植)의 봉호(封號). 응탕과 유정은 건안칠자(建安七子) 가운데 두 사람. 건안(建安) 22년(217), 유정(劉楨), 응창(應瑒), 서간(徐幹) 등 역질에 걸려 죽었다. 건안 연간(196~220)에 서간(徐幹), 공융(孔融)·진림(陳琳)·왕찬(王粲)·완우(阮瑀)·유정(劉楨)·응창(應瑒)과 함께 건안칠자로 불렸다.

5 미첩(眉睫) : 눈썹과 속눈썹. 널리 사람의 얼굴빛·태도를 가리킨다.『莊子, 庚桑楚』'向吾見若眉睫之間, 吾因以得汝矣'에 대한 唐 成玄英 疏에 '吾昔觀汝形貌已得汝矣'라 나와 있다.

6 황기(黃氣) : 기쁜 기운. 길상한 기운.

7 미구(未久) : 동안이 그리 오래지 않음. 주로 '미구에'로 쓰인다. ~에 닥칠 운명.
~에 만나 볼 기쁨과 아울러…. 未久他本作舊宇.

● 보충강의 --

양사언은 삼당시인과 관계가 깊었다.

본문에서 언급한 손곡 이달의 시는 다음과 같다.

上楊明府[*]　　蓀谷詩集卷之三

行子去留際	나그네가 떠나고 머무르는 때는
主人眉睫間	주인의 미첩간에 달렸네
今朝失黃氣	오늘 아침 황기를 잃어
未久憶靑山	오래지 않아 청산을 생각하네
魯國爰鶂[*]饗	노나라는 완거를 먹였고
征南薏苡還[*]	남쪽 교지에 가서는 율무 가지고 돌아왔네
秋風蘇季子	가을바람에 소계자는
又出穆陵關	또 다시 목릉관을 나가네.

----

* 명부(明府) : 관부(官府)

* 원거(爰鶂) : 해조명(海鳥名). 노나라 때 동문(東門) 밖에 3일을 앉아 있으니 새인 줄 모르
고 神이라 여겨 祭를 지내주었다. 그러나 이 새는 굶어죽는다. 『左傳』에 보인다.

* 援이 交趾(漢나라 때의 郡名으로 지금의 베트남 북부 지역)에서 율무를 가져온 일. 『後漢
書, 馬援傳』에 보인다.

봉래 양사언이 함경도 안변 땅에 부임하여 서울에 있던 옥봉(玉峰) 백광훈(白光
勳)에게 다음과 같이 편지를 보냈다.

三千里外心親　　삼천리 밖에서 친구를 그리워하며
一片雲間明月　　한조각 구름 사이 밝은 달을 쳐다본다

옥봉 백광훈이 답시를 보내기를

一紙書末漢口春　　서울에서 봄 날 한통 편지를 받아드니
書中有語只心親　　글 속엔 그리운 친구란 말이 있을 뿐이라
相思却羨雲間月　　서로 그리워하니 구름 사이 달이 부럽구나.
分照三千里外人　　삼천리 밖 사람에게 나누어 비치려니

라고 하였다.

손곡 이달(李達)이 양사언의 죽음에 시로써 애도했다.

哭楊蓬萊 이달 양사언을 곡하다

知是人間尸解身　　이는 인간 시해(尸解)의 몸인 줄 알겠으니
不須惆悵浪沾巾　　모름지기 슬픈 눈물로 수건 적실 일은 아니라네
蓬萊海上東歸路　　봉래(蓬萊) 바닷가 동쪽으로 돌아가는 길에는
疑有碧桃千樹春　　아마도 벽도(碧桃) 천 그루 봄날이 있으리라

第53話

李達之詩自新羅以來法唐者無出其右

이달의 시는 신라이래로 당시를 본받은 자로
그 보다 나은 사람은 없을 것이다.

魯國鶏鷗饗이요, 南征薏苡還이라. 秋風蘇季子하니 又出穆陵關이라 하니 公이 大加稱愛하고, 待之如初라. 可見先輩朋友相規之義라. 而其風流好才하니, 亦何易得乎리오. 盧相이 見僧軸에 有孤竹及益之詩하고, 題曰, 當代文章伯은, 唯稱李與崔니라, 蓋非溢辭也라. 仲兄亦言李之詩하여, 自新羅以來法唐者는, 無出其右라 하니라. 嘗稱其中天笙鶴下秋霄이요, 千載孤雲已寂寥로다. 明月洞門流水在하니, 不知何處武陵橋之作은, 以爲不可及已니라.

[難解字] 鶏원 : 봉새 비슷한 바다 새. 鷗거 : 갈가마귀. 薏의 : 율무. 苡이 : 질경이. 軸축 : 두루마리. 霄소 : 하늘. 寥료 : 공허하다.

【해석】

魯國鶏鷗饗	노국에선 원거에게 제사를 지냈고[1]
南征薏苡還	남방에 출정 가서 율무 갖고 돌아왔네[2]
秋風蘇季子	소계자[3]는 가을바람 만나자마자
又出穆陵關	또 다시 목릉관[4]을 나가는구나

라 읊으니, 공이 크게 칭찬과 사랑을 더하며 그를 처음같이 대접했다. 선배, 붕우들이 서로 바로잡아 주는 의가 어떠했던가를 여기에서 볼 수 있다. 그리고 그 풍류 있고 재주 있는 자를 좋아하니 또 어찌 쉬이 얻을 수 있겠는가?

소재(蘇齋) 노(盧) 정승[5]이 승축(僧軸)[6]에 고죽(孤竹, 최경창(崔慶昌)의 호)[7] 및 익지(益之)의 시가 있는 것을 보고 시를 짓기를

當代文章伯　　이 시대에 으뜸가는 문장으로는
唯稱李與崔　　유독 이(益之)와 최(孤竹)를 일컫는다오.

라 하였는데, 대체로 지나친 말은 아니었다. 중형 또한 말하기를, "이(益之)의 시는 신라 이래로부터 당시(唐詩)를 본받은 자로서는 그 보다 앞에 나올 사람은 없을 것이다." 하였다. 그리고 일찍이 칭찬하는 그의 시 중에서,

中天笙鶴下秋霄　　중천의 생학은 가을 하늘에 내려오고
千載孤雲已寂寥　　천년의 외로운 구름은 이미 적막하구나.
明月洞門流水在　　밝은 달 트인 문엔 유수가 놓였으니
不知何處武陵橋[8]　　어느 곳이 무릉교[9]가 있는지 궁금하네.

라 한 작품을 칭송하면서 그에게 미치지 못하리라 여겼었다.

● 주석 --

1 노국에선~했고 : 분수에 지나친 대우를 받는 것을 말한다. 노(魯) 대부 장문중(莊文仲)의 인(仁)스럽지 못한 것 세 가지 중에 하나는 원거(爰居 : 바다새의 일종)에

제사 지낸 것이라고 하였다. 『左傳 文公 2年』

2 남방에~돌아왔네 : 남의 비방을 받는 것을 말한다. 후한(後漢)의 마원(馬援)이 교지(交趾)를 평정하고 돌아올 때 풍질(風疾)에 좋은 의이인(薏苡仁)을 여러 수레에 싣고 왔는데 그를 미워하는 자들이 금은보화를 싣고 왔다고 비방하였다.

3 소계자(蘇季子) : 중국 전국시대(BC 5세기~BC 3세기) 중엽의 유세가(遊說家). 河南省 洛陽 사람. 장의(張儀)와 함께 귀곡자(鬼谷子)에게 가르침을 받았다. 연(燕)나라의 문후(文侯)에게 6국 합종(合縱)의 이익을 설득하여 받아들여졌다. 다시 조(趙)·한(韓)·위(魏)·제(齊)·초(楚)의 여러 나라를 설복하는 데도 성공하여, BC 333년 연나라에서 초나라에 이르는 남북선상(南北線上)의 6국의 합종에 성공하였다. 이로써 혼자서 6국의 상인(相印, 재상의 인장)을 가지게 되었고, 스스로 무안군(武安君)이라 칭하여 이름을 떨쳤다. 그의 합종책은 장의 등이 헌책한 연형책(連衡策, 連橫策이라고도 함)에 패배하여 실패했다. 그 후 연나라의 관직에 있다가 다시 제나라에 출사했으나, 제나라 대부(大夫)의 미움을 사 암살당하였다. 소진이 일개 서생 출신으로 지모변설(智謀辯舌)로써 공명부귀를 얻어 그 이름을 천하에 떨쳤기 때문에 진나라를 위해 연형책을 썼던 장의와 함께 전국시대 책사(策士)의 제1인자로 병칭(竝稱)되고 있다.

4 목릉관(穆陵關) : 청관(青關). 青州의 關:중국 산동성 청주.

5 노수신(盧守愼, 1515~1590) : 조선시대의 문신이자 학자. 자는 과회(寡悔). 호는 소재(蘇齋), 여봉노인(茹峯老人), 암실(暗室), 이재(伊齋). 을사사화로 유배되었다가 복귀하여 영의정에 올랐으나 기축옥사로 파직되었다. 저서에 『소재집』이 있다.

6 승축(僧軸) : 스님의 시축.

7 최경창(崔慶昌, 1539~1583) : 조선시대의 시인. 자는 가운(嘉雲). 호는 고죽(孤竹). 종성 부사를 지냈다. 인품과 학문이 뛰어나고, 시를 특히 잘하여 백광훈, 이달과 함께 삼당시인으로 불린다. 문집에 『고죽유고(孤竹遺稿)』가 있다.

8 蓀谷詩集卷之六「尋伽倻山」라는 제목이 붙어 있고, 『國朝詩刪』에 1·2句에 대한 「評」은 '空中布景覽之冷然.' 3·4句에 대한 「評」은 '故墮其烟霧中.'라고 되어 있다.

9 무릉교(武陵橋) : 가야산 해인사 입구 홍류동 계곡을 따라 4km쯤 들어간 산기슭에 있다.

● 보충강의 ···

　노수신(盧守愼)은 힘차고 깊어 감주(弇州 명나라 왕세정(王世貞)의 호)에 비해 조금 고집스러우나 오율(五律 오언 율시)은 두법(杜法 두보의 시법)을 깊이 터득하고 있습니다.

　중씨가 근래 시인을 평하되, 소재 상공(蘇齋相公)을 대가로 여기고, 제봉(霽峯) 고경명(高敬命)을 그 다음으로 쳤다. 이익지(李益之, 익지는 李達의 자)는 중씨의 시·문이 모두 고공(高公)보다 낫다고 치는데 논란은 오래되었으나 결판이 나지 않았다. 내가 권응인(權應仁)을 만나게 되어 물어보니, 이익지의 말이 옳다고 하였다. 권응인이 갑산(甲山)으로 귀양 가는 중씨를 보내는 시의 항련(項聯)에

　　家居丁卯唐詩士　　정묘교 곁에 살던 당나라 시인이고
　　降在庚寅楚逐臣　　경인일에 태어나 내쫓긴 초나라 신하로다

라 하니, 고사 인용이라든가 대우(對偶)가 다 적절하다. 중형이 서애(西厓)에게 부친 시에 또

　　莫言甲子泥塗日　　갑자년 참상을 말하지 마라
　　應値庚寅下降年　　응당 경인년에 하강하는 때를 맞으리

하였다.

第54話

詩作與地名
시를 짓는데 지명과 더불어

趙持世가 嘗曰, 我國地名은, 入詩不雅니라. 如氣蒸雲夢澤이요, 波撼岳陽城은, 凡十字六字가 地名이오. 而上加四字하니 其用力只在蒸撼二字爲功이니, 豈不省耶인가. 此言亦似有理하니, 然이나 盧相詩에, 路盡平丘驛이요, 江深判事亭이라. 柳暗靑坡晚하니, 天晴白嶽春이라 하니, 亦殊好라 其在爐錘之妙而已러니 何害點鐵成金乎리오.

[難解字] 蒸증 : 찌다. 撼감 : 흔들다. 爐노 : 화로. 錘추 : 저울.

【해석】 지세(持世) 조위한(趙緯韓)[1]이 일찍이

"우리나라 지명(地名)은 시(詩) 속에 들여 넣어도 우아한 맛이 없다. 예를 들어

氣蒸雲夢澤	대기는 운몽택[2]을 쪄서 올리고
波撼岳陽城	파도는 악양성[3]을 뒤흔든 다네

와 같은 시구를 보면 무릇 열 글자 중에서 여섯 글자가 지명이고, 그 위에 네 글자를 보탠 것이요, 그 힘쓴 곳은 단지 증(蒸)자와 감(撼)자, 이 두 글자뿐이니 시를 짓기가 어찌 수월하지 않은가."라고 말한 적이 있는데,

그 말이 또한 일리는 있는 것 같다. 그러나 노 정승의 시인

路盡平丘驛　　길은 평구역[4]에서 다해 버리고
江深判事亭　　강물은 판사정[5]에서 깊어진다네

柳暗青坡晚　　청파[6]의 저녁에 버들빛 짙고
天晴白嶽春　　백악[7]의 봄날에 하늘은 맑네

같은 구절은 또한 대단히 훌륭하다. 이것은 글귀 만드는 묘법에 있을
뿐이나 쇠로서 금을 만들기[8]에 무엇이 해롭겠는가?

● 주석

1　조위한(趙緯韓, 1567~1649) : 조선 중기의 문신. 본관은 한양(漢陽). 자는 지세(持
　　世), 호는 현곡(玄谷). 1601년 사마시를 거쳐 1609년(광해군 1) 증광문과에 급제한
　　뒤, 주부·감찰 등을 지냈고, 1613년 계축옥사 때 파직당했다. 인조반정으로 재 등
　　용되어 장령·집의 등을 지내다가, 1624년 이괄이 난을 일으키자 토벌에 참여하여
　　공을 세웠고, 병자호란·정묘호란 때도 항전했다. 벼슬은 공조참판·자헌대부·지
　　중추부사에 이르렀다. 저서로 「현곡집」·「기행록(紀行錄)」·「최척전(崔陟傳)」이
　　있으며 한문소설 「최척전」(「기우록(奇遇錄)」이라고도 함)이 있다.
2　운몽택(雲夢澤) : 지금의 호남성 동정호 일대로 양자강의 하류의 낮고 평평한 평야
　　지대의 늪지대여서 양쯔강과의 사이에 종횡으로 수로가 뻗은 수향(水鄉)을 이루기
　　때문에 상습적인 수해지대이다.
3　중국 호남성 악양현에 있으니, 서쪽으로 동정호를 굽어보면 연파(煙波)가 끝이 없
　　고, 경색이 만천가지로 나타난다. 당(唐)의 장설(張說)이 지었고, 송(宋)의 등자경
　　(滕子京)이 중수했다. 「范仲淹, 岳陽樓記」
4　평구역(平丘驛) : 조선시대 경기도 양주의 평구역(平丘驛)을 중심으로 한 역도(驛
　　道). 경기도 양주군 동쪽 70리에 있다. 「新增東國輿地勝覽, 楊州」

5 서울 용산구 한강로에 있던 정유길(鄭惟吉)의 몽뢰정(夢賚亭)이다.

6 청파(青坡) : 서울특별시 용산구에 속한 동·서울역 남쪽의 청파는 수륙교통의 영
계소인 용산의 배후 취락이자 내륙으로 이어지는 교통상의 요지였다.

7 백악(白嶽) : 백악(白嶽)은 경복궁의 주산, '흰 돌산'이라는 뜻이다. 백악(白岳).
경복궁성 북쪽에 있어, 도성(都城)이 산등성이를 따라 축조(築造)되었다.

8 점철성금(點鐵成金) : 도가(道家)에서 무쇠에다 약물을 더해 황금으로 만드는 방
법이 있으니, 시가(詩家)에서 고사를 인용하여 문자를 묘하게 고쳐 만드는 것을
비유한다.

⦿ 보충강의 --

허균이 본문에 언급한 시구들의 원시들을 감상해 보자.

臨洞庭　　　孟浩然* 『孟浩然集』 卷3

八月湖水平　　팔월의 호수는 잔잔하고

涵虛混太淸　　하늘 머금어 더욱 맑구나.

氣蒸雲夢澤　　기운은 雲夢澤을 찔 듯하고

波撼岳陽城　　물결은 岳陽城을 흔드네

欲濟無舟楫　　건너려 하여도 배가 없고

端居恥聖明　　평소에 (한 일 없어) 聖君에 부끄럽도다

坐觀垂釣者　　앉아서 낚시 드리운 사람을 바라보니

徒有羨魚情　　헛되이 고기를 부러워하는 마음이 생기는구려

———————

*맹호연(孟浩然, 689~740) : 중국 성당기(盛唐期)의 시인. 후뻬이성[湖北省 샹양현[襄陽縣]
사람이며, 고향에서 공부에 힘썼다. 40세쯤에 장안(長安)으로 올라와 진사시험을 쳤으나,
낙방하여 고향에 돌아와 은둔생활을 하였다. 만년에 재상 장구령(張九齡)의 부탁으로 잠
시 그 밑에서 일한 것 외에는 관직에 오르지 못하고 불우한 생을 마쳤다. 도연명(陶淵明)을
존경하여 고독한 전원생활을 즐기고 자연의 한적한 정취를 사랑한 작품을 남겼는데, 그중
에서도 「春眠不覺曉 處處聞啼鳥 夜來風雨聲 花落知多少」라는 '春曉'의 시가 유명하다.
시집으로 『孟浩然集』 4권이 있어 200수 남짓의 시가 전한다.

慎氏江亭懷弟 盧守愼『蘇齋集』卷5

路盡平丘驛   길은 평구역에서 끝나고,

江深判事亭   강은 판사정에 깊구나.

登臨萬古闊   올라보니 만고에 트여 있고,

枕席五更淸   잠자리에 드니 새벽이 맑다.

霜渚飜魚鳥   서리 내린 물가에는 고기와 새가 퍼득이고,

南鄕雙淚盡   남쪽 고향 생각하며 두 줄기 눈물 흘리고

北闕寸心明   궁궐을 향해 작은 뜻을 밝히노라

會謁議政影幀移安于家   盧守愼『蘇齋集』卷5

歲月幷臨辰   歲와 月이 함께 辰에 임해

移安鼻祖眞   시조의 영정을 옮기네

招要袒免服   단문 의식을 하고

序拜十三人   차례로 열세 명에 절을 하네

柳暗靑坡晚   버들은 청파의 저물녘에 그늘지고

天晴白嶽春   하늘은 백악의 봄에 개었구나.

誰知修禊事   누가 제사 다스리는 일을 알겠는가

所以勸親親   어버이 친히 여김을 권하는 일이네

第55話

朴淳贈堅上人詩有欲退之志

박순[1]의 「증견상인」 시에 물러나고자 하는 뜻이 있었다.

朴思庵詩에, 久沐恩波役此心이요, 曉鷄聲裏戴朝簪이라. 江南野屋春蕪沒이요 却倩山僧護竹林이라 하니 嗚呼라, 士大夫孰無欲退之志리오마는, 而低回寸祿하여, 負此心者가 多矣라. 讀此詩면, 足一興嘅하리라.

[難解字] 淳순 : 순박하다. 簪잠 : 비녀. 蕪무 : 거칠어지다. 倩천 : 예쁘다. 嘅개 : 탄식하다.

【해석】 사암(思庵) 박순(朴淳)의 시에

久沐恩波役此心　은파에 오래 젖어 이 마음 쉴새없이
曉鷄聲裏戴朝簪　새벽 닭 우는 속에 조복(朝服)을 챙기누나
江南野屋春蕪沒　강남의 들 집은 봄풀이 우거지니
却倩山僧護竹林　도리어 산승시켜 죽림을 보호하라하네

라 했으니 아, 사대부로서 어느 누가 물러나고 싶은 마음이 없겠는가마는 하찮은 녹봉에 끌리어 고개를 숙이고 이 마음을 저버리는 자가 많을 것이다. 이 시를 읽으면 한 번 탄식의 소리를 내기에 족할 것이다.

● 주석

1 박순(朴淳, 1523~1589) : 자는 화숙(和叔), 호는 사암(思庵), 시호는 문충(文忠). 본관은 충주(忠州). 서경덕(徐敬德)의 문인. 1553년 친시문과(親試文科)에 장원, 전적(典籍)에 이어 수찬(修撰) 등을 거치고 사인(舍人)을 지냈으며 55년 사가독서 (賜暇讀書)를 했다. 그 후 한산군수(韓山郡守) 등을 비롯, 우의정, 좌의정을 거쳐 72년 영의정에 올라 14년간 재직했다. 극심한 동서당쟁(東西黨爭) 속에서 이이(李 珥), 성혼(成渾)을 편들다가 서인(西人)으로 지목되어 탄핵을 받고 영평(永平)의 백운산(白雲山)에 은거했다. 詩, 文, 書에 모두 뛰어났으며, 시는 당시풍(唐詩風) 을 따랐고 글씨는 송설체(宋雪體)를 잘 썼다. 개성(開城) 화곡서원(花谷書院), 광 주(光州) 월봉서원(月峰書院) 등에 제향되었다. 『사암집(思庵集)』이 있다.

● 보충강의

선조대왕이 박순을 칭찬한 말에, '송균절조 수월정신(松筠節操 水月精神)'이라 는 대찬사를 거리낌 없이 말했다. 소나무나 대나무의 곧은 절조에 맑은 물이나 밝은 달과 같은 깨끗한 정신의 소유자라는 뜻이었으리라. 백사 이항복은 사암의 시장(諡狀)에서 "옛말에 어진 사람은 반드시 용기가 있다고 했는데 아마도 공을 두고 하는 말이다"라고 말하여 위대한 그의 용기를 찬양했다.

박순(朴淳, 1523~1589)은 조선의 문신이며 정치인, 성리학자, 시인이다. 훈구 파와 신진 사림의 교체기에 사림운동에 전력한 선비이자 관료로서, 왕의 외삼촌 이자 훈구파의 대부였던 윤원형을 축출시켜 조선 역사에 사림의 시대를 열었다. 성균관 대사성, 예조판서, 한성부 판윤 등을 거쳐 영의정에 올랐고 청백리에 녹선 됐다. 조선시대를 통틀어 장원급제자는 영의정이 되지 못한다는 징크스를 깬 몇 안 되는 인물이기도 하다.

그는 중종실록을 마무리할 정도의 학자이자 관료였던 부친 육봉 박우(朴祐)에 게 14세까지 배웠고, 15세에 화담 서경덕의 문인(門人)으로 들어가 책과 실제를 병행하는 학풍으로 평생을 살았다. 남명 조식과 퇴계 이황의 문하생이기도 했으 며 고정관념에 얽매이거나 구애받는 것을 싫어했다. 이런 그의 성향으로 원로가 된 후에도 한참 후배였던 율곡 이이나 성혼과도 교우가 매우 두터웠으며 이 때문에 서인(西人)으로 지목되면서 당시 주류 유학계의 탄핵을 받았다. 그의 동문이나 문하생들이 모두 동인(東人)이 되어 그를 공격했고 14년간이나 지켜왔던 정승 자리에서 내려와 포천에 은거했다.

서울 태생으로 자는 화숙, 호는 사암. 시호는 문충공이며 홍문관 대제학 겸 영의정으로 품계는 대광보국숭록대부이다. 본관은 충주이고 성균관 대사성 박우(朴祐)의 아들이며 눌재(訥齋) 박상(朴祥)의 조카이다.

조선의 삼당시인을 길러낸 당나라 풍의 시를 복원한 시인이었다.

박순은 사대부로서 어느 누가 물러나고 싶은 마음이 없겠냐고 언급했다. 이은(吏隱)의 정취: 관리로서 산수에 은거하고 싶은 생각, 그래서 차라리 관료 속에 은거한다는 말이 있었다.

퇴계는 도산에 은거하여 학문과 후진교육에 힘쓰고자 사직상소를 올리고 벼슬에서 물러나고자 하였다. 박순의 퇴계 선생이 남으로 돌아감을 전송하며[送退溪先生南還]라는 시는 다음과 같다.

鄕心不斷若連環	고향생각 끊임없어 고리인 양 이어지니
一騎今朝出漢關	한필 말로 오늘아침 한관 떠나네
寒勒嶺梅春未放	추위에 고개 매화 봄인데도 못 피니
留花應待老仙還	남은 꽃은 늙은 신선 돌아오길 기다리리

第56話

盧守愼黃廷彧俱工近體而大篇不及

노수신[1] 황정욱[2]은 모두 근체시에 뛰어났으나
장편시는 그것에 미치지 못한다.

盧蘇齋와, 黃芝川은, 近代大家로, 俱工近體라, 盧之五律과,
黃之七律은, 俱千年以來絶調라, 然이나 大篇不及此하니, 未知
其故也라.

[難解字] 彧욱 : 문채가 빛나는 모양. 調조 : 곡조.

【해석】 소재 노수신·지천 황정욱(黃廷彧)은 근대의 대가로서 둘 다 근체시(近體詩)에 솜씨가 뛰어나다. 노의 오언율시(五言律詩)와 황의 칠언율시(七言律詩)는 모두 천년 이래의 절조(絶調)[3]이다. 그러나 장편시는 이만 못하니 그 까닭을 알 수 없다

◉ 주석 --

1 노수신(盧守愼, 1515~1590) : 자는 과회(寡悔), 호는 소재(蘇齋), 이재(伊齋), 암실(暗室), 여봉노인(茹峰老人)이고, 시호는 문의(文懿), 문간(文簡)이며, 본관은 광주(光州)이다. 17세에 이연경(李延慶)의 사위로 문하생이 되고 1543년 식년문과(式年文科)에 장원, 44년 시강원(侍講院) 사서가 되고 사가독서(賜暇讀書)를 했다. 인종이 즉위하자 대윤(大尹)으로서 정언(正言)이 되어 이기(李芑)를 논핵, 파직시켰으나 45년 명종이 즉위하자 소윤(小尹) 윤원형(尹元衡)이 이기와 함께 을사사화(乙巳士禍)를 일으켜 그는 이조좌랑에서 파직, 47년 순천에 유배되었고, 양재

역(良才驛) 벽서사건(壁書事件)으로 가중처벌되어 진도로 이배, 19년 동안 귀양살
이를 했다. 65년 다시 괴산으로 옮겼다가 67년 선조가 즉위하자 풀려서 교리(校理)
에 기용되어 대사간, 부제학, 대사헌, 이조판서, 대제학을 거쳐 73년 우의정, 78년
좌의정, 85년에 영의정에 이르렀다. 88년 영중추부사가 되었으나, 다음해 기축옥
사(己丑獄事) 때 과거 정여립(鄭汝立)을 천거했다하여 대간의 탄핵을 받고 파직되
었다. 문장과 서예에도 능했고, 양명학도 연구하여 주자학파의 공격을 받았으며
휴정(休靜), 선수(善脩) 등과도 교제하여 불교의 영향을 받기도 했다. 충주의 팔봉
서원(八峰書院), 상주의 도남서원(道南書院), 봉산서원(鳳山書院), 괴산의 화암서
원(花巖書院), 진도의 봉암사(鳳巖祠) 등에 배향되었다.

2 황정욱(黃廷彧, 1532~1607) : 자는 경문(景文), 호는 지천(芝川), 시호 문정(文貞),
본관 장수(長水). 1552년 사마시에 합격, 58년 식년문과에 병과로 급제, 사관(史
官)이 되고 정언, 응교, 문학, 집의 등을 역임했다. 80년 진주 목사를 지내고 충청
도 관찰사가 되었다. 84년 종계변무주청사(宗系辨誣奏請使)로 명나라에 가서 조
선의 종계가 잘못 기재된 채 간행된『大明會典』의 개정을 확인하고 돌아와 동지
중추부사를 거쳐 호조판서에 올랐다. 그 공으로 90년 광국공신으로 장계부원군에
봉해지고 예조판서에 승진, 이어 병조판서로 전임되었다. 92년 임진왜란이 일어나
자 호소사(號召使)가 되어 왕자 순화군(順和君)을 배종하고, 강원도에서 의병을
모으는 격문을 8도에 돌렸다. 왜군의 진격으로 회령에 들어갔다가 모반자 국경인
(鞠景仁)에 의해 임해군, 순화군 두 왕자와 함께 안변 토굴에 감금되었다. 이때
왜장 가토 기요마사[加藤淸正]로부터 선조에게 항복권유의 상소문을 쓰라고 강요
받고 이를 거부하였으나 왕자를 죽인다는 위협에 못이겨 아들 혁(赫)이 대필하였
다. 이에 그는 항복을 권유하는 내용이 거짓임을 밝히는 또 한 장의 글을 썼으나
체찰사의 농간으로 아들의 글만이 보내져 뜻을 이루지 못하고 이듬해 부산에서
풀려나온 뒤 앞서의 항복 권유문 때문에 동인(東人)들의 탄핵을 받고 길주에 유배
되고 97년 석방되었으나 복관되지 못한 채 세상을 떠났다. 시문(詩文)과 서예(書
藝)에 능했으며 뒤에 신원되었다. 저서로는『芝川集』등이 있다.

3 절창(絶唱)과 같다. 시문이 뛰어나게 아름다워 다시는 따라갈 사람이 없다는 말.
『宋書, 謝靈運論』절창의 높은 자취는 오랫동안 그 소리를 이을 사람이 없다.(絶唱
高從, 久無嗣響)

◉ 보충강의

근체시는 한시체(漢詩體)의 하나로 금체시(今體詩)라고도 한다. 고체시가 형식에 있어 비교적 자유로운데 반해 근체시는 일정한 격률(格律)과 엄격한 규범을 갖추게 되어 있다. 이러한 형식에서 이루어진 시체가 율시(律詩)·절구(絶句)·배율(排律)들이다. 이 시체는 고체시와 같이 압운(押韻)을 할 뿐만 아니라, 글자의 평측(平仄 : 한자음의 높낮이에 따라 平·上·去·入으로 나누는데, 평성을 제외한 나머지가 측성임)에 맞게 배열을 해야 하며, 자수나 구수도 엄격히 지켜야 한다. 이렇듯 정형화된 형식은 중국 육조시대 양(梁)나라의 심약(沈約)이 사성(四聲 : 한자음을 높낮이에 따라 넷으로 나눈 것. 곧, 평·상·거·입성)과 팔병(八病: 소리의 조화를 위하여 반드시 피해야 할 聲音上의 8가지 규칙. 곧, 平頭·上尾·蜂腰·鶴膝·大韻·小韻·旁紐·正紐)의 학설을 제창한데서 비롯하였다. 당나라 때에 들어서는 사대(四對)·육대(六對)·팔대(八對) 등 대구법이 정비되었고, 송지문(宋之問)·심전기(沈佺期)에 이르러 근체시의 모습을 갖추게 되었다. 고체시와 마찬가지로 근체시도 초기에는 오언을 중심으로 성행하다가 나중에 칠언이 정립되어 병행하게 되었다. 근체시는 다음의 세 가지 유형으로 분류하는 것이 일반적이다.

율시는 1편이 반드시 8구로 이루어져 있는 것으로, 두보(杜甫)의 「춘야희우(春夜喜雨)」는 오율, 「객지(客地)」는 칠률의 좋은 예이다. 절구는 율절(律絶) 혹은 소율(小律)이라고도 하며, 1편이 4구로 이루어져 있는 것으로, 노륜(盧綸)의 「새하곡(塞下曲)」은 오절, 이백(李白)의 「조발백제(早發白帝)」는 칠절의 좋은 예이다. 배율은 장률(長律)이라고도 하는데, 보통 율시가 8구인 데 비해 배율은 10구 이상의 장편으로 이루어진 것이다. 두보의 「상위좌상이십운(上韋左相二十韻)」이나 백거이(白居易)의 「위촌퇴거일백운(渭村退居一百韻)」과 같이 40구에서 200구에 이르는 장편 배율도 더러 나왔다. 배율과는 반대로 6구로 이루어진 삼운소율(三韻小律)도 지어졌는데 이는 율시와 절구의 중간형으로, 이백·백거이·한유(韓愈) 등이 몇 수의 작품을 남기고 있다.

－ 近體詩(국어국문학자료사전, 1998, 한국사전연구사)

第57話

梁慶遇問我國之優於七言古詩者

양경우[1]가 우리나라에서 7언 고시로는 누가 뛰어난가를 물었다.

梁慶遇가 嘗問於余曰, 我國七言古詩는 孰優잇고, 曰, 未知
何如라. 慶遇歷問하기를 朴李鸞頭如何오, 曰, 出韓이나 而或悍
하고 或穠하니, 非其至也라. 問 訥齋의 晉陽兄弟圖, 沖庵의 牛
島歌는 如何오, 曰, 晉陽은 傑而滯하고, 牛島는 奇而晦하니라. 然
則屬誰오, 曰, 魚潛夫의 流民歎, 李益之의 漫浪舞歌也라. 因
曰, 以詩觀之, 則奇才多出於君輩也라. 渠亦大笑라.

[難解字] 穠농 : 깊다. 滯체 : 막히다. 渠거 : 그(3인칭 단수).

【해석】 양경우가 일찍이 내게 묻기를 "우리나라 칠언고시는 누구 것이
좋은가?"라고 해서 "어떤지 잘 알지 못한다."고 했다. 경우가 이어서 묻
기를 박은과 이행의 「鸞頭錄」[2]는 어떻습니까라고 해서 내가 한유에서 나
왔으되 혹은 굳세고 혹은 지나쳐서 그에 이르지는 못한다고 했다. 눌재[3]
의 「진양형제도」[4]와 충암[5]의 「우도가」[6]는 어떻냐고 해서 진양은 걸출하
지만 막혀 있고 「우도가」는 기이하나 음침하다고 했다. 그러면 누구에게
로 이어지느냐고 하기에 잠부 어무적[7]의 「유민탄(流民歎)」[8]과 익지 이달
의 「만랑무가(漫浪舞歌)」[9]라고 했다. 이어서 말하기를 기이한 재주가 자네
무리에서 많이 나온다고 하니 그 또한 크게 웃었다.

● 주석 --

1 양경우(梁慶遇, 1568~?) : 본관은 남원, 자는 자점(子漸), 호는 제호(霽湖)·점역
재(點易齋)·요정(蓼汀)·태암(泰巖)이다. 대박(大樸)의 아들이며, 별시문과(別試
文科), 교리(校理)를 거쳐 봉상시첨정(奉常寺僉正)에 이르렀다. 이조참의가 추증
되었으며, 문집에 『제호집』이 있고, 제호시화(霽湖詩話)를 지었다.

2 잠두봉(蠶頭峰) : 『新增東國輿地勝覽』京都 上에 서울 용산구에 있는 봉우리. 양
화도 동쪽에 있으니, 혹은 용두봉(龍頭峰), 절두봉(切頭峰), 가을봉(加乙峰, 울머
리)이라고도 한다.
「蠶頭錄」은 이행, 박은 등이 함께 잠두봉(蠶頭峰) 아래에서 배를 띄워놓고 소동파
(蘇東坡)의 적벽고사(赤壁故事)를 본떠 놀면서 지은 시들이다. 「赤壁賦」를 모방하
여 인용한 부분이 보인다. 뒤에 原文을 싣고 여기에는 『國朝詩刪』에 수록된 한
首를 옮긴다.
十里茫茫浪接天 십리 아득히 물결은 하늘에 닿고
飛帆無數亂風前 날 듯한 배는 무수히 바람 앞에 어지럽네
  　　　　　(亂 : 容齋集에는 晩으로 되어 있다.)
百年勝事能如許 평생 좋은 일 얼마나 되겠는가
一笑吾儕豈偶然 웃음 짓는 우리들 어찌 우연이겠는가
佳境向來唯赤壁 가경은 옛부터 오로지 적벽뿐이나
玆遊倘亦繼蘇仙 이 유람 혹시 또한 동파를 이은 듯하니
酒盃相屬聊乘快 술잔을 서로 권하면서 즐거우면 그만이지
後世何須二賦傳 후세에 어찌 두 부(前赤壁賦와 後赤壁賦)가 전해질 필요가 있느냐

3 박상(朴祥, 1474~1530) : 조선 중종 때의 문신. 자는 창세(昌世), 호는 눌재(訥齋)
이다. 연산군 9년(1503)에 문과에 급제하였으며, 중종의 폐비 신씨(愼氏)의 복위를
상소하다가 관직을 삭탈 당하였으나, 학행이 뛰어나 이조 판서로 추증(追贈)을 받
았다. 저서에 『눌재집』이 있다.

4 유(裕)의 아들, 이희온(李希溫)·이희검(李希儉) 형제가 중종 갑진 별시에 합격했
다. 이 형제가 과거에 합격하고 부모를 위하여 잔치를 차린 것을 그린 그림이다.

5 김정(金淨)의 호.

6 우도가(牛島歌) : 충암(沖庵) 김정(金淨)이 제주로 귀양가서 방생(方生)이 우도(牛
島)를 이야기한 노래를 지었는데, 꼭 귀신과 신선의 말 같았다.

7 어무적(魚無迹) : 생몰년 미상(未詳). 조선 중기의 시인. 관노(官奴)라는 신분 때문

에 과거(科擧)도 보지 못하고 불우한 생을 보냈다.

8 유민가(流民嘆, 魚無迹) : 魚無迹「流民嘆」『國朝詩刪』卷8.

蒼生難蒼生難 백성들 고난이여 백성들 고난이여 / 年貧爾無食 흉년에 너에게는 먹을 게 없고 / 我有濟爾心 이 몸은 너를 건질 마음 있지만 / 而無濟爾力 그러나 너를 건질 힘이 없구나 / 蒼生苦蒼生苦 백성들 불쌍해라, 백성들 불쌍해라 / 天寒爾無衾 날 추워 네가 덮을 이불 없을 때 / 彼有濟爾力 저들은 너를 건질 힘이 있는데 / 而無濟爾心 하지만 너를 건질 마음 없구나 / 願回小人腹 원컨대 소인들의 뱃장을 돌려 / 暫爲君子慮 잠시간 군자 위해 염려하노니 / 暫借君子耳 잠깐만 군자의 귀 빌려가지고 / 試聽小民語 소민이 하는 말을 들어 보시오 / 小民有語君不知 소민이 말을 해도 그대는 알지못해 / 今歲蒼生皆失所 금년엔 백성들이 살 길이 막막하네 / 北闕雖下憂民詔 임금은 우민조를 내린다 하지만은 / 州縣傳看一虛紙 주·현에 돌려보는 빈 종이 한 장이라 / 特遣京官問民瘼 특파한 서울 관리 민막을 묻는다만 / 馹騎日馳三百里 역마로 내달려도 하루에 삼백 리오 / 吾民無力出門限 백성은 문턱에도 나설 힘없어지니 / 何暇面陳心內事 어떻게 마음속에 있는 말 다 하리오 / 縱使一郡一京官 한 골에 서울 관리 한 명씩 온다 해도 / 京官無耳民無口 서울관리 귀가 없고 백성은 입이 없네 / 不如喚起汲淮陽 급회양 불러다가 기용함이 더 나으니 / 未死孑遺猶可救 죽기 전 남은 백성 구함직 하는구나 /

급회양(汲淮陽) : 한(漢)나라의 급암(汲黯). 그는 무제(武帝) 때 동해태수(東海太守)로 맑은 정사를 하였고 회양태수(淮陽太守)로 죽기까지 선정을 베풀었다.

9 만랑무가(漫浪舞歌, 李達) : 李達「漫浪舞歌」『蓀谷詩集』卷2.

奇乎哉漫浪翁 기이하여라. 만랑옹이여 / 海山中 바닷가 산속에서 / 棲霞弄月 노을 속에 살며 달빛을 희롱하고 / 神想雲鴻 신비로운 생각은 구름 위를 나는 기러기 같구나 / 說劍白猿 흰 원숭이에게서 검술을 배우고 / 學舞靑童 선동에게서 춤을 배웠지 / 蓬山謁金母 봉래산에서 서왕모를 뵙고 / 却上乘天風 천풍을 타고 내려오는 듯해라 / 瓊筵寶幄敞畫堂 아름다운 자리 화려한 휘장 그림으로 꾸민 집에 / 繡衫鈿帶羅衣香 수놓은 옷 금장식 띠 비단옷까지 향그러워라 / 鳳吹簫兮鸞鼓簧 봉이 피리를 불고 난새가 생황을 불어 / 翁欲舞神飄揚 만랑옹 춤추려하자 신바람이 났네 / 一拍手始擧 첫 박자에 손이 처음 올라갔다가 / 鵬騫兩翼擊海浪 봉새 두 날개 들어 바닷물결 내리치듯 / 遠控扶搖勢 멀리 부요 나뭇가지를 끌어당기려는 기세일세 / 再拍衫袖旋 두 번째 박자에 소매를 휘두르니 / 驚雷急電飛靑天 갑작스런 우레와 번개가 푸른 하늘에 나르네 / 三拍四拍變轉不可測 셋째 박자 넷째

박자 변전을 헤아릴 수가 없구나 / 龍騰虎攫相奮搏 용이 뛰어오르고 호랑이가 후리치며 서로 싸우니 / 倏若箭離弦 시위를 떠난 화살처럼 빠르고 / 疾如駒過隙 틈새를 지나는 망아지 같이 빨라라 / 前傾後倒若不支 앞으로 기울고 뒤로 거꾸러져 버티지 못할 듯이 / 左盤右躄如不持 좌로 돌았다 우로 움츠려 서있지 못할 듯이 / 神之出兮鬼之沒 신처럼 나타났다 귀신처럼 사라져 / 出沒無時 출몰함이 때가 없어라 / 霹靂揮斧 벽력처럼 휘두르는 도끼 / 風雨聲怒 비바람 소리까지 성이 났구나 / 東海上金剛一萬二千 동해의 금강산 일만이천봉 / 多少峯丘巒騰躑 많은 멧부리 뛰어오르고 골짜기 가파른데 / 巖壑巃嵸 바위 골짜기 우뚝하여 / 最高毗盧峯揷空 가장 높은 비로봉 공중에 꽂혔고 / 層厓倒掛藏九龍 벼랑이 거꾸로 걸려 구룡을 감추었네 / 懸流萬尺洗玉辟 만 척이나 매달려 흘러 바위벽을 씻어내리고 / 噴石三百曲 바위틈 삼백 구비마다 뿜어나오네 / 此翁得之毫髮盡移胸中 만랑옹이 이 모습 얻어 터럭까지도 가슴속에 옮겼으니 / 獨奪造化妙 조화의 오묘한 솜씨 홀로 빼앗았구나 / 長袖蹁躚性所好 마음 내키는 대로 긴 소매 너울거리며 / 向來筵前千萬狀 자리 앞으로 향해 올때면 천만가지 모습일쎄 / 曾與此山爭豪壯 마치 금강산과 같이 호장함을 다투는 듯 / 奇乎哉漫浪翁 기이하구나 만랑옹이여 / 渾脫何時窮 혼탈무는 언제나 다할까 / 恨不與公孫大娘生同時 공손대랑과 같은 시대에 태어나 / 舞劍器決雌雄 칼춤으로 자웅을 겨루지 못한 게 한스러워라 / 世上無張顚 세상에 장전같은 시인 없으니 / 誰能學奇字 그누가 기이한 문자를 배울 수 있으랴 / 縱使公孫大娘生同時 비록 공손대랑이 같은 시대에 태어났더라도 / 公孫大娘未必能勝此 공손대랑이라고 반드시 더 낫다고는 못하리라

● **보충강의** --

눌재 박상(朴祥)의 「진양형제도」는 다음과 같다.

題李晉州兄弟榮親圖

斑衣且作悅親具　색동옷조차도 어버이를 기쁘게 하는 구실을 하는데
況此釋褐穿錦袍　하물며 이렇게 갈옷 벗고 비단 관복을 입었음에랴
存者以宴歿者祭　살아계신 분에게 잔치를 차려 들이고 돌아간 분에게는 제

　　　　　사를 들이고

推恩所生均寵褒　　낳아준 분의 은혜 미루어 다 고임과 기림 받는다
龍駒蟬媽指李孫　　용마(龍馬) 연이어 있다 함은 이씨네 자손 가리키는 것인데
大小二難俱儁髦　　크고 작은 형제 준수하기도 하다
東堂郤桂擢兩枝　　동당의 각계에서 두 가지 꺾었으니
靑雲發軔車已膏　　청운의 길 떠나는데 수레에 이미 기름 친 거라
一朝捧檄下嶺海　　하루아침 격문 받들고 영해로 내려오니
魯衛連城常棣高　　노위 간에 성을 잇고 아가위나무 높이 서있는 거라
魚軒大家往來穩　　부인거 탄 귀부인 오가는 것 안온하고
怡愉不識南征勞　　마음 기뻐서 남쪽으로 가는 수고 모르고 있다
昨日春官上啓目　　어제 예조에서 계목을 올려서
門下奉敎申地曹　　정원에서 교지 받들어 호조에게 전달했다
遙賜榮筵古康州　　멀리 옛 강주에 영친연 내리니
九重聖澤傾滔滔　　구중의 성왕의 은택 한없이 베풀어지는 거라
鳳鳴朱樓壓城敽　　봉새 우는 주루는 도성을 누르고 드러나고
紫霞萬甕釅仙醪　　자하 만 독에서 신선 술 걸러낸다
陸海狼籍物其備　　물뭍의 진미 어지럽게 흩어져 있으니 온갖 물건 갖춘 거요
刲羊擊豕將空牢　　양을 죽이고 돼지를 잡고 하여 우리 비게 될 것이다
白幕扶雲覆廣庭　　흰 장막 구름 떠받치고 넓은 마당 덮고 있고
半千歌舞森週遭　　수백의 가무대원 즐비하게 늘어서 있다
彩棚峽兀移造化　　채붕(彩棚)은 우뚝하게 조화를 옮겨 놓은 것이라
三山彷彿浮金鼇　　삼산이 방불히 금오(金鼇)에 떠 있는 것 같다
是時淸和屬夏官　　이때는 맑고 온화한 여름이라
初柳冥冥迷塹壕　　입 갓 돋은 버들 어둑어둑 성 언저리의 못을 가리고 있다
雁行袍笏擁雙蓋　　앞뒤로 나란히 관복에 홀 차림하고 두 蓋로 옹위하고 있는데
宮花獵獵飜隨飈　　궁화는 펄렁펄렁 바람에 따라 뒤집힌다
依然放榜金門廻　　관례대로 방이 나붙자 금문에서 돌아오니
丫童百隊聲呀嘈　　남녀 아이들 백대나 되는 것이 금문에서 돌아오니

優人散落奏伎倆	광대들 흩어지고 모이고 하며 재주를 피는데
來觀九里奔波濤	와서 구경하느라 구리나 뻗쳐 파도같이 설친다
夫人自慶懷抱中	부인은 부인대로 경사롭게 여기는 것은 품안의 자식들이
做得兩箇名世豪	둘이나 세상에 이름난 호걸이 되어져서라
津津色笑擧壽杯	즐겁게 웃음 띠우고 축수하는 술잔 들어올리니
鶴髮烱烱顔如桃	학발은 광체나고 얼굴은 도화같다
頭流拱翠飛瑞氣	두류산은 푸른빛에 싸여 서기를 날리며
靑鶴仙人環羽旄	청학의 선인들은 깃발을 둘러싸고 있다
鼉鼓逄逄幾通雷	악어북은 둥둥하고 거의 우레와 같고
鯤絃鐵撥轟檀槽	곤현(鯤絃)의 비파 쇠술대로 타니 단목 통 꽝꽝 울려난다
抑六龍首頓羲彎	육룡의 머리 누르고 희화의 고삐 잡고 있지마는
窮歡已到棲鴉號	마음껏 즐기다 보니 어느새 둥지 찾는 가마귀 소리 난다
聞者不量才品殊	이 소문 듣는 사람 재질이 다른 것 헤아리지 않고서
累月笞兒還怨咷	여러 달 동안 아들을 매질하고 그리고도 원망하고 소리친다
人間勝事不可泯	세상의 좋은 일은 없애서는 안돼서
丹靑忽落秋兎毫	가을 토끼털 붓으로 단청 느닷없이 베풀어진다
菁川夜夜鬼神泣	청천에서는 밤마다 귀신이 울고
文物江山無一毛	강산의 문물은 한오라기도 없게 되었다
傳家科第是靑氈	가문에 전해내려오는 대과급제는 서향가의 자랑이오
雲仍興感承風騷	뒤따라 일어나는 감흥은 풍소를 계승한 것이다

第58話
先大夫稱進士金潤詩
선대부께서는 진사 김윤의 시를 칭송하셨다.

先大夫가 以子弟在和順할새, 與金進士潤과 相交한데, 每稱
其詩라. 兵使가 嘗構鎭南樓하고, 邀進士作大篇記之하니, 桑酣
一揮而就六十句라. 其首句에 曰, 虹梁萬鈞壓朱雀하니, 龍顔
舞劍公孫娘이라 하니, 甚傑作也라. 嘗水行船敗하여, 僅及岸하
니, 登亭作詩하여 曰, 衣冠俱被狂流失하니, 身體猶存父母遺
라. 更上高亭看霽景하니, 秋山淡碧入新詩라. 其高趣可掬이라.
六十後에 始占司馬하고, 以遺逸授齋郎이나, 不來라.

[難解字] 邀요 : 요구하다. 酣감 : 무르익을 감. 霽제 : 비가 개이다. 掬국 : 움켜쥐다.
占점 : 차지하다.

【해석】 선대부[1]께서는 자제들을 데리고 화순에 계시면서 진사 김윤과 서
로 사귀었는데 매번 그의 시를 언급하셨다. 병사가 일찍이 진남루를 세우
고 진사에게 장편의 기문을 지으라고 하니 술김에 한 번 붓을 놀려 60구
나 지었다. 그 수구에 이르기를

虹梁萬鈞壓朱雀하니   만근의 무지개 들보 주작을 눌러대고
龍顔舞劍公孫娘이라   용안에 공손랑[2]이 칼춤을 추는구나

이라 하니 대단한 걸작이었다. 일찍이 뱃길을 가는데 배가 부서져서 겨우 연안에 당도하여 정자에 올라 시를 짓기를

衣冠俱被狂流失하니　의관은 모두 쓸려 광류에 빼앗겼지만
身體猶存父母遺라　이 몸은 부모님이 주신 대로 남았구나
更上高亭看霽景하니　다시금 정자 올라 비개인 경치 보니
秋山淡碧入新詩라　가을 산 맑고 푸르러 새 시에 들어오네

라 했으니 그 고아한 아취가 손에 잡힐 듯하다. 60이 넘어 비로소 사마시에 입격하고 유일[3]로 능참봉직이 주어졌으나 나오지 않았다.

● 주석

1　허균(許筠)의 부친 허엽(許曄)을 이르는 말이다.
2　공손랑(公孫娘) : 당나라 때 교방(敎坊)의 기녀로 칼춤을 매우 잘 추었는데, 그의 칼춤을 구경하고서 승(僧) 회소(懷素)와 서가(書家) 장욱(張旭) 등이 초서(草書)의 묘리를 터득했기 때문에 한 말이다.
3　유일천(遺逸薦) : 도를 닦고 벼슬에 나오지 않는 선비를 나라에 추천한다. 『漢書, 儒林傳序』에 숨어 있는 선비들을 모두 망라하여 중가(衆家)를 모두 뽑아 모으려는 것이다[所以網羅遺逸 博存衆家]라 하였다.

● 보충강의

공손랑(公孫娘)은 당나라 개원(開元) 연간에 살았던 교방(敎坊)의 저명한 춤추는 기생으로 검무(劍舞)에 특히 뛰어났다. 그녀가 혼탈무(渾脫舞)를 출 때에 서예가인 장욱(張旭)과 승려 회소(懷素)가 그 춤을 보고 초서(草書)의 묘(妙)를 터득했

다고 한다.

공손랑의 검무에 대해 읊은 두보(杜甫, 712~770)의 「관공손대랑제자무검기행
(觀公孫大娘弟子舞劍器行)」이란 시가 있다.

觀公孫大娘弟子舞劍器行幷序
공손대낭의 제자가 검기무 추는 것을 보고

昔有佳人公孫氏	옛날 아름다운 기생 공손씨가 있었네
一舞劍器動四方	한번 칼춤만 추면 사방이 동요하네
觀者如山色沮喪	산처럼 많은 구경꾼은 얼굴빛을 잃고
天地爲之久低昂	하늘 땅 그대 때문에 오래도록 우러르네
㸌如羿射九日落	번쩍이기는 예가 한번 쏘아 아홉 해를 떨어뜨리듯
矯如群帝驂龍翔	바로서기는 말을 타고 날아가 듯하네
來如雷霆收震怒	돌아옴은 우뢰와 천등이 진노를 거두는 듯
罷如江海凝淸光	마침은 강과 바다에 밝은 빛이 모이듯 하네
絳脣珠袖兩寂寞	붉은 입술 구슬 소매 모두가 적막하고
晚有弟子傳芬芳	늦게 둔 제자가 춤의 향기를 전하네
臨潁美人在白帝	임영 미인은 백재에 있어
妙舞此曲神揚揚	묘한 춤, 이 곡조에 신명이 절로난다
與余問答旣有以	나와 함께 문답함은 까닭이 있어
感時撫事增惋傷	시와 일에 느껴 일찍이 아픔만 더하네
先帝侍女八千人	현종 시녀 팔천 인 중
公孫劍器初第一	공손 검기 춤이 제일이네
五十年間似反掌	십오 년 세월이 여반장이라
風塵澒洞昏王室	전쟁은 심해져 왕실이 혼미하네
梨園子弟散如煙	이원의 자제들 연기처럼 흩어지고
女樂餘姿映寒日	여자 약사들의 남은 자태 차가운 햇살에 비치네
金粟堆前木已拱	금속산 무덤 앞엔 나무가 이미 크게 자라고
瞿塘石城草蕭瑟	구당 돌 성엔 풀들만 쓸쓸하네

玳筵急管曲復終	좋은 잔치 빠른 피리 악곡은 다시 끝나고
樂極哀來月東出	즐거움 다하니 슬픔이 오고 동쪽에서 달 떠오네
老夫不知其所往	늙은 사내 갈 바를 모르는데
足繭荒山轉愁疾	발은 거친 산에 부릅뜨고 수심과 질병으로 떠돈다

第59話

黃廷彧詩

황정욱의 시

余赴遂安日에, 黃芝川이 送以詩에 曰, 詩才突兀行間出이나, 官況蹉跎分外奇라. 摠是人生各有命하니, 悠悠餘外且安之라 하니, 殊甚感慨라. 公이 少日在玉堂한데, 時李伯生, 崔嘉運, 河大而輩가, 俱尙唐韻이라. 詠省中小桃하니, 篇什甚多라, 公이 和之曰, 無數宮花倚粉墻하니, 游蜂戲蝶趁餘香이라. 老翁不及春風看하니, 空有葵心向太陽이라 하니, 含意深遠하고, 措辭奇悍이나, 爲詩不當若是耶아. 綺麗風花가, 返傷其厚라.

[難解字] 兀올 : 우뚝하다. 蹉차 : 실패하다. 跎타 : 헛디디다. 蝶접 : 나비. 趁진 : 쫓다. 葵규 : 해바라기. 綺기 : 비단.

【해석】 내가 수안(黃海道 遂安郡) 군수로 부임[1]했을 때에 황지천[2]이 시를 지어 보내기를

詩才突兀行間出이나	시재는 우뚝하여 벗 중에 뛰어나나
官況蹉跎分外奇라	벼슬은 어그러져 분수 밖에 기구하네
摠是人生各有命하니	이 모든 인생에는 각자의 명이 있어
悠悠餘外且安之라	유유히 밖에 나와 편안히 지낼 밖에

라 했으니 감개가 유달리 성했다. 공이 젊은 시절 옥당에 있었는데, 당시에 이백생³, 최가운⁴, 하대이⁵ 등의 무리가 모두 당운을 숭상하여 옥당의 작은 복사꽃을 읊었는데 편수가 매우 많았다. 공이 화답하기를

無數宮花倚粉墻하니	무수한 궁중 꽃은 담장에 기댔는데
游蜂戲蝶趁餘香이라	벌 나비 노닐면서 남은 향 좇아가네
老翁不及春風看하니	노옹은 봄바람을 채 보지 못하고서
空有葵心向太陽라	괜시리 해를 향해 해바라기 하는구나

이라 했다. 함의가 아주 깊고 언어의 배치가 기이하고 민첩했으나 시를 지음에 이와 같이는 않아야 하니 아름답고 곱고 바람 불고 꽃이 핀다는 것이 도리어 그 두터움을 해친다.

● 주석

1 1604년(선조 37) 허균이 황해도 수안군수(遂安郡守)로 가게 되었는데, 이때 그의 나이 36세였다.

2 황정욱(黃廷彧, 1532~1607) : 1591년 7월 정철(鄭澈)의 잔당으로 몰려 윤두수(尹斗壽), 황혁(黃赫), 유근(柳根) 등과 함께 파직됨. 1592년 임란이 일어나자 아들 혁(赫)과 함께 왕자(王子) 순화군(順和君)을 호위하여 철원을 거쳐 관동으로 가다가 회령에서 포로가 되었다. 이후 1593년 화친 협상 중에 풀려났으나 적중에 포로로 있을 때 왕에게 항복을 권유하라는 내용의 장계를 작성한 것이 원인이 되어 길주(吉州)로 유배되었다. 1597년 유배에서 풀려났으나 그 이후로는 복직되지 못했다. 인조반정 후 서인이 집권하고 나서 신원(1597)되었다. 시호는 문정(文貞). 저서에 『지천집(芝川集)』이 있다.

3 이순인(李純仁) : 조선 중기의 문신(?~1592). 본관은 전의(全義). 자는 백생(伯生)·백옥(伯玉), 호는 고담(孤潭). 서울 출생. 아버지는 현령 홍(弘)이며, 어머니는 죽산박씨(竹山朴氏)로 생원 함(諴)의 딸이다. 문과별시에 급제, 임진왜란이 일어

나자 예조참의로 선조를 호종하다 왕명으로 중전과 동궁을 모시고 성천에 이르자
과로로 병이 들어 죽었다. 이황·조식의 문하에서 수업하여 성리학을 연구하였으
며, 특히 문장에 뛰어나 당시 이산해(李山海)·최경창(崔慶昌)·백광훈(白光勳) 등
과 함께 '8문장'이라고 불렸다. 저서로는『고담집』5권이 있다.

4 최경창(崔慶昌)

5 하응임(河應臨, 1536~1567) : 조선 중기의 문신. 본관은 진주(晉州). 자는 대이(大
而), 호는 청천(菁川). 1559년에 정시문과에 갑과로 급제. 문장이 뛰어나서 송익필
(宋翼弼) 등과 함께 8문장으로 일컬어졌다. 그는 항상 면학에 힘쓰는 한편 송나라
소식(蘇軾)의 문장을 사숙하였으며, 시(詩)와 서(書)는 물론 그림솜씨도 뛰어났다.

● **보충강의** --

지천(芝川) 황정욱(黃廷彧)은 문장에 깊은 조예가 있었다. 조선중기 관각삼걸
은, 호음 정사룡, 소재 노수신, 지천 황정욱을 가리킨다. 그의 시구 가운데,

平生漫說歸田好   평생토록 귀거래(歸去來)를 노래삼아 불렀는데
半世猶歌行路難   반 세상 지나도록 벼슬길에 매어 있네

가 유명하다.

본문에 인용된 시는 백생 이순인이 옥당의 작은 복사꽃을 읊은 시에 차운함
[次李伯生詠玉堂小桃]이다.

『국조시산(國朝詩刪, 卷2)』에도 들어 있다. 그가 1565년(명종 20) 옥당에 근무
하면서 이순인(李純仁, 1543~1592)의 시에 차운한 칠언절구이다.『지천집(芝川
集)』에는 제목이「次李伯生純仁詠玉堂小桃」로 되었고, 전구의 "불급(不及)"이
"미급(未及)"으로 되었다. 이는 풍자시이다.『국조시산』에서 "이 어찌 뭇 사람들
을 따라 잡극을 구경하는 것이겠는가?[是豈隨衆看場者也]"라고 하여, 차운시에
자신의 개성을 내세운 점을 높게 평가하고 있다.

또 본문에 인용된 시는 수안군수로 부임하는 사람(허균)을 보내며[送人赴遂安

郡]라는 제목으로 국조시산에 실려 있다.(『國朝詩刪』 卷2)

　이 시는 허균(許筠, 1569~1618)이 1604년 황해도 수안군수로 좌천되었을 때 그를 위로하기 위해 지은 시이다. 허균은 1602년에 병조정랑, 성균관 사예, 사복시정이 되었다가 1604년 7월에 성균관 전적으로 강등되고 9월에 수안군수로 밀려나게 되었다. 허균은 『성수시화』에서 이 시가 "아주 강개함을 느낀다[殊甚感慨]"고 하여 자신의 처지를 위로해 준 데 대하여 매우 감격했음을 알 수 있다. 또한 『국조시산』에도 "安排得好"라고 하였다.

第60話

成牛溪挽朴思菴詩

성우계가 박사암을 위해 만사로 지은 시

　　思庵相 捐舍에, 輓歌殆數百篇하니, 獨成牛溪一絶을 爲絶倡이라. 其詩에 曰, 世外雲山深復深하니, 溪邊草屋已難尋이라. 拜鵑窩上三更月은, 應照先生一片心이라 하니, 無限感傷之意하여, 不露言表나, 非相知之深이면, 則焉有是作乎아.

[難解字]　輓만 : 죽음을 애도하는 시가(詩歌). 捐연 : 버리다. 鵑견 : 두견새. 窩와 : 움집, 또는 굴. 露로 : 드러내다.

【해석】 사암 정승이 죽었을 때에 만사가 거의 수백 편이나 되었는데, 오직 성우계¹의 절구 하나만을 절창이라 한다. 그 시에 이르기를

世外雲山深復深하니	세상 밖 구름 산이 깊고도 또 깊으니
溪邊草屋已難尋이라	시냇가 초가집은 이미 찾기 어려워라
拜鵑窩上三更月은	배견와² 위에 솟은 삼경의 저 달빛은
應照先生一片心이라	당연히 선생님의 일편심 비추리라

이라 했으니 감상의 의미가 끝이 없었다. 말로 표현하지는 않았지만 서로 깊이 알지 못하면 어찌 이런 작품이 있었겠는가.

● 주석 --

1 성혼(成渾, 1535~1598) : 조선 선조 때의 유학자. 자는 호원(浩原). 호는 우계(牛
    溪)·묵암(默庵). 성리학의 대가로 기호학파의 이론적 근거를 닦았다. 저서에 『우
    계집』 따위가 있다.
2 배견와(拜鵑窩) : 박순(朴淳)의 별장 이름. 박순의 자는 화숙(和叔), 호는 사암(思
    菴)으로 본관은 충주. 서경덕(徐敬德)의 문인으로 벼슬은 영의정을 지냈다.

● 보충강의 --

    뻐꾸기가 많은 그곳의 집을 '배견와'라 일컬었는데, 그 지붕 위의 밤중에 뜨는
달은 선생의 일편단심을 반영해주고 있다니 얼마나 청아한 시격인가. ─박석무 역사
의 땅, 사상의 고향

    만시로 유명한 시 한편을 보자.

輓故室貞夫人鄭氏   박성양(朴成陽)

白馬寒嘶關北去   군마는 하얀 입김을 내뿜으며 관북으로 달리는데
丹旌遙向嶺南歸   붉은 명정은 멀리 영남으로 돌아가네
塞雲萬里多風雪   변방의 구름은 만 리 길에 눈바람도 많은 건데
誰億征人寄遠衣   이제 누가 있어 나를 생각해 멀리까지 솜옷을 부쳐줄까?

    만가(輓歌) 혹은 만시(輓詩)는 죽은 사람을 애도하면서 읊는 노래다.
    이 시의 배경은 의성사람 박성양(朴成陽)이 서울에 살다가 함경도 지방으로
북영병마절도사로 발령을 받았는데 부임지로 출발하기 직전에 부인이 죽었다.
군인의 신분으로 당장 관북지방의 난리를 평정하러 가야 할 군령(軍令)을 어길
수는 없는 일이라 아내의 상여를 떠나보내면서 함께 하지 못하고, 대신 만가를
지어서 아내의 가는 길을 위로하는 시다.

박성양은 경남 함양에서 득성(得性)을 했으나 경북 의성에서 발복(發福)했다고 한다. 정확한 생몰연대는 알 수 없고 호가 금은(琴隱)이고, 려말 선초 때의 인물로 전해진다.

정초부(鄭樵夫, 1714~1789)는 조선의 노비 출신의 시인이다. 헌적집(軒適集)에는 1789년 정초부가 76세로 사망하자 여춘영이 그를 추억하며 지은 만시(輓詩) 12수가 담겨있다.

그중 한 시에서 여춘영(呂春永, 1734~1812)은 "어릴 때는 스승, 어른이 되어서는 친구로 지내며, 시에서는 오로지 내 초부뿐이었지[少師而壯友, 於詩惟我樵]"라고 정초부를 추억하기도 했다.

黃壚亦樵否	저승에서도 또한 나무를 하는가
霜葉雨空汀	단풍은 헛되이 물가에 뿌려진다
三韓多氏族	삼한 땅에는 명문거족이 많으니
來世托寧馨	내세에는 이와 같은 집에 나시오

第61話

經歷險難得江山之助然後文章可以入妙

험난한 일을 겪고 강과 산의 도움을 얻은 연후에야
문장이 묘경에 들 수가 있다.

近代館閣은, 李鵝溪爲最라. 其詩는 初年法唐하고, 晚謫平海하여, 始造其極이라. 而高霽峯詩도, 亦於閑廢中에, 方覺大進하니, 乃知文章은 不在富貴榮耀하고, 而經歷險難하여, 得江山之助, 然後에 可以入妙라. 豈獨二公이리오, 古人皆然이니, 如, 子厚柳州와, 坡公嶺外에서, 可見已라.

[難解字] 鵝아 : 거위. 謫적 : 유배가다. 霽제 : 비나 눈이 그치다. 耀요 : 빛나다.

【해석】 근대의 관곽[1]에서는 아계 이산해[2]가 최고이다. 그의 시는 초년에는 당시를 본받았다. 만년에 평해에 유배되어 비로소 그 극치를 이루었다.[3] 제봉 고경명[4]의 시도 또한 유폐된 가운데에 바야흐로 큰 발전을 했으니, 곧 문장을 아는 것은 부귀영화에 있지 않고 험난함을 겪어서 강산의 도움을 얻은 연후에야 묘경에 들 수가 있다. 어찌 두 공 뿐이리오. 옛사람이 모두 그러하니 유자후[5]가 유주에 간 것이나 소동파가 영외에 간 것에서 볼 수가 있다.

◉주석

1 관각(館閣) : 송대 때에 사관(史館), 소문관(昭文館), 집현원(集賢院)을 삼관(三館)

이라 하고 비각(秘閣), 용도(龍圖), 천장(天章) 등 여러 각(閣)을 통틀어 관각이라 한다. 곧 문신들이 있는 관청을 말한다. 관각시의 특징은 온윤풍욕(溫潤豊縟) 즉 낙관적, 시혜적(施惠的)이며 동시에 긍정적인 분위기를 풍기는 평어를 선택한다. 따라서 문장의 수식이나 화려한 묘사를 넘어 통치자의 너그러움, 어짊 따위의 관인 국가적 덕목이 담겨져 있다. 관각시와 가장 대척적인 관계에 있는 시가 산수시인데 산수시는 그 정치를 소극적 또는 적극적으로 부정하고, 단순한 자연의 예찬이나 몰아일체를 읊은 단계를 넘어 불우한 지식인의 기세, 불평 나아가 거기에서 초월적 감정까지 포괄한다.

2 이산해(李山海, 1539~1609) : 조선 선조 때의 문신. 자는 여수(汝受). 호는 아계(鵝溪), 종남수옹(終南睡翁). 1561년 식년 문과에 급제하여 영의정에 올랐으며, 문장과 서화에 능했는데, 특히 대자(大字)와 산수묵도(山水墨圖)에 뛰어났다. 문집에 『아계집』이 있다.

3 유배 중에 쓴 시문을 모은 기성록(箕城錄)이 문집 속에 전한다.

4 고경명(高敬命, 1533~1592) : 조선시대의 문인, 의병장. 자는 이순(而順). 호는 제봉(霽峯), 태헌(苔軒). 문과에 급제. 임진왜란이 일어나자 의병을 이끌고 금산(錦山)에서 왜군과 싸우다 전사하였다. 저서에 『제봉집』, 『유서석록(遊瑞石錄)』따위가 있다.

5 유자후(柳子厚) : 자후는 유종원(柳宗元)의 자. 당나라 하동(河東) 사람으로 진사가 된 뒤 교서랑(校書郞)을 지냈다. 순종 때 유우석(劉禹錫) 등과 왕숙문(王叔文)의 혁신정치집단에 참가하여 예부원외랑(禮部員外郞)을 지냈으나, 실패하자 영주(永州)의 사마(司馬)로 쫓겨났다. 원화(元和) 10년(815)에는 유주(柳州)의 자사(刺史)로 옮기어져 그곳에서 죽어서 사람들은 그를 유유주(柳柳州)라고 부른다.

● 보충강의 --

문학은 경험이다. 조선의 유배지나 현대의 감옥에서 종종 불후의 명작이 탄생되었다. 발분(發憤)의 '분(憤)' 자야말로 학문을 하기 위한 최고의 주춧돌이다. 안연(顔淵)이 "순 임금은 어떤 사람이고 나는 어떤 사람인가? 노력하는 사람이라면 순 임금과 같아질 것이다"라고 말한 까닭도 역시 발분을 강조하기 위해서였다.

발분저서는 창작의 심리적 동기를 분석한 것으로, 사마천(司馬遷, 기원전 145~
87?)이 이릉(李陵) 사건에 연루되어 궁형(宮刑)을 받은 후 자신의 곤궁을 역대인
물에 조명하여 얻어낸 결론이라 할 수 있다.

*이릉 사건은 사마천에게 중대한 영향을 미쳤는데,『사기』「이장군 열전(李將
軍列傳)」과『한서(漢書)』「이광소건전(李廣蘇建傳)」의 기록을 중심으로 그 개요를
살펴보면 다음과 같다.

이릉은 이광(李廣)의 손자로, 당시 이사장군(貳師將軍)인 이광리(李廣利)의 유
격부대가 되어 보병 오천 명을 거느리고 진군하던 중, 흉노(匈奴)의 주력부대를
만나 선전했지만 중과부적(衆寡不敵)으로 8일간의 사투 끝에 흉노에게 항복했다.
이 소식을 들은 무제(武帝)가 몹시 진노하자 궁중의 신하들은 다투어 이릉의 나쁜
점을 말했다. 이때 사마천은 무제의 하문에 답하여, 이릉이 항복한 것은 불충해서
가 아니라 어쩔 수 없는 상황 때문이었고, 전사하지 않은 것은 훗날 국가에 보답하
기 위해서일 거라고 말했다. 그러나 무제는 그 진의를 이해하지 못하고, 사마천이
이릉을 변호하고 이광리를 깎아 내린다고 여기어 그를 감옥에 가두었다. 그 이듬
해(기원전 98년), 이릉이 흉노군을 교련한다는 오보가 전해지자 무제는 이릉의
가족을 몰살시키고 사마천을 궁형에 처했다. 이처럼 자신의 객관적 판단에 의해
이릉에 대해 이야기했으나 무제에게 오해를 받아 궁형까지 당한 사마천은 이때의
심정을 친구인 임안(任安)에게 보낸「보임안서(報任安書, 임안에게 답하는 글)」에
서 잘 나타내었다.

사마천이 처음 감옥에 갇혔을 때 "집이 가난하여 재물로 스스로를 속죄할 수도
없었고, 친구들도 구해주지 않았으며, 좌우에 친근한 사람들도 말 한마디 해주지
않았다." 또한 "이릉은 이미 살아 항복하여 가문의 명예를 무너뜨리고 사마천
자신은 잠실(蠶室)에 들어가 궁형을 받아 다시 천하의 웃음거리가 되자" 극도의
정신적 타격을 받는다. 평소에 공자(孔子)와 같은 '청운지사(靑雲之士)'가 되고자
했던 사마천이기에 치욕적인 형벌을 받고는 죽음을 생각하게 된다. 그러나 죽음

을 결심하기 앞서 냉정하게 주위 상황 및 자신의 처지를 생각해 보고는 "가령 자신이 법에 매여 죽음을 당한다면 마치 아홉 마리의 소에서 털 한 오라기를 잃는 것[九牛一毛]과 같아 개미와 다를 것이 없다"는 것을 알았고, 또 "세상에서는 자기를, 절개를 위하여 죽은 사람과 비교하지 않고, 다만 지혜가 다하고 죄가 커서 스스로 빠져 나오지 못하고 마침내 죽었다"라고 평할 것이라는 것도 알았다. 여기에 생각이 미친 사마천은 "사람은 다 한 번씩 죽지만 어떤 사람의 죽음은 태산(泰山)보다 무겁고 어떤 사람은 기러기 깃[鴻毛]보다 가볍기도 하니, 이것은 죽음으로 나아가는 방법이 다르기 때문이다"라는 사실을 인식하게 된다.

이와 같이 자신의 객관적 상황을 냉철히 분석한 사마천은 자신이 집필해 온 역사기록에서 저명인물의 경우를 살펴보게 되는데, 그 결과 역대 성현(聖賢)들도 대개는 역경에 처했지만 이에 굴하지 않고 그 고난을 이겨냈다는 교훈을 발견하게 된다. 그 내용은 이렇다.

탁월하고 비상한 인물들만이 지금도 여전히 이름을 찬양받고 있다. 주나라 문왕은 유리에 구금되어 주역을 부연(敷衍)했고 공자는 재액을 만나 춘추를 만들었다. 굴원은 조정에서 쫓겨 난후 이소를 적었다. 좌구명(左丘明)은 실명하여 국어(國語)를 저술하고, 손자는 발뒤축이 베이고서 병법을 편찬해 내었다. 순자의 제자 한비자는 진나라에서 체포되고서 현학(顯學)과 고분(孤憤) 두 편을 저술했다. 이 사람들은 모두 그 마음속에 맺힌 불만의 마음을 제대로 풀지 못하고 마음을 통할 수 없었기 때문에 발분저서한 것이다. 문학 발생설 중 발분저서설이 있다.
    다산 정약용 선생이 만약 유배를 가지 않았다면 방대한 저서인 『여유당전서』는 없었을 것이다.

第62話

崔孤竹詩悍勁白玉峯詩枯淡李益之詩苞崔孕白

최고죽의 시는 세차고 굳세며, 백옥봉의 시는 고졸하고 담박했으며,
이익지의 시는 최고죽을 안고 백옥봉을 품는다.

崔의 詩는 悍勁하고, 白의 詩는 枯淡이라. 俱不失李唐踕逕[1]하
니, 誠亦千年希調也라. 李益之는 較大하니, 故로 苞崔孕白하여
而自成大家也라.

[難解字] 苞포 : 싸다(=包).   悍한 : 세차다.   踕규 : 반걸음.   較교 : 견주다.

【해석】 고죽 최경창의 시는 세차고 굳세었으며 옥봉 백광훈의 시는 고졸
하고 담박했는데, 둘 다 이당(이씨 당왕조)의 노선을 잃지 않았으니 진실로
천년에 드문 격조이다. 이익지는 비교적 커서 최경창을 포용하고 백광훈
을 품어서 대가를 이루었다.

◉ 주석

1 아세아문화사의 「시화총림」에는 '踧'자로 나와 있다.

◉ 보충강의

삼당시인이란?
조선시대의 한시를 두고 당풍이니 송풍이니 하고 말하는데, 이는 뚜렷하게 구

분 지을 수 있는 것은 아니나, 대개 인간의 감성을 중시하는 시풍을 당풍이라 하고, 철리적(哲理的)이고 사변적인 시풍을 흔히 송풍이라고 한다. 백광훈(白光勳), 이달(李達), 최경창(崔慶昌) 등 이른바 삼당시인(三唐詩人)이 나오기 전에는 송풍이 주를 이루다가 이들 삼당시인이 본격적으로 당시를 배우면서 다양한 시풍의 시인들이 많이 배출되어 문학의 성숙기를 맞이하였다. 이 시기를 한문학에서는 목릉성세(穆陵盛世)라고 한다.

삼당이라는 용어가 확실하게 사용된 것은 신위(申緯)의 「동인론시절구(東人論詩絶句)」에서이다. 임상원의 「손곡집서(蓀谷集序)」에도 삼당이라는 구절이 보이며, 삼당이란 말을 쓰지는 않았지만 허균은 이들의 공통적 시 경향을 묶어서 언급했다. 그 당시부터 이들의 시는 전대의 송(宋) 시풍과는 다른 지향과 성취를 지녔음을 인정받았다. 이달은 교리를 지낸 이수함(李秀咸)의 서얼로서 어머니는 관기(官妓)였다. 젊어서 읽지 않은 책이 없을 정도로 박학하고 문장에도 능했지만 신분 때문에 방랑과 좌절의 불우한 일생을 보냈다. 그는 처음에는 정사룡(鄭士龍)에게 소동파·황산곡의 시를 익혀 강서파(江西派)의 시풍을 지녔다. 박순(朴淳)·최경창·백광훈을 만나면서 그전의 시를 불살라버리고 5년에 걸친 각고 끝에 당시(唐詩)의 특색을 지닌 작품들을 짓게 되었다. 허균은 이들의 시를 '청신아려'(淸新雅麗)하다고 평했다. 내용은 신분적 결함으로 인해 불우해진 자신의 처지를 읊은 것이 많은데, 이러한 비애의 정조(情調)는 임진왜란 뒤의 어려운 삶과 폐허를 배경으로 한 작품에서 더욱 강하게 드러난다. 검무를 소재로 한 「만랑무가(漫浪舞歌)」는 호화롭고 웅장한 검무의 율동과 음악에 맞추어 시의 호흡을 변화시키면서 인간의 자유로운 경지를 노래한 뛰어난 시이다.

최경창은 29세에 대과에 합격한 후 북평사(北評事)·사간원정언(司諫院正言)을 지냈다. 그의 시는 동서 분당(分黨)으로 대립되었던 혼탁한 정치현실에 대해 비판적 태도를 드러낸 작품이 많으며, 속세에서 떨어져 있는 고고한 삶을 읊었다. 만년에 이르면 일상적·경험적 정감을 노래하는 것으로 바뀌기도 했다. 1557년에 지은 장편의 고시(古詩) 「기군환락우성서작(棄郡還洛寓城西作)」에서는 그해를 휩쓴 전염병, 기근과 더불어 부도덕한 정치현실에 적응하지 못하는 자신의 고고함과 그 때문에 생긴 가난을 읊으면서 자신의 가치관을 지키겠다는 결의를 드러냈다. 백광훈은 일생 동안 궁핍했으면서도 과거를 통한 출세의 길을 포기했다. 그의 시는 현실에서의 패배를 체념한 것과 전원에서의 평온한 삶을 노래한 것의 두 가지가 있다.

삼당파 시인들은 비애와 고독, 좌절과 불만을 주로 그렸는데, 이는 현실을 암담하고 혼탁한 것으로 본 그들의 세계관과 맞아떨어진다. 이들의 문학사적 의의는 당시의 시들이 표절과 논리에 치우치고 난삽했던 경향에서 벗어나 당시풍(唐詩風)의 창작활동을 통해 인간적 정서를 진솔하게 표현했다는 데 있다. 그들은 시를 기교와 현학의 과시나 심성 수양의 한 방편으로 여기던 풍조에 맞서고 삶의 구체적 체험을 바탕으로 한 정감을 충실하게 드러냈다.

第63話

孤竹詩篇篇皆佳

최고죽의 시는 편편마다 모두 아름답다.

孤竹詩는, 篇篇皆佳하니, 必鍊琢之하여, 無歉於意한, 然後에¹ 乃出故耳니라. 二家詩는, 余選入於詩刪者²이 各數十³篇하니, 音節可入正音하고, 而其外不耐雷同也라.

[難解字] 琢탁 : 기량을 다듬다.　歉겸 : 부족하다.　耐내 : 견디다.

【해석】 고죽의 시는 편마다 아름다웠으니, 오로지 갈고 다듬어서 뜻에 차지 않음이 없어진 연후에 내어놓기 때문이다. 두 사람의 시는 내가 「國朝詩刪」에 넣은 것이 각기 수십 편인데, 음절이 정음에 넣을 만하고, 그 외는 뇌동함을 벗어나지 못한다.

◉ **주석**

1 「朴鍾和 舊藏本」에는 '後'字가 없다.
2 「시화총림」에는 '者'가 '中'字로 되어 있다.
3 「奎章閣 所藏本」과 「박종화 舊藏本」에는 '十'字가 '卄(입)'字로 되어 있다.

◉ **보충강의**

　최경창이 임기가 끝나 경성을 떠날 때 홍랑은 최경창을 따라서 함경도 함흥까지 따라와 이별하고 나서 앞의 시를 최경창에게 보내 자신의 마음을 전했던 것이다. 이후 이들은 을해년(1575)에 최경창이 병을 얻어 봄부터 겨울까지 일어나지 못한다는 소식을 듣고, 홍랑은 몇날 며칠을 걸어서 서울에 있는 최경창을 찾아와 함께 하지만, 붕당이 심했던 당시에 명종비 인순왕후 국상과 북방지역 사람(홍랑)의 도성출입을 두고 사헌부에서 탄핵받아 1576년 파직되고 말았다. 최경창은 홍랑과 헤어지며 송별(送別)시 한 수를 남겼다.

옥같은 뺨에 두 줄기 눈물 흘리며 한양을 떠나는데
새벽 꾀꼬리 한없이 우는 것은 이별의 정 때문이네
비단적삼에 명마를 타고 하관 밖에서
풀빛 아스라이 홀로 가는 것을 전송하네
어떤 글에는 아래의 시가 '송별'시로 소개되기도 한다.
연대와 의미가 비슷하긴 하지만 홍랑의 시에 대한 답시로 보여진다.
(홍랑과 처음 헤어진 함관령의 구절이 나온다)

말없이 마주보며 유란(난초)을 주노라
오늘 하늘 끝으로 떠나고 나면 언제 돌아오랴
함관령의 옛노래를 부르지 말라
지금까지도 비구름에 청산이 어둡나니.

그 후 최경창은 변방지역을 전전하다 1583년 45세에 객사하였다. 홍랑은 최경창 무덤 옆에 시묘3년을 살며 무덤을 지켰고, 자신의 얼굴을 훼손시켜 뭇 남자들이 접근하지 못하도록 하였다. 이후 1592년 임진왜란이 일어나자 최경창의 시와 유품을 모아 정리하여 해주최씨 가문에 전달하고, 자신의 고향으로 돌아가서 생을 마쳤다.

"살아서는 천민이지만 죽어서 양반된 사람은 평양기생 홍랑 한사람뿐이다."는 말이 있듯이 어쨌든 홍랑은 기생 신분으로 사대부가의 선산에 자랑스럽게 묻혀있다. 그리고 후손으로부터 '할머니' 호칭을 받고 있으며, 시제 때면 따로 한 제물을 받고 후손들 음복하는 자리도 바로 홍랑의 무덤 벌안이라고 하니 비록 그녀는 갔어도 시조와 함께 후손과 더불어 영원한 생명을 누리고 있는 것이다.

최경창의 대표작으로 「영월루(映月樓)」, 「대은암(大隱巖)」, 「증승(贈僧)」 등이 꼽히며, 숙종 때 청백리(淸白吏)에 녹선되었고, 강진의 서봉서원(瑞峯書院)에 제향되었다. 문집 『고죽유고(孤竹遺稿)』 1책이 숙종 9년(1683)에 간행되었는데, 송시열(宋時烈)이 서(序)를 쓰고, 이민서(李民敍)·남구만(南九萬)이 발문(跋文)을 썼다.

홍랑의 시조를 받고서 최경창이 한역하여 '번방곡(飜方曲)'이라고 이름 붙인 시가 그의 문집인 『고죽유고(孤竹遺稿)』에 실려 있으며 그의 묘 입구에 있는 고죽시비 앞면에도 새겨져 있다.

折楊柳寄與千里	묏버들 꺾어 천리 임에게 부칩니다
爲我試向庭前種	나를 위해 뜰앞에 심어 놓고 보세요
須知一夜新生葉	행여 밤비에 새 잎이 돋아나거든
憔悴愁眉是妾身	초췌하고 수심어린 눈썹은 첩의 몸임을 아소서

第64話

當代大家詩格逼古人而氣不及

당대의 대가들이 시격은 고인에 핍진했으나 기는 미치지 못했다.

余嘗聚孤竹의 五言古詩와, 亡兄의 古歌行, 穌相[1]의 五言律, 芝川의 七言律[2], 蓀谷과 玉峯 及 亡姉의 七言絶句로, 爲一帙하여 看之라. 其音節과 格律이, 悉逼古人이나, 而所恨氣不及焉이라. 嗚呼라, 孰返其元聲耶아.

[難解字] 蓀손 : 향풀 이름. 帙질 : 책.

【해석】 나는 일찍이 고죽[3]의 오언고시[4]와 돌아가신 형님[5]의 고가행과 소상국[6]의 오언율시와 황지천[7]의 칠언율시와 손곡[8]과 옥봉[9]과 돌아가신 누님의 칠언절구를 모아서 한 질의 책을 만들어 보았다. 그 음절과 격률이 모두가 고인에 핍진했는데, 한과 기운은 미치지 못했다. 아, 누가 그 본래의 소리를 되찾을 수 있으랴.

● 주석 --

1 「규장각」, 「박종화」, 「연세대본」에는 모두 '蘇'자로 되어 있다.
2 「시화총림」에는 '律'자가 없다.
3 최경창(崔慶昌, 1539~1583) : 조선 전기의 시인으로 본관은 해주(海州), 자는 가운(嘉運), 호는 고죽(孤竹)이다. 영암군 군서면 구림리에서 태어나 어린 시절을 보냈는데, 어려서부터 영특하고 그림, 악기 연주, 활쏘기 등 재주가 많았다. 한 예로

을묘왜변 때는 배를 타고 피난을 가다 왜적에게 포위가 되었는데, 최경창이 구슬픈 통소 소리로 왜적들을 감동시켜 물러가게 하였다. 1568년 과거에 합격한 최경창은 5년 후인 1573년에 북해평사로 함경도 경성(鏡城)으로 부임하였다. 이때 최경창의 나이가 34세였다. 최경창은 경성에서 문학적 교양과 감수성을 지니고 재색까지 겸비한 기생 홍랑(洪娘)을 만나 깊이 사랑하였다. 그러나 다음 해 최경창이 다시 한양으로 돌아가면서 둘은 이별할 수밖에 없었다. 한양으로 돌아온 최경창이 병으로 몸져눕자 홍랑은 국법까지 어기고 한양까지 병문안을 온다. 이 일이 빌미가 되어 결국 최경창은 사헌부 탄핵을 받고 관직에서 파면을 당하였을 뿐 아니라 45세 나이에 객지에서 암살을 당하고 말았다. 홍랑은 경기도 파주군 교하면 다율리에 위치한 해주 최씨의 선산으로 달려가 최경창의 묘 옆에 움막을 지었다. 그리고 스스로 얼굴을 훼손시킨 후 씻지도 꾸미지도 않고 3년 동안 시묘를 하였다. 이처럼 절개를 지킨 홍랑은 후에 임진왜란이 일어나자 최경창의 작품을 손수 안전한 곳에 옮겨서 후세에 남겼다. 결국 홍랑의 절개에 감동한 최씨 문중에서는 홍랑이 세상을 떠나자 문중 선산에 홍랑을 묻어 주었다. – 한국학중앙연구원, 향토문화전자대전

4 「奎章閣本」에는 '詩'자 아래에 '律詩'가 있다. 「시화총림」에도 '律詩'가 있다.

5 허봉(許篈, 1551~1588) : 조선 선조 때의 문신으로 자는 미숙(美叔), 호는 하곡(荷谷), 서사(書史)에 밝은 문장가로, 저서에『하곡조천기』,『이산잡술(伊山雜述)』,『해동야언』등이 있다.

6 소세양(蘇世讓, 1486~1562) : 조선 전기의 문신으로 본관은 진주(晋州), 자는 언겸(彦謙), 호는 양곡(陽谷)·퇴재(退齋)·퇴휴당(退休堂). 의빈부도사 자파(自坡)의 아들이다. 문명이 높고 율시(律詩)에 뛰어났으며, 글씨는 송설체(松雪體)를 잘 썼다. 익산 화암서원(華巖書院)에 제향되었다. 저서로는『양곡집(陽谷集)』이 있으며, 글씨는 양주에 임참찬권비(任參贊權碑)와 소세량부인묘갈(蘇世良夫人墓碣)이 있다. 시호는 문정(文靖)이다.

7 황정욱(黃廷彧, 1532~1607) : 자는 경문(景文), 호는 지천(芝川), 시호는 문정(文貞), 본관은 장수(長水). 1552년 사마시에 합격, 58년 식년문과에 병과로 급제, 史官이 되고 정언, 응교, 문학, 집의 등을 역임했다. 80년 진주 목사를 지내고 충청도 관찰사가 되었다. 84년 宗系辨誣奏請使로 명나라에 가서 이듬해 승지로 종계변무(宗系辨誣) 주청사가 되어 중국에 들어가「대명회전(大明會典)」에 이성계가 이인임의 아들이라고 된 종계를 바로잡고 돌아와, 동지중추부사, 형조참판, 1587년 호조, 형조판서가 되었다.

그 공으로 90년 광국공신으로 장계부원군에 봉해지고 예조판서에 승진, 이어 병조 판서로 전임되었다. 92년 임진왜란이 일어나자 호소사(號召使)가 되어 왕자 순화 군(順和君)을 배종하고, 강원도에서 의병을 모으는 격문을 8도에 돌렸다. 왜군의 진격으로 회령에 들어갔다가 모반자 국경인(鞠景仁)에 의해 임해군, 순화군 두 왕 자와 함께 안변 토굴에 감금되었다. 이때 왜장 가토 기요마사[加藤淸正]로부터 선 조에게 항복권유의 상소문을 쓰라고 강요받고 이를 거부하였으나 왕자를 죽인다는 위협에 못이겨 아들 혁(赫)이 대필하였다. 이에 그는 항복을 권유하는 내용이 거짓 임을 밝히는 또 한 장의 글을 썼으나 체찰사의 농간으로 아들의 글만이 보내져 뜻을 이루지 못하고 이듬해 부산에서 풀려나온 뒤 앞서의 항복 권유문 때문에 동인 (東人)들의 탄핵을 받고 길주에 유배되고 97년 '석방되었으나 복관되지 못한 채 세상을 떠났다. 시문과 서예에 능했으며 뒤에 신원되었다. 저서로는 『芝川集』 등이 있다.

8 이달(李達, 1539~1612) : 조선 중기의 시인으로 본관은 신평(新平), 자는 익지(益 之), 호는 손곡(蓀谷) · 서담(西潭) · 동리(東里). 영종첨사 수함(秀咸)의 아들이나, 홍주의 관기(官妓)에게서 태어났으므로 서자로 자랐다. 최경창(崔慶昌) · 백광훈 (白光勳)과 어울려 시사(詩社)를 맺어, 문단에서는 이들을 삼당시인(三唐詩人)이 라고 불렀다. 한때 한리학관(漢吏學官)이 되었고 중국 사신을 맞는 접빈사의 종사 관으로 일하기도 하였다. 그는 일흔이 넘도록 자식도 없이 평양 여관에 얹혀살다 가 죽었다. 시집으로 제자 허균이 엮은 『손곡집』(6권 1책)이 있다.

9 이옥봉(李玉峯, ?~?) : 조선시대의 시인으로 여성이며, 『가림세고(嘉林世稿)』에 35편의 한시(漢詩)가 전한다.

● **보충강의**

가행은 악부이다.

국조시산 : 9권 4책. 목판본. 고려말 조선초의 성석린(成石璘) · 정도전(鄭道傳) 으로부터 허균(許筠, 1569~1618) 당대의 권필(權)에 이르는 35명의 각체시 888수 를 골라 싣고 편말에 「허문세고(許門世藁)」를 덧붙였다. 허균이 공주목사로 있을 때인 1607년(선조 40)에 이루어진 것으로 추정된다. 승려와 여성, 도류(道流)까지

망라하여 신분을 따지지 않고 실었다. 허균이 역적으로 죽음을 당하여 이 책은 오랫동안 간행되지 못하다가 광주부윤(廣州府尹) 박태순(朴泰淳)에 의하여 1697년 간행되었다.

권1에 5언절구, 권2·3에 7언절구, 권4에 5언율시, 권5·6에 7언율시, 권7에 5언고시, 권8에 7언고시, 권9에 잡체시가 수록되어 있고, 각 시인의 이름 아래에는 간략한 전기 사항을 실었다. 작품에는 비(批) 또는 평(評)을 덧붙였고 때때로 참고삼아 여러 시화에서 인용한 보주(補註)를 시화의 책명 아래에 덧붙이고 있다. 여기서 작품에 대한 비와 평은 허균이 한 것이며 시화집의 출전을 밝히면서 보충한 보주는 허균 자신 또는 박태순이 덧붙인 것으로 추정되는데 분명하지는 않다.

부록으로 붙인 「허문세고」는 허균 가문의 인물들인 허침(許琛)·허봉(許篈)·허난설헌(許蘭雪軒)·허엽(許曄)·허집(許輯)·허한(許澣) 등 6명의 각체시를 뽑아놓은 것인데, 「허문세고」 앞에 수록된 허균과 권필 사이의 왕복편지에 의하면 허균이 『국조시산』의 편찬을 끝내고 가문의 시를 자신이 뽑는 것을 꺼려 친우인 권필에게 부탁하여 가려 뽑은 것이라고 한다.

第65話

李春英能詩文而眼高
이춘영[1]은 시문에 능하고 안목도 높았다.

近日에 李實之가 能詩文하니, 雖似冗[2]雜이나, 而氣自昌大하니, 可謂作家라, 然이나 不逮汝章多矣라. 實之는 眼高하여, 不許一世人하고, 獨稱余及汝章, 子敏이 爲可라. 其曰, 許는 飫하고 權은 枯하고 李는 滯라 하니, 亦至當之論也라.

[難解字] 眼안 : 안목. 冗용 : 쓸데없다. 逮체 : 이르다. 飫어 : 실컷 먹다. 滯체 : 막히다.

【해석】 요즈음 실지 이춘영이 시문에 능한데, 비록 잡박한듯하지만 기운은 저절로 창대해서 작가라고 이를만 했다. 그러나 여장 권필[3]에게는 미치지 못한 바가 많았다. 실지는 안목이 높아서 이 시대의 사람들의 추종을 허락지 않고, 오로지 나와 권여장과 자민 이안눌[4]이 견줄 만하다고 했다. 그의 말에 의하면 "허균은 풍성하고 여장 권벽은 건조하고 이자민은 막혀있다."고 하니 또한 지극히 당연한 소리이다.

● 주석 --

1 「박종화」본에는 '冗'자가 '沉'자로 되어 있다.

2 이춘영(李春英, 1563~1606) : 조선 중기의 문신, 문장가. 본관은 전주(全州), 자는 실지(實之), 호는 체소재(體素齋), 성혼(成渾)의 문인이다. 문과 급제, 임진왜란

후 실록을 보수에 춘추관기사관으로 참여하였다. 시문에 능하였으며, 『해동사부
(海東辭賦)』에 그의 작품이 실려 전한다. 좌찬성이 추증되었다. 저서로는 『체소집』
3권이 있다. 시호는 문숙(文肅)이다.

3 권필(權韠) : 본관은 안동. 자는 여장(汝章), 호는 석주(石洲). 과거에 뜻을 두지
않고 술과 시를 즐기며 자유분방한 일생을 살았다. 동몽교관(童蒙敎官)으로 추천
되었으나 끝내 나아가지 않았다. 강화(江華)에 있을 때 명성을 듣고 몰려온 많은
유생들을 가르쳤으며, 명나라의 대문장가 고천준(顧天俊)이 사신으로 왔을 때 영
접할 문사로 뽑혀 이름을 떨쳤다. 광해군의 비(妃) 류씨(柳氏)의 동생 등 외척들의
방종을 비난하는 「궁류시(宮柳詩)」를 지었는데, 1612년 김직재(金直哉)의 무옥에
연루된 조수륜(趙守倫)의 집을 수색하다가 그가 지었음이 발각되어 친국(親鞫)받
은 뒤 해남으로 유배되었다. 귀양길에 올라 동대문 밖에 다다랐을 때 행인들이
주는 동정술을 폭음하고 그 다음날 죽었다. 1623년 인조반정 뒤, 사헌부지평에
추증되었다.

4 이안눌(李安訥, 1571~1637) : 조선 인조 때의 문신이자 시인으로 자는 자민(子敏),
호는 동악(東岳). 예조 참판을 지냈으며 시문에 능하고 글씨도 잘 썼다. 저서에
『동악집(東岳集)』이 있다.

⊙ **보충강의** ---

이춘영의 시에 대하여

식암 김석주는 "체소재 이춘영은 숲 우듬지에 서리 내린 달인 듯, 골짜기 입구에
가을 구름인 듯하다"라고 평했다.[息菴 金錫冑 體素齋 李春英 林梢霜月 峽口秋雲]

謫行 귀양을 떠남

夜發銀溪驛　밤에 은계역을 출발하여
晨登鐵嶺關　새벽에 철령관에 올랐네.
思親雙鬢白　어버이 생각에 귀밑털이 희어지고
戀闕一心丹　임금님을 그리워함은 일편단심이네.
客路連三水　나그네 길은 삼수로 이어지고

家鄕隔萬山	고향은 만겹 산에 막히었네.
未應忠孝意	응당 충의와 효도의 뜻은
蕪沒半途間	중도에서 묻히지 않으리라. -『箕雅』卷6

1591년(선조 24) 6월에 정철과 이춘영 등이 붕당을 만들어 조정의 정사를 어지럽히고 자기와 의견을 달리하는 사람을 모함하려고 한다는 양사의 탄핵을 받고 유배되었는데, 이 시는 그가 함경도 삼수로 귀양 가면서 지은 오언율시로 산(刪)운과 한(寒)운을 통운했다. 그의 문집인『체소집(體素集)』에는 제목이 '철령(鐵嶺)'으로 되었고, 수련 상구의 "밤에 출발하다(夜發)"가 "저녁에 자다(暮宿)"로, 하구의 "새벽(晨)"이 "아침(朝)"으로, 함련 하구의 "일(一)"이 "촌(寸)"으로, 미련 상구의 "의(意)"가 "지(志)"로 되었다. 이 시에는 귀양 가는 이의 심정이 잘 드러나 있다. 수련은 노정이다. 은계역은 강원도 회양에 있는 역참이다.『체소집』에는 저녁에 은계역에서 자고 아침에 철령관에 올랐다고 했는데 이것이 사실에 더 부합할 것이다. 왜냐하면 문집에 적힌 것이 시인의 본래 원고에 가까울 것이기 때문이다. 함련은 부모와 임금에 대한 마음가짐이다. 그는 9살에 아버지를 여의었으므로 홀로 계신 어머니를 두고 귀양 가는 불효에 대한 자책으로 귀밑털이 희어지고, 비록 자신을 귀양 보냈지만 임금에 대한 충성심은 변함없다고 하였다. 경련은 귀양살이의 막막함이다. 자기가 가야할 길은 삼수로 향하는 귀양살이 길이고, 돌아보면 고향은 아득하게 멀기만 하다고 하였다. 미련은 시인의 결심이다. 비록 벼슬길에 들자마자 귀양을 가게 되었지만 충효의 마음을 잃지 않고 귀양살이를 견뎌서 반드시 살아 돌아와 다시 벼슬길에 나설 것임을 다짐하고 있다.

이춘영의 뇌사(誄辭) -허균

이 실지(李實之, 실지는 李春英의 字)는 젊어서 기개로써 스스로 호언(豪言)하였고, 또 자기 재주를 자부하기도 하였다. 성호원(成浩源, 호원은 成渾의 字)·정계함(鄭季涵, 계함은 鄭澈의 字) 사이를 왕래하면서 당세에 선비라 할 만한 사람이 없다고 보았다. 일찍이 세상에 팔뚝을 걷어붙이고 뽐냈기 때문에, 비록 포의(布衣)의 신분이었지만 묘의(廟議)를 눌러서 간쟁(諫爭)한 것을 보였으니, 기축년(己

丑年, 1589년 선조 22년) 무렵에는 가장 집정(執政)의 사이에서 손뼉을 치며 날렸는데 집정자들은 모두 그의 말을 따랐고, 당시 선비들 또한 그를 기이하게 여겨 모두 그에게 부동(附同)하게 되니, 그와 서로 친하지 않은 자들은 모두 호시탐탐 벼르고 있었다.

그가 과거에 합격하여 태사(太史)가 되어 한림(翰林)과 승정원 주서(注書)로 붓을 잡았으니, 또한 이미 영광스러운 일이었다. 그러다가 집정자가 몰리게 되자 이 실지 또한 삼수군(三水郡)으로 귀양 가게 되니, 그에게 부동하던 자들이 도리어 그를 공격함으로써 평소 호시탐탐 벼르던 자들은 매우 고소하게 여기었다.

이는 이 실지가 나이 젊고 앎이 없어 망령되고 거칠고 어리석음의 소치이겠으나, 집정자를 옹호하던 자도 또한 덩달아 이 실지에게 죄를 덮어씌우니, 얼마나 원통하였겠는가? 만약에 당세의 집정자들이 온화하고 바르고 진중하여 조급하고 난폭한 자의 충동에 놀아나지 않았더라면, 비록 1백 명의 이 실지가 있더라도 또한 어찌 감히 입을 함부로 놀려 일을 벌였겠는가? 오직 그렇게 하지 못하고 이런 분란을 일으켰으니, 이는 실로 집정자의 잘못이다. 그런데 어찌 유독 이 실지만을 벌할 것인가?

이 실지가 친구에게 버림받고 뜻이 맞지 않는 이에게 미움을 받아 이로 인해서 뜻을 펴지 못하게 되자, 드디어 세상에 스스로 방종하여 술꾼들과 어울려 마을 사이에서 떠들고 즐겼지만 그럴수록 더욱 그 문장은 크고 분방해 갔다. 그의 문장은 양한(兩漢, 前漢과 後漢) 이하를 추종했고, 시(詩)는 두보(杜甫, 盛唐 때의 大詩人)·한유(韓愈, 당나라 德宗 때의 문인)·소식(蘇軾, 송나라의 문장가) 세 사람을 본받아서 호한(浩瀚)하고 뛰어나 스스로 일가를 이루었다.

다만 그 사람됨이 자중하지 않아서 날림을 면치 못하여 남에게 크게 나무람을 들었다. 그러므로 남들이 그의 안목을 천하게 여김으로써 명성과 지위가 당대에 진동할 수 없었으므로, 마침내 그를 추천하고 뽑아 쓰는 이가 없어서 끝내 세상에 쓰이지 못하고 뜻을 품은 채로 죽었으니 가엾다.

불녕(不佞)이 글로 그와 벗을 삼아 늘그막에 서로 자주 찾아 종유(從游)하였으므로 그의 사람됨을 자세히 알거니와, 그의 문장은 짝할 이가 드물었지만 마침내 유락하여 불우(不遇)하였고 50세도 못되어 요절하였기 때문에 특히 이를 애석하게 여겨 뇌문을 짓는다. 그 뇌사는 다음과 같다.

　아! 문운(文運)이 금세에 한창 막혔어라. 오직 두세 친구들만이 문단(文壇)에서 날렸도다. 그대 기개로 호기부려 수염을 떨치며 일어났네. 쌓아 둔 지식 많고 깊으니 글로 발휘하여 달려감이 마땅하였네. 넘실거리는 문학의 파도가 큰 강에 대어 동으로 흘렀네. 불어나는 큰물에 썩은 시체와 뼈가 떴다 해서 그 넓음에 방해가 되랴? 시(詩) 또한 재치가 있어 화려하고 억세기도 하며, 용과 지렁이가 뒤섞이되 그 방대함엔 무방하다오. 북치고 고함치며 나아가니 그 이론 누가 신봉하였나? 호음(湖陰, 鄭士龍)이며 소재(蘇齋, 盧守愼) 이하는 그 입에 온전한 이 하나도 없었건만, 오직 권필(權韠)과 이달(李達) 그리고 허균(許筠)만을 치켜세웠다네. 더러는 메마르고 어떤 것은 막히고 더러는 싫증나고 그런대로 다 좋았네. 그가 입을 뻥끗하면 온 방안이 조용하였으니, 그 값이 떨어진 것도 또한 여기에 연좌된 것이었네. 세상에선 그 재주 아끼지 않았으나 그렇다고 그대는 깎이지 않아, 더욱더 고담준론(高談峻論)만 하여 미워라 하는 이는 곁에서 그대를 엿보았다네. 수부(水部, 工曹)도 안된다 하고 종정(宗正, 宗簿寺)도 안된다 하여, 마침내는 내쫓겨 야인(野人)이 되니, 아! 운명은 여기에서 그쳤네. 아! 슬프도다. 지난날 진주(眞珠, 三陟)의 응벽루[凝碧樓]에 묵을 적에, 그대가 이정(李楨)을 데리고 표연히 찾아와서, 손뼉치며 고금(古今)을 논하고 백가(百家)의 작품 품평하면서 죽는 게 정녕 편하겠고 산다는 건 한숨 겹다더니만, 갑자기 죽으니 그 밝음 오히려 귀에 쟁쟁하구나. 싸늘히 바람 부는 장막 앞에 그대 위해 한번 눈물지우네. 아! 슬프다. 그대가 이 세상에 쓰일 땐 그것 참 기특하다 말들 하더니, 그대 물러나게 되자 모두들 등을 돌렸다네. 어디 등만 돌렸을 뿐인가? 돌까지 던졌었지. 억지로 합리화시키려던 무리들은 도리어 높은 벼슬을 하니, 남들은 그대에게 성을 내지만 난 그대 위해 원통히 여긴다오. 그대 넋이 앎이 있다면 반드시 내 말에 수긍하리라. 아! 슬프다. 칠원(漆園, 莊子를 가리킴)은 깊숙이 자취를 감추었고 현정(玄亭)은 적막하다네. 부귀(富貴)를 누리고 없어지는 것은 그대 즐기는 바가 아니었네. 무한한 그대의 슬기 맺히어 대년(大年)이 되어, 천고에 빛날 것이며 해와 달같이 밝으리니, 그의 굴함 슬퍼 말고 그의 요절 슬퍼 말라. 아! 슬프도다. 또한 무얼 한탄할건가?　－이춘영(李春英), 국역 국조인물고, 1999. 12. 30. 세종대왕기념사업회

第66話

李春英評亡兄之文

이춘영이 돌아가신 형님[1]의 글을 평했다.

實之가 賞亡兄之文하고 曰, 深知文章者는, 許美叔也라. 余
嘗問하여 後來孰繼吾兄耶오 하니. 曰, 申玄翁이 可繼之라, 淸亮
不逮하나, 而穠厚過之라 하니라.

[難解字] 亮량 : 밝다.　穠농 : 꽃나무가 무성한 모양.

【해석】 이실지가 돌아가신 형님의 시문을 감상하고 이르기를 "문장을 깊
이 아는 사람은 허미숙(허봉)이다."라고 했다. 내가 일찍이 묻기를 "누가
우리 형님을 따라오겠는가?" 하니 이르기를 "신현옹이[2] 따라올 것이다.
청량함미치지 못하고 농후함은 넘어선다."라고 했다.

● 주석 --

1 허봉(許篈, 1551~1588) : 조선 선조 때의 문신. 자는 미숙(美叔). 호는 하곡(荷
　 谷). 서사(書史)에 밝은 문장가로, 저서에 『하곡조천기』, 『이산잡술(伊山雜述)』,
　 『해동야언』 따위가 있다.
2 신흠(申欽, 1566~1628) : 조선 인조 때의 학자, 문신. 자는 경숙(敬叔). 호는 상촌
　 (象村), 여암(旅庵), 현옹(玄翁). 선조의 유교 칠신의 한 사람이며 정주학자로 유명
　 하다. 저서에 『상촌집』이 있다.

● 보충강의 --

體素集序 체소집 서　－申欽

이생 시재(李生時材)가 자기 선대부(先大夫) 체소공(體素公)이 남긴 시문을 차례로 엮어 나에게 주면서 부탁하기를, "듣기 드문 음악은 감상자가 있어야 하고, 값진 보물은 제값을 기다리는 것 아닙니까. 그리하여 감히 선생께 괴로움을 끼치려는 것입니다." 하였다. 내 그것을 받아 다 읽고 나서 다음과 같이 말하였다.

내가 공의 일생 행사를 다 아는데 내 어찌 그의 행적을 사실대로 기록하지 아니할까 보냐. 내 나이 15세 때 서쪽 성밖에서 살았는데, 그때 어느 수재(秀才)가 단출한 차림새로 지팡이 끼고 미투리 신고 내 문을 두드리는 자가 있기에 일어나서 보았더니 평소 아는 사이가 아니었다. 맞아들여 좌정한 다음 성명을 물었더니 그가 바로 공이었다.

그때 공은 이미 장보(章甫)들 사이에 성문이 매우 자자했던 처지로 나도 보자마자 곧 막역함을 느꼈지만 정채가 넘쳐흘러서 고고한 기상이 사람을 압도하였고 계속되는 얘기가 그칠 줄을 몰랐다. 지금 옛 할 것 없이 여러 백 집의 글을 섭렵하고 그중에 필요한 부분을 모두 취하여 몇 해 안 가서 이미 천신(薦紳) 선생들 사이에다 자리를 잡고 한 시대가 중히 여기는 인물이 되었으며, 그로부터 또 몇 해 후에는 문과 급제로 조정에 올라가 한림(翰林)이 되었다가 금방 사이 날개가 잘린 채 우수의 나날을 보냈다. 그리고 또 1년 만에 서용되어 낭서(郎署) 사이를 맴돌더니 금방 또 문망(文罔)에 걸려 두 번씩이나 먼 변지로 귀양갔고 몇 해 후 다시 서용되어 겨우 4품(品)에 오르더니 그 길로 죽었다. 그의 재주가 그렇게 높았는데도 그의 운명은 그렇게 기구했으니 웬일일까?

공은 젊은 시절부터 좌씨(左氏)·사마씨(司馬氏)·장자(莊子)·열자(列子) 등에 맛을 들였고, 그 아래로 한퇴지(韓退之)·소동파(蘇東坡)에 이르기까지 수천 년을 오르내리면서 갈 수 있는 데까지 꼭 다 가고야 말았기 때문에 소장한 물자가 풍부하기 범려(范蠡)·의돈(猗頓)보다도 더 부자였었고, 쌓여 있는 기운도 차고 넘쳐서 비유하자면 마치 봄을 만난 나무가 윤이 나서 너울너울하면서 곱게는 꽃을 피우고, 원천이 있는 물이 일사천리로 흐르면서 선회하는 곳은 깊은 것과 같은 것이

다. 통달하기로 말하면 사통오달의 긴 거리이며, 높은 것으로 치자면 삽사(馺娑)
요 영광(靈光 삽사와 함께 한(漢)의 궁전(宮殿) 이름)이었다. 그리고 영해(嶺海) 구
석에 있으면서 바람에 신음하고 비에 탄식하고 술주정하고 잠꼬대하고 그 모든
것들이 다 외워도 할 만하고 노래해도 할 만한 가치가 있어 빠른 속도로 대가(大
家)가 되어가고 있었는데, 애석하게도 그것을 명당(明堂) 사이에다 올려 균천(鈞
天 천상(天上)의 음악)·만무(萬舞, 춤의 총칭)와 어우러져 연주가 됨으로써 대아(大
雅)를 빛내게는 못하였던 것이다. 그러나 자를 들고서 베폭을 재단하고 비슷하게
만들어 진짜인 양 하는 자들과는 너무나 엉뚱한 차이인 것이다. 식견이 넉넉치
못한 자는 그의 해박함에 심복이 될 것이고, 편협한 자는 그의 두루 갖추고 있음에
놀랄 것이며, 규모가 좁은 자는 바다를 바라보는 것 같을 것이고, 얽매임이 있는
자는 손을 놀리지 못하고 멍할 것이니 공의 당(堂)에 올라가서 공의 요리 솜씨를
맛본다는 것은 역시 어려운 일일 것이다. 만약 공에게 좀 더 많은 나이를 주었더라
면 신비의 경지에 이르러 시의 화신이 될 수도 있었을 것 아닌가.

공은 성격이 침착하지 않고 솔직했으며 예법 따위에 절제를 받지 않고 자유분
방하였다. 사람이 잘못이 있으면 면전에서 질책하여 그 사람 얼굴이 붉어지고
가슴이 두근거리기까지 하여도 용서가 없었는데, 공이 좌절을 당하고 흔들림을
당하여 두각을 나타내지 못하고 끝내 부진했던 것도 사실은 그 성격 때문이었던
것이다. 공이 시골집에 있다가 때론 서울에 들어오면 말머리를 곧 내집 쪽으로
돌렸다. 그리하여 기장밥 지어 먹고 고생을 사서 하면서도 서로 손잡고 즐기면서
한 세상을 들었다 놓았다 했고 강개한 마음으로 시를 읊조리며 더러는 호탕한
얘기에 해학까지 곁들이기도 하여 비록 담천(談天)·자과(炙輠)라 하여도 공은 별
로 손색이 없었다. 그런데 누구만 못해서 여기에서 그치고 말았을까.

사람들이 말하기를, "풍년에는 옥, 흉년에는 곡식이다." 했는데, 그것은 필요한
때를 말한 것이다. 공과 같은 재주로서 풍년에 옥이 되지도 못했고, 흉년에 곡식
이 되지도 못했으니 그것이 하늘의 뜻이었을까? 그러나 죽어서 말을 남기면 옛
분들이 그를 일러 불후(不朽)라고 했다. 어느 시대에 인재가 있어 공의 문장을
그대로 이용한다면 공 역시 불후일 것 아닌가. 다만 내가 종자기(鍾子期)·서가(西
賈)가 아닌 것이 부끄러울 뿐이다.

第67話

鄭松江善作俗歌

정송강[1]은 속요를 잘 지었다.

鄭松江은 善作俗謳라. 其思美人曲及勸酒辭는, 俱淸壯하여 可聽이라. 雖異論者가 斥之爲邪라도, 而文采風流가, 亦不可掩하니, 比比有惜之者라. 汝章이 過其墓라가, 作詩 曰, 空山木落雨蕭蕭하니, 相國風流此寂寥라, 惆悵一杯難更進하니, 昔年歌曲卽今朝라하고, 子敏의 江上聞歌詩에 曰, 江頭誰唱美人辭인고, 正是江頭月落時라, 惆悵戀君無恨意를, 世間唯有女郎知라 하니, 二詩皆爲其歌發也라.

[難解字] 謳구 : 노래. 蕭소 : 쓸쓸하다. 寥료 : 공허하다. 惆추 : 한탄하다. 悵창 : 슬퍼하다.

【해석】 정송강은 속요를 잘 지었는데, 그의 사미인곡과 권주가는 모두가 맑고 장중하여 들을 만했다. 비록 이론이 있는 사람은 삿되다고 배척하지만 문채와 풍류가 또한 덮어둘 만하지 않으니, 도처에 아까운 것이 있다. 권여장이 그 묘 앞을 지나다가 시를 짓기를

空山木落雨蕭蕭 빈산의 나뭇가지 떨어지고 소슬히 비내리니
相國風流此寂寥 상국의 풍류 또한 이곳에 묻혀 있네
惆悵一杯難更進 슬퍼라 한 잔 술 다시는 어려우니

昔年歌曲卽今朝   지난날 가곡들은 오늘을 지은 걸세

라 하니 이자민²의 강상문가(江上聞歌)에 이르기를

江頭誰唱美人辭   강 어귀 그 뉘라서 미인사 부르는고
正是江頭月落時   때 마침 강어귀³에 달 지는 시각이니
惆悵戀君無恨意   서글피 님 그리는 무한한 이 마음을
世聞唯有女郞知   세상에 에오라지 여랑만 알고 있네

라 하니 두 시가 모두 가사에서 나왔다.

● 주석 ┄┄

1 정철(鄭澈, 1536~1593) : 조선 명종·선조 때의 문신·시인으로 자는 계함(季涵),
   호는 송강(松江). 가사 문학의 대가로 국문학사상 중요한 「관동별곡」, 「사미인곡」
   따위의 가사 작품과 시조 작품을 남겼다. 저서에 『송강집』과 『송강가사』가 있다.
2 이안눌(李安訥) : 조선 중기의 문신으로 본관은 덕수(德水), 자는 자민(子敏), 호는
   동악(東岳), 시호는 문혜(文惠). 1599년(선조 32) 정시문과에 을과로 급제, 형조
   ·호조의 좌랑을 역임하고 예조좌랑이 되어 서장관(書狀官)으로 진하사 정광적(鄭
   光積)과 함께 명나라에 다녀왔다. 안동(安東)부사를 거쳐 1623년 인조반정 때 예조
   참판이 되었으나 나가지 않았고, 일찍이 특진관으로 있다가 조정의 일에 시비를
   가려 극언하여 고관들의 미움을 사 사직했으며, 청나라 사신이 사문(査問)하러 왔
   을 때 실언(失言)한 일로 인해 북변으로 귀양갔다. 정묘호란 때 용서받아 왕의 피란
   처인 강화부유수(江華府留守)가 되었다가 형조참판·함경도관찰사를 지내고 1632
   년(인조 10) 주청부사(奏請副使)로 명나라에 가서 인조의 아버지인 정원군(定遠君)
   의 추존을 허락받아 원종(元宗)이라는 시호를 받아왔다. 그 공으로 예조판서에 오
   르고 전장(田莊)을 상으로 받았다. 1636년 병자호란 때 왕을 남한산성에 호종하였
   다. 죽은 후 청백리에 녹선되고 좌찬성에 추증되었다. 시문에 뛰어나 이태백(李太
   白)에 비유되었고, 글씨도 잘 썼다. 문집에 『동악집』이 있다. (두산동아대백과)

3 시화총림본『성수시화』에는 '江頭'가 '孤舟'로 되어 있다.

◉ 보충강의 --

山寺夜吟 산사야음　－정철(鄭澈)

蕭蕭落木聲	나뭇가지 떨어지는 쓸쓸한 소리를
錯認爲疎雨	성근 빗소리인줄 잘못 알고서
呼僧出門看	스님에게 문을 나가 보라 했더니
月掛溪南樹	시내 남쪽 나무에 달만 걸렸다고

송강 정철의 문인이었던 석주 권필은 송강의 무덤을 지나다가 술을 한 잔 올리고 스승이 지은 이 시를 생각하고 그를 위해 시를 지었다. 그 시가 바로 성수시화에 실려 있는 권필의 시이다.

空山木落雨蕭蕭	빈산의 나뭇가지 소슬히 떨어지니
相國風流此寂寥	상국의 풍류 또한 이곳에 묻혀 있네
惆悵一杯難更進	슬퍼라 한 잔 술 다시 올리기 어려우니
昔年歌曲卽今朝	지난날 가곡들은 오늘을 두고 지은 걸세

기구는 정철의 산사야음을 가지고 읊은 것이다. 전구에서 술잔을 다시 올리기가 어렵다고 한 것은 스승을 생각하면서 슬픔이 북받쳐서 그런 것이다. 두 시를 비교하면서 정철과 권필의 스승과 제자사이가 얼마나 돈독했는가를 생각하게 한다. 두 시인 모두 술로 일가견이 있었던 풍류가객이었다.

송강 정철의 권주가 將進酒辭

흔 盞잔 먹새 그려 쏘 흔 盞잔 먹새 그려 곳 것거 算산 노코 無盡無盡무진무진

먹새 그려

이 몸 주근 後후에 지게 우희 거적 더퍼 주리혀 미여 가나 流蘇寶帳유소보장에
萬人만인이 우러녜나 어옥새 속새 덥가나무 白楊백양 수페 가기곳 가면 누른 히
흰 둘 ㄱ는 비 굴근 눈 쇼쇼리ᄇ람 불제 뉘 ᄒ 盞잔 먹쟈ᄒ고
ᄒ믈며 무덤우희 진나비 ᄑ람 불제 뉘우친들 엇지리

한 잔 먹세 그려, 또 한 잔 먹세 그려. 꽃을 꺾어 셈하며 한없이 먹새 그려.
이 몸이 죽은 후면 지게 위에 거적을 덮어 꽁꽁 졸라매어 가나, 호화롭게 꾸민
상여를 많은 사람이 울면서 따라가나, 억새, 속새, 떡갈나무, 백양이 우거진 숲을
가기만 하면 누런 해, 밝은 달, 가랑비, 함박눈, 회오리바람이 불 때에 그 누가
한 잔 먹자고 하리오?
하물며 무덤 위에서 원숭이가 휘파람을 불며 뛰놀 때 가서야 뉘우친들 어떻게
하리오?

喜聽裙聲 아름다운 여인의 치마 벗는 소리가 듣기 좋더라

송강 정철(1536~1594)과, 서애 유성룡(1542~1607)이, 일찍이 교외에서 객을
전송하는데, 그때에 백사 이항복(1556~1618), 일송 심희수(1548~1622), 월사 이
정구(1564~1635), 세 사람도 역시 그 자리에 참여하였다. 술이 반쯤 취하자, 소리
聲의 운자로 시구의 품격을 서로 논하였다. 송강이 말하기를, "고요한 밤, 밝은
달에, 누각 지나가는 바람 소리가 좋다." 하니, 일송이 말하기를, "단풍이 온 산에
가득한데, 바람결에 들리는 원숭이의 울음소리가, 가장 좋다." 하니, 서애가 말하
기를, "새벽 창에 졸면서, 조그만 술통에 술 방울이 떨어지는 소리가, 더욱 좋다."
하니, 월사가 가로대, "산 속의 초당에서, 재주있는 아이의 시를 읊는 소리가,
또한 아름답다." 하니, 백사가 웃으며 말하기를, "그대들이 말한 소리가, 모두
좋지만, 그래도 사람들로 하여금 듣기 좋게 하는 것은, 좋은 밤 깊은 침방에서,
아름다운 여인이 치마를 벗는 소리만한 것은 없다." 하니, 온 자리의 친구들이
모두 크게 찬탄하였다고 하더라.

鄭松江, 柳西崖, 甞送客于郊外, 時李白沙, 沈一松, 李月沙, 三人亦參座. 酒半相論聲之品, 松江曰;"淸宵朗月, 樓頭遏雲聲, 爲好."一松曰;"滿山紅樹, 風前猿嘯聲, 絶好."西崖曰;"曉窓睡餘, 小槽酒滴聲, 尤好."月沙曰;"山間草堂, 才子詠詩聲, 亦佳."白沙笑曰;"諸子所稱之聲, 俱善, 然令人喜聽, 莫若良宵洞房, 佳人解裙聲也."一座大噱. -『고금소총』

雪夜 김광균

어느 머언 곳의 그리운 소식이기에
이 한밤 소리 없이 흩날리느뇨
처마 끝에 호롱불 야위어 가며
서글픈 옛 자취인 양 흰눈이 내려
하이얀 입김 절로 가슴이 메어
마음 허공에 등불을 켜고
내 홀로 밤 깊어 뜰에 내리면
머언 곳에 女人의 옷 벗는 소리
희미한 눈발
이는 어느 잃어진 추억의 조각이기에
싸늘한 추회(追悔) 이리 가쁘게 설레이느뇨.
한줄기 빛도 향기도 없이
호올로 차단한 의상을 하고
흰눈은 내려 내려서 쌓여
내 슬픔 그 위에 고이 서리다. −시집 「와사등」(1939), 조선일보, 1938. 1. 8.

第68話

李安訥詩去唐人不遠

이안눌의 시를 당인과 멀다고 하겠는가?

人謂子敏詩는 鈍而不揚者라 하니, 非也라. 其在咸興作詩에 曰, 雨晴官柳綠毿毿하니, 客路初逢三月三이라. 共是出關歸未得하니, 佳人莫唱望江南이라 하니, 清楚流麗로다. 去唐人奚遠哉리오.

[難解字] 鈍둔 : 둔하다. 毿삼 : 긴 털이 드리워져 있는 모양.

【해석】 사람들은 이르기를 이안눌의 시는 노둔하고 떨치지 못한다고 하니 잘못된 생각이다. 그가 함흥에 있을 적에 시를 짓기를

雨晴官柳綠毿毿	비 개자 관가 버들 푸르게 늘어지니
客路初逢三月三	객지에 처음 맞은 삼월의 삼짇날을
共是出關歸未得	다 함께 고향 떠나 돌아가지 못한 신세
佳人莫唱望江南	가인은 망강남[1]의 노래를 하지마소

이라 하니 청초하고 유려하니 당인과 어찌 멀다고 하겠는가.

◉ 주석 --

1 隋의 악곡명. 隋煬帝가 「江南八闋」을 지었는데 唐에 이르러 비로소 詞調名이 되었

다. 온정균·백거이·유우석 등이 모두 사곡을 지었으니, 「謝秋娘」·「江南憶」·「春去也」·「望江樓」·「憶江南」·「歸塞北」·「夢仙遊」가 모두 그 異名이다. (홍찬유 역주 『시화총림』 주석 참조)

● 보충강의 --

망강남에 대하여

望江南　　　　－무명씨(無名氏)

莫攀我	나를 잡아당기지 마세요
攀我太心偏	나를 잡으시면 심히 마음이 기운다오
我是曲江臨池柳	나는 곡강가 못에 있는 버드나무
這人折去那人攀	이 사람이 꺾어가고 저 사람이 잡으시나
恩愛一時間	사랑은 한 순간뿐이었다오

憶江南　　　　－백거이(白居易)

江南好	강남이 좋더라
風景舊曾諳	그 옛날 풍경 눈에 선하다
日出江花紅火	아침 햇살에 강 꽃은 불보다 더 붉고
春來江水綠如藍	봄 강물은 맑고 푸르러 쪽빛 같더라
能不憶江南	어찌 강남땅을 그리워하지 않으리

이안눌의 동악시단(東岳詩壇) : 지금의 서울특별시 중구 필동 동국대학교 경내이다. 이에 관한 기록이 이안눌의 후손인 석의 『동강유고(桐江遺稿)』에 실려 있는 「동원기(東園記)」에 있다. 이에 의하면 이곳에서 당시의 대표적인 시인들과 시를 짓고 풍악을 즐기면서 놀던 다락을 '시루(詩樓)'라 하였고, 그 단을 '시단'이라 불렀다 한다. 그리고 동원 마루터기 바위에다 시단을 기념하기 위하여 그의 현손

인 이주진(李周鎭)이 영조 초에 '東岳先生詩壇(동악선생시단)'이라 새겨놓았다는
것이다. 그런데 이 동원은 원래 이안눌의 진외가인 능성구씨(綾城具氏)의 터전이
었다가 이안눌의 증조부인 행(荇) 때부터 덕수이씨(德水李氏)의 소유가 되었다.
유득공(柳得恭)의 『경도잡지(京都雜誌)』에 기록되어 있듯이, 서울을 내려다보는
신선의 고장으로 낙선방(樂善坊) 청학동(靑鶴洞)이라 불렸다.

　거기에 드나들며 시를 통하여 우정을 교환한 문사로는 이안눌과 함께 정철(鄭
澈)의 제자였던 권필(權韠)을 비롯하여 평생의 맞수였던 이호민(李好閔)과 홍서봉
(洪瑞鳳), 그리고 이정구(李廷龜) 등이 있었다. 이 동악선생시단의 바위는 1984년
동국대학교에서 고시학관을 지을 때 그대로 떠다가 '시루'의 자리인 학생회관 옆
으로 옮기려 하였으나, 심한 풍화로 쪼개져버려 그 조각을 모아 박물관에 보관하
고 있다. 동악시단은 한 장소에서 이루어진 당대의 문인층 지식인들의 모임이었다
는 점에서 한국시사(韓國詩史) 연구에 중요한 의의가 있다. ―한국민족문화대백과사전

第69話

仲兄深服高霽峯

중형[1]은 고제봉[2]에게 깊이 감명을 받았다.

仲兄은 深服高霽峯하여, 每言同在浿西에, 人押交字하니, 高公이 和之曰, 連村稌黍三秋後하고, 一路風霜十月交라 하니, 不覺屈服이라. 又言에 柳參判永吉의 詩는, 雖境狹이나 有好處라 하니, 如, 錦瑟消年急하고, 金屛買笑遲라. 映箔山榴艶하니, 通池野水淸이라 等句는, 皦勁하니 可喜라.

[難解字] 霽제 : 비나 눈이 그치다. 浿패 : 강 이름. 稌도 : 찰벼, 메벼. 箔박 : 발(簾).
榴류 : 석류나무. 艶염 : 곱다. 皦교 : 또렷하다.

【해석】 중형(허봉)은 고제봉에게 깊이 감명을 받아 매번 "같이 패서에 있을 적에 어떤 이가 '교(交)'자로 압운을 했는데, 고제봉 공이 화운하기를

連村稌黍三秋後하니　　연촌의 벼 기장은 삼년토록 무르익어
一路風霜十月交라　　　길가의 풍상이란 시월에 바뀌누나

라고 하니, 자신도 모르게 탄복을 하고 말았다."고 했다.
　또한 참판 유영길[3]의 시를 애기하면서 "비록 영역이 좁기는 하나 좋은 부분이 있다고 했다.

錦瑟消年急이오　　금슬은 성급하게 세월 녹이고

金屛買笑遲이로다 금 병풍⁴은 웃음 사기⁵ 더디는 구려

라는 시구와

映箔山榴艶이오 발 비친 산석류는 곱기도 하고
通池野水淸이라 연못에 통하는 물 맑기도 하네

등의 시구는 경우 밝고 굳세어 즐길 만하다.”고 했다.

● 주석 --

1 중형(仲兄) : 허봉(許篈, 1551~1588)을 말한다. 자는 미숙(美叔), 호는 하곡(荷谷),
   본관은 양천(陽川)이다.

2 고제봉 : 고경명(高敬命, 1533~1592)의 호. 조선시대의 문인, 의병장. 자는 이순
   (而順), 본관은 장흥(長興). 문과에 급제. 임진왜란이 일어나자 의병을 이끌고 금
   산(錦山)에서 왜군과 싸우다 전사하였다. 저서에 『제봉집』, 『유서석록(遊瑞石錄)』
   따위가 있다.

3 유영길(柳永吉, 1538~1601) : 조선 중기의 문신으로 본관은 전주(全州). 자는 덕순
   (德純), 호는 월봉(月蓬). 영의정 영경(永慶)의 형이다. 별시문과에 장원. 도총관
   · 한성부우윤을 역임하고, 다음해 진휼사(賑恤使)가 되었으나 언관의 탄핵을 받아
   파직되었다. 시문에 능하였으며, 저서로는 『월봉집』이 있다.

4 金으로 장식한 병풍. 이백(李白) 「怨歌行」에 “君王이 玉色을 뽑아 들여, 금병 가운
   데 모시고 잤다.”[君王選玉色, 侍寢金屛中]이란 구절이 보이다.

5 돈을 아끼지 않고 기생(妓生)의 재미를 보는 것. 유우석(劉禹錫) 「懷妓詩」에 “정은
   더럽기가 옥이 진흙에 빠진 것 같아, 자꾸만 웃음 살 돈을 마련하기에 바쁘다.”[情
   如點汗投泥玉, 猶自經營買笑錢]이란 구절이 보이다. (홍찬유 역주 『시화총림』에
   서 인용)

⦿ 보충강의 --

본문에 인용된 시구의 원시는 다음과 같다.

次東岡韻[*]

危棧縈雲近碧霄	위태한 잔도는 구름에 묻혀 하늘에 가까우니
怳疑重險出西肴	망연히 거듭 험함을 의심하여 서효로 나아간다.
<u>千村稻黍三秋後</u>	천촌의 기장 벼는 삼년 후에 익어가고
<u>一路風霜十月交</u>	한길의 풍상이 열달이 되어서야 바뀐다
明滅亂流翻夕照	명멸하는 별들은 어지러이 흐르며 저녁을 비추고
逶遲候騎度寒郊	구불구불 척후병은 쓸쓸한 교외를 지난다
自憐傷鳥創猶痛	상처 입은 새를 보며 내가 다친 듯 아파하고
長向南枝戀越巢	멀리 남쪽가지를 향해 월나라 새집을 그리워하네

---

[*]『霽峰集』권4「次東岡韻」東岡은 金瞻의 號이다. 이 시는 우리나라에 온 중국사신의 시에
　차운한 시 모음인「東槎和稿」내에 수록되어 있다.(連은 千으로 되어 있다.)

허균의 성수시화에는 천촌(千村)이 연촌(連村)으로 되어 있다.

次韻, 酬黃景文[*]

葉雨西廂夜	나무 잎에 밤비 떨어지는 서쪽 곁채에
殘缸夢覺時	쇠잔한 호롱불 꿈을 깨는 때
浮榮不在念	뜬 구름 같은 영화는 생각에 없고
遠別自生悲	먼 이별에 슬픔이 절로 인다.
<u>錦瑟消年急</u>	금슬 좋은 시절은 어느덧 지나가니
<u>金屛買笑遲</u>	금병풍에 웃음 사는 일도 시들해졌다
江南一片恨	강남에 남은 한 조각 한을

唯許故人知　　오직 옛 친구만이 알아주겠지

-----

*『月蓬詩集』卷下「次韻, 酬黃景文」景文은 黃廷彧의 字.

風詠樓*

楚雨霏殘照　　쓸쓸한 비 추적거리다가 햇볕 나고
雲開錦席明　　구름 열리자 은빛 자리 밝구나.
笙歌欺病守　　생황과 노래는 병든 태수를 속이고
刀筆誤書生　　글쓰기는 서생을 그르쳤네.
映箔山榴艶　　발에 비치는 산 석류꽃이 아름답고
通池野水淸　　못에 통하는 들판 물이 맑구나.
酒醒愁易集　　술이 깨니 수심이 수이 모이고
流落愧身名　　떠돌아다니는 것이 몸과 이름에 부끄럽네.

-----

*『大東詩選』卷3.

어떤 책에는 황정욱의 작품으로 나온다.

第70話

尹勉見山中老翁詠梳詩

윤면[1]이 산속에서 한 늙은이의 「영소시」를 보았다.

尹斯文이 勉奉使湖南이라가, 造一山中有草屋하니라. 一老翁이 樹下槃博하고, 几有一卷이라. 展看則就奪之하며 曰, 鄙作不堪入眼이라 하니라. 僅見首題詠梳詩에 曰, 木梳梳了竹梳梳하니, 梳却千回蝨已除라. 安得大梳長萬丈하여, 盡梳黔首蝨無餘리오 하니라. 問其名하니, 不對하고 而遯去라. 或言에 全州進士俞好仁也라 하니라.

[難解字] 梳소 : 빗. 槃반 : 쟁반. 博박 : 넓다. 蝨슬 : 이. 黔검 : 검다. 遯둔 : 달아나다.

【해석】 윤사문(尹斯文)이 사명을 받들고 호남으로 가다가 어느 산 속 초가집에 이르렀다. 한 늙은이가 나무 아래에 자리 잡고 앉아 있었고[2] 책상 위에는 책 한 권이 놓여 있었다. 펴 보니 다가와서 빼앗으며, "천한 작품이라 보일 만한게 아니오."라고 하였다. 겨우 첫 작품 「詠梳詩」를 보니

木梳梳了竹梳梳하니	얼레빗 빗질하고 참빗으로 빗질하니
梳却千回蝨已除이라	빗질 천 번 쓸어 내려 이는 벌써 없어졌네
安得大梳長萬丈하여	어찌하면 만장 길이 큰 빗을 얻어다가
盡梳黔首蝨無餘[3]리오	백성들을 빗질하여 이를 모조리 잡아낼꼬.

그 이름을 물었더니 대답하지 않고 도망가 버렸다고 한다.
혹은 말하기를 전주 진사 유호인(兪好仁)이라고도 한다.[4]

● 주석 --

1 윤계선(尹繼善, 1577~1604) : 본관은 파평(坡平). 자는 이술(而述), 호는 파담(坡
潭). 이조참판 안인(安仁)의 증손으로, 할아버지는 예조판서 춘년(春年)이고, 아버
지는 희굉(希宏)이며, 어머니는 이택(李澤)의 딸이다. 숙부 희정(希定)에게 입양되
었다. 1597년(선조 30) 알성문과에 장원급제, 성균관전적·예조좌랑·병조좌랑·병
조정랑·세자시강원사서·사간원헌납 등을 역임하였다. 이어 홍문관수찬으로 경
연청검토관(經筵廳檢討官)을 겸직하였고, 1600년 사헌부지평으로 재직중 설화(舌
禍)로 황해도 옹진현감으로 좌천되었으나 개의하지 않고, 청렴하고 엄격하게 사무
를 처리하면서도 한편으로는 총명하고 인정이 있게 선정을 베풀어 관찰사의 추천
으로 표리(表裏)를 하사받았다. 그 뒤 평안도도사로 제수되었으나 신병으로 사직
하였다. 성품이 탁월하고 큰 뜻이 있어 함부로 남에게 영합하지 않았다. 문장이
뛰어나 붓을 잡으면 그 자리에서 만여언(萬餘言)을 지었으며, 특히 사륙변려문(四
六騈儷文)을 잘 지었다.

2 반박(槃博) : 유사한 단어로 '반박(槃礴)은 다리를 쭉 뻗고 앉다', '반박(槃薄)은
땅 위에 자리 버티어 자리 잡음'이라 한다. 본문에서는 [자리 잡고 앉았다]의 뜻으로
해석하였다. 또 즐길(반). 바둑을 즐기다. 槃은 般과 仝字. "考槃在澗" 참고로『詩
話叢林』에는 "羸槃礴"으로 되어 있다. '槃礴'은 箕坐의 뜻으로『시화총림』을 따를
것 같으면 "다리를 드러낸 채 털썩 뻗고 앉은" 것을 말한다. [宋]秦觀의 詩에 "解衣
屢槃礴"이란 구절이 있다.

3 유호인(劉好仁)의『天放集』에는 2구가 "亂髮初分虱自除"로 되어 있고 3구의 "長萬
丈"은 "千萬尺"으로 되어 있다.

4 이 시는 유호인(劉好仁, 1502~1584)의 작품이다. 본관은 강릉, 자는 극기(克己),
호(賜號)는 천방(天放)이다. 전라도 장흥에 세거했는데 진사(進士)에 급제한 뒤 과
업을 포기하고 학문에만 전념했다. 그의 저작은 병화(兵火)로 소실되었고, 그 문인
정경달(丁景達)에 의해 칠언절구 100여 수(거의 다 詠物詩이다)만 겨우 모아진 것
이『天放先生遺集』으로 상·하 2권으로 간행(목활자본, 1819년 이후 刊)되었다. 이

책은 현재 연세대에 하권 1책만이 소장되어 있다. 이보다 앞서 후손들에 의해『江陵劉氏族譜』가 간행되었는데 그 권2에『天放遺稿』가 수록되었다.(범우사 冊舍廊 소장. 刊本 1책)와『江陵劉氏族譜』권1은 여말선초의 문신이었던 劉敞(초명은 敬)의 『仙庵集』이 수록되었다고 한다. 李圭景(1788~1856)은 이 시를 劉敞의 작품으로 오해하였다.["『靑丘詩選』·『箕雅』等書載梳詩, 係以無名氏, 然嘗見『江陵劉氏譜』梳詩爲我太祖朝開國二等功臣王川府院君文僖公劉敞所作, 敞初名敬, 羽溪人. 嘗詠梳曰 … 此詩必有意而寓作也. 果得大梳梳盡民瘼則可謂經濟之大手段也."~『詩家點燈』, 아세아문화사, 第四勻) 한편 유몽인의 7세 방손 柳琹이 1832년 再刊한 『於于集』에 권2「拾遺錄」에 이 시를 수록하고 있으니 이 역시 오류이다.

● **보충강의**

성수시화 본문의 유호인(兪好仁)은 전주유씨 유호인(劉好仁, 1502~1584)의 오류이다. 허균의『학산초담(鶴山樵談)』은 이렇게 기록되어 있다.

근세 어떤 선비가 지리산에 유람갔는데, 한 외진 숲에 이르니, 폭포는 이리저리 흐르고 푸른 대 우거진 가운데 한 띳집이 있는데, 한 노인이 지팡이를 짚고 섰다가, 선비를 보고는 몹시 반기며 손을 맞아 솔 아래 앉혀 놓고 막걸리에 나물국으로 대접하고는 말하기를, "이 늙은 것이 평소에 머리 빗기를 좋아하여 하루에 꼭 천 번은 빗어내린다오." 하면서 쪽지를 내어 놓는데, 그 속에 든 것이 바로 머리를 빗는다는 소두시(梳頭詩)였다.

선비가 자신도 모르게 뜰아래 내려가 절하고 그 이름을 물으니 숨기고 알려주지 않았다. 이튿날 친구들에게 이 사실을 이야기하고는 두세 사람이 같이 다시 찾아가보니 집은 그대로 있었으나 사람은 이미 떠나고 없었다.

이 시는 애민시(愛民詩) 계열의 풍자시이다. 풍자시는 사회나 인생의 모순되고 불합리한 점을 날카롭게 폭로하고 비웃는 내용이다. 이 시는 사회시의 일종이다.

여기에 잘못 쓰인 유호인(兪好仁, 1445~1494)은 조선 전기의 문신·문장가로 본관은 고령(高靈), 자는 극기(克己), 호는 임계(林溪)·뇌계(㵢溪)이다. 음(蔭)의 아들이며, 김종직(金宗直)의 문인이다. 문장으로 이름이 높았다. 이점에 주의해서 보아야 한다.

第71話

林悌有詩名

임제는 시에 명성이 있었다.

林子順은 有詩名하니, 吾二兄이 嘗推許之라. 其 '朔雪龍荒道' 一章은, 可肩盛唐云이라. 嘗言에 往一寺하니 有僧軸한데, 題詩曰, 竊食東華舊學官하니, 盆山雖好可盤桓이라. 十年夢繞毗盧頂하니, 一枕松風夜夜寒이라 하니, 詞甚脫洒하나, 沒其名號하여, 不知爲何人作也라. 固有遺才이나, 而人未識者라.

[難解字] 軸축 : 두루마리.   盆분 : 동이, 밥 짓는 그릇.   繞요 : 돌다, 얽히다.   毗비 : 돕다.   洒쇄 : 상쾌하다.

【해석】 임자순(子順 林悌)[1]은 시의 명성이 있었고, 우리 두 형이 항상 떠받들었다. 그의 '겨울 눈은 변방(북방, 평안북도 의주지역) 길에 휘몰아치네(朔雪龍荒道)[2]라는 시 한 편은 성당(盛唐)의 시와 어깨를 나란히 할 만하다고 했다. 일전에 말하길, 어느 절에 가니 승축(僧軸)에

竊食東華舊學官하니	동화[3]에서 밥을 빌던 옛날의 학관,
盆山雖好可盤桓이라	분산[4]이 좋다하니 노닐만 하더라.[5]
十年夢繞毗盧頂하니	십 년동안 꿈에만 비로봉(毗盧峯)을 감돌아
一枕松風夜夜寒이라	베갯머리 솔바람 밤마다 서늘하네

라 했는데, 어구가 매우 맑고 깨끗하나 그 이름이 빠져서 누가 지은 것인

지 알 수 없었다고 했다. 진실로 버려진 사람이 있어도 사람들은 그것을 알지 못하는 것이다.

● 주석 --

1 임자순(子順 林悌, 1549~1587) : 본관은 나주, 자는 자순(子順), 호는 백호(白湖)
· 겸재(謙齋), 대곡(大谷) 성운(成運)의 문인으로 1576년(선조 9) 생원시(生員試)
· 진사시(進士試)에 급제하고, 1577년 알성문과(謁聖文科)에 급제했다. 예조정랑
(禮曹正郎)과 지제교(知製敎)를 지내다가 동서(東西)의 당파싸움을 개탄, 명산을
찾아다니며 여생을 보냈다. 당대 명문장가로 명성을 떨쳤으며 시풍(詩風)이 호방
하고 명쾌했다. 황진이 무덤을 지나며 읊은 "청초 우거진 골에…"로 시작되는 시
조와 기생 한우(寒雨)와 화답한 시조 「한우가(寒雨歌)」 등은 유명하다. 저서에 『화
사(花史)』, 『수성지(愁城誌)』, 『임백호집(林白湖集)』, 『부벽루상영록(浮碧樓觴詠
錄)』이 있다. 『학산초담(鶴山樵談)』에서 허균은 '임제는 본성이 의협심이 있고 얽
매이질 않아서 세속과 맞질 않았으므로 불우했고 일찍 죽었다.'고 하였다.
2 허균(許筠)의 『학산초담』에 시가 보인다. 보충강의 참고.
3 동화(東華) : 명·청대에 중추관서(中樞官署)가 궁성의 동화문(東華門) 안에 설치
되었는데 전하여 중앙관서를 가리킨다.
4 분산(盆山) : 경남 김해(金海)에 분산(盆山)이 있다.
5 반환(盤桓) : 머뭇거리면서 멀리 떠나지 못한다.

● 보충강의 --

본문에서 찬양한 임제의 '朔雪龍荒道'에 대하여 허균(許筠)의 『학산초담(鶴山
樵談)』에 원시가 소개되고 있다.

送李評事瑩詩
평사 이영을 보내는 시 -임제(林悌)

朔雪龍荒道	북방 눈 내리는 용황의 길
陰風渤澥涯	음산한 바람 부는 발해 바닷가
元戎掌書記	원융의 서기를 맡은 이는
一代美男兒	일대의 미남아로다
匣有干星劍	칼집엔 별을 찌르는 칼 있고
囊留泣鬼詩	주머니엔 귀신도 울릴 시가 들었네
邊沙暗金甲	변방 모래 바람 금갑옷에 자욱한데
閨月照紅旗	쪽문 위의 달 홍기를 비치누나
玉塞行應遍	옥문관 걸음 어딘들 안 가리오
雲臺畫未遲	공신각에 화상 걸기 머지 않으리
相看豎壯髮	바라보니 머리카락 곤두세우고
不作遠遊悲	먼 길 떠날 슬픈 빛 짓지 않네

이 시는 이영(李瑩)이 젊어서 북평사로 갈 때 지어 준 송별시이다. 허균의 『국조
시산』에는 제목이 '북평사 이영을 보내며[送北評事李瑩]'로 되어 있다. '氣豪語俊'
라는 평이 있다. 『학산초담(鶴山樵談)』에서 초당사걸(初唐四傑)의 양형(楊炯)의
시풍과 흡사하다고 했다.

第72話
仲兄與林悌相稱賞
중형이 임제와 서로 칭찬하여 찬양했다.

仲兄이 奉使北方할새, 登壓胡亭하여 作詩曰, 白屋經年病하니, 靑苗一夜霜이라. 林子順이 極賞之하니, 以詩贈之曰, 白屋靑苗는 十字史라. 仲兄도 亦稱 其, 胡虜曾窺二十州하니, 將軍躍馬取封侯라. 如今絶塞無征戰하니, 壯士閑眠古驛樓라, 以爲翩翩俠氣라.

[難解字] 虜로 : 오랑캐. 窺규 : 엿보다. 翩편 : 사물이 나부끼는 모양. 俠협 : 젊다.

【해석】 중형(仲兄 許筍)¹이 북방으로 사신 갈 때, 압호정(壓胡亭)²에 올라서

    白屋經年病   허름한 집³은 해가 갈수록 무너지고
    靑苗一夜霜   새싹들은 하룻밤에 서리를 맞았네.⁴

라 읊었는데, 임자순은 이를 극찬하고,

    白屋靑苗十字史   백옥 청묘는 열 글자의 시사(詩史)로다

라는 시를 지어주었다.

중형도 임자순의

胡虜曾窺二十州	오랑캐 일찍이 이십 주(관북, 함경도지방)를 엿볼 적엔
將軍躍馬取封侯	장군은 말 솟구쳐 왕의 땅으로 만들었는데
如今絶塞無征戰	지금은 변방이 끊어지고 정벌 싸움 없으니
壯士閑眠古驛樓	장사는 옛 역루에 한가로이 잠을 자네

라는 시를 칭찬하여 '펄펄 나는 협기로다'로다 하였다.

⊙ 주석 --

1 허봉(許篈, 1551~1588) : 본관은 양천(陽川). 자는 미숙(美叔), 호는 하곡(荷谷). 동지중추부사 엽(曄)의 아들이며, 난설헌(蘭雪軒)의 오빠이자 균(筠)의 형이다. 유희춘(柳希春)의 문인이다. 1568년(선조 1)에 생원과, 1572년 친시문과(親試文科)에 병과로 급제, 이듬해 사가독서(賜暇讀書)를 하였으며, 1574년 성절사(聖節使)의 서장관(書狀官)으로 자청하여 명나라에 가서 기행문 「하곡조천기(荷谷朝天記)」를 썼다. 이듬해 이조좌랑이 되었다. 1577년 교리가 되었으며, 1583년 창원부사를 역임하였다. 그는 김효원(金孝元) 등과 동인의 선봉이 되어 서인들과 대립하였다. 1584년 병조판서 이이(李珥)의 업무상의 과실을 탄핵하다가 압산으로 귀양가게 되었고 형식적으로 2년 뒤 풀려났으나 신원이 복권되지 않아 현실에 자신을 안착시키지 못하고 방랑을 하다가 38세의 나이로 금강산 밑 김화연 생창역에서 죽었다. 「朝天記」에서 그의 사상을 나타내 보이고 있는바, 뚜렷이 도통사상(道統思想)을 지니고 있으며, 특히 『성학집요(聖學輯要)』에 큰 관심을 두었고, 양명학으로 무장된 중국학자들과의 담론에서도 주체적 인식으로 그들의 논리를 배척하고 있다. 특히 시인으로 유명하였는데, 그의 시는 청신완려(淸新婉麗)하다는 평을 들었다. 저서로는 『하곡집』·『하곡수어(荷谷粹語)』, 편서로 『해동야언(海東野言)』·『이산잡술(伊山雜述)』 등이 있다. 계곡 장유(谿谷 張維)는 '허봉이 우리나라 최고의 시인이다.'라는 절찬을 했을 정도로 문학적 재능이 당대에 특히 인정받았다.

2 咸北 鏡城 都護府 吉城縣 소재의 정자. 본래 해안(海岸)에 있던 것을 마천령(磨天
嶺) 위로 옮겨서 지었다고 전한다.

3 백옥(白屋) : 청렴결백한 생활을 비유한 표현이다. 백옥은 흰 띠풀로 지붕을 인
집이라는 뜻으로 옛날 요(堯)임금이 이런 집에서 거처하였다고 한다. 『太平御覽
皇王部 五帝堯陶唐氏』

4 허균의 『학산초담(鶴山樵談)』에 보인다.

◉ 보충강의

본문에 인용된 시구의 원시는 다음과 같다.

경흥압호정(慶興狎胡亭)에 題한 시.

塞國悲寒望	국경에서 스산하게 바라보니
人煙接鬼方	인가의 연기는 귀방과 접했구나
山圍孤障外	산은 외로운 장막 밖을 에웠고
水入毀陵傍	물은 무너진 능 옆으로 흘러드는구나
白屋經年病	초가집은 해가 갈수록 무너지고
青苗半夜霜	파란 싹은 한밤중에 서리를 맞았네
登臨最蕭瑟	이곳에 오르자 가장 서글퍼지니
衰鬢葉俱黄	까칠한 수염은 낙엽과 함께 누렇구나

본문에서 인용된 백호 임제의 시는 '역루(驛樓)', 『백호집(白湖集)』 권2에 실려
있다. 1579년 그가 함경도 고산(高山)찰방으로 있을 때 안변부사였던 양사언(楊士
彦)에게 지어준 시이다. 『국조시산』에는 제목이 '고산역에서(高山驛)'이고, 승구
의 "당시에(當時)"가 "장군은(將軍)"으로 되었으며, 전구의 "안개와 먼지 고요하니
(煙塵靜)"가 "전쟁이 없어서(無征戰)"로 되었다. 또 『오산설림(五山說林)』을 인용
하여 최경창이 "장군은 말을 달려(將軍躍馬)"를 "당시에 말을 달려(當時躍馬)"로

고쳤다고 하였다. 그리고 허균은 이 시를 호방한 기상(豪氣)을 드러내었다고 평했다. 한나라 무제 때 위청(衛靑)과 곽거병(霍去病)은 흉노를 정벌하여 각각 장평후(長平侯), 관군후(冠軍侯)로 봉해졌고, 고려 예종 때 윤관(尹瓘)과 오연총(吳延寵)이 함주(咸州) 이북의 동여진을 격파하여 구성(九城)을 쌓은 고사가 있다.

백호 임제 그는 풍류남아라 일컬어진다. 그는 여성 편력도 대단했다.

北天이 맑다 거늘 雨裝 업시 길을 나니
山에는 눈이 오고 들에는 찬비로다.
오늘은 찬 비 마자시니 얼어 잘가 하노라.

얼른 보면 평범한 말 같으나 이 속에 아주 묘한 뜻이 숨겨져 있습니다. 곧 기생의 이름이 한우(寒雨)이었던 것이다. 게다가 "얼어 잔다."는 말도 참 묘한 말이다. 그냥 보면 찬비를 맞았으니 얼어서 잔다는 것은 아주 자연스러운 현상이라 할 것이다. 그러나 그렇게 되면 이 시는 아주 가치 없는 평상의 말로 전락할 것이다. 그런데 여기서 "얼다"라는 말은 또 다른 뜻이 있습니다. 그래 이 시의 가치를 높이는 것이다. 곧 어루는 일은 바로 성적인 접촉을 이르는 말이다. 그래 이런 경험을 한 사람을 어른이 되었다고 한다. 그러니 여기서 얼어 잔다는 말은 더불어 잠자리를 함께 하겠다는 말이다. 그리고 보니 시의 본뜻을 짐작하게 된다. 더 이상은 질문하지 말라.

황진이의 임종에서 빠뜨릴 수 없는 인물이 바로 백호(白湖) 임제(林悌, 1549~1587)이다. 평생 황진이를 못내 그리워하고 동경하던 그는 마침 평안도사가 되어 가는 길에 송도에 들렀으나 황진이는 이미 이 세상 사람이 아니었다. 절망한 그는 그길로 술과 잔을 들고 무덤을 찾아가 눈물을 흘리며 다음의 시조를 지어 황진이를 애도했다.

청초(靑草) 우거진 골에 자는다 누웠는다

홍안(紅顏)은 어디 두고 백골만 묻혔나니
잔(盞) 잡아 권할 이 없으니 그를 슬허하노라

　조정의 벼슬아치로서 체통을 돌보지 않고 한낱 기생을 추모했다 하여 백호는 결국 파면을 당하며 얼마 지나지 않아 임종을 맞게 된다. 슬퍼하는 가족들에게 "내가 이같이 좁은 나라에 태어난 것이 한이로다" 하고 눈을 감았다 한다. 임지에 도착도 못하고 파직을 당하였다니 조선 역사에 가장 짧게 벼슬한 사람이기도 하다.

　임제 역시 한시에도 능하여 모두 주옥같다.

十五越溪女	열다섯 살 처녀 시내를 건너와서
羞人無語別	남들이 부끄러워 말없이 이별하고
歸來掩重門	돌아와 중문을 굳게 닫고는
泣向梨花月	배꽃 위에 뜬 달을 보고 눈물 흘리네.

第73話

仲兄於豐山驛見孫萬戶詩

중형이 풍산역[1]에서 손만호의 시를 보았다.

仲兄이 於豐山驛하여, 見題壁一詩에, 曰, 世上無人識俊才요, 黃金誰爲築高臺라. 邊霜染盡靑靑鬢하니, 疋馬陰山十往來라 하니, 辭氣感慨라. 甚佳作也라. 問之郵卒하니, 曰, 兵營軍官孫萬戶所題也라.

[難解字] 俊준 : 뛰어나다. 築축 : 쌓다. 鬢빈 : 귀 밑 머리. 疋필 : 필(말을 세는 단위). 郵우 : 역말을 갈아타는 곳.

【해석】 중형이 풍산역(豐山驛)에서 벽에 쓴 시 한 수를 보니

世上無人識俊才	세상에는 준재를 알아 줄 이 없는데
黃金誰爲築高臺	누굴 위해 황금으로 높은 대를 쌓았나,
邊霜染盡靑靑鬢	변방 서리 검푸른 귀밑털 다 물들이니
疋馬陰山十往來	필마(匹馬)로 음산한 산길 열 번이나 오가네.

라 했다. 말 기운이 감개하고 매우 훌륭하여 우졸(郵卒: 역졸)에게 누구의 작품인가를 물었더니 병영 군관 만호(萬戶) 손(孫)씨가 지은 것이라 했다 한다.

● 주석 --

1 咸北 會寧郡 豊山堡 소재.

● 보충강의 --

풍산역은 함경북도에 있는 풍산이다. 유몽인의『어우집』에도 이 시가 실려 있다. 허균은 시를 수집하면서 신분의 귀천을 가리지 않고 있다. 순수하게 시작품을 분석하면서 미학비평을 했으며 순수문학을 사랑했다. 도학의 색채를 벗어나 예술을 위한 예술로서 시를 감상하고 이해했다. 한 시대에 허균에게 거론된 인물은 그리 많은 편이 아니다. 성수시화에 등장되는 시인은 당대 최고의 시인들이었다. 또, 일설에는 남대문 내 창전에 있는 손만호의 집에는 과부 7,8명이 모여 가끔 천주교 책을 강습했다고 한다. 손만호는 천주교 신자라고 전한다. 허균이 중국 사신으로 갔다가 천추교 서적을 가지고 온 일이 있다. 이와 관련해 보면 무슨 연관이 있는 것 같기도 하다. 여기서 황금으로 된 대는 천주당인가? 청나라에서는 천주당을 허용하고 있었다.

第74話

明宗忌日申櫓題詩於谷口驛

명종의 기일에 신로가 곡구역에서 시를 지었다.

壬辰六月二十八日은, 是明廟忌辰이라. 申濟而의 題詩於谷口驛에 曰, 先王此日棄群臣하니, 末命慇懃托聖人이라. 二十六年香火絶하니, 白頭號哭只遺民이로다. 觀者無不下淚라 하니라.

[難解字] 櫓로 : 방패. 慇은 : 은근하다. 懃근 : 은근하다.

【해석】임진년(1592, 선조 25) 6월 28일은 명종(明宗)의 기일(忌日)이라 신제이(濟而 申櫓)[1]가 곡구역(谷口驛)[2]에서 시를 쓰기를

先王此日棄群臣　선왕께서 이 날에 군신을 버리실 적
末命慇懃托聖人　유언은 은근히 성인을 부탁했네
二十六年香火絶　스물여섯 해에 향불이 끊어지니
白頭號哭只遺民　소리쳐 우는 사람 늙은 유민(遺民)뿐이로세

라 하니, 보는 자가 모두 눈물을 흘렸다고 한다.

◉ 주석

1 신제이(濟而 申櫓, 1546~1593) : 본관은 고령(高靈), 자는 제이(濟而). 숙주의 현손이며, 할아버지는 항(沆)이다. 1567년(명종 22) 사마시에 합격하였으나, 관직에

뜻이 없어 문과에는 응시하지 않았다. 1592년(선조 25) 임진왜란이 일어나자 북쪽으로 피난가다가 단천(端川)에 이르러 군수 강찬(姜燦)을 권유하여 의병을 일으켜 격문(檄文)을 지었다. 또 임해군(臨海君)·순화군(順和君) 두 왕자가 회령(會寧)에서 가토(加藤淸正)에게 포로가 되자, 이를 구출하려고 일족인 신석린(申石潾)과 함께 정현룡(鄭見龍) 등을 권하여 의병을 일으켰다. 그 뒤 북평사 정문부(鄭文孚)를 대장으로 삼고, 자신은 그 휘하에 종군하여 함경도 곳곳에서 왜적을 격파하여 6진(鎭)을 모두 수복하였다. 이 공으로 인하여 5품직을 제수받았지만 관직에 나가지 않았다. 그는 많은 경서를 섭렵하였는데, 문장이 풍부하였다. 특히 고문(古文)과 사륙변려문(四六騈驪文)에 능하였다.

2 咸南 端川郡 利城縣 소재.

● 보충강의 --

위의 시와 관련된 이야기가 있다.

조정에서 조총병(祖摠兵)이 장차 이른다는 말을 듣고 유성룡으로 접반사(接伴使)를 삼고 겸하여 군량미를 관리하게 하였다. 그의 종사관(從事官)인 이조 정랑 신경진(辛慶晋)과 제용감정(濟用監正) 홍종록(洪宗祿)으로서 일로(一路)의 양향을 점열(點閱)하고 또 상산군(商山君) 박충간(朴忠侃)·예조 참판 성수익(成守益)·동지중추부사(同知中樞府事) 이노(李輅)·전성군(全城君) 이준(李準) 등을 보내어 역참(驛站)을 관장하여 초량(草粮)을 감독 재촉하도록 하고 또 선사포 첨사(宣沙浦僉使) 장우성(張佑成)에게 명하여 대정강(大定江)에 부교(浮橋)를 설치하고 노강 첨사(老江僉使) 민계중(閔繼中)으로 청천강(晴川江)에 부교를 설치하도록 명하고, 순찰사 이원익(李元翼)·절도사 이빈(李薲)으로 순안(順安)에 머물도록 하고, 도원수 김명원(金命元)은 숙천(肅川)에서 기다리도록 하였다. 이원익이 금위군(禁衛軍)이 약한 것을 염려하여 전사(戰士)들을 나누어 입위(入衛)하도록 청하자 병조 판서 이항복은 물리쳐 말하기를, "전졸(戰卒)이란 적을 쳐부수는 데에 쓰이지 입위하는 데는 필요 없다." 하고는 곧 민정(民丁)을 따로 뽑아 금위군에 보충토록 하고, 의주(義州)에 사는 백성들이 놀라 흩어지자 오래도록 머무를 뜻을 보이도록 청하였다. 호남 삼로에서 행재소(行在所)의 소재를 모르니 급히 사신을 보내 근왕병(勤王兵)을 기병(起兵)토록 유시하기를 청하자, 임금은 그 말을 좇아 대사성(大司成) 윤승훈(尹承勳)에게 명하여 해로(海路)로 호남에 가서 덕음(德音)을 선유(宣諭)하도록 하였다.

이로부터 호남에는 근왕하는 군사와 순의(殉義)하는 사람이 서서히 일어나 조정의 명령이 비로소 통하게 되어 사기가 아주 장엄하고 조종(祖宗)의 깊은 은택이 사람의 골수에 사무쳐 중흥(中興)의 업(業)이 실로 여기에서 시작되었다. 이때 진사 신노(申櫓)는 자가 제이(濟而), 고원위(高原尉)의 증손이었는데 곡구역(谷口驛)을 지나면서 시를 지었다. 그 시가 본문에 나오는 시이다.

○ 6월 26일이 명묘(明廟)의 기신(忌辰)날이기에 보는 이로 눈물을 흘리지 않는 이가 없었다.

만력 5년 정축년(1577, 선조 10)에 시작해서 임진년(1592, 선조 25) 6월에 그쳤으니, 모두 16년이다.

– 재조번방지(再造藩邦志) 1

第75話

李玉峯詩淸壯

이옥봉의 시는 청장하다.

家姊蘭雪一時에, 有李玉峯者러니, 卽趙伯玉之妾也라. 詩亦 淸壯하여, 無脂粉態라. 寧越道中作詩에 曰, 五日長關三日越 이니, 哀歌唱斷魯陵雲이라. 妾身亦是王孫女이니, 此地鵑聲不 忍聞이라 하니, 含思悽怨이라. 與李益之의 東風蜀魄苦요, 西日 魯陵寒之句와, 同一苦調也라.

[難解字]　脂지 : 기름을 치다.　粉분 : 단장하다.　鵑견 : 두견새.　悽처 : 슬퍼하다.

【해석】 우리 누님 난설헌(蘭雪軒)과 같은 시기에 이옥봉(李玉峯)[1]이라는 여인이 있었는데 바로 조백옥(伯玉 趙瑗)[2]의 첩이다. 그녀의 시 역시 청장 (淸壯)하여 지분(脂粉)의 태가 없다. 영월(寧越)[3]로 가는 도중에 시를 짓기를

五日長關三日越	오일은 장관이요 삼일 간은 영월(寧越)이니
哀歌唱斷魯陵雲	노릉[4]의 구름에 슬픈 노래 목이 메네
妾身亦是王孫女	첩의 몸도 이 또한 왕손의 딸이라
此地鵑聲不忍聞	이곳의 두견 소린 차마 듣지 못할레라

라 하니, 품은 생각이 애처롭고 원한을 띠어 익지의

東風蜀魄苦　　동풍에 두견소리[5] 애달프고

| 西日魯陵寒 | 석양에 노릉은 싸늘하네 |

라는 시구와 한가지로 쓰라린 가락이다.

● 주석 ⋯⋯⋯⋯⋯⋯⋯⋯⋯⋯⋯⋯⋯⋯⋯⋯⋯⋯⋯⋯⋯⋯⋯⋯⋯⋯⋯⋯⋯⋯⋯⋯⋯⋯⋯⋯

1 이옥봉(李玉峯) : 선조 때 옥천(沃川) 군수를 지낸 봉(逢)의 서녀(庶女)로 조원(趙
　瑗)의 소실이 되었다. 『명시종(明詩綜)』, 『열조시집(列朝詩集)』, 『명원시귀(名媛詩
　歸)』 등에 작품이 전해졌고 한 권의 시집이 있었다고 하나 시 32편이 수록된 『옥봉
　집(玉峰集)』 1권만이 『가림세고(嘉林世稿)』의 부록으로 전한다. 작품으로 『영월도
　중(寧越途中)』, 『만흥증랑(謾興贈郎)』, 『추사(秋思)』, 『자적(自適)』, 『증운강(贈雲
　江)』, 『규정(閨情)』 등이 있다. 아버지 이봉(李逢)은 종실(宗室)의 후예로 젊어서부
　터 방탕하여 명산 유람을 즐겼다. 그러면서도 박식하고 글재주가 뛰어나 정철·
　이항복·유성룡 등 당시 명성이 높았던 문장 시인들과 교유하였다. 옥봉은 태어나
　면서부터 남다르게 총명하고 지혜로워 문자를 가르치자 남보다 뛰어나게 깨우쳤
　다. 아버지 또한 옥봉의 재주를 기이하게 여겨 해마다 책을 사 주었고, 글재주가
　나날이 나아지게 되었다. 조원을 사모하여 첩이 되었으나 훗날 조원에게 쫓겨나게
　되는데 그 계기는 다음과 같다. 어느 날 평소에 잘 알고 있던 이웃 여자가 찾아와서
　"자기 남편이 남의 소를 잡다가 끌려갔다."고 말하며 조원에게 "형조에 편지를 보내
　어 그 죄를 면하게 해 달라."고 애걸하였다. 옥봉이 그를 매우 불쌍히 여겨 그 청을
　거절하지 못하고 "내가 비록 감히 공에게 써 달라고 청하지는 못하지만, 마땅히
　그대를 위해서 상사(狀辭)를 써 주겠다." 하고는 곧 절구 한 편을 지어 주었다.
　이 시로 죄인이 풀려났으나 조원이 이 사실을 알고, 죄인을 사사로운 감정으로
　풀어지게 된 것을 이유로 하여 이옥봉을 내쫓았다. 그 후 옥봉은 산수와 시로 자오
　(自娛)하며 여도사(女道士)로 자칭하면서 지냈다. 훗날 임진왜란을 만나 정절을
　지키다가 죽었다.
2 조백옥(伯玉 趙瑗, 1544~1595) : 본관은 임천(林川), 자는 백옥(伯玉), 호는 운강
　(雲江). 원경(元卿)의 증손으로 할아버지는 익(翊)이고, 아버지는 응공(應恭)이며,
　어머니는 민세경(閔世卿)의 딸이다. 응관(應寬)에게 입양되었다. 판서 이준민(李
　俊民)의 사위이다. 조식(曺植)의 문인으로, 1564년(명종 19) 진사시에 장원급제하

였고, 1572년(선조 5) 별시문과에 병과로 급제하였다. 1575년 정언(正言)이 되어 이 해 당쟁이 시작되자, 그에 대한 탕평의 계책을 상소하여 당파의 수뇌를 파직시킬 것을 주장하였다. 이듬해 이조좌랑이 되고, 1583년 삼척부사로 나갔다가 1593년 승지에 이르렀다. 효성이 지극하였으며, 또 자손의 교육도 단엄(端嚴)하였다. 저서로는 『독서강의(讀書講疑)』가 있으며, 유고로는 『가림세고(嘉林世稿)』가 있다.

3 강원도 영월군 소재.

4 노릉(魯陵) : 사육신(死六身)을 말한다. 단종(端宗)이 폐위되어 노산군(魯山君)에 봉해졌으므로 노릉이라 한 것이다.

5 촉백(蜀魄)

● 보충강의 ------

손곡 이달의 영월 도중에서 지은 시의 원시는 다음과 같다.

寧越道中

懷緖客行遠	회포의 실마리에 나그네 길이 멀고
千峰道路難	만학천봉 산길은 길고도 험난하도다
東風蜀魄苦	동풍에 두견새 괴롭게 울어 젖히고
西日魯陵寒	지는 햇살에 단종릉은 쓸쓸하도다
郡邑連山郭	고을들은 이어지는 산으로 둘러싸고
津亭壓水闌	나루터 정자는 물결을 짓누른다
他鄕亦春色	떠도는 타향에 봄빛으로 가득하니
何處整憂端	어느 곳에서 근심을 풀어놓을까?

이옥봉의 시는 사랑이 넘친다. 그의 염정시 몇 편을 소개한다.

閨情

有約郞何晚	언약했던 낭군 어이 그리 늦는고

庭梅欲謝時　　뜨락의 매화 시들려는 때로세
忽聞枝上鵲　　문득 가지 위 까치 소릴 듣고
虛畫鏡中眉　　부질없이 경대 앞에 눈썹 그리네

寶泉灘卽事

桃花高浪幾尺許　　도화수 높은 물결 그 몇 자인지
銀石沒頂不知處　　하얀 돌 송두리째 간 곳이 없네
兩兩鷺鷥失舊磯　　쌍쌍 백로는 놀던 모래톱 잃고서
銜魚飛入菰蒲去　　고기 물고 갈대 속으로 날아드누나

夢魂*

近來安否問如何　　요즘 어떠신 지 안부 여쭈오리다
月白紗窓妾恨多*　　사창에 달 비추니 나의 한이 깊어라
若使夢魂行有跡　　꿈속의 혼이 다닌 자취가 남는다면
門前石路已成沙*　　문 앞 돌길은 이미 모래가 되었으리

------

* 원제는 贈雲江(雲江에게 드림-雲江은 조원의 號-)라고도 한다(가림세고에는 自述-내 마음을 술회함-으로 표기).

* 白을 到로 쓴 자료도 있다.
  紗窓은 얇은 견사로 바른 창인데, 여인이 기거하는 창을 지칭한다.

* 已(이) => 이미, 已를 半으로 표기한 자료도 있음(원전에는 已).

送別 이별의 아쉬움

人間此夜離情多　　이 밤의 우리 이별이 너무 아쉬워
落月蒼茫入遠波　　달마저 깊은 하늘 먼 물결에 지는데
借問今宵何處宿　　그대여 오늘밤은 어디서 묵으며
旅窓空聽雲鴻過　　구름 지나는 기러기 소리 창 밖으로 들으려는가

第76話

羽士田禹治詩甚清越

우사 전우치의 시는 매우 청월하다.

羽士田禹治는, 人言仙去하니, 其詩甚淸越이니라. 嘗游三日浦하여 作詩曰, 秋晚瑤潭霜氣淸이요, 天風吹下紫簫聲라. 靑鸞不至海天闊, 三十六峯明月明이라 하니 讀之爽然하니라.

[難解字] 瑤요 : 아름다운 옥. 潭담 : 못. 鸞난 : 난새. 闊활 : 넓을 활.

【해석】 우사(羽士) 전우치(田禹治)[1]는 사람들의 말에 신선이 되어 올라갔다고 하며 그의 시는 매우 청월(淸越)하다. 일찍이 삼일포(三日浦, 북한 고성군에 있는 호수)에서 지은 시에

秋晚[2]瑤潭霜氣淸　늦가을 맑은 못에 서리 기운 해맑은데
天風吹下紫簫聲　공중의 퉁소 소리 바람 타고 내려오네
靑鸞不至海天闊　푸른 난(鸞)[3]은 오지 않고 바다 넓으니
三十六峯秋月明[4]　서른여섯 봉우리에 가을 달은 밝도다

라 하니, 이를 읽노라면 기분이 상쾌해진다.

● 주석

1 전우치(田禹治, ?~?) : 본관은 남양(南陽), 송도(松都) 출생. 중종 때 서울에서 미

관말직을 지내다가 사직하고 송도에 은거하며 도술가(道術家)로 널리 알려졌다. 하루는 신광한(申光漢)의 집에서 식사 중 입에 넣은 밥알을 내뿜자, 그것이 각각 흰나비로 변하여 날아갔다고 한다. 또 가느다란 새끼 수백 발을 던지고 동자(童子)를 시켜 하늘에 올라가 천도(天桃)를 따오게 했다고 한다. 백성을 현혹시켰다는 죄로 신천옥(信川獄)에 갇혀 옥사했는데 뒤에 친척들이 이장하려고 무덤을 파보니 시체 없이 빈 관만 남아 있었다고 한다. 『오산집(五山集)』에 의하면 그가 차식(車軾)을 찾아가 『두공부시집(杜工部詩集)』 1질(帙)을 빌려갔는데 그때는 이미 죽은 지 오랜 후였다고 한다.

2 시화총림에는 "晚"이 "滿"으로 되어 있다.

3 봉황(鳳凰)의 일종.

4 『국조시산(國朝詩刪)』에 「三日浦」라는 제목으로 실려 있다.

● **보충강의** --

허균은 도교의 신선술에 관심이 많았다. 그는 전우치에 대해 관심을 보이고 있다.

『청장관전서(靑莊館全書)』의 「한죽당필기(寒竹堂筆記)」에는, 가정연간(嘉靖年間, 1522~1566)에 역질을 도술로 예방하였다고 하며, 『지봉유설(芝峯類說)』에는 본래 서울 출신의 선비로 환술과 기예에 능하고 귀신을 잘 부렸다고 한다.

또, 『오산설림(五山說林)』에는 죽은 전우치가 산 사람에게 『두공부시집(杜工部詩集)』을 빌려갔고, 『어우야담(於于野談)』에는 사술(邪術)로 백성을 현혹시켰다고 하여 신천옥(信川獄)에 갇혔는데, 옥사하자 태수가 가매장시켰고, 이를 뒤에 친척들이 이장하려고 무덤을 파니 시체는 없고 빈 관만 남아 있었다고 한다.

이는 곧 도교의 시해법(尸解法)과 상통한다. 또, 밥을 내뿜어 흰나비를 만들고 천도(天桃)를 따기 위하여 새끼줄을 타고 갔다는 설화 등은 우리나라의 도가의 맥과 상통하는 점이 있다.

조선시대 각종 기록에서 등장하는 기인으로 많은 기록에 도술을 사용한 일화가 등장하는데, 전반적으로 전우치는 환술(幻術)을 쓰는 것으로 묘사되며 그리 높이 평가되지 않는 편이다. 전우치전을 통해 전우치의 활약이 일관적으로 정리되기

전에도, 이미 화담 서경덕과 얽히고 있었다.

소설의 주인공인 전우치의 모델은 조선 중종 때의 실존 인물인 전우치이다.(소설과 이름이 같다) 본관은 남양(南陽). 어우야담 등의 야담집에 그의 기행(?)이 실려 있고 이를 바탕으로 볼 때 그는 도가류에 정통했던 사람으로 보인다. 실존인물인 전우치에 대한 전설을 모델로 하여 수많은 판본의 전우치전이 쓰였다. 최근에는 영화로 제작되기도 하였다.

第77話

鄭百鍊病中遇鬼其鬼能作絶句

정백련[1]이 병중에 귀신을 만났는데 그 귀신이 절구를 짓는데 능했다.

少日에, 見鄭百鍊하니, 自言하기를 病而遇鬼한대, 能作絶句러라. 其最警絶에 曰, 酒滴春眠後하니, 花飛簾捲前이라. 人生能幾許인가, 悵望雨中天하노라 하고. 又曰, 萬里鯨波海日昏하니, 碧桃花影照天門이라. 鸞驂一息空千載러니, 緱嶺靈簫半夜聞이라 하니, 其音韻瀏幽하여, 自非人間語러라.

[難解字] 警경 : 놀라다. 滴적 : 물방울. 悵창 : 슬퍼하다. 鯨경 : 고래. 鸞난 : 난새. 驂참 : 네 필의 말이 끄는 수레에서 바깥의 두 말. 緱구 : 칼자루 감다. 瀏류 : 물 맑다.

【해석】 젊었을 적에 정백련(鄭百鍊)을 만나 본 일이 있었다.[2] 그때 그가 병이 들어 귀신을 만났는데 절구를 지을 줄 알더라고 했다. 그의 시 중 가장 좋은 것으로

酒滴春眠後	봄 잠을 자고 나서 술을 따르니
花飛簾捲前	발 걷은 앞에서 꽃은 날리네
人生能幾許	인생이 얼마나 된단 말가
悵望雨中天[3]	비 내리는 하늘 슬피 바라보노라

와 또

萬里鯨波海日昏　만리라 거센 파도⁴에 바다 해는 저무는데
碧桃花影照天門　벽도꽃(碧桃花)⁵ 그림자는 하늘 문⁶에 비치네
鸞驂一息空千載　난새 수레⁷ 한 번 가서 천년이나 고요터니
緱嶺靈簫半夜聞⁸　후령⁹의 영소 소리 한밤중에 들리네

는 그 음운이 맑고 그윽하여 인간 소리가 아니었다.

● **주석**

1　정백련(鄭百鍊) : 조선시대 문인으로 이름은 정용(鄭鎔), 본관은 해주, 자는 백련(百鍊), 호는 오정(梧亭)이다.

2　『학산초담(鶴山樵談)』에 보면 백련(百鍊)은 정용(鄭鎔)의 아들인데 일찍이 중풍에 걸렸다. 하루는 스스로 말하기를, "어떤 젊은 서생을 만났는데, 연화관(蓮花冠)을 쓰고 용모는 눈빛 같았다. 그는 스스로 이르기를 '나는 당나라의 아사(雅士) 요개(姚鍇)로 이장길(長吉 李賀)과 친한 친구 사이인데, 안탕산(雁蕩山)에 산 지 2백년이 된다. 조선의 산천이 가장 아름답다기에 한라산에 옮겨 산 지도 천 년 가까이 되었다. 다시 금강산으로 가려고 하다가 자네와 인연이 있으므로 삼각산에 와 살게 되었다. 그런 지도 벌써 30년이 되었는데 이제야 비로소 여기에 왔다'고 했다." 하였다.

3　國朝詩刪에 「春曉」라는 제목으로 실려 있다.

4　劉禹錫, 「送源中丞充新羅冊立使」"煙開鼇背千尋碧, 日落鯨波萬頃金".

5　西王母가 漢武帝에게 주었다는 仙桃. 許渾, 「故洛城」"可憐緱嶺登仙子, 猶自吹笙醉碧桃".

6　『淮南子』, 「原道訓」, 高誘註: "天門, 上帝所居紫微宮門也".

7　鸞駕. 湯惠休, 「楚明妃曲」"驂駕鸞鶴, 往來仙靈". 王勃, 「八仙逕」"代北鸞驂至, 遼西鶴騎旋".

8　國朝詩刪에 「贈人」이라는 제목으로 실려 있다.

9　후령(緱嶺) : 주나라 왕자진(王子晉)이 신선이 되어 후령에서 학을 타고 갔다. 河南省 偃師縣에 있다. 『列仙傳·王子喬』"王子喬者, 周靈王太子晋也. 好吹笙, 作鳳凰

鳴. 游伊洛之間, 道士浮丘公接以上嵩高山. 三十餘年後, 求之於山上, 見桓良曰, '告我家, 七月七日待我於緱氏山嶺' 至時, 果乘白鶴駐山頭, 望之不得到, 擧手謝時人, 數日而去". 李白, 「鳳笙篇」"緣雲紫氣向函關, 訪道應尋緱氏山".

● **보충강의** --

정백련에 대하여

정용(鄭鎔)의 자는 백련(百鍊)이다. 일찍이 중풍에 걸렸는데 하루는 스스로 말하기를, "어떤 젊은 서생을 만났는데, 연화관(蓮花冠)을 쓰고 용모는 눈빛[玉雪] 같았다. 그는 스스로 이르기를 '나는 당나라의 아사(雅士) 요개(姚鎧)로 이장길(李長吉, 이하(李賀)의 자)과 친한 친구 사이인데, 안탕산(雁蕩山)에 산 지 2백년이 된다. 조선의 산천이 가장 아름답다기에 한라산에 옮겨 산 지도 천 년 가까이 되었다. 다시 금강산으로 가려고 하다가 자네와 인연이 있으므로 삼각산에 와 살게 되었다. 그런 지도 벌써 30년이 되었는데 이제야 비로소 여기에 왔다'고 했다." 하였다. 그 시가 본문에 나오는 시이다.

또 다음과 같은 시가 있다.

棲身三角三十春	삼각산에 깃든 지 삼십 년인데
日日每向南雲哭	남녘 구름 바라보며 늘 울었네
松風不如龍吟聲	솔바람 소리는 용음 소리만 못한데
蘭雁又下三陵鶴	난안은 또 삼릉학만 못하도다
三陵鶴不來	삼릉학은 오지를 않고
蜀道峯前秋月黑	촉도봉 앞엔 가을 달만 어둡구나

어떤 이가 난안(蘭雁)이 무슨 뜻이냐고 묻자, 난초가 시들 무렵이면 철새인 기러기가 오기 때문이라고 하였다 한다. 이렇게 한 해 남짓 지나더니 시마(詩魔)

가 떠나자 병도 나았다. 이현욱(李顯郁)의 시마는 장편 대작도 다 지을 수 있었고, 산문도 원숙했는데, 정백련에게 걸린 시마는 격은 현욱보다 나았지만 율시는 절구에 못 미쳤으니, 더구나 그 문(文)이야 말할 게 있겠는가. 요개(姚鍇)의 이름은 전기나 소설에도 보이지 않으니, 혹 당나라 말기에 절구로 이름난 이가 아닌가 한다. 우리 중형은 그의 오언 절구를 사랑하여 성당(盛唐)에 못지않다고 여겼다. 그가 노산(魯山)의 구택(舊宅)에 제(題)한 시는 다음과 같다.

人度桃花岸　　사람은 복사꽃 핀 강 언덕을 지나가고
馬嘶楊柳風　　말은 버들에 스치는 바람 소리에 운다
夕陽山影裏　　노을진 산 그림자 속에
寥落魯王宮　　노산군댁은 쓸쓸도 하여라

청명날 남에게 주다[淸明日贈人]라는 시는 다음과 같다.

二月燕辭海　　이월이라 제비가 바다를 뜨니
千村花滿辰　　고을마다 꽃이 가득할 때로다
每醉淸明節　　청명이면 으레 취한 지도
至今三十春　　올 들어 하마 삼십 년일세

춘만(春晚)이란 시는 다음과 같다.

酒滴春眠後　　봄잠 자고 나서 술잔 따르니
花飛簾捲前　　걷은 발 앞에 꽃이 흩날리네
人生能幾何　　덧없는 인생 얼마나 살리
悵望雨中天　　비 내리는 하늘을 창연히 바라보네

추일(秋日)이란 시는 다음과 같다.

菊垂雨中花　　국화는 빗속에 꽃 드리우고
秋驚庭上梧　　뜨락의 오동잎은 가을에 놀래누나
今朝倍惆悵　　오늘아침 갑절이나 서글퍼짐은
昨夜夢江湖　　어젯밤 시골 꿈을 꾸어서일세

그의 문금(聞琴)이란 시는 이러하다.

佳人挾朱瑟　　아름다운 여인 붉은 비파를 끼고
纖手弄柔荑　　삐비 같은 섬수를 희롱하누나
忽彈流水曲　　갑자기 유수곡 타니
家在古陵西　　집이 고릉 서녘에 있네

익지가 또,

明月不知滄海暮　　밝은 달은 큰바다 저문 줄도 모르고
九疑山下白雲多　　구의산 기슭엔 흰 구름만 자욱

이란 구절을 전해 주었는데, 이런 구절은 이미 꿈의 경지에 든 것이다. 백련(百鍊)의 아우 감(鑑)은 나와 절친하므로, 상세한 얘기를 갖추 들었다.

용(鎔)의 호는 오정(梧亭)이고 해주인(海州人)이다. 시로 세상에 알려졌으나 일찍 죽었다. 감(鑑)의 호는 삼옥(三玉)인데 벼슬은 정랑(正郎)에 이르렀다.

－『학산초담』

第78話

扶安倡桂生彈琴長歌於太守去思碑石上李元亨
見而作詩時人謂之絶唱

부안의 창기 계생[1]은 거문고를 잘 연주했고 노래도 잘했다.
비석 가에서 태수가 떠나간 것을 생각 했는데 이원형이 보고서
시를 지으니 당시 사람들이 절창이라고 했다.

扶安倡桂生은 工詩善謳彈이라. 有一太守狎之하여, 去後에
邑人이 立碑思之라. 一夕佳月生하니, 彈琴於碑石上하며, 遡而
長歌할새 李元亨者가 過而見之하고, 作詩曰, 一曲瑤琴怨鷓鴣
나, 荒碑無語月輪孤라. 峴山當日征南石에도 亦有佳人墮淚無
이런가하니. 時人이 謂之絶倡이라. 李余館客也라. 自少與余及李
汝仁同處이니, 故로 能爲詩라. 他作亦有好者하니 石洲喜其人
而稱之니라.

[難解字] 遡소 : 하소연하다. 瑤요 : 아름다운 옥. 鷓자 : 자고새. 鴣고 : 자고새. 墮
타 : 떨어지다.

【해석】 부안(扶安)의 창기 계생(桂生)은 시에 솜씨가 있고 노래와 거문고
에도 뛰어났다. 어떤 한 태수가 그녀와 매우 가깝게 지내다가 떠난 뒤에
읍의 사람들이 비석을 세워서 그를 생각했다. 어느 날 저녁 아름다운 달
밤에 계생이 그 비석 가에서 거문고를 타며 하소연하면서 길게 노래했다.
이원형(李元亨)이라는 자가 지나다가 이를 보고 시를 짓기를,

一曲瑤琴怨鷓鴣　한 가락 거문고 소리는 자고새²를 원망하나³
荒碑無語月輪孤　황량한 비석은 말이 없고 달만 덩실 외롭네
峴山當日征南石　현산⁴이라 그날 정남 양호(羊祜)⁵의 비석에도
亦有佳人墮淚無　아름다운 여인이 있어 눈물을 떨어뜨렸던가?⁶

당시 사람들이 이를 절창이라 했다. 이원형은 우리 집의 관객(館客)⁷이
었다. 어려서부터 나와 이재영(李再榮)⁸과 함께 지냈던 까닭에 시를 짓는
데 능했다. 다른 작품도 또한 좋은 것이 있으며, 석주(石洲) 권필(權韠)이
그를 좋아하고 칭찬했다.

● 주석 --

1　계생(桂生, 1513~1550) : 조선 명종 때의 명기로 성은 이씨, 본명은 향금(香今).
　호는 매창(梅窓)·계생(桂生)·계낭(桂娘). 가사(歌詞)·한시(漢詩)·가무(歌舞)·현
　금(玄琴)에 능하였으며, 작품집으로 매창집(梅窓集)이 있다. 유희경과 특히 교분
　이 두터웠으며, 허균과도 교유하여 허균이 준 편지가 있다.
2　자고(鷓鴣) : 꿩과에 속하는 메추라기 비슷한 새로, 따뜻한 남쪽 지방에만 산다고
　한다. 진(晉)나라 좌사(左思)의 '오도부(吳都賦)'에 "자고새는 남쪽으로 날아가 그
　속에 그냥 머물고, 공작새는 오색 날개 펼치고서 높이 날아 올라간다.[鷓鴣南翥而
　中留 孔雀綷羽以翱翔]"는 말이 있는데, 그 주(註)에 "자고새는 항상 남쪽으로 날지
　북쪽으로는 날지 않는다." 하였다.
3　사패(詞牌) 자고천(鷓鴣天)을 말한다.
4　현산(峴山) : 진(晉)나라 양호(羊祜)가 현산에 올라 경치를 구경하다 비감에 젖어
　눈물을 흘리며, "우주가 있고부터 이 산이 있었을 터이고 지금 우리처럼 이 산에
　오른 이 가운데 현인이 얼마나 많았겠는가. 그러나 지금은 모두 인몰되고 이름이
　알려지지 않으니, 이를 생각함에 비감이 든다." 하였다. 『太平御覽 荊州圖記』
5　양호(羊祜) : 진나라의 장수로 자는 숙자(叔子)이다.
6　양공의 타루비(墮淚碑) : 지금 호북성 양양현(襄陽縣) 남쪽에 있는 산인데, 진(晉)

나라 양호(羊祜)가 오(吳)나라의 접경인 양양을 진수(鎭守)할 때 이 산에 올라 놀았는데, 그가 죽자 사람들이 그 자리에 비를 세우니 보는 자가 모두 슬프게 울어 타루비(墮淚碑)라 하였다. 매창집에 끝에 「尹公碑」라는 제목으로 실려 있는데, 매창이 지은 것이 아니라 허균의 말과 같이 이원형의 작품이다.

7 관객(館客) : 일반 가정에서 수사(修士)를 초빙하여 자손을 가르쳤는데 초빙된 수사를 관객이라고 한다.

8 여인(汝仁, 1538~1610) : 이재영(李再榮)의 자(字). 부윤(府尹) 선(選)의 서자로 괴제(魁第)로 발탁되었으나 삭과(削科)되었다. 선조(1599, 만력 27) 3월 1일(경진) 유생을 시험 보여 이재영 등을 뽑았는데 재영이 창기의 자식이므로 삭제하다. 참급(斬級)으로 설과(設科)하여 권승경(權升慶) 등 2백 6인을 뽑고, 또 유생을 시험 보여 이재영(李再榮) 등 10인을 뽑았는데, 헌부가 재영은 천한 창기(娼妓)의 자식이어서 정과(正科)에 이름을 올릴 수 없으니 삭제하라고 하자 상이 따랐다. 【원전】 조선왕조실록 25집 673면 【분류】 인사-선발(選拔) / 신분-천인(賤人)

重訪僑居意惘然　두 번이나 망연히 교거를 들르니
後堂簾幙散如煙　주렴친 뒤채에서 연기처럼 흩어지네
蘇郎絶歎才情甚　재정(才情)이 대단하다고 절찬받던 인물인데
底事風流減舊年　무슨 일로 풍류가 옛날보다 줄었는지

◉ **보충강의**

계생에 대하여

계랑이 당대의 시인이며 현사(賢士)였던 촌은(村隱) 유희경(劉希慶)의 침류대 시첩을 본 뒤로는 그의 시에 매료되어 그를 매우 흠모하게 되었다. 그때 유희경이 계랑을 위해 지어준 시이다.

曾聞南國桂浪名　남국의 계랑 이름 일찍이 들었었다
詩韻歌詞動落城　글 재주 노래 솜씨 서울까지 퍼졌거늘
今日相看眞面見　오늘에사 참 모습 가까이 보니

却疑神女下三淸　선녀가 하계에 내려온 것 같구나

　계랑과 유희경은 사랑에 빠졌다. 때마침 임진왜란이 일어난 것이다. 계랑이
촌은을 만난 지 열흘밖에 안되어 이별을 하게 되었다. 이러한 사정을 모르는 계랑
은 촌은에게서 소식이 없자 계랑은 그리움이 사무쳤다. 어느덧 한해가 가고 봄이
되어 정원에는 배꽃이 날리고 있었다. 계랑은 님을 그리며 애타는 시조 한 수를
지었다.

　"이화우(梨花雨) 흩뿌릴 제 울며 잡고 이별한 님
　추풍낙엽(秋風落葉)에 저도 나를 생각하는가
　천 리에 외로운 꿈만 오락가락 하노라."

　계랑은 김제 군수 이귀(李貴)의 정인이었고 이후에 허균과 만났다.

　『惺所覆瓿藁 21, 尺牘』에 「與桂娘」 두 편이 실려 있다.

　"계랑이 달을 바라보면서 거문고를 뜯으며 산자고새 노래를 불렀다고 하니,
어찌 한적하고 아무도 모르는 곳에서 부르지 않고 윤공의 비석 앞에서 부르시어
사람들의 입방아에 오르게 되셨습니까? 석자 남짓 비석에 시를 더럽혔다니, 이는
낭의 잘못이오. 비방이 나에게 돌아왔으니, 정말 억울합니다. 요즘도 참선을 하시
는지. 그리움이 몹시 사무칩니다.[娘望月挈瑟而謳山鷓鴣, 胡不於閑處密地, 乃於
尹碑前, 被鑿齒所䚡? 汚詩於三尺去思石, 此娘之過也. 詈歸於僕, 寃哉! 近亦參禪
否? 相思耿切.]"

　매창이 산자고새 노래를 한 것이 허균을 원망하며 불렀다고 소문이 났던 모양
이다. 사실 허균은 1601년 세금을 거두기 위하여 부안에 들렀다가 매창을 처음
만났고, 1608년 공주목사에서 파직되고 부안현 우반 골짜기에 들어가 쉬면서 교
분을 나누었다.

　1609년 허균은 종사관이 되어 명나라 사신을 잘 접대하여 광해군의 신임을

얻게 되고, 그 해 9월에 형조참의 곧 당상관이 된다. 그의 죽은 부인도 숙부인 직함을 받게 되어 그의 영전에 교지를 받치면서 함께 영화를 누리지 못함을 슬퍼 한다. 그의 아내는 임진왜란 때 아이를 낳다가 죽었다. 그리고 허균은 부안의 매창에게 두 번째 편지를 쓴다.

○ 기유년(1609) 9월 계랑에게 보냄

봉래산의 가을이 한창 무르익으니 돌아가고픈 생각이 간절하오. 내가 시골로 돌아가겠다는 약속을 어겼으니 계랑은 반드시 웃을 것이오. 우리가 처음 만난 당시에 만약 조금이라도 다른 생각이 있었다면 나오하 그대의 사귐이 어떻게 10년간이나 지속 되었겠소? 이제 풍류객 진회해(秦淮海, 宋의 진관(秦觀))는 진정한 사내가 아니고, 선관(禪觀)을 지니는 것이 몸과 마음에 유익한 줄을 알았을 것이오. 어느 때나 만나서 하고픈 말을 다 할는지… 편지 종이를 대할 때마다 마음이 서글퍼 지오.

봉래산은 부안의 변산이다. 허균은 부안에서 살겠노라 한 약속을 어긴 것을 미안해하고 있다. 이 편지에도 선에 관한 얘기가 나오고 있다. 그만큼 허균과 매창은 佛家의 禪에 대하여 진지하게 얘기를 나누었던 것 같다. 이 편지 말미에도 매창에 대한 그리움이 배어 있다.

다음 해 여름. 1610년 허균은 매창이 죽었다는 소식을 듣는다. 허균은 그녀의 죽음을 슬퍼하며 아래 만시 두 수를 짓는다. (이 시는 허균의『병한잡술』에 실려 있다.)

계생(桂生)은 부안 기생인데, 시에 능하고 글도 깊으며 또 노래와 거문고도 잘했다. 또한 천성이 고고하고 개결하여 음탕한 것을 좋아하지 않았다. 나는 그 재주를 사랑하여 교분이 막역하였으며 비록 가까이 지냈지만 음란(陰亂)의 경지 에는 이르지 않았기 때문에 오래 가도 변하지 않았다. 지금 그 죽음을 듣고 한차례 눈물을 뿌리고서 율시 두 수를 지어 슬퍼한다.

제1수

妙句堪擒錦　　아름다운 글귀는 비단을 펴는 듯하고

淸歌解駐雲　　맑은 노래는 구름도 멈추게 하네.
偸桃來下界　　복숭아를 훔쳐서 인간세계로 내려오더니
竊藥去人群　　불사약 훔쳤던가 이승을 떠나다니.

시는 비단을 펴는 듯하고 노래는 구름도 멈추게 하는 여류시인 매창. 그녀는
복숭아를 훔쳐 먹은 죄를 지어 이 세상으로 내려오더니 불사약 훔쳐 먹고 달나라
요정이 된 항아처럼 이 세상을 떠났는가.

燈暗芙蓉帳　　부용꽃 휘장에 등불은 희미한데
香殘翡翠裙　　비취색 치마엔 향기 아직 남았네
明年小桃發　　이듬해 작은 복사꽃 필 때쯤이면
誰過薛濤墳　　설도의 무덤을 그 누가 찾을는지

春忘祠　　　－薛濤

風花日將老　　꽃잎은 하염없이 바람에 지고
佳期猶渺渺　　만날 날은 아득타 기약이 없네
不結同心人　　무어라 맘과 맘은 맺지 못하고
空結同心草　　한갓되이 풀잎만 맺으려는고

설도는 나이 40세에 10년 연하인 원진을 사랑하게 되었으나 원진은 양가집
규수와 결혼하였다. 기생인 설도는 떨어진 꽃이었고, 원진은 정을 줄 수 없는
바람이었다. 설도는 고구려를 멸망시킨 설인귀의 딸이라는 설도 있다.

第79話

賤隷劉希慶能詩

천한 노예 유희경은 시에 능했다.

劉希慶者는, 本賤隷也라. 爲人淸愼하고, 事主忠事親孝하여, 大夫士多愛之러라. 能詩甚純熟하니라. 小日에, 從林葛川薰하여, 在光州登石川墅한대, 押其樓題星字하여 曰, 竹葉朝傾露이요, 松梢曉掛星이라 하니, 梁松川見而亟稱之하니라.

[難解字] 隷예 : 노예. 葛갈 : 칡. 薰훈 : 향내 나다. 墅서 : 별장. 梢초 : 나뭇가지 끝.

【해석】 유희경(劉希慶)¹이란 자는 근본이 천한 노예(賤隷)이다. 사람됨이 맑고 신중하며 충심으로 주인을 섬기고 효성으로 어버이를 섬기니 사대부들이 그를 사랑하는 이가 많았으며 시에 능해 매우 순숙(純熟)했다. 젊었을 때 갈천(葛川) 임훈(林薰)²을 따라 광주(光州)에 있으면서 석천(石川)³의 별장에 올라 그 누각에 쓰여 있는 시 '성(星)'자를 차운하여,

竹葉朝傾露　댓잎은 아침 이슬에 기울어지고
松梢曉掛星⁴　솔가지엔 새벽에 별이 걸렸네

라 하니 양송천(梁松川)⁵이 이를 보고 극찬하였다.

● **주석** --

1 유희경(劉希慶, 1545~1636) : 조선 중기의 시인으로 본관은 강화(江華), 자는 응길
   (應吉), 호는 촌은(村隱). 아버지는 종7품인 계공랑(啓功郎) 업동(業仝)이고 어머
   니는 허씨(許氏)였다는 것만 전할 뿐 자세한 가계는 알 수 없다. 사신들의 잦은
   왕래로 호조의 비용이 고갈되자 그가 계책을 일러주었으므로 그 공로로 통정대부
   (通政大夫)를 하사받았다. 광해군 때에 이이첨(李爾瞻)이 모후를 폐하려고 그에게
   소(疏)를 올리라고 협박하였으나 거절하고 따르지 않았다. 인조가 반정한 뒤에 그
   절의를 칭송하여 가선대부(嘉善大夫)로 품계를 올려주었고, 80세 때 가의대부(嘉
   義大夫)를 제수받았다. 유희경은 한시를 잘 지어 당시의 사대부들과 교유하였다.
   뒤에 아들 일민(逸民)의 원종훈(原從勳)으로 인하여 자헌대부 한성판윤(資憲大夫
   漢城判尹)에 추증되었다. 저서로『촌은집』3권과『상례초(喪禮抄)』가 전한다.
2 임훈(林薰, 1500~1584) : 조선 중기의 문신으로 본관은 은진(恩津), 자는 중성(仲
   成), 호는 자이당(自怡堂) 또는 고사옹(枯査翁)·갈천(葛川). 장악원정을 거쳐 광주
   목사(光州牧使)를 지냈고, 1582년 장례원판결사에 임명되었으나 사퇴하고 고향으
   로 돌아갔다. 안의의 용문서원(龍門書院)에 제향되었다. 저서로『갈천집』이 있다.
   이조판서에 추증되었으며, 시호는 효간(孝簡)이다.
3 임억령(林億齡, 1496~1568) : 조선 명종 때의 문신으로 자는 대수(大樹), 호는 석
   천(石川). 문장에 뛰어나고 성격이 강직하였다. 을사사화 때 벼슬을 버리고 해남에
   은거하였다. 문집에『석천집』이 있다.
4 『村隱集』1권에 逸聯으로 분류하여 실었다.(韓國文集叢刊 55, 27쪽).
5 양응정(梁應鼎, 1519~1581) : 조선 중기의 문신으로 본관은 제주, 자는 공섭(公燮),
   호는 송천(松川). 시문에 능하여 선조 때 8문장의 한 사람으로 뽑혔으며 효행으로
   정문이 세워졌다. 저서로는『송천집』·『용성창수록(龍城唱酬錄)』이 있다.

● **보충강의** --

유희경의 인용된 시구는 다음과 같다.

月潭鶴影兼僧影　　달밤 못에는 학 그림자와 중 그림자 같이 비치고

風壑松聲雜水聲	바람 부는 골짜기 소나무 소리는 물소리와 어우러지네
巖欹棲鶴桂	바위가 빼어나니 계수나무에 학이 깃들고
溪臥渡僧橋	시냇가에 누우니 중이 다리를 건넌다
竹葉朝傾露	대나무 잎이 아침이슬에 기울고
松梢夜掛星	소나무 끝에는 저녁 별이 걸리네 (본문에 夜는 曉로 되어 있다.)
石帶苔痕古	바위는 이끼의 흔적을 둘러 더욱 오래고
山含雨氣青	산은 우기를 머금어 더욱 푸르다
潭深龍臥穩	못은 깊어 용이 누우니 평온하고
松老鶴棲危	소나무는 늙어 학이 깃드니 위태하네 　－『촌은집』 권1, 逸聯

상촌 신흠이 유희경을 묘사한 시는 다음과 같다.

題劉希慶軸
유희경 시축에 대하여 읊다

生涯一壑在	한평생을 한 골짝에서 사노라니
小屋白雲封	오두막을 흰구름이 감싸고 있다네
八十顔如練	팔십 나이에도 얼굴은 비단결 같아
飛身上石峯	몸을 날려 바위 봉우리를 오른다네

人似陳留隱	사람은 진류처럼 숨어 살고
詩追正始聲	시는 정성 소리를 바짝 뒤따르고
看君畵裡屋	그대 그림 속 집을 보노라면
起我海山情	내 마음이 바다 산을 찾아간다네

第80話

司鑰白大鵬能詩

사약 백대붕은 시에 능했다.

有白大鵬者러니, 亦能詩라. 嘗爲司鑰한대 一時渠之儕類皆 效之러라. 其詩는 學郊島하여, 枯淡而萎하니라. 故로 汝章이 每 見人學晚唐者하여는, 必曰司鑰體也라 하니, 蓋嘲其弱焉이라.

[難解字] 鑰약 : 자물쇠. 萎위 : 시들어 마르다. 嘲조 : 조롱하다.

【해석】 백대붕(白大鵬)[1]이라는 자가 있어 또한 시에 능했다. 일찍이 문지기를 했던 적이 있었다. 그의 동류(同類)들이 모두 그를 본받았다. 그의 시는 맹교(孟郊)[2]와 가도(賈島)[3]를 배워 고담(枯淡)하고 연약했다. 까닭에 여장 권필은 만당(晚唐)을 배우는 사람을 볼 때마다 반드시 문지기체라고 일컬었으니 대개 그 연약함을 조롱하는 말이었다.

◉ 주석

1 백대붕(白大鵬, ?~1592) : 조선 선조 때의 시인으로 자는 만리(萬里). 전함사(典艦司)의 노복(奴僕) 출신으로 통신사(通信使) 허성을 따라 일본으로 가서 호방하고 의협한 기상의 시로써 이름을 날렸다. 임진왜란 때 상주(尙州)에서 전사하였다.
2 맹교(孟郊) : 중국 당대(唐代) 중기의 시인으로 자는 동야(東野). 796년 45세에 진사(進士)시험에 급제해 율양(陽)의 위(尉)가 되었으나 사직했다. 한유(韓愈)와 교분을 맺어 20세 정도 연장자이면서도 오히려 한유의 가르침을 받았으며, 가도(賈島)와 함께 그 일파에 속한다. 오언고시(五言古詩)에 뛰어나고 기발한 착상이 특징이며, 처량한 시풍 때문에 '도한교수(島寒郊瘦)'라 평해진다. 시문집으로『맹동야

집(孟東野集)』 10권이 있다.

3 가도(賈島, 779~843) : 중국 중당(中唐) 때 시인. 자는 낭선(浪仙). 범양(范陽, 지금
의 허베이 성[河北省 줘 현(逐縣)]) 사람으로 시인으로 이름을 날렸다. 「가랑선체(賈
浪仙體)」라는 그의 시를 보면 시구 하나하나를 선택함에 있어 작가가 얼마나 고심했
는가를 잘 알 수 있다. 표현이 날카롭고 간결하며 자연스러운 것이 가도 시의 전반적
인 분위기이다. '퇴고(推敲)'라는 말의 유래가 된 유명한 일화의 주인공이기도 하다.
한유 문하에 같이 있던 맹교(孟郊)와 더불어 '교한도수(郊寒島瘦, 송의 蘇東坡가
한 말)'라 일컬어진다. 시집에 『가랑선장강집(賈浪仙長江集)』 10권이 있다.

● **보충강의** ---

여항문학은 조선 선조 때부터 시작된 중인(中人), 서얼(庶孼), 서리(胥吏) 출신
의 하급 관리와 평민들에 의하여 이루어진 문학이다. 유희경과 백대붕은 침류대
시사를 결성하고 여항문학을 개창하였다. 최초 여항인의 시사 형태는 17세기 초
유희경과 백대붕을 중심으로 이루어진 풍월향도 모임인데, 이들은 유희경의 누대
인 침류대에서 시회를 열고 그 결과를 『침류대시첩』으로 남겼다.

천인(賤人) 백대붕의 시에 "백발로 풍진을 무릅썼는데 전함사(典艦司)의 종이
로세[白首風塵典艦奴]"하였으니, 나는 매우 가엾게 여긴다. 국법(國法)에, 종은
과거에 응시할 수 없어서 비록 기특한 재주가 있어도 천인에 그칠 따름이니, 이
시 한 구(句)에 또한 그의 원통해 하고 억울해 하는 뜻을 볼 수 있다.

대붕이 유희경(劉希慶)과 친한 벗으로서 시를 주고받아, 책 한 질(帙)이 되니,
당시의 경대부들이 모두 허여(許與)하였다. 학사(學士) 허성(許筬)이 일본으로 사
신갈 때에 함께 갔으며, 뒤에 이일(李鎰)이 '일본의 일을 잘 안다' 하여, 데리고
가다가 군사가 패하여 군중(軍中)에서 죽었는데, 그의 출신이 한미(寒微)하였기
때문에 드러나지 못하였다.

유몽인(柳夢寅)이 "서기(徐起)·박인수(朴仁壽)·권천동(權千同)·허억건(許億
健)이 모두 학행(學行)으로 유명하였다."하였는데, 오직 고청(孤靑) 서기만이 이
름나 있고 딴 사람들은 누구인지 알지도 못하니, 이처럼 인멸(湮滅)된 것이 또한
한량 있겠는가. -『성호사설』인사문

第81話

本朝僧參寥能詩

본조의 승려 참요가 시에 능했다.

本朝僧人으로 能詩者甚稀하니, 惟參寥爲最하니라. 其贈人詩에 曰, 水雲蹤跡已多年하니, 針芥相投喜有緣이라. 盡日客軒春寂寞이요, 落花如雪雨餘天이라 하니, 俊潔有味하니라.

[難解字] 蹤종: 자취. 針침: 바늘. 芥개: 티끌, 먼지. 寞막: 쓸쓸하다. 潔결: 깨끗하다.

【해석】 본조(本朝)의 승려로는 시에 능한 자가 매우 드문데 오직 참요(參寥)가 으뜸이다. 그가 어떤 사람에게 준 시에,

水雲蹤迹已多年　　물 따라 구름 따라 떠돈 지[1]가 여러 해
針芥相投喜有緣　　의기가 서로 맞아 인연됨을 기뻐하네[2]
盡日客軒春寂寞　　종일토록 객헌에 봄날은 적막한데
落花如雪雨餘天[3]　　지는 꽃눈처럼 허공에 뿌리네

라 하니, 준결(俊潔)한 맛이 있다.

◉ 주석 ─────────────────────────────

1 수운(水雲) : 유수 행운(流水行雲)의 준말. 종적이 일정하지 않음을 이름이니, 행각승(行脚僧)의 이칭(異稱)으로도 쓰인다.

2 침개상투(針芥相投) : 침개상투는 자석(磁石)이 바늘을 끌어들이고, 호박(琥珀)이 지푸라기를 모은다는 뜻에서 서로 관계나 계약을 맺는 것을 이른다. 『三國志, 吳志, 虞翻傳』 "虞翻字仲翔, 會稽餘姚人也" 裵松之注 '虎魄不取腐芥, 磁石不受曲鍼.' 『續傳燈錄, 紹燈禪師』 "受具之後, 甁錫遊方, 造玉泉芳禪師法席, 一見針芥相投, 筌蹄頓忘", 元 馬臻 『送僧山云上人』 "鍼芥相投杜德機, 山雲無侶又思歸".

3 국조시산(國朝詩刪)에 「贈成川倅」이라는 제목으로 실려 있다.

● **보충강의**

참요스님에 대하여는 그 생몰 연대가 밝혀지지 않았다. 단지 조선 명종년간에 활동한 승려이고 중 보우에게 미움을 받아 성천으로 간 사실만 이야기로 전해오고 있다. 이 당시에 활동했던 유명한 스님은 선산대사 휴정이다. 서산대사의 시 한편을 소개한다.

踏雪夜中去	눈 덮인 들판을 걸어갈 때
不須胡亂行	모름지기 함부로 걷지 마라.
今日我行蹟	오늘 내가 걸어간 발자국은
遂作後人程	드디어는 뒷사람의 이정표가 되리니

落花(낙화) 　　 – 이형기

가야할 때가 언제인가를
분명히 알고 가는 이의
뒷모습은 얼마나 아름다운가.

봄 한철
격정을 인내한
나의 사랑은 지고 있다.

분분한 낙화 …
결별이 이룩하는 축복에 싸여
지금은 가야할 때

무성한 녹음과 그리고
머지 않아 열매 맺는
가을을 향하여
나의 청춘은 꽃답게 죽는다.

헤어지자
섬세한 손길을 흔들며
하롱하롱 꽃잎이 지는 어느 날

나의 사랑, 나의 결별
샘터에 물 고이듯 성숙하는
내 영혼의 슬픈 눈.

부록

사공도의 24 시품

식암의 시인 평

용재총화의 동방시인 비평

1 사공도*의 24 시품

1 ____ 雄渾 웅혼
大用外腓 眞體內充　큰 운용은 밖에 있고, 진체는 안에 충만하다.
返虛入渾 積健爲雄　공허로 돌아 혼연에 들고, 강건을 쌓아 웅이 되도다.
具備萬物 橫絕太空　만물을 모두 다 갖추니, 큰 하늘에 꽉 들어찬다.
荒荒油雲 寥寥長風　뭉게구름이 힘차게 오르고, 쓸쓸히 긴 바람이 분다.
超以象外 得其寰中　형상 밖을 뛰어넘어, 그 묘리를 얻으니.
持之匪强 來之無窮　가짐에 억지가 없고, 오게 함이 무궁하도다.

2 ____ 沖淡 충담
素處以黙 妙機其微　말없이 소박하게 사니, 오묘한 기틀이 은미하도다.
飮之太和 獨鶴與飛　조화된 기운을 들어 마시고, 외로운 학과 날도다.
猶之惠風 苒苒在衣　마치 동남풍이, 부드럽게 옷에 불어오는 것 같도다.
閱音修篁 美曰載歸　통소 소리 듣고서, 돌아간다고 아름답게 말하도다.
遇之匪深 卽之愈稀　만나면 깊지 않으나, 다가가면 더욱 희미하도다.
脫有形似 握手已違　벗어난 형상이 비슷하나, 손에 쥐면 이미 어긋난다.

3 ____ 纖穠 섬농
采采流水 蓬蓬遠春　물 콸콸 흐르고, 봄은 멀리까지 펼쳐 있는데.

---

* 사공도(司空圖) : 중국 당나라 말의 시인. 저서 『이십사시품(二十四詩品)』은 시의 의경(意境)을 24품(品)으로 나누어, 각각 4언의 운어(韻語) 12구를 가지고 상징적으로 해설하였다. 시는 당나라 말기에 으뜸으로 꼽혔고, 특히 기품 있기로 알려져 있다.

窈窕深谷 時見美人　아늑하고 깊은 골짜기에, 때때로 미인이 보인다.
碧桃滿樹 風日水濱　벽도는 나무에 가득하고, 바람 부는 날 물가에서.
柳陰路曲 流鶯比隣　버들 그늘 길모퉁이, 노래하는 꾀꼬리들 많도다.
乘之愈往 識之愈眞　이때에 가면 갈수록, 그 경지 것이 더욱 많아라.
如將不盡 與古爲新　차라리 다하지 않으면, 옛날보다 새로워지리라.

4 —— 沈着 침착

綠杉野屋 落日氣淸　초록나무로 된 들 집, 지는 해에 공기는 맑도다.
脫巾獨步 時聞鳥聲　두건을 벗고 혼자 걸으며, 때때로 새소리 듣도다.
鴻雁不來 之子遠行　기러기는 오지도 않고, 그대는 멀리 떠났도다.
所思不遠 若爲平生　생각은 멀지 않고, 평생을 같이 지낸 듯한데.
海風碧雲 夜渚月明　바닷바람 푸른 구름에, 밤 물가에 달은 밝도다.
如有佳語 大河前橫　좋은 말 우러나, 큰 강물 앞에 가로 지르도다.

5 —— 高古 고고

畸人乘眞 手把芙蓉　기인이 참된 기운을 타고, 손에 부용을 잡았도다.
泛彼浩劫 窅然空蹤　저 무한한 영겁의 시간에 띄운, 아련한 빈 발자취.
月出東斗 好風相從　달이 동쪽 두성에 뜨니, 좋은 바람이 뒤따른다.
太華夜碧 人聞淸鍾　태화산은 푸른 밤에, 사람들 맑은 종소리 듣는다.
虛佇神素 脫然畦封　허공에 우두커니 신령한 바탕, 한계를 뛰어넘다.
黃唐在獨 落落玄宗　황제와 요임금 경지에, 뛰어난 현종의 경지로다.

6 —— 典雅 전아

玉壺買春 賞雨茅屋　옥병에 술을 사고, 초가집에서 내리는 비를 구경하네.
座中佳士 左右脩竹　자리엔 좋은 선비, 좌우엔 긴 대나무.

白雲初晴 幽鳥相逐 　흰 구름은 갓 개이고, 숨은 새는 서로 쫓아다니도다.

眠琴綠陰 上有飛瀑 　녹음에서 거문고 베고 자니, 위에는 폭포 있도다.

花落無言 人澹如菊 　낙화는 말이 없고, 사람은 담담하기 국화 같도다.

書之歲華 其曰可讀 　한 해의 풍광으로 써내면, 읽을 만하다고 말하겠지.

7 ── 洗練 세련

如鑛出金 如鉛出銀 　광석에서 금 나오고, 납에서 은 나오는 것 같으니.

超心鍊冶 切愛緇磷 　시어를 마음너머 단련하여, 도가에 절실한 사랑.

空潭瀉春 古鏡照神 　빈 못은 봄빛을 쏟아내고, 옛 거울 신령을 비추듯.

體素儲潔 乘月返眞 　소박하게 청결을 쌓고, 달빛타고 진여에 돌아가니.

載瞻星辰 載歌幽人 　별들을 바라보고, 그윽한 사람 노래하네.

流水今日 明月前身 　흐르는 물은 오늘이요, 밝은 달은 전생의 몸이로다.

8 ── 勁健 경건

行神如空 行氣如虹 　정신을 행함은 하늘같고, 기운을 행함은 무지개 같다.

巫峽千尋 走雲連風 　무산 협곡 천 길에, 구름 달리고 바람 이어진다.

飮眞茹强 蓄素守中 　참을 마시고 강을 삼켜, 소박을 쌓아 중을 지키니.

喩彼行健 是謂存雄 　저 운행은 건장함에 비유되니, 이것을 웅장이라 한다.

天地與立 神化攸同 　천지와 더불어 서고, 신묘한 변화와 함께하는 바이라.

期之以實 御之以終 　열매 맺기를 기다려, 이렇게 끝까지 돌아가도다.

9 ── 綺麗 기려

神存富貴 始輕黃金 　정신이 부귀해야, 비로소 황금을 가벼이 여기게 된다.

濃盡必枯 澹者屢深 　짙은 것 다하면 마르고, 담백한 것은 짙어지도다.

霧餘水畔 紅杏在林 　안개 남은 물가에, 붉은 살구꽃 수풀이 들어 있고.

月明華屋 畵橋碧陰　달은 화려한 집에, 그림 같은 다리에 푸른 그늘지고.
金樽酒滿 伴客彈琴　금병에 술 가득한데, 객을 짝하여 거문고를 탄다.
取之自足 良殫美襟　취하면 스스로 족하니, 아름다운 회포를 펴내도다.

10 ── 自然 자연

俯拾卽是 不取諸隣　구부려 집으니 그 것이라, 인근에서 취하지 않느니라.
俱道適往 著手成春　함께 길 가는 것으로, 손을 대면 곧 따뜻한 봄이로다.
如逢花開 如瞻新歲　꽃핀 것을 만나는 것 같고, 새해를 바라볼 것 같도다.
眞與不奪 强得易貧　진실은 빼앗기지 않고, 억지로 얻으면 쉽게 나간다.
幽人空山 過雨菜蘋　공산에 그윽한 사람은, 비 뒤에 마름을 따노라.
薄言情晤 悠悠天鈞　말없이 정답게 만나니, 유유히 천연으로 감이라.

11 ── 含蓄 함축

不著一字 盡得風流　한 글자 붙이지 않아도, 풍류를 다 터득하나니.
語不涉己 若不堪憂　말은 건너지 않으나, 근심을 감당하지 못하는 듯.
是有眞帝 與之沈浮　여기에 핵심이 있어, 그와 더불어 부침 하도다.
如淥滿酒 花時返秋　술 가득히 걸러 놓고, 꽃핀 시절을 수심겨워 하노라.
悠悠空塵 忽忽海漚　아득한 하늘의 먼지, 홀홀히 꺼져가는 바다 물거품.
淺深聚散 萬取一收　얕고 깊고, 모이고 흩어지고, 만에 하나를 취한다.

12 ── 豪放 호방

觀花匪禁 呑吐太虛　꽃구경을 금하랴, 온 누리를 삼키도다.
由道返氣 處得以狂　도 따라 기로 돌아가니, 처신을 격정대로 한다네.
天風浪浪 海山蒼蒼　하늘 바람 낭랑하고, 바다와 산은 푸르도다.
眞力彌滿 萬象在旁　천진한 기운 가득차고 삼라만상이 그 곁에 있도다.

前招三辰 後引鳳凰　앞은 해달별을 부르고, 뒤는 봉황새를 끌어온다.
曉策六鼇 濯足扶桑　새벽에 자라를 채찍질하여, 부상에서 발을 씻는다.

13 ___ 精神 정신

欲返不盡 相期與來　돌아가려다 가지 못하고, 함께 오기로 기약하였네.
明漪絶底 奇花初胎　물결은 바닥까지 보이고, 기이한 꽃이 봉오리 맺도다.
青春鸚鵡 楊柳樓臺　봄날의 앵무새들은, 버들 사이 누대에 노니네.
碧山人來 清酒滿杯　푸른 산에 사람 오니, 맑은 술이 술잔에 가득하도다.
生氣遠出 不著死灰　생기가 멀리 뻗치는데, 불 꺼진 재는 불붙지 않도다.
妙造自然 伊誰與哉　묘한 조화는 자연스러우니, 그 누가 함께 하겠는가?

14 ___ 縝密 진밀

是有眞跡 如不可知　여기에 참된 자취 있으나, 알 수는 없는 것 같도다.
意象欲生 造化已奇　의상이 살아 나려하니, 조화는 이미 기이하도다.
水流花開 清露未晞　물 흐르고 꽃 피니, 맑은 이슬 마르지 아니했네.
要路愈遠 幽行爲遲　길은 아득히 멀고, 그윽한 길은 더디도다.
語不欲犯 思不欲癡　말은 사납게 하지 않고, 어리석은 생각 않으니.
猶春於綠 明月雪時　봄은 더욱 푸르고, 밝은 달 눈 덮인 때.

15 ___ 疎野 소야

惟性所宅 眞取弗羈　본성이 가는대로, 천진하게 취하고 얽매이지 않는다.
控物自富 與率爲期　만물을 버려두고도 풍부하니, 소탈하기를 期하도다.
築室松下 脫帽看詩　소나무 아래에 집을 지어, 모자를 벗고 시를 보며.
但知旦暮 不辨何時　다만 아침저녁 알 뿐이지, 어느 때인지 모른다네.
倘然適意 豈必有爲　어쩌다 기분이 좋아도, 반드시 그렇게 할 것 있겠나.

若其天放 如是得之　천성대로의 모습은, 그와 같아야 얻게 되느니라.

16 —— 淸奇 청기

娟娟群松 下有漪流　저 멀리 소나무 숲, 그 아래 흐르는 맑은 시내.
晴雪滿汀 隔溪漁舟　물가에 눈 가득하고, 건너 쪽 개울에는 고기잡이 배.
可人如玉 步屧尋幽　그 사람 옥 같은데, 나막신 신고 깊숙한 곳을 찾다.
載行載止 空碧悠悠　가다가 섰다가 하니, 푸른 하늘은 아득 하기만 하다.
神出古異 澹不可收　신출 기이하고 예스러워, 담백함이 그지없도다.
如月之曙 如氣之秋　떠오르는 달이요, 서늘한 가을 기운이로다.

17 —— 委曲 위곡

登彼太行 翠遶羊腸　태행 산에 오르니, 구비진 산길을 푸르고.
杳靄流玉 悠悠花香　아득한 노을 옥 같은 물, 그윽한 꽃향기.
力之於時 聲之於羌　이때에 힘을 주어, 호드기에 소리 낸다.
似往已回 如幽匪藏　가는 것 같으나 돌아오고, 그윽해도 감춘 건 아니다.
水理漩洑 鵬風翱翔　물의 이치 돌면서 술렁이고, 붕새는 바람타고 오른다.
道不自器 與之圓方　도는 스스로 그릇이 아니니, 둥글고 모나게도 되도다.

18 —— 實境 실경

取語甚直 計思匪深　말을 취함이 몹시 곧고, 생각을 따짐이 깊지 않도다.
忽逢幽人 如見道心　幽人을 홀연히 만나게 되니, 道心을 보는 것 같도다.
淸澗之曲 碧松之陰　맑은 도랑 계곡, 푸른 소나무 그늘.
一客荷樵 一客聽琴　한 나그네 나무짊 지고, 한 나그네 거문고를 듣고.
情性所至 妙不自尋　정이 가는 곳으로, 묘함을 추구하지 않도다.
遇之自天 冷然希音　하늘에서 우연히 만나니, 맑게 울려나는 드문 소리.

19 ── 悲慨 비개

大風捲水 林木爲摧   큰 바람 물결 일으키니, 숲의 나무가 꺾어지도다.

意苦若死 招憩不來   괴로워 죽을 것 같은데, 쉬라고 불러도 오지 않도다.

百歲如流 富貴冷灰   인생은 유수와 같고, 부귀는 차가운 재가 되었도다.

大道日往 若爲雄才   大道는 날마다 멀어지니, 웅걸한 인재는 그 누구냐?

壯士拂劍 泫然彌哀   장사는 검을 어루만지고, 눈물 흘리며 마냥 슬퍼한다.

蕭蕭落葉 漏雨蒼苔   우수수 낙엽지고, 빗물 새어 푸른 이끼 생기도다.

20 ── 形容 형용

絕佇靈素 少回淸眞   신령한 바탕 응시하면, 잠깐 청진으로 돌아간다.

如覓水影 如寫陽春   물빛 찾는 것 같고, 따뜻한 봄을 묘사한 것 같도다.

風雲變態 花草精神   바람과 구름의 변화하는 자태, 화초의 정신이로다.

海之波瀾 山之嶙峋   바다의 파도 물결, 산의 험준하고 깊은 벼랑.

俱似大道 妙契同塵   大道를 다 갖춘 듯, 묘하게 속세에 맺히는 듯.

離形得似 庶幾斯人   형태를 떠나 흡사함을 얻으면, 이 사람과 가까워지느니라.

21 ── 超詣 초예

匪神之靈 匪幾之微   정신이 영민함도 아니고, 심기의 미묘함도 아니니.

如將白雲 淸風與歸   흰 구름 같이 가고, 맑은 바람과 함께 돌아오네.

遠引若至 臨之己非   멀리 이르고 싶으나, 다가가보면 그것이 아니네.

少有道契 終與俗違   어려서부터 道를 깨우쳐, 끝내 세속과 어긋난다.

亂山喬木 碧苔芳暉   산마다 높이 솟은 나무, 푸른 이끼에 꽃다운 봄빛.

誦之思之 其聲愈稀   암송하고 그리워할수록, 그 소리는 더욱 희미하네.

22 _____ 飄逸 표일

落落欲往 矯矯不群　도도하게 가서, 꼿꼿이 무리 짓지 않고서.

緱山之鶴 華頂之雲　후산의 학이요, 화산 꼭대기의 구름이로다.

高人惠中 令色絪縕　고상한 사람 사랑 속에, 아름다운 기색이 꽉 차 있다.

御風蓬葉 泛彼無垠　바람에 나부끼는 쑥 잎, 저토록 끝없이 떠있도다.

如不可執 如將有聞　잡을 수 없을 것도 같고, 소식이 있을 것도 같다.

識者已之 期之愈分　아는 자는 그만이고, 기다림은 더욱 길어지네.

23 _____ 曠達 광달

生者百歲 相去幾何　인생살이 일백년이, 그 차이 얼마나 되랴?

歡樂苦短 憂愁實多　기쁨은 지극히 짧고, 근심은 실로 많도다.

何如尊酒 日往烟蘿　술통을 매고, 날마다 안개 속에 노님이 어떠한가.

花覆茆簷 疏雨相過　꽃이 오두막집을 덮고, 성근 비가 지나가네.

倒酒旣盡 杖藜行歌　술이 다하면, 청려장 짚고 읊조리며 걷는다.

孰不有古 南山峨峨　무엇인들 오래지 않으리오? 남산이 높으네.

24 _____ 流動 유동

若納水輨 如轉丸珠　물레방아 바퀴 같고, 구르는 둥근 구슬 같기도 하네.

夫豈可道 假體如愚　어찌 말로 할 수 있으랴, 물에 가탁해도 어리석은 일.

荒荒坤軸 悠悠天樞　황량한 지축과, 끝없는 하늘의 중심에서.

載要其端 載同其符　그 단서를 찾아, 그 부절이 같다.

超超神明 返返冥無　초월의 신명, 어두운 無의 세계로 돌아가도다.

來往千載 是之謂乎　천년을 오고감은, 이를 두고 이름인가?

② 식암의 시인 평

息菴金相公錫冑 嘗取東方詩人 自羅麗至我朝 各有品題 其評曰
재상 문충공(文忠公) 식암(息庵) 김석주(金錫冑, 1634~1684)가 일찍이 동방의
시인들을 골라서 신라 고려부터 우리 조선에 이르기까지 각각 품평할 표제가
있어 평해 이르기를,

文昌侯 崔致遠 千仞絶壁 萬里洪濤
문창후 최치원은 천 길 낭떠러지요, 만 리 큰 파도인 듯하고,

樂浪侯 金富軾 虎嘯陰谷 龍藏暗壑
낙랑후 김부식은 호랑이가 음산한 골짜기에서 울부짖는 듯, 용이 어두운 골
짜기에 숨어 있는 듯하고,

知制誥 鄭知常 百寶流蘇 千絲鐵網
지제고 정지상은 백가지 보배에 늘어진 매듭이요, 천 가닥 강철 실인 듯하고,

雙明齋 李仁老 雲屛洗雨 水鏡涵天
쌍명재 이인로는 구름병풍이 비에 씻어 내리는 듯, 거울 같은 물에 하늘이
담긴 듯하고,

白雲居士李奎報 金鵝劈天 神龍舞海
백운거사 이규보는 금빛 새매가 하늘을 가르는 듯, 신령스런 용이 바다에
춤추는 듯하고,

知公州 陳澕 花開瑞雪 彩絢祥雲

지공주 진화는 서설 내리는데 꽃이 핀 듯, 채색 비단 무늬 상스런 구름인 듯하고,

益齋 李齊賢 烟雨吐吞 虹霓變幻

익재 이제현은 안개비가 생겼다 사라졌다 하는 듯, 무지개가 환술 부리는 듯하고,

牧隱 李穡 屈注天潢 倒連滄海

목은 이색은 하늘 연못이 쏟아져 내리는 듯, 푸른 바다가 거꾸로 쏟아 붓는 듯하고,

圃隱 鄭夢周 躍鱗淸流 飛翼天衢

포은 정몽주는 물고기가 맑은 물에 뛰듯, 비익조가 하늘 길을 나는 듯하고,

陶隱 李崇仁 千乘雷動 萬騎雲屯

도은 이숭인은 천대 수레가 우레처럼 움직이듯, 만 마리 기병이 구름 속에 주둔하듯 하고,

又曰 또 이르기를(조선시대)

四佳 徐居正 峨嵋積雪 閬風蒸霞

사가 서거정은 아미산에 눈 쌓인 듯, 소슬 바람에 노을이 피어오르듯 하고,

眞逸齋 成侃 鶴飛靑田 鳳巢丹穴

진일재 성간은 학이 푸른 밭 위를 나는 듯, 봉황이 신선 굴에 깃들 듯하고,

佔畢齋 金宗直 明月撥雲 芙蓉出水
점필재 김종직은 밝은 달이 구름을 헤치듯, 연꽃이 물 위로 피어오르듯 하고,

梅月堂 金時習 銀樹霜披 珠臺月瀉
매월당 김시습은 은빛 숲에 서리 내리듯, 주대에 달빛 쏟아지듯 하고,

忘軒 李胄 瑞芝祥蘭 和風甘雨
망헌 이주는 상스러운 지초 난초인 듯, 따스한 바람에 단비 내리듯 하고,

挹翠軒 朴誾 金湯古險 山海雄關
읍취헌 박은은 금탕 험한 요새인 듯, 웅장한 산해관인 듯하고,

容齋 李荇 夜遊金谷 春宴玉樓
용재 이행은 밤에 무릉도원에서 노니는 듯, 봄에 옥루에서 잔치 벌이는 듯
하고,

訥齋 朴祥 爐峯轉霧 石瀨鳴湍
눌재 박상은 비로봉에 짙어지는 안개인 듯, 바위 여울에 소용돌이치며 우는
듯하고,

湖陰 鄭士龍 飛湍走壁 晴雷噴閣
호음 정사룡은 여울을 날고 벽을 달리는 듯, 맑은 천둥 누각에 쏟아지듯 하고,

企齋 申光漢 魚遊明鏡 花粧層崖
기재 신광한은 물고기가 명경에 노니는 듯, 꽃이 층층 절벽을 치장 한 듯,

又曰 또 이르기를

思菴 朴淳 畫栱栖烟 文軒架壑
사암 박순은 단청 그려진 두공에 안개 깃들 듯, 화려하게 꾸민 난간이 가로지른 골짜기인 듯,

石川 林億齡 山城驟雨 風枝鳴蟬
석천 임억령은 산성에 소나기 나리 듯, 바람 부는 가지에 우는 매미인 듯하고,

錦湖 林亨秀 幽壑淸湍 斷崖層臺
금호 임형수는 그윽한 골짜기에 맑은 여울인 듯, 깎아지른 절벽이 층층이 쌓인 듯하고,

蘇齋 盧守愼 懸岩峭壁 老木蒼藤
소재 노수신은 가파른 벽에 바위가 매달린 듯, 늙은 고목에 푸른 등나무 우거진 듯하고,

霽峯 高敬命 吟風吹露 躋漢騰霞
제봉 고경명은 이슬에 부는 바람 읊조리듯, 은하수에 오르고 노을에 오르듯하고,

芝川 黃廷彧 快鶻搏風 健兒射鵰
지천 황정욱은 날쌘 송골매가 바람을 만난 듯, 건강한 아이가 독수리를 쏘듯하고,

簡易 崔岦 快閣跨漢 老木向春

간이 최립은 날렵한 문설주가 은하를 타 넘듯, 고목에 봄이 오듯 하고,

孤竹 崔慶昌 金闕曉鐘 玉階仙仗

고죽 최경창은 금빛 대궐에 새벽종이 울리듯, 옥 계단이 신선이 지팡이 짚듯 하고,

玉峰 白光勳 寒蟬乍鳴 疏林早秋

옥봉 백광훈은 가을 매미가 잠깐 울 듯, 성긴 숲에 일찍 온 가을인 듯하고,

蓀谷 李達 秋水芙蓉 依風自笑

손곡 이달은 가을 물에 핀 연꽃인 듯, 바람에 기대 스스로 웃는 듯하고,

又曰 또한 이르기를

月沙 李廷龜 雲捲蒼梧 月掛扶桑

월사 이정구는 구름 걷힌 창오(蒼梧)인 듯, 달 걸린 부상(扶桑)인 듯하고,

芝峰 李晬光 積李縞夜 崇桃絢晝

지봉 이수광은 오얏 꽃 쌓인 하얀 밤인 듯, 높이 핀 복사꽃에 현란한 낮인 듯하고,

體素齋 李春英 林梢霜月 峽口秋雲

체소재 이춘영은 숲 우듬지에 서리 내린 달인 듯, 골짜기 입구에 가을 구름인 듯하고,

石洲 權韠 奇峰雲興 斷壑霞蔚

석주 권필은 기이한 봉우리 구름이 일 듯, 깎아지른 낭떠러지에 노을이 어우러진 듯하고,

東岳 李安訥 露閣橫波 虹橋臥壑

동악 이안눌은 이슬내린 문설주에 물결이 가로 놓인 듯, 무지개다리가 골짜기에 걸린 듯하고,

五山 車天輅 快鵬橫海 衆馬騰空

오산 차천로는 날렵한 붕새가 바다를 가로지르는 듯, 무리 말이 허공에 오르는 듯하고,

九畹 李春元 靑驄白馬 玉鞍珠毋

구원 이춘원은 청총백마인 듯, 옥안장에 진주 박힌 듯하고,

竹陰 趙希逸 絡雲籠月 疎星浥露

죽음 조희일은 양털구름이 달을 싸 듯, 성긴 별이 이슬에 젖는 듯하고,

澤堂 李植 百尺峭岩 十圍枯松

택당 이식은 백 척 가파른 바위인 듯, 둘레가 오십 치나 되는 늙은 소나무인 듯하고,

東溟 鄭斗卿 長風扇海 洪濤接天

동명 정두경은 큰 바람을 바다에 부채질 하는 듯, 큰 파도가 하늘에 이어지는 듯하고,

象村文章 與芝峰伯仲間 而獨漏於此 豈息菴以其外先祖 故不敢評
品而然歟 就其詩家大小體格 各有引譬 而無不的當 故用錄于編尾

상촌(象村) 신흠(申欽, 1566~1628)의 문장은 지봉(芝峰) 이수광(李睟光, 1563~
1628)과 더불어 형 동생 하는 사이인데 이에 홀로 빠뜨렸으니 이는 식암(息菴)
김석주(金錫胄)의 외가 선조인 바이니 그러므로 감히 품평할 수 없어 이러한
것이 아니겠는가? 그 시가의 크고 작은 체격을 따라 각각 비유를 끌어 균형
있는 요점이 없는 것도 아니니 그래서 끌어다 쓰며 꼬리에 기록해 둔다.

-『현호쇄담(玄湖鎖談)』, 임경[任璟, 1667~?, 자는 경옥(景玉), 본관은 풍천(豊川)]

⒊ 용재총화의 동방시인 비평

우리나라 문장은 최치원(崔致遠)에서부터 처음으로 발휘되었다. 최치원이 당나라에 들어가 급제하니 문명(文名)이 크게 떨쳐 지금은 문묘(文廟)에 배향되어 있다. 이제 그의 저서를 통하여 보면, 시구에는 능숙하나 뜻이 정밀하지 못하고, 사륙문체(四六文體)에는 재주가 있으나 말이 단정하지 못하였다. 김부식(金富軾)과 같은 이의 글은 풍부하나 화려하지 않고, 정지상(鄭知常)의 글은 화려하나 드날리지 않았고, 이규보(李奎報)는 눌러[押] 다듬을 줄 알았으나 거두지 못하였으며, 이인로(李仁老)는 단련(鍛鍊)되었으나 펴지 못했고, 임춘(林椿)은 진밀(縝密)하나 통하지 못하였으며, 가정(稼亭 이곡(李穀))은 적실(的實)하나 슬기롭지 못하였고, 익재(益齋 이제현(李齊賢))는 노건(老健)하나 아름답지 못하였고, 도은(陶隱 이숭인(李崇仁))은 온자(醞藉)하나 길지 못하였으며, 포은(圃隱 정몽주(鄭夢周))은 순수하나 종요롭지 못하였고, 삼봉(三峯 정도전(鄭道傳))은 장대(張大)하나 검속(檢束)하지 못하였다. 세상에서 칭하기를, "목은(牧隱 이색(李穡))이 시와 글에 모두 뛰어나 집대성하였다." 하나 비루하고 소략한 태(態)가 많아서 원(元)나라 사람의 규율(規律)에도 미치지 못하는데, 당(唐)·송(宋)의 영역에 비길 수 있겠는가. 양촌(陽村 권근(權近))·춘정(春亭 변계량(卞季良))이 문병(文柄)을 잡기는 하였으나 목은(牧隱)에게 미치지 못하였으며, 춘정은 더욱 비약(卑弱)하였다. 세종(世宗)께서 처음으로 집현전(集賢殿)을 설치하고 문학하는 선비들을 맞아들였는데, 고령(高靈) 신숙주(申叔舟)·영성(寧城) 최항(崔恒)·연성(延城) 이석형(李石亨)·인수(仁叟) 박팽년(朴彭年)·근보(謹甫) 성삼문(成三問)·태초(太初) 유성원(柳誠源)·백고(伯高) 이개(李塏)·중장(仲章) 하위지(河緯地)와 같은 사람들이 있어서 모두 한때에 이름을 떨쳤다. 근보의 문장은 호종(豪縱)하나 시(詩)에는 짧고, 중장도 대책문(對策文)이나 소장(疏章)에는 능하나 시를 알지 못했으며, 태초는 천재로 숙성(夙成)하였으나 견문이 넓지 못하였다. 백고(伯高)는 맑고 뛰어나 영발(英發)하고 시도 정절(精絶)하였으나, 선비들이 모두 박인수를 집대성(集大成)이라고 추대하였으니, 그는 경술(經術)·문장·필법(筆法)을 모두 잘하였기 때문이었다. 그러나 모두 주살(誅殺)을 당하여서 저술한 것이 세상에 나타나지 않는다. 영성(寧城)은 사륙문체(四六文體)에 능하고, 연성(延城)은 과거(科擧)의 글에 능하였다. 그러나 고령(高靈)의 문장과 도덕만이 일대(一代)의 존경을 받았고, 그 뒤를 따를 사람은 서달성(徐達城)·김영산(金永山)·강진산(姜晉山)·이양성(李陽城)·김복창(金福昌)과 나의 백씨(伯氏)뿐이다. 달성의 문장은 화려하고 아름다우며 시는 퇴지(退之 한유(韓愈))의 체(體)를 본받아 손의 움직임에 따라 아름답기 짝이 없는 글이 되었고, 오랫동안 문형(文衡)을 맡았다. 영산은 책을 읽으면 반드시 외기 때문에 문장의 체(體)를 얻어서 그 글이 웅방호건(雄放豪健)하여 그와 문봉(文鋒)을 다툴 사람이 없었다. 그러나 성품이 검속하지를 못하여 시의 압운(押韻)에 착오가 많았다. 진산의 시와 글은 전아(典雅)하여 천기(天機)가 절로 무르익어 여러 선비들 가운데서도 가장 정밀하고 빼어났다. 양성의 시와 글은 모두 아름다워 정교한 장인이 다듬고 새긴 것과 같아서 다듬은 흔적이 없었다. 나의 백씨(伯氏)의 시는 만당(晚唐)의 체를 얻어서 떠가는 구름이나 흐르는 물처럼 막히는 데가 없었다. 복창은 타고난 자질이 일찍 성숙되어 반고(班固)를 따랐으니, 문장이 노건(老健)하였다. 일찍이 『세조실록(世祖實錄)』을 엮었는데, 일을 서술한 것이 대개 그의 손에서 많이 나왔다. 이상의 사람들은 모두 일대(一代)에 이름을 떨쳐서 문학이 빛나고 성하였다.

찾아보기

『惺所覆瓿稿』卷之二十五

惺叟詩話

성 수 시 화

鄭大諫西京最長堤草色多送君南浦動悲歌大同江水何時盡別淚年年添綠波至今稱為絕倡樓船題詠值詔使之來卷撤去

惺叟詩話引

我國自唐末,以至今日,操觚爲詩者,殆數千家,
而世遠代邈,堙沒不傳者,亦過其半,況経兵燹,
載籍屠盡,爲後學者何從考其遺跡乎,深可慨
已,不佞少習聞兄師之言,稍長任以文事,于今
三十年矣,其所記覽,不可謂不富,而亦嘗妄有
涇渭乎中,丁未歲刪東詩訖,又著詩評,其於東
人稍以詩見於傳記者,及所嘗耳聞目見者,悉
博採幷羅,無不雌黄而評隲之,凡二卷,其所品

藥或辛大雅而搜訪之殷足備一代文獻也書
成削其藁只書二件一在浪州失去一在京
遺佚此殆六丁下取將否欲更記載而不敢犯
天忌聊以緒手耳辛亥歲俟罪咸山閒無事因
述所嘗談話者著之于牘既而着之亦自可意
命之曰詩話凡九十六款其上下八百餘年之
間所蒐出者只此似涉太簡而要之亦盡之已
觀者詳焉
是歲四月之念日蛟山題

惺所覆瓿藁卷之二十五　　　說部四

惺叟詩話

崔孤雲學士之詩在唐末亦鄭谷韓偓之流率
佻淺不厚唯秋風唯苦吟世路少知音窓外三
更雨燈前萬里心一絕最好又一聯遠樹參差
江畔路寒雲零落馬前峰亦佳

鄭大諫詩在高麗盛時最佳流傳者絕少篇
皆絕倡也如風送客帆雲片片露凝宮瓦玉鱗
稍佻而至於綠楊開戶八九屋明月捲簾三
四人方神逸也其石頭松老一片月天末雲低
千點山雖苦亦自婪

鄭大諫西京詩曰兩歧長堤草色多送君南浦
動悲歌、大同江水何時盡別淚年〜添綠波至
今稱爲絶倡、樓船題詠値、詔使之來、悉撤去
之而只留此詩、其後崔孤竹和之曰水岸悠〜
楊柳多小船爭唱采菱歌、紅衣落盡西風冷、日
暮芳洲生白波、李益之和曰蓮葉參差蓮子多
蓮花相間女郎歌、歸時約伴橫塘口、辛苦移船
逆上波、二詩殊好、有王少伯李君虞餘韻、然自
是采蓮曲非西京送別詩本意也、

翰林別曲、稱元淳文仁老詩、則李大諫之詩固
亦當時第一也、其夜半聞雞聊起舞、歲回捫蝨
話良圖之句、殊好其甌宗吉射虎他年隨李廣、
聞雞中夜舞劉琨相似、其八景詩亦佳、
李大諫直銀臺作詩曰孔雀屏深燭影微、鴛鴦
雙宿豈分飛自憐憔悴青樓女、長爲他人作嫁
衣蓋大諫久屈於兩制尚未登庸而同儕皆
撲路、因草相麻感而有此作也、
李文順富麗橫放、其七夕兩詩、信絕倡也、其輕
移小簟卧風檽夢覺啼鶯三兩聲密葉翳花春

後在、薄雲漏日雨中明之作、讀之爽然、又宜人

閑撚笛橫吹、蒲席凌風去似飛天上月輪天下

共自矣、私載一船歸、亦儘高逸矣、

同時陳翰林溁、與文順齋名、詩甚清邵、其小梅

零落柳儂垂、開踏清嵐步、遲漁店開門人語

少、一江春兩碧絲々清勁可詠、

洪舍人侃詩、穠艷清麗、其懶婦引孤雁篇最好、

似盛唐人作、

李堅幹詩旅舘挑殘一盞燈、使華風味淡於僧、

隔窓杜宇終宵聽啼在山花茅幾層此詩當時

以爲絶倡余慣游關東其所謂杜鵑者卽鼎小
也之類浙人王子爵泗川人高邦高俱嘗泜江
陵余問之二人皆曰非杜鵑也盖詩人托興言
之雖非其物用之於詩中如隔林空聽白猿啼
者我國本無猿也如俗竹家之翡翠啼者見靑
禽而謂之炎洲翠也鶺鴒驚瀚海棠花者見大
鵲叫磔々而謂行不得也皆此類歟
金員外克已詩運思枉巧詠冬日李花落句曰
無乃異香未衆窟漢宮重見李夫人此前賢所
未道者在龍灣作詩曰文章向老可相娛一釰

游邊尚五車、倚罷不知爲塞吏、紙窗明處臥看

書、其排遣之懷脩然可想、

人言崔猊山、悉抹益齋詩卷只留紙被生寒佛

燈暗沙彌一夜不鳴鍾應嘖宿客開門早要見

庭前雪壓松、益齋大服、以爲知音此皆過辭也、

益齋詩好者甚多、如和烏栖曲及澠池等古詩

俱逼古、諸律亦洪亮至於小作詠史、如誰知鄴

下荀文若永愧遼東管幼安、如不解載將西子

去越宮還有一姑蘇、如劉郞自愛蠶叢取國故里

盧生羽葆桑此等作俱入竅發前人未發者、烏

可小看此亦英雄散人不可盡信、

益齋婦翁即菊齋公也夫婦享年九十四、而夫

人先公卒、公輓其婦翁詩一聯、姮娥相待廣寒

殿居士獨歸兗率天權公喜佛以樂天兗率此

之不妨、姮娥竊藥自古詩人例於烟火中翰其

仙去用之於妻母似亦不妥、

李文靖昨過永明寺之作、不雕飾不探索偶然

而合於宮商諫之神逸許潁陽見之曰儞國亦

有此作耶、其浮碧樓大篇其曰門端尚懸高麗

詩當時已解中華字者雖藐視東人亦服文靖

之詩也、

文靖入元、中制科應奉翰林歐陽圭齋玄虞道

園集輩皆推奬之圭齋嘆曰吾衣鉢當從海外

傳之於君也其後文靖困於王氏之末流徙播

遷門生故吏皆畔而下石公嘗作詩曰衣鉢當

従海外傳圭齋一語尚琅然近来物價俱翔貴

獨我文章不直錢蓋自傷其遭時不淑也

元送蘗僧来也舉國震駭我　太祖以偏師大

破之德興道去玄陵賞其功凱還命文靖及

太祖并泰大政、宣麻之日、玄陵喜謂左右曰文

臣用李橋武臣用李某子之用人如何、太祖
其文靖交甚厚、請以軒名、文靖以松軒命之、而
作說以勖之、又著　桓祖碑文、後文靖流竄于
外子種學種善俱遠、誦而門人鄭摠鄭道傳、反
攻之不遺餘力、公作詩曰松軒當國我流離、夢
裡何曾有此思、二鄭況聞泰大議一家完聚更
何時首句雖可矜、而意則甚倨
鄭圃隱、非徒理學節誼、冠于一時、其文章豪放
傑出、在北關作詩曰 定州重九登高處、依舊黃
花照眼明 浦溆南連宣德鎮、峰巒北倚女真城

百年戰國興亡事、萬里征夫慷慨情、酒罷元戎

扶上馬淺山斜日照行旌、音節跌宕有盛唐風

格、又曰風流太守二千石、邂逅故人三百盃、又

曰客子未歸逢燕子、杏花纔落又桃花、又曰梅

窓春色早、板屋雨聲多皆翩翩豪举頹其人焉、

圃隱詩、江南女兒花挿頭、笑呼伴侶游芳洲、盪

槳歸来日欲暮鴛鴦雙飛無恨愁風流豪宕輝

映千古、而詩亦酷似樂府、

金惕若九容詩甚清贍牧老所稱敬之、下筆如

雲烟者是已嘗以回禮使致幣于遼東都司潘

奎執送京師、其咨文馬五十疋、誤塡以五千疋

高皇帝怒其秘交、且曰五千馬至、當放送也、時

李廣平當國素不喜公輩、迄不進馬、帝流公

大理、作詩曰死生由命奈何天、東望扶桑路漸

然、良馬五千何日到、桃花門外草芊芊、武昌詩

曰黃鶴樓前水湧波、沿江簾幕幾千家、釀錢沽

酒開懷抱、大別山青日已斜、公竟卒于配所、

其後曹參議庶、亦流金齒數年而放還黃州作

詩曰水光山氣美晴沙、楊柳長堤十萬家、無數

商船城下泊、竹樓烟月咽笙歌、丈夫生福壤嘗

恨不獲壯游、二公雖流竄殊方、亦看盡吳楚山

川寔人間快事也、

李陶隱嗚呼島詩牧隱推轂之、以為可肩盛唐、

由是不與三峯相善、仍致奇禍頃日朱太史見

此作、亦極加嗟賞其山北山南細路分松花含

兩落紛々道人汲井歸茅舍一帶青烟染白雲

之作、何减劉隨州耶

國初之業、鄭郊隱李雙梅最善鄭之二月將闌

三月來一年春色夢中回、千金尚未買佳節酒

熟誰家花正開之作、不减唐人情憂李之神仙

腰佩玉捼〻未上高樓掛碧窓入夜更彈流水
曲一輪明月下秋江之作亦楚〻有趣
雙梅聞鸎詩曰三十六宮春樹深蛾眉夢覺午
窓陰玲瓏百囀凝愁聽盡是香閨望幸心酷似
杜舍人
趙石磵云仡在前朝已達官暮年伴狂玩世求
爲沙坪院主一日見林廉黨與流于外者相繼
于道作詩曰柴門日午喚人開步出林亭坐石
苔昨夜山中風雨惡滿溪流水泛花來

英庙朝人才輩出一時文章鉅公甚多古詩殊

愧扵前人而律絶亦無警策惟徐四佳曰漫

衍傚緩而春容富艶時有好處如游蜂飛不定

閒鴨睡相依月色蛋音外河聲鵲影中更欲乗

鷲吹鐵笛夜深明月過江南等句亦有佳趣金

平崖詩亦豪放如柴門不整臨溪岸山雨朝~

着水生窓虚僧結衲塔靜客題詩等句珠開遶

有致

姜景醇養蕉賦柽好其詩亦清勁其病餘吟曰

南窓終日坐忘機庭院無人鳥學飛細草暗香

難覓處澹烟殘照雨霏~詠梅曰黃昏籬落見

橫枝緩步尋香到水湄‧千載羅浮一輪月‧至今
未照夢回時‧俱閑雅可見‧
徐四佳久為大提學故一時如姜晉山李陽城
金永山皆不得主文而先沒‧李陽城之燕詩有
綵楊門巷東風晚青草池塘細雨迷之句‧酷似
唐人‧
東詩無效古者獨成和仲擬顏陶鮑三詩深得
其法‧諸小絶句得唐樂府體賴得此君殊免寂
寥‧

佔畢齋文窾透不高崔東皋最慢之其詩專山

蘇黃宜鋖古者之小者也仲兄嘗言鶴鳴淸露

下月出大魚跳何嵗盛唐乎如細雨僧縫衲寒

江客棹舟甚寒澹有味斯言蓋得之

前輩讚畢齋駬江所詠十年世事孤吟裏八月

秋容亂樹間之句然不若神勒寺所作上方鍾

動驪龍舞萬竅風生鐵鳳翔之句洪亮嚴重此

眞撐柱宇宙句也其寶泉灘即事曰桃花浪高

幾尺許銀石沒頂不知慶兩鸕鶿失舊磯衝

魚却入菰蒲去此最伉高東京樂府篇皆古

金悅卿高節卓甬不可尚己其詩文俱超邁以

其遊戲不用意得之故強弩之末每雜蔓語張

打油可歌也其題細香院曰朝日將嫩曙色分

隔巘聞青鳥信傳窺藥竈碧桃花下照苔紋定

林霏閑慶鳥呼群遠峯浮翠排窓看隣寺鍾聲

應羽客朝元返松下開披小篆文昭陽亭曰鳥

外天將盡吟邊恨未休山多徙北轉江自向西

流鴈下汀洲遠舟回古岸幽何時抛世網乘興

此重遊山行曰兒捕蜻蜓翁補籬小溪春水浴

鸂鶒青山斷靄歸程遠橫擔烏藤一個枝俱脫

去塵臼和平澹雅彼纖靡雕琢者當讓一頭也

曹梅溪俞溜溪。一時俱有盛名。不若鄭淳夫其
渾沌酒歌甚好。酷似長公如片月照臨心故國
殘星隨夢落邊城之句。極神逸而容裡偶逢寒
食雨夢中猶憶故園春有中唐雅韻春不見花
惟見雪地無來鴈況来人雖傷雕琢亦自多情。
李忝軒胄詩最沉著有盛唐風格如朝日噴紅
跳渤澥晴雲把白出巫閬甚有力凍雨斜連千
嶂雪飢烏驚叫一林風老蒼音杰其通州詩曰。
通州天下勝樓觀出雲霄市積金陵貨江通楊
子潮寒烟秋落者。獨鶴暮歸遠鞍馬身千里登。

臨故國遠．亦出～逼王孟也．

南止亭嘗言金駒孫之文朴閣之詩不可易得．

此語誠然．朴之詩雖非正聲巖繽勁悍如春陰

欲雨鳥相語老樹無情風自哀之句．學唐纖麗

者．安敢劇其壘乎． 廢主雖荒乱亦喜詞藻姜

木溪久爲知申事嘗以寒食園林三月暮落花

風雨五更寒爲韻命近臣製進木溪詩爲魁詩曰．

清明御柳鎖寒烟料峭東風曉更顛不禁落花

紅襯地更教飛絮白漫天高樓傴水褰珠箔細

馬尋芳耀錦韀醉盡金樽歸別院綵絕搖曳書

欄邊主大加稱賞賚物甚多嘗悼亡姬令詞臣
製挽李伯益詩曰宮門深鎖月黃昏十二鍾聲
到夜分何處青山埋玉骨秋風落葉不堪聞主
極稱賛遂自吏書正郎擢直提學二詩錐好而
二公亦因此不振云
我國詩當以李容齋爲第一沉厚和平澹雅純
熟其五言古詩入杜出陳高古簡切有非筆舌
所可讚揚吾平生所喜咏一絶平生交舊盡凋
零白髮相看影與形正是高樓明月夜笛聲凄
斷不堪聽無限感慨讀之愴然

我朝詩至中廟朝大成以容齋相倡始而朴訥

齋祥申企齋光漢金沖庵凈鄭湖陰士龍並生

一世炳娘鏗鏘足稱千古也我朝詩至 宣廟

朝大備靈蘇齋得杜法而黃芝川代興崔白法

唐而李益之閣其流吾亡兄歌行似太白姉氏

詩恰入盛唐其後權汝章晚出力追前賢可與

容齋相肩隨之猗歟盛哉

鄭湖陰少推伏只喜訥齋詩嘗書西北二江流

太古東南雙嶺鑿新羅及彈琴人去鶴邊月吹

笛客來松下風之句於壁上自嘆以爲不可及

又云許宗卿有野路欲昏牛獨返江雲將雨燕
低飛之句可與姜木溪紫燕交飛風拂柳青娃
亂呌兩昏山之語相當也其時補申企翁眾體
皆具而湖陰獨善七言律似不及焉湖陰曰渠
之眾體安敢當吾一律乎其自重如此
湖陰黃山驛詩曰昔年窮冠此藏亡塵戰神鋒
繞紫芒漢幟豎痕餘石縫斑衣漬血染霞光商
聲帶殺林鼠甫兒燐憑陰蝶壘荒東土免魚由
禹力小臣摸日敢揄揚奇杰渾重真奇作也浙
人吳明濟見之批曰甫才屠龍乃反屠狗惜哉

蓋以不學唐也、然亦何可少之、

李益之少時學杜詩於湖陰、一日命取架上諸

書看之、到春亭集擲之地、梅溪集則展看笑掩

之、蓋輕之也、唯取佔畢集熟看不已、覘之則悉

自枇抹、蓋好之而取材爲料也、嘗問平生得意

句則曰、山木俱鳴風乍起、江聲忽厲月孤懸、人

以爲峭麗峰頂星搖爭缺月、樹顛禽動窺深蕊、

亦巧思而終不若兩氣墜霞山忽暝川華受月夜

猶明似有神助也、

金冲庵詩落日臨荒野寒鴉下晚村空林烟火

冷白屋掩柴門酷似劉長卿其牛島歌眇冥楠

悅或幽或顯極才人之致申企齋推以爲長吉

之此也

崔猿亭玩世不仕冀以免禍一日諸賢會靜庵

第猿亭自外至氣急不能言亟呼水飲之回我

渡漢江波涌船壞幾淪僅生主人笑曰此諷吾

輩也猿亭援筆寫山水於壁間元冲詩之曰清

曉岩峯立白雲橫翠微江村人不見江樹遠依

～猿亭登萬義浮屠作詩曰古嚴殘僧在林梢

暮磬清窓通千里畫墻壓衆山平木老知何歲

禽呼自別聲艱難憂世網今日恨吾生結句有

意押自知其罹禍耶惜哉

金頤叔少日遊關東夢有神吟曰春融禹甸山

川外樂奏虞庭鳥獸間因言此乃汝得路之語

覺而記之明年入庭試燕山出律詩六篇以試

中有春日梨園弟子沉香專畔開閱樂譜之題

而押閱字金思其句腔合乃用之書呈姜木溪

為考官大加賞為狀元金慕齋素號知文為泰

試官言曰此句兒詩語非人詩也巫問之金對以

實人皆服其識

申駱峯詩清絶有雅趣中秋舟泊長灘曰孤舟
一泊荻花灣兩道登江四面山人世豈無今夜
月百年難向此中看艤上墊三角山曰孤舟一
出廣陵津十五年來未死身我自有情如識面
青山能記舊時人過金公碩舊居曰同時逐客
幾人存立馬東風獨斷魂烟雨介山寒食路不
堪聞笛夕陽村三月三日寄朴大立曰三、九
、年、會舊約猶存事獨違芳草踏青今日是、
清尊浮白故人非風前燕語聞初嫩雨後花枝
看亦稀茅洞丈人多不俗可能無意典春衣篇

、俱可誦錐雄奇不逮湖老、而清壹過之、

羅長吟堤、有詩趣往、逼盛唐、申鄭諸老會于

人家方詠蒲亮畵簇沉吟未就長吟乘醉而至、

奪筆欲書簇上、主人欲止之、湖老曰置之、長吟

作二絶、其一曰、老猿失其群落日枯植上兀坐

首不回想聽千峯響湖老大加稱賞因閣筆不

賦、蘓谷亦云、此盛唐伊州歒法所謂截一句不

得成篇者也、

蘓退休、少與尚左相同僚而尚爲下官及入相、

以畵鷹軸求詩於退休、、作一絶書送曰蕭、

孤影暮江潯、紅蓼花殘兩岸陰、漫向西風呼舊

侶、不知雲水萬重深、含思深遠尚見而嗟悼之、

沈漁村、晚與安老有隙、出為北方伯、有詩曰洪

河欲霽無舟子、寒木將枯有寄生、蓋悔心之萌

乎、

林石川為人高邁、詩亦如其人、洛山寺詠龍湫

兩降之狀、文勢飛動、殆與奇觀敵、其壯麗、其心

同流水世間出、夢作白鷗江上飛、矯々神龍戲

海意、

林錦湖亨秀風流豪逸、其詩亦翩々、花低玉女

酬觴面山斷蒼虹歙海腰之句・至今膾炙人口・

退溪先生酷愛之・晚年輒思之曰・安得與林士

遂相對手・

金河西麟厚高曠夷粹・詩亦如之・梁松川極資

其登吹臺詩以爲高岑高韻云・其詩曰梁王歌舞

地・此日客登臨・慷慨凌雲趣・凄凉妻吊古心・長風

生遠野・白日隱層岑・當代繁華事茫茫・何處尋・

況着後偉一洗纖靡・寔可貴重也・

河西亡後・嶺南河陽有吳世億者・死三日而甦・

言夢詣天府・紫衣人押入小院・有綸巾學士・云

是金河西价今年不合升天可出云勉力脩行.

以詩送之曰.世億其名字大年.排門来謁紫微

仙.七旬七後重相見.歸去人間莫浪傳.世億孝

子也.其後果七十七無疾而卒.

先大夫嘗言.尹長源之才不可及.每補其海閣

孤舟千里夢.月明長笛數聲秋.及交風吹杏抃

重門之句.以爲清切逼古.

先大夫己卯歲按嶺南而權習齋以冬至使赴

京.其送先君詩曰.懷抱平生擬好開.笑談從此

未多陪.朝天我渡遼河月.擁篴君尋庾嶺樓.職

事道途俱可念。別離裏謝兩相催。公餘倘有停
雲味佇塋詩簡數寄來。先君稱其切當。
先君送行詩帖蘇相有白玉堂盛久黃金帶賜
今之句人以爲佳然朴守庵詩有忽看卿月上。
誰惜我衣華之語此乃驚箋其挽眉庵詩千秋
滄海上。白日大名垂何必杜陵。
朴守庵遊青鶴洞作詩曰。孤雲唐進士。初不學
神仙。蠻觸三韓日。風塵四海天。英雄那可測眞
訣本無傳一入蓬山去清芬八百年。淵悍簡質。
有充思致深得杜陳之體。

楊蓬萊游楓岳刻詩石上曰白玉京蓬萊島浩
〻烟波古熙〻風日好碧桃花下開來往笙鶴
一聲天地老有游仙之興同時有宋曝者廢子
也亦續之曰鶴軒昂鳳逶遲三山朝下五雲中
飛乾坤三尺杖身世六銖衣好掛長劒岩頭樹
于羔清泉茹紫芝蓬萊極加奬詡亡兄喜稱之
蓬萊宰江陵賓遇盖之〻為人不檢邑人訾之
先子貽書勗之公復曰桐花夜烟落梅樹春雲
空之李違設若辣待則何以異扵陳王初喪應
劉之日羔然釀初不設盖之留詩以辝曰行子

去留際．主人眉睫間．今朝失黃氣．未久憶青山．

魯國鶖鶬饗南征薏苡故還秋風蘇李子文出穆

陵闋公大加稱愛待之如初可見先輩朋友相

規之義而其風流好才亦何易得乎盧相見僧

軸有孤竹及益之詩題曰當代文章伯惟穪李

興崔蓋非溢辭也仲兄亦言李之詩自新羅以

來法唐者無出其右嘗穪其中天笙鶴下秋霄．

千載孤雲已寂寞明月洞門流水在不知何處

武陵橋之作以爲不可及己．

趙持世嘗曰．我國地名入詩不雅．如氣蒸雲夢

澤波撼岳陽城。凡十字六字地名。而上加四字。
其用力只在蒸撼二字爲功。豈不省耶。此言亦
似有理。然盧相詩路盡平丘驛江深判事亭柳
暗青坡晚。天晴白嶽春。亦殊好。其在鑢錘之妙
而已。何害點鐵成金乎。
朴思庵詩。久沐恩波役此心。曉鷄聲裏戴朝簪。
江南野屋春燕沒。却倩山僧護竹林。鳴呼。士夫
夫孰無欲退之志。而低回寸祿。負此心者多矣。
讀此詩足一興噱。
盧穌齋黃芝川近代大家。俱工近体盧之五律。

黃之七律俱千年以來絕調然大篇不及此未
知其故也
梁慶遇嘗問於余曰我國七言古詩孰優曰未
知何如慶遇歷問朴李蚤頭如何曰出韓而或
悍或穠非其至也問訥齋晉陽兄弟圖沖庵牛
島歌如何曰晉陽杰而滯牛島音而晦然則屬
誰曰魚潛夫流民歎李益之漫浪舞歌也因曰
此詩觀之則奇才多出於君輩也渠亦大笑
先大夫以子爭在和順冀金進士潤相炫每稱
其詩兵使嘗構鎮南樓邀進士作大篇記之來

酬一揮而就六十句其首句曰虹梁萬鈞壓朱

崔龍顏舞劍公孫娘甚肖作也甞水行船敢僅

及岸登亭作詩曰衣冠俱被狂流失身體猶存

父母遺更上高亭看霽景秋山淡碧入新詩其

高趣可掬六十後始占司馬以遺逸授齋郎不

未余赴遂安日黃芝川送以詩曰詩才突兀行

間出官況蹉跎分外奇憁是人生各有命悠悠

餘外且安之殊甚感慨公少日在玉堂時李伯

生崔嘉運河大而輩俱尚唐韻味省中小桃篇

什甚多公和之曰無數宮花倚粉墻游蜂戲蝶

趁餘香老翁不及春風暮空有葵心向太陽含
意深遽措辭奇悍爲詩不當若是耶綺麗風花
返傷其厚

思庵相掯舍輓歌殆數百篇獨成牛溪一絕爲
絕得其詩曰世外雲山深復深溪邊草屋已難
尋拜鵑窩上三更月應照先生一片心無限感
傷之意不露言表非相知之深則焉有是作乎

近代館閣李鵝溪爲最其詩初年法唐晚諭平
海始造其極而高霽峰詩亦於開廢中方覽大
進乃知文章不在富貴榮耀而經歷險難得江

山之助然後可以入妙豈獨二公古人皆然如

子厚柳州坡公嶺外可見已

崔詩悍勁白詩枯淡俱不失李唐跬逕誠亦千

年希調也李益之較大故苕崔孕句而自成犬

家也

孤竹詩篇〻皆佳必鍊琢之無歉於意然後乃出

故耳二家詩余選入於詩刪者各數十篇音節

可入正音而其外不耐雷同也

余嘗聚孤竹五言古詩亡兄古歌行蘇相五言

律芝川七言律蕉谷玉峯及亡姊七言絶句為

一帙看之。其音節格律。悉逼古人。而所恨氣不及焉。嗚呼。孰返其元聲耶。

近日。李實之能詩文。雖似冗雜。而氣自昌大可謂作家。然不逮汝章多矣。實之眼高。不許一世人。獨稱余及汝章子敏爲可。其曰。許飫權枯李滯。亦至當之論也。

實之賞亡兄之文曰。深知文章者。許美叔也。余嘗問後來孰繼吾兄耶。曰申玄翁可繼之。清亮不逮。而穠厚過之。

鄭松江善作俗謳其思美人曲及勸酒辭俱清
壯可聽雖異論者斥之為邪而文采風流亦不
可掩比之有惜之者汝章過其墓作詩曰空山
木落雨蕭蕭相國風流此寂寥惆悵一杯難更
進昔年歌曲即今朝子敏江上聞歌詩曰江頭
誰唱美人辭正是江頭月落時惆悵戀君無恨
意世間惟有安郎知二詩皆為其歌發也
人謂子敏詩鈍而不揚者非也其在咸興作詩
曰兩晴官柳綠毿毿客路初逢三月三共是出
関歸未得佳人莫唱望江南清楚流麗去唐人
奚遠哉

仲兄深服高霽峰每言同在湏西人押交字高
公和之曰連村稌黍三秋後一路風霜十月交
不覺屈服又言柳參判永吉詩雖境狹有好處
如瑟錦消年急金屏買笑遲映筍山榴艷通池
野水清等句皴勁可喜
尹斯文勉奉使湖南造一山中有草屋一老翁
樹下榘博几有一卷展看則就奪之曰鄙作不
堪入眼僅見首題詠梳詩曰木梳ゝ了竹梳
梳却千回蝨已除安得大梳長萬丈盡梳黠首
蝨無餘問其名不對而逝去（或言全州進士俞好仁也）

林子順有詩名·吾二兄嘗推許之·其朔雪龍荒
道一章·可肩盛唐·云嘗言往一寺·有僧軸題詩
曰·窈食東華舊學宦·盆山雖好可盤桓·十年夢
繞毗盧頂·一枕松風夜夜寒·詞甚脫洒·後其名
號不知為何人作也·固有遺才而人未識者·
仲兄奉使北方·登壓胡亭·作詩曰·白屋經年病·
青苗一夜霜·林子順極賞之·以詩贈之曰·白屋
青苗十字史·仲兄亦稱其胡虜曾宼二十州·將
軍躍馬取封侯·如今絶塞無征戰·壯士開眠古
驛樓·以為翩翩俠氣·仲兄扵豊山驛·見題壁一

－44－

詩曰世上無人識俊才黃金誰爲築高臺遍霜

染盡靑々鬢近馬陰山十往來辭氣感慨甚佳

作也問之郵卒曰兵營軍官孫萬戶所題也

壬辰六月二十八日是明廟忌辰申濟而題詩

柢谷口驛曰先王此日棄群臣末命懃託

聖人二十六年香火絕白頭號哭只遺民觀者

無不下淚

家姊蘭雪一時有李玉峯者卽趙伯玉之妾也

詩亦淸壯無脂粉態寧越道中作詩曰五十長

關三日越哀歌唱斷魯陵雲妾身亦是王孫女

此地鵑聲不忍聞含思悽怨與李益之東風蜀魄苦西日魯陵寒之句同一苦調也羽士田禹治人言仙去其詩甚清越嘗游三日浦作詩曰秋晚瑤潭霜氣清天風吹下紫簫聲青鸞不至海天闊三十六峯明月明讀之爽然少日見鄭百鍊自言病而遇鬼能作絶句其最警絶曰酒滴春眠後花飛簾捲前人生能幾許悵望兩中天又曰萬里鯨波海日昏碧桃花影照天門鸞驂一息空千載緱嶺靈簫半夜聞其音韻劉幽自非人間語

扶安倡桂生工詩善謳彈有一太守狎之去後
邑人立碑思之一夕佳月生彈琴於碑石上逍
而長歌李元亨者過而見之作詩曰一曲瑤琴
怨鷓鴣荒碑無語月輪孤峴山當日征南石亦
有佳人墮淚無時人謂之絶倡李余館客也自
少與余及李汝仁同處故能爲詩他作亦有好
者石洲喜其人而稱之
劉希慶者本賤隷也爲人清愼事主忠事親孝
大夫士多愛之能詩甚純熟小日從林葛川薰
在光州登石川墅押其樓題星字曰竹葉朝傾

露松梢曉掛星，梁松川見而亟稱之，
有白大鵬者亦能詩，嘗爲司鑰一時渠之儕類
皆效之，其詩學郊島枯淡而萎故浘章每見人
學晚唐者必曰，司鑰體也，蓋朝其弱焉。
本朝僧人能詩者甚稀，惟參寥爲最，其贈人詩
曰，水雲蹤迹已多年，對芥相投喜有緣，盡日客
軒春寂寞，落花如雪雨餘天，俊潔有味。

惺所覆瓿藁卷之二十五

『惺所覆瓿稿』卷之二十五

惺叟詩話

성 수 시 화

鄭大諫西京

嚴長堤草色多送君南浦

動悲歌大同江水何時盡別淚年年添綠波至

今稱爲絶倡樓船題詠値詔使之來悉撤去

신두환 申斗煥

1958년 경북 의성 출생으로 성균관대학교 대학원 한문학과에서 한국한문학을 전공하고 문학박사 학위를 받았다. 서울 공립 중등교사로서 은평중, 석관중, 선린상고, 반포고, 경동고 등에서 국어와 한문을 가르쳤다. 북경대 연구 교수, 성균관대, 서울시립대, 서경대 등에서 강사로 활동했으며, 한국문인협회 회원이면서 시인이자 칼럼니스트이다.

현재 국립 안동대학교 한문학과 교수로 재직중이다. 저서로는 『선비 왕을 꾸짖다』, 『생활한자의 미학산책』, 『조선전기 민족예악과 관각문학』, 『남인 사림의 거장 식산 이만부』, 『국역 우담집』(공역) 외 다수가 있다.

한국 한시 미학비평 강의
허균의 惺叟詩話

2015년 6월 30일 초판 1쇄 펴냄

편저자 신두환
펴낸이 김흥국
펴낸곳 도서출판 보고사

책임편집 황효은
표지디자인 이준기

등록 1990년 12월 13일 제6-0429호
주소 서울특별시 성북구 보문동7가 11번지 2층
전화 922-5120~1(편집), 922-2246(영업)
팩스 922-6990
메일 kanapub3@naver.com
http://www.bogosabooks.co.kr

ISBN 979-11-5516-366-5 93810
ⓒ 신두환, 2015

정가 23,000원

이 도서의 국립중앙도서관 출판예정도서목록(CIP)은 서지정보유통지원시스템 홈페이지 (http://seoji.nl.go.kr)와 국가자료공동목록시스템(http://www.nl.go.kr/kolisnet)에서 이용하실 수 있습니다.(CIP제어번호: CIP2015015342)